Bernard Shaw
Gesammelte Stücke in
Einzelausgaben

Herausgegeben von
Ursula Michels-Wenz

Band 5

Bernard Shaw
Mensch und Übermensch

Eine Komödie
und eine Philosophie

Deutsch von
Annemarie und Heinrich Böll

Mit dem
Brief an Arthur Bingham Walkley
und dem
Handbuch des Revolutionärs

Suhrkamp

Originaltitel: *Man and Superman*
Erstmals erschienen London, 1903; deutsche Erstausgabe Berlin, 1907.
Die Übersetzung für diesen Band wurde – nach der englischen Ausgabe letzter Hand – leicht redigiert.
Umschlagbild: Bernard Shaw
Foto: Deutsche Presseagentur, Frankfurt/Main

suhrkamp taschenbuch 1854
Erste Auflage 1992

Satz: Uhl + Massopust, Aalen
Druck: Nomos Verlagsgesellschaft, Baden-Baden
Printed in Germany
Umschlag nach Entwürfen von
Willy Fleckhaus und Rolf Staudt

1 2 3 4 5 6 – 97 96 95 94 93 92

Inhalt

Brief an Arthur Bingham Walkley

Mein lieber Walkley
Sie haben mich einmal gefragt, warum ich kein Stück über Don Juan schriebe. Die Leichtfertigkeit, mit der Sie diese fürchterliche Verantwortung übernommen haben, hat es Ihnen inzwischen wahrscheinlich leichtgemacht, sie zu vergessen; aber der Tag der Abrechnung ist nun gekommen: hier ist Ihr Stück. Ich sage *Ihr Stück*, denn *qui facit per alium facit per se*. Der Ertrag des Stücks und die Mühe, die es gemacht hat, gehören mir: seine Moral, sein Gebaren, seine Philosophie, seine Wirkung auf die Jugend: das müssen Sie verantworten. Sie waren in reifem Alter, als Sie den Vorschlag machten; und Sie kannten Ihren Mann. Es ist kaum fünfzehn Jahre her, seit wir als Zwillingspioniere des Neuen Journalismus in denselben neuen Blättern eine neue Epoche der Theater- und Opernkritik einleiteten*, indem wir diese Kritik zum Vorwand nahmen, unsere eigenen Lebensanschauungen zu propagieren. Sie können sich also nicht damit verteidigen, Sie hätten die Kraft, die Sie in Bewegung setzen, nicht gekannt. Sie wollten mich als Bürgerschreck: ›épater le bourgeois‹; wenn der Bourgeois nun protestiert, so verweise ich ihn hiermit an Sie als den Verantwortlichen.
Ich warne Sie. Sollten Sie versuchen, die Verantwortung abzulehnen, so wird in mir der Verdacht aufkommen, daß mein Stück für Ihren Geschmack zu züchtig ist. Die fünfzehn Jahre haben mich älter und ernsthafter gemacht. Bei Ihnen kann ich diesen angemessenen Wandel nicht feststellen. Mit Ihrer Leichtfertigkeit und Frechheit ist es wie mit der Liebe und dem Trost, um welche Desdemona betet: sie nehmen in dem Maße zu, wie Ihre Jahre zunehmen. Keine bloß fortschrittliche Zeitung will heute noch etwas damit zu tun haben; nur die ehrwürdige *Times* ist ausreichend über jeden Verdacht erhaben, Sie unter ihre Fittiche zu nehmen, und sogar die

* s. hierzu: Editorische Notiz p. 331 f.

Times muß manchmal ihrem guten Stern dafür danken, daß nicht jeden Tag neue Stücke produziert werden, denn nach jedem Ereignis dieser Art ist ihre Seriosität kompromittiert, ihre Plattheit in ein Epigramm verwandelt, ihr schwerfälliger Ernst in Witz, ihre Ehrbarkeit in Eleganz und sogar ihre Würde in Frivolität durch kritische Bemerkungen, die mit Ihrem Namen zu unterzeichnen die Tradition der Zeitung nicht erlaubt, so daß Sie ihn mit Vorbedacht in kühnsten Schnörkeln zwischen die Zeilen setzen. Ich bin nicht sicher, ob dies nicht ein Vorzeichen der Revolution ist. Im Frankreich des achtzehnten Jahrhunderts war das Ende in Sicht, als die Menschen die Enzyklopädie kauften und Diderot darin fanden. Wenn ich die *Times* kaufe und Sie darin finde, so vernimmt mein prophetisches Ohr das Dröhnen der Umwälzungen des zwanzigsten Jahrhunderts.

Dies sind jedoch im Augenblick nicht meine Sorgen. Die Frage ist, werden Sie nicht von einem Stück über Don Juan enttäuscht sein, in dem nicht eins von den tausend Liebesabenteuern dieses Helden auf die Bühne gebracht wird? Um Sie zu besänftigen, möchte ich eine Erklärung abgeben. Sie werden mir erwidern, daß ich nie etwas anderes tue: Es ist Ihr Lieblingshieb gegen mich, daß das, was ich ein Drama nenne, nichts anderes ist als eine Erklärung. Aber Sie dürfen nicht erwarten, daß ich Ihre unerklärbare, phantastische, anspruchsvoll-pingelige Art, vorzugehen, übernehme: Sie müssen mich so nehmen, wie ich bin, als vernünftigen, geduldigen, beharrlichen, fleißigen Menschen mit dem Charakter eines Lehrers und den Zielen eines Kirchenvorstehers, der sich verteidigt. Ohne Zweifel lenkt meine literarische Begabung, die das britische Publikum zufälligerweise amüsiert, die Aufmerksamkeit von meinem Charakter ab, aber dieser Charakter ist da, unerschütterlich. Ich habe ein Gewissen; und ein Gewissen ist immer ängstlich darauf bedacht, sich zu erklären. Sie haben im Gegenteil das Gefühl, ein Mann, der auf sein Gewissen pocht, gleiche vielmehr einer Frau, die auf ihre Anständigkeit pocht. Die einzige moralische Kraft, die zu zeigen Sie sich herablassen, ist die Kraft Ihres Witzes: der einzige Anspruch, den Sie in der Öffentlichkeit stellen, ist der Anspruch Ihrer Künstlernatur und Symmetrie, Eleganz, Stil, Anmut, Verfeinerung und die Sauberkeit, welche gleich hinter der Gottesfurcht kommt, wenn nicht gar vor ihr. Aber mein Gewissen ist genau das eines Kanzelpredigers: es ärgert mich, die Leute zufrieden zu sehen, wenn sie unzufrieden sein sollten; und ich bestehe darauf, sie zum Nachdenken zu bringen, um ihnen die Fehltritte bewußt zu machen. Wenn Sie meine Predigten auch nicht mögen, Sie müssen sie schlucken. Ich kann einfach nicht anders.

Im Vorwort zu meinen Stücken für Puritaner* habe ich die fatale Lage des zeitgenössischen englischen Dramas erklärt, das gezwungen ist, sich fast ausschließlich mit Fällen sexueller Anziehung zu befassen, und dem es doch untersagt ist, diese sexuelle Anziehung darzustellen oder auch nur ihre Natur zu diskutieren. Ihre Anregung, daß ich ein Stück über Don Juan schreiben solle, war für mich eigentlich eine Herausforderung, dieses Thema einmal selbst dramatisch darzustellen. Die Herausforderung enthielt so viel Schwierigkeiten, daß es mich reizte, sie anzunehmen; denn, wenn man es recht bedenkt, so haben wir massenhaft Dramen, deren Helden und Heldinnen verliebt sind und infolgedessen am Ende des Stückes heiraten oder umkommen müssen, oder Dramen über Menschen, deren Beziehungen zueinander durch die Ehegesetze kompliziert worden sind, ganz zu schweigen von den eher lockeren Theaterstücken, die von der traditionellen Meinung leben, daß ungesetzliche Liebesbeziehungen lasterhaft und erfreulich zugleich sind; es gibt indessen keine modernen englischen Stücke, in denen die natürliche Anziehung der Geschlechter das Hauptthema der Handlung ist. Das ist der Grund, warum wir darauf bestehen, daß unsere Schauspieler schön sind, im Unterschied zu den Ländern, die unser Freund William Archer unseren kindischen Theatern als Bei-

* vgl. Bernard Shaw: *Der Teufelsschüler* u. a., suhrkamp taschenbuch 1852

spiel der Ernsthaftigkeit vorhält. Die Julias und Isolden, die Romeos und Tristans dort könnten unsere Väter und Mütter sein. Mit der englischen Schauspielerin ist es anders. Die Heldin, die sie darstellt, darf über die elementaren Beziehungen zwischen Männern und Frauen nicht sprechen: ihr ganzes sentimentales Geplapper über Liebe, wie sie in Romanen steht, ihre rein rechtlichen Dilemmas, ob sie geheiratet oder »betrogen« wurde, rühren nicht an unser Herz, sondern bringen unseren Verstand in Verwirrung. Um uns zu trösten, brauchen wir sie nur anschauen. Das tun wir, und ihre Schönheit gibt unseren schmachtenden Gefühlen Nahrung. Manchmal murren wir ungalanterweise gegen die Dame, weil sie nicht so gut spielt, wie sie aussieht. Aber in einem Drama, das, obwohl das Sexuelle den ganzen Hintergrund bildet, in Wirklichkeit ohne jegliches sexuelle Interesse ist, ist gutes Aussehen begehrter als darstellerische Kunst.

Erlauben Sie mir, diese Tatsache mit allem Nachdruck zu betonen, denn Sie sind zu klug, um mir den dummen Vorwurf zu machen, ich handele paradox, wenn ich einmal den Stock am richtigen statt am falschen Ende ergreife. Warum sind unsere gelegentlichen Versuche, auf der Bühne das sexuelle Problem zu behandeln, so abstoßend und langweilig; und sogar diejenigen, die entschieden dafür eintreten, die Diskussion sexueller Probleme offen und frei zu handhaben, können nicht so tun, als genössen sie diese freudlosen Versuche, die Gesellschaft von ihren Schlacken zu befreien. Liegt nicht die Ursache darin, daß sie im Grunde ganz und gar geschlechtslos sind? Was ist die übliche Formel für diese Stücke? Bei einem Vorfall irgendwann in der Vergangenheit ist eine Frau mit dem Gesetz in Konflikt geraten, das die Beziehung zwischen den Geschlechtern regelt. Ein Mann kommt dadurch, daß er sich in sie verliebt oder sie heiratet, in Konflikt mit der gesellschaftlichen Konvention, die diese Frau verfemt. Nun kann man natürlich den Konflikt zwischen Individuen mit Gesetz und Konvention ebenso dramatisch darstellen wie andere menschliche Konflikte; aber es handelt sich um rein rechtliche Konflikte; und die Tatsache, daß wir uns viel mehr für die unterdrückten Beziehungen zwischen dem Mann und der Frau interessieren als für die Beziehungen zwischen den beiden und unseren Gerichtshöfen und den privaten Urteilssprechungen der Matronen, bringt dieses Gefühl hervor, etwas verfehlt zu haben, das Gefühl der Unbefriedigtheit, der fundamentalen Unzulänglichkeit, der Seichtheit, des nutzlosen Unbehagens, der völligen Unfähigkeit zu erbauen und der partiellen Unfähigkeit, Interesse zu erwecken, das Ihnen im Theater ebenso vertraut ist, wie es mir geläufig war, als auch ich diese ungemütlichen Gebäude öfter besuchte und fand, daß unsere populären Stückeschreiber ganz darauf aus waren (wie sie glauben), Ibsen nachzueifern.

Ich nehme an, daß Sie nichts dieser Art wünschten, als Sie mich um ein Stück über Don Juan baten. Niemand wünscht das: der Erfolg, den solche Stücke manchmal haben, liegt an dem nebensächlichen konventionellen Melodrama, mit dem ein erfahrener populärer Autor sich instinktiv vor dem Reinfall rettet. Aber was haben *Sie* gewollt? Dank Ihrer unglückseligen Gewohnheit – ich hoffe, Sie sehen inzwischen ein, wie schwierig diese Gewohnheit alles macht –, sich nicht zu erklären, habe ich das allein herausfinden müssen. Ich habe mich also zuerst fragen müssen: was ist ein Don Juan? In der vulgären Vorstellung ist er ein Wüstling. Aber Ihr Abscheu vor Vulgarität ist fast schon ein Mangel. Eine universelle Persönlichkeit ist ohne einen Anteil Vulgarität gar nicht denkbar; und selbst wenn Sie Geschmack daran finden könnten, so fänden Sie Nahrung genug aus gewöhnlichen Quellen und müßten nicht mich bemühen. Ich habe also angenommen, daß Sie einen Don Juan im philosophischen Sinn erwarteten.

Philosophisch betrachtet ist Don Juan ein Mann, der, obgleich er begabt genug ist, um außergewöhnlich gut zwischen gut und böse zu unterscheiden, seinen eigenen Instinkten folgt, ohne sich um das allgemeine, geschriebene oder kanonische Recht zu kümmern, und der sich darum, während er

die warme Sympathie unserer rebellischen Instinkte genießt (denen Don Juan durch die Brillanz schmeichelt, mit der er sie verbindet), sich in einem tödlichen Konflikt mit existierenden Institutionen befindet, er verteidigt sich mit List und Gewalt genauso bedenkenlos, wie der Bauer mit den gleichen Mitteln seine Ernte vor Ungeziefer zu schützen versucht. Der Prototyp des Don Juan, der im frühen sechzehnten Jahrhundert von einem spanischen Mönch erfunden wurde, ward, entsprechend den Ideen jener Zeit, als der Feind Gottes dargestellt, dessen herannahende Rache, von Minute zu Minute immer drohender, man während des ganzen Dramas spürt. Bei keinem anderen Gegner braucht man um Don Juan zu fürchten: mit Leichtigkeit entkommt er der Polizei, der weltlichen und der geistlichen; und als ein empörter Vater mit dem Schwert private Wiedergutmachung sucht, tötet Don Juan ihn mühelos. Erst als der erschlagene Vater in Gestalt seiner eigenen Statue als Bote Gottes vom Himmel heruntersteigt, siegt er über seinen Mörder und stürzt ihn in die Hölle. Die Moral ist eine mönchische: bereue und bessere dich jetzt, denn morgen könnte es zu spät sein. Dies ist in Wirklichkeit der einzige Punkt, in dem Don Juan skeptisch ist, denn er glaubt fest an eine ewige Hölle, und er riskiert es, verdammt zu werden, nur, weil die Hölle, da er jung ist, in so weiter Ferne zu liegen scheint, daß die Reue aufgeschoben werden kann, bis er sich nach Herzenslust amüsiert hat.
Aber die Lehre, die der Autor beabsichtigt hat, ist nur selten die, die die Welt aus seinem Buch zieht. Was uns bei El Burlado de Sevilla anzieht und beeindruckt, ist nicht die Notwendigkeit einer augenblicklichen Reue, sondern die Kühnheit, die in dem Wagnis liegt, ein Widersacher Gottes zu sein. Von Prometheus bis zu meinem eigenen *Teufelsschüler* sind solche Widersacher immer populär gewesen. Don Juan wurde so beliebt, daß die Welt seine Verdammung nicht ertragen konnte. In einer zweiten Version versöhnte sie ihn auf sentimentale Weise mit Gott und verlangte ein ganzes Jahrhundert lang nach seiner Kanonisation; auf diese Weise

wurde er ebenso behandelt, wie der englische Journalismus jenen komischen Widersacher der Götter, den Hanswurst, behandelt hat. Molières Don Juan hält sich im Punkt der Reuelosigkeit an das Original; aber in puncto Frömmigkeit entfernt er sich weit davon. Es ist wahr, auch er äußert die Absicht, zu bereuen. Aber in welchen Ausdrücken! »Qui, ma foi! il faut s'amender. Encore vingt ou trente ans de cette vie-ci, et puis nous songerons à nous.« Nach Molière kommt der Zauberkünstler, der selbst von Meistern geliebte Meister, Mozart, und enthüllt den Geist des Helden in zaubrischen Harmonien, in Elfentönen, in trunkenen, durchdringenden Rhythmen, wie Sommerblitze, die hörbar gemacht worden sind. Hier ist Freiheit in der Liebe und in der Moral, die sich auf geistvolle Weise über die Unterjochung durch beides (Liebe und Moral) lustig macht. Sie zieht dich an, verlockt dich, zwingt dich auf unerklärliche Weise, den Helden mit seinem Widersacher, der Statue, auf eine transzendente Ebene zu versetzen und die prüde Tochter und ihren selbstgefälligen Liebhaber auf einem Nippesbord darunter zu plazieren, wo sie, wenn sie nicht gestorben sind, noch heute als fromme Leute leben.

Nach Vollendung dieser Werke zählt Byrons Fragment, philosophisch gesehen, nicht viel. Unsere umherschweifenden Lüstlinge sind von diesem Standpunkt aus nicht interessanter als der Seemann, der in jedem Hafen eine Frau hat; und am Ende ist Byrons Held nichts anderes als ein umherschweifender Lüstling. Und er ist sprachlos: er diskutiert nicht über sich selbst mit einem Sganarelle-Leporello oder mit den Vätern und Brüdern seiner Geliebten; er erzählt nicht einmal, wie Casanova, seine eigene Geschichte. Er ist überhaupt kein richtiger Don Juan, denn er ist ebenso wenig ein Widersacher Gottes wie irgendein romantischer und abenteuerlustiger Junge, der über die Stränge schlägt. Wären Sie oder ich in seinem Alter an seiner Stelle gewesen, wer weiß, ob wir uns nicht auch so verhalten hätten wie er; wenn ich auch glaube, daß Ihre Pingeligkeit Sie vor einer Kaiserin Katharina bewahrt hätte. Byron war so wenig ein Philosoph wie Peter der Große; beide waren Beispiele jener seltenen und nützlichen, aber wenig erbaulichen Species: kraftvolle Genies, die ohne die Vorurteile und den Aberglauben ihrer Zeitgenossen geboren sind. Die daraus entstehende skrupellose Freiheit des Gedankens machte Byron zu einem kühneren Dichter als Wordsworth, so wie sie Peter zu einem kühneren Herrscher als Georg III. machte; aber da dies schließlich nur eine negative Eigenschaft war, hinderte es Peter nicht daran, ein fürchterlicher Schurke und ein durchtriebener Feigling zu werden, und es machte Byron nicht fähig, wie Shelley zu einer religiösen Kraft zu werden. Wir wollen also Byrons Don Juan außer acht lassen. Mozarts Don Juan ist der letzte der wahren Don Juans; denn als er mündig geworden war, hatte sein Vetter Faust in den Händen Goethes seinen Platz eingenommen und hatte beides, seinen Kampf gegen die Götter und seine Versöhnung mit ihnen, weit über die Liebe hinaus ausgedehnt: in die Politik, in die Kunst, und es waren Pläne darin enthalten, dem Ozean neue Kontinente zu entreißen, und die Erkenntnis eines ewig weiblichen Prinzips im Universum. Goethes Faust und Mozarts Don Juan waren das letzte Wort des neunzehnten Jahrhunderts zu diesem Thema, und ehe die modischen Kritiker des zwanzigsten Jahrhunderts, die William Blake ebenso leichtfertig ignorierten, wie das achtzehnte Jahrhundert Hogarth oder das siebzehnte Bunyan ignoriert hatte, die Dickens-Macauly-Dumas-Guizot-Stufe und die Stendhal-Meredith-Turgenieff-Stufe hinter sich hatten und sich mit der philosophischen Dichtung eines Ibsen und Tolstoi konfrontiert sahen, da hatte Don Juan sein Geschlecht gewechselt und war zu einer Dona Juana geworden, die aus dem Puppenhaus ausbrach und darauf bestand, ein Individuum zu sein und nicht nur eine Nummer in einem Mysterienspiel.

Sie haben es gut, mich am Anfang des zwanzigsten Jahrhunderts um ein Stück über Don Juan gebeten zu haben, aber Sie werden aus der obigen Übersicht ersehen, daß Don Juan seit einem vollen Jahrhundert für Sie und für mich nicht mehr zeitgemäß ist; und wenn es Millionen von weniger gebildeten Menschen gibt, die sich immer noch im achtzehnten Jahrhundert befinden, haben sie dann nicht ihren Molière und ihren Mozart, deren Kunst keine menschliche Hand verbessern kann? Sie würden mich auslachen, wenn ich mich heute mit Duellen und Geistern und »weiblichen« Frauen befaßte. Was einen bloßen Libertinismus betrifft, so wären Sie der erste, mich daran zu erinnern, daß »Festin de Pierre« von Molière kein Stück für Liebhaber ist, und daß ein Takt der wollüstigen Sentimentalitäten von Gounod oder Bizet in der Partitur von »Don Giovanni« wie ein liederlicher Fleck erscheinen würde. Selbst die abstrakteren Teile des Don Juan-Dramas sind unbrauchbar geworden. Zum Beispiel: Don Juans übernatürlicher Gegner warf diejenigen, die sich weigerten zu bereuen, in einen Pfuhl von kochendem Schwefel, wo sie von Teufeln mit Hörnern und Schwänzen gepeinigt wurden. Wieviel ist von diesem Gegner und von dieser Vorstellung von Reue noch lebendig, als daß man es in einem Stück verwenden könnte, das Ihnen gewidmet ist? Andererseits triumphieren heute überall jene Kräfte der bürgerlichen öffentlichen Meinung, die es zur Zeit des ersten Don Juan für einen spanischen Edelmann wohl kaum gab. Die zivilisierte Gesellschaft ist eine riesige Bourgeoisie: heute wagt kein Edelmann mehr, auch nur seinen Gemüsehändler zu schockieren. Die Frauen, »marchesane, principesse, cameriere, cittadine« und die übrigen, sind gleichermaßen gefährlich geworden. Das weibliche Geschlecht ist aggressiv und mächtig: wenn den Frauen Unrecht geschieht, so bilden sie nicht eine rührende Gruppe und singen »Protegga il giusto cielo«; sie ergreifen schreckliche legale und gesellschaftliche Waffen und schlagen zurück. Durch eine einzige Indiskretion werden politische Parteien gestürzt, öffentliche Karrieren vernichtet. Für einen Mann wäre es besser, alle Statuen Londons zum Abendessen einzuladen, so häßlich sie auch sein mögen, als von Donna Elvira vor das Gericht des nonkonformistischen Gewissens gestellt zu werden. Die Exkommunikation ist zu einer beinahe ebenso schwerwiegenden Sache geworden wie im zehnten Jahrhundert.

Als Folge davon ist nicht mehr der Mann, wie Don Juan es noch war, der Sieger im Duell der Geschlechter. Ob er das je gewesen ist, mag bezweifelt werden; jedenfalls zeigt sich die ungeheure Überlegenheit der natürlichen Stellung der Frau, was diese Sache betrifft, mit immer größerer Macht. Das nonkonformistische Gewissen am Bart zu zupfen, so wie Don Juan die Statue des Komturs im Franziskanerkloster am Bart zupfte, das kommt heutzutage gar nicht in Frage: das verbieten einem Helden, der einigermaßen bei Verstand ist, sowohl Klugheit als auch gute Manieren. Außerdem besteht für Don Juan selbst die Gefahr, beim Bart gezupft zu werden. Weit davon entfernt, in Heuchelei zu verfallen, wie Sganarelle fürchtete, hat er unerwarteterweise in seiner Unmoral eine Moral entdeckt. Die wachsende Erkenntnis seines neuen Standpunktes überhäuft ihn mit Verantwortung. Er hat seine früheren Scherze so ernst nehmen müssen, wie ich manche Scherze von Mr. W. S. Gilbert ernst nehme. Sein Skeptizismus, der einmal seine am wenigsten geduldete Eigenschaft war, hat sich jetzt so vollständig durchgesetzt, daß er sich nicht mehr mit witzigen Verneinungen behaupten kann, sondern, um nicht zu einer bloßen Null zu werden, eine positive Einstellung finden muß. Nachdem seine tausendunddrei galanten Affairen zu höchstens zwei unreifen Intrigen geworden sind, die zu schmutzigen und andauernden Komplikationen und Erniedrigungen führten, hat man sie abgetan als seiner philosophischen Ehre unwürdig und kompromittierend für seine neuerdings anerkannte Stellung als Gründer einer Schule. Statt so zu tun, als läse er Ovid, liest er tatsächlich Schopenhauer und Nietzsche, studiert Westermarck und macht sich Sorgen um die Zukunft des Menschengeschlechts statt um die Freiheit seiner eigenen Triebe. So sind seine Ruchlosigkeit und sein mutwilliges Benehmen dort gelandet, wohin auch sein Schwert und seine Mandoline verschwunden sind, in den Lumpensack der Anachronismen und des

Aberglaubens. Er ist tatsächlich heute mehr Hamlet als Don Juan; denn wenn auch die Zeilen, die dem Schauspieler in den Mund gelegt werden, um dem Parkett klar zu machen, daß Hamlet ein Philosoph ist, zum größten Teil einfach wohlklingende Platitüden sind, die, wenn man etwas von der Wortmusik abstriche, eher einem Pecksniff angemessen wären, und wenn Sie den wahren Helden, der außer im Augenblick der Inspiration unartikuliert und sich selbst unverständlich ist, von dem Darsteller trennen, der um jeden Preis durch fünf Akte hindurch reden muß, und wenn Sie, was man bei Shakespeares Tragödien immer tun muß, die absurden sensationellen Vorfälle und die physische Gewalttätigkeit der geborgten Geschichte von dem echten Shakespearischen Gewebe trennen, dann finden Sie einen wahren promethischen Feind der Götter, dessen instinktive Haltung gegenüber den Frauen derjenigen sehr gleicht, zu der Don Juan jetzt getrieben wird. Von diesem Gesichtspunkt aus war Hamlet ein weiter entwickelter Don Juan, den Shakespeare hinter einem ehrenhaften Mann versteckt, genau wie er den armen Macbeth hinter einem Mörder versteckte. Heute ist das Kaschieren nicht mehr nötig (wenigstens nicht auf Ihrer Ebene und auf meiner), denn der Donjuanismus wird nicht mehr als bloßer Casanovismus mißverstanden. In seinem Wunsch, dieses Mißverständnis zu vermeiden, ist Don Juan selbst beinahe asketisch; und daher hat mein Versuch, ihn zeitgemäß zu machen, indem ich ihn als modernen Engländer in eine moderne englische Umgebung stelle, eine Figur hervorgebracht, die oberflächlich betrachtet dem Helden Mozarts ganz unähnlich ist.

Und doch habe ich nicht das Herz, Sie gänzlich zu enttäuschen und Ihnen nicht doch noch einen Blick auf den Mozartschen *dissoluto punito* und seinen Widersacher, die Statue, zu gönnen. Ich bin sicher, daß Sie mehr über die Statue erfahren möchten – Sie möchten sie vorzeigen, wenn sie sozusagen frei hat. Um Ihnen den Gefallen zu tun, habe ich auf den Trick des Schmierendirektors zurückgegriffen, der eine Pantomime über Sindbad den Seefahrer mit einem Packen alter Plakate anzeigt, die für Ali Baba gemalt worden sind. Er wirft einfach ein paar Öllampen in das Tal der Diamanten und erfüllt so das Versprechen, das dem Auge der Öffentlichkeit auf dem Bauzaun gemacht worden ist. Ich habe diesen einfachen Trick auf unseren Fall so angewandt, daß ich in mein ganz modernes dreiaktiges Stück einen völlig fremden Akt einbaue, worin mein Held, von der Luft der Sierra verzaubert, einen Traum hat, in dem sein mozartscher Vorfahr erscheint und ausgiebig in einem Shawisch-sokratischen Dialog mit der Dame, der Statue und dem Teufel philosophiert.

Aber dieser Scherz ist nicht das Wesentliche meines Stücks. Was das Wesentliche ist, unterliegt nicht meiner Kontrolle. Sie schlagen mir eine gewisse gesellschaftliche Substanz vor, die sexuelle Anziehung, und die destilliere ich für Sie. Ich verfälsche das Produkt nicht mit Aphrodisiaka, noch verdünne ich es mit Romantik und Wasser; denn ich führe nur Ihren Auftrag aus, ich produziere kein populäres Stück für den Markt. Sie müssen sich deshalb darauf vorbereiten (falls Sie nicht, wie die meisten klugen Leute, zuerst das Stück und erst hinterher das Vorwort lesen), eine banale Story aus dem modernen Londoner Leben vorzufinden, einem Leben, in dem, wie Sie wissen, die Hauptbeschäftigung des durchschnittlichen Mannes darin besteht, das Geld zu beschaffen, um die Stellung und die Gewohnheiten eines Gentleman aufrecht zu erhalten, und wo die Beschäftigung der durchschnittlichen Frau darin besteht, sich zu verheiraten. In 9999 von 10 000 Fällen können Sie damit rechnen, daß sie nichts tun werden, weder Edles noch Gemeines, was sich mit diesen Zielen nicht verträgt. Sie können sich darauf verlassen, das sind ihre Prinzipien, das ist ihre Religion, ihre Moral, ihr Patriotismus, ihr guter Ruf, ihre Ehre usw.

Im großen und ganzen ist das eine vernünftige und zufriedenstellende Basis für eine Gesellschaft. Geld bedeutet Nahrung, und Ehe bedeutet Kinder; und daß die Männer die Nahrung an die erste Stelle und die Frauen die Kinder an die erste Stelle setzen, ist, allgemein gesprochen, ein Naturgesetz und nicht das Diktat persönlichen Ehrgeizes. Das Geheimnis des Erfolges, den der prosaische Mensch tatsächlich hat, ist die Gradlinigkeit, mit der er diese Ziele verfolgt; das Geheimnis des Mißerfolges beim Künstler, soweit er Mißerfolg hat, ist die Vielseitigkeit, mit der er nach allen Richtungen sekundären Idealen nachläuft. Der Künstler ist entweder ein Dichter oder ein Taugenichts: als Dichter kann er nicht einsehen, wie es der prosaische Mann tut, daß Ritterlichkeit im Grunde nur ein romantischer Selbstmord ist; als Taugenichts kann er nicht verstehen, daß es sich nicht lohnt, zu schmarotzen, zu betteln und zu lügen, zu prahlen und sein Äußeres zu vernachlässigen. Mißverstehen Sie also meine einfache Feststellung, die fundamentale Beschaffenheit der Londoner Gesellschaft betreffend, nicht als den Vorwurf eines Iren gegen Ihre Nation. Vom ersten Tage an, wo ich meinen Fuß auf diesen fremden Boden setzte, erkannte ich den Wert der prosaischen Eigenschaften, deren sich zu schämen die Iren den Engländern beibringen, und ich erkannte auch die Eitelkeit der poetischen Eigenschaften, auf die stolz zu sein die Engländer den Iren beibringen. Denn der Ire setzt instinktiv die Eigenschaft herab, die den Engländer für ihn gefährlich macht, und der Engländer schmeichelt instinktiv dem Fehler, der den Iren für ihn ungefährlich und amüsant macht. Der Fehler, den der prosaische Engländer hat, ist der gleiche, den alle prosaischen Menschen aller Länder haben: Stupidität. Die Vitalität, welche Nahrung und Kinder an die erste Stelle, Himmel und Hölle an eine ziemlich entfernte zweite Stelle und das Wohl der Gesellschaft als einem organischen Ganzen an gar keine Stelle setzt, kann sich erfolgreich durch die Stufen der gesellschaftlichen Entwicklung hindurchwinden, die vergleichsweise der Organisation in Klans entsprechen, aber in den Nationen des neunzehnten und den Völkergemeinschaften des zwanzigsten Jahrhunderts muß der Entschluß aller Männer, um jeden Preis reich zu werden, und der aller Frauen, um jeden Preis zu heiraten, ohne eine hochwissenschaftliche ge-

sellschaftliche Organisation als Voraussetzung eine ruinöse Entwicklung von Armut, Ehelosigkeit, Prostitution, Kindersterblichkeit, Degeneration der Erwachsenen hervorrufen und alles weitere, was weise Männer fürchten. Kurz gesagt, es gibt keine Zukunft für Menschen, so sehr sie auch von grober Vitalität überschäumen mögen, die weder intelligent genug noch ausreichend politisch gebildet sind, um Sozialisten zu sein. Mißverstehen Sie mich also auch nicht in der anderen Richtung: wenn ich die vitalen Qualitäten eines Engländers schätze, wie ich die Qualitäten der Biene schätze, so garantiere ich dem Engländer nicht, daß er nicht wie die Biene (oder die Kanaaniter) ausgeräuchert und seines Honigs beraubt wird von Wesen, die ihm in einfacher Erwerbstüchtigkeit an Kampflust und Fruchtbarkeit unterlegen, aber an Einbildungskraft und List überlegen sind.
Das Stück über Don Juan soll indessen von der Anziehung der Geschlechter handeln und nicht von der Nahrungsbeschaffung, und die Anziehung soll in einer Gesellschaft dargestellt werden, wo die Männer die ernste Seite der Sexualität den Frauen überlassen, so wie die Frauen die ernste Seite der Nahrungsbeschaffung den Männern überlassen. Es stimmt, daß die Männer, um sich vor einer zu aggressiven Verfolgung der weiblichen Ziele zu schützen, die schwächliche romantische Übereinkunft erfunden haben, daß die Initiative in sexuellen Dingen immer vom Mann ausgehen muß; aber der Vorwand ist so seicht, daß er selbst im Theater, dem letzten Heiligtum der Unwirklichkeit, nur noch den Unerfahrenen täuscht. In den Dramen Shakespeares ergreift immer die Frau die Initiative. In seinen Problemstücken wie in seinen volkstümlichen Stücken besteht das Interesse an der Liebesgeschichte im Interesse zuzusehen, wie die Frau den Mann zur Strecke bringt. Sie kann es wie Rosalind tun, indem sie ihn bezaubert, oder wie Mariana durch List; aber in jedem Fall ist die Beziehung zwischen der Frau und dem Mann die gleiche: sie ist der Verfolger und ergreift die Initiative, er ist der Verfolgte und der, über den entschieden wird. Wenn die Absichten der

Frau, wie bei Ophelia, durchkreuzt werden, so wird sie verrückt und begeht Selbstmord; und der Mann geht gleich von ihrem Begräbnis zu einem Wettfechten. Bei sehr jungen Wesen erspart die Natur ohne Zweifel der Frau manchmal die Mühe des Intrigierens. Prospero weiß, daß er Ferdinand und Miranda nur zusammenbringen muß, damit sie sich paaren wie die Tauben; und Perdita braucht Florizel nicht einzufangen wie die gelehrte Dame in ›Ende gut alles gut‹ (eine frühe Ibsenheldin) Bertram einfängt. Aber wenn es sich um Erwachsene handelt, kommt immer das Shakespearesche Gesetz zur Geltung. Die scheinbar einzige Ausnahme, Petruchio, ist keine wirkliche Ausnahme: er ist sehr sorgfältig als Eheabenteurer aus rein wirtschaftlichen Gründen konzipiert. Sobald er sicher ist, daß Katharina Geld hat, entschließt er sich, sie zu heiraten, noch ehe er sie gesehen hat. Im wirklichen Leben finden wir nicht nur Petruchios, sondern auch Mantalinis und Dobbins, die Frauen nachstellen, indem sie an ihr Mitleid, ihre Eifersucht oder ihre Eitelkeit appellieren, oder sich in einer romantischen Leidenschaft an sie klammern. Solche Weichlinge zählen nicht im Weltplan; sogar Bunsby, der wie ein verblendeter Vogel in den Rachen von Mrs. MacStinger fällt, ist vergleichsweise ein wahrhaft tragischer Gegenstand von Furcht und Mitleid. Ich finde diese Frau in meinen eigenen Stücken wieder, sie entspringt auf dramatische Weise meinen Händen (ein Prozeß, über den ich, das versichere ich Ihnen, nicht mehr wirkliche Gewalt besitze wie über meine Ehefrau) und benimmt sich genau so wie die Frau in den Stücken Shakespeares.

So ist Ihr Don Juan ans Tageslicht gekommen: als eine Bühnenprojektion der tragikomischen Liebesjagd, die die Frau auf den Mann macht; und mein Don Juan ist die Beute, nicht der Jäger. Und doch ist es ein wahrer Don Juan mit einem Sinn für die Wirklichkeit, der Konventionen zunichte macht und der sich bis zuletzt gegen das Schicksal wehrt, das ihn schließlich einholt. Die Tatsache, daß die Frau ihn braucht, um die vordringlichste Aufgabe der Natur zu vollbringen, kann ihn erst dann bezwingen, als sein Widerstand sie zur äußersten Anspannung ihrer Kräfte treibt und sie es wagt, ihre gewohnte Anwendung der konventionellen Pose von Pflicht und Zärtlichkeit aufzugeben und ihren Anspruch an ihn als ihr natürliches Recht zu proklamieren, zu einem Zweck, der ihre persönlichen irdischen Zwecke weit übersteigt.

Unter den Freunden, denen ich das Stück im Manuskript vorgelesen habe, sind einige unseres eigenen Geschlechts, die über die »Skrupellosigkeit« schockiert waren; sie meinten damit das völlige Außerachtlassen der männlichen Sonderwünsche, mit dem die Frau ihr Ziel verfolgt. Sie kommen nicht auf den Gedanken, daß es das Ende des Menschengeschlechts bedeuten würde, wenn die Frauen moralisch oder physisch so wählerisch wären wie die Männer. Gibt es etwas Gemeineres, als anderen Leuten die notwendige Arbeit zuzuschieben und diese dann als unwürdig und unfein zu diffamieren? Wir lachen über das hochmütige amerikanische Volk, daß den Neger die Stiefel putzen läßt und dann die moralische und physische Unterlegenheit des Negers mit der Tatsache beweist, daß er ein Schuhputzer ist. Aber wir selber schieben die ganze Mühsal der Schöpfung einem Geschlecht zu und unterstellen dann, daß kein weibliches Wesen, das wahrhaft fraulich und mit dem geringsten Zartgefühl ausgestattet ist, je den ersten Schritt in diese Richtung tun würde. Hierin kennt die männliche Heuchelei keine Grenzen. Ohne Zweifel aber gibt es Augenblicke, in denen die sexuellen Freiheiten des Mannes für ihn äußerst demütigend werden. Wenn der schreckliche Augenblick der Geburt eines Kindes kommt, ein Augenblick von höchster Wichtigkeit, übermenschlicher Anstrengung und Gefahr, zeigt sich, daß der Vater daran nicht teilhat und völlig bedeutungslos wird; da geht er selbst der bescheidensten Schürze aus dem Wege, glücklich, wenn er so arm ist, daß man ihn aus dem Haus schiebt und er seine Schande mit trunkenem Lärm überspielen kann. Doch sobald die Gefahr vorüber ist, nimmt er seine Rache, brüstet sich als Ernährer und spricht mit Herablassung, sogar mit Ritterlichkeit, von der »Sphäre« der Frau, so als wären Küche und Kinderzimmer weniger wichtig als das Büro in der Stadt. Wenn seine Prahlsucht erschöpft ist, läßt er sich in erotische Poesie oder sentimentales Gattengehabe treiben; und Tennysons König Arthur, der vor Guinevere posiert, wird zu einem Don Quichote, der vor Dulcinea kriecht. Sie müssen zugeben, daß die Natur hier die Komödie übertrifft: die wildeste Männerrechts- oder Frauenrechts-Farce ist flau, verglichen mit der alltäglichsten »Scheibe aus dem wirklichen Leben«. Die Unterstellung, daß Frauen nicht die Initiative ergreifen, ist ein Teil dieser Farce. Die ganze Welt ist übersät mit Schlingen, Fallen, Fallstricken und Gruben, die von den Frauen zum Fang von Männern ausgelegt sind. Geben Sie nur den Frauen das Stimmrecht, dann wird es in fünf Jahren eine erdrückende Junggesellensteuer geben. Die Männer hinwiederum belegen das Heiraten mit Strafen, sie berauben die Frauen ihres Eigentums, des Bürgerrechts, des freien Gebrauchs ihrer Glieder, dieses uralten Symbols der Unsterblichkeit, und des Rechts, es sich im Hause Gottes behaglich zu machen, indem man den Hut abnimmt. Sie rauben ihnen alles, auf das zu verzichten sie die Frauen zwingen können, ohne daß sie sich selbst zwingen, auf die Frau zu verzichten. Aber alles ist vergebens. Die Frau *muß* heiraten, weil das Menschengeschlecht ohne ihr Wirken zugrunde geht; und wenn das Risiko des Todes und die Gewißheit von Schmerz, Gefahr und unaussprechlichen Mühseligkeiten sie nicht zurückhalten können, so werden es auch Sklaverei und umwickelte Füße es nicht tun. Und doch nehmen wir an, daß die Kraft, die die Frauen durch all diese Gefahren und Mühen trägt, verschämt halt macht vor unseren zimperlichen Verhaltensvorschriften für junge Damen. Man ist überein gekommen, daß die Frau bewegungslos warten muß, bis um sie geworben wird. Nun, oft wartet sie wirklich bewegungslos. So wartet die Spinne auf die Fliege. Aber die Spinne spinnt ihr Netz. Und wenn die Fliege, wie mein Held, eine Kraft zeigt, mit der sie sich vielleicht befreien könnte, dann gibt die Spinne sehr schnell ihre scheinbare

Passivität auf und wickelt die Fliege ganz offen immer dichter ein, bis sie sich den Fang für immer gesichert hat!

Wenn die wirklich eindrucksvollen Bücher und anderen Kunstwerke der Welt von gewöhnlichen Männern gemacht wären, so würden sie mehr Angst vor der Verfolgung durch die Frauen ausdrücken als Liebe zu deren trügerischer Schönheit. Aber gewöhnliche Männer können keine Kunstwerke hervorbringen, die wirklich Eindruck machen. Die, die es können, sind geniale Männer, das heißt Männer, die von der Natur ausgewählt sind, über deren eigenem instinkthaften Streben ein intellektuelles Bewußtsein aufzubauen. Wir finden daher im genialen Mann die ganze Skrupellosigkeit und die »Selbsthingabe« (die beiden Dinge sind dasselbe) der Frau. Er riskiert Hals und Kragen; wenn es nötig ist, hungert er ein Leben lang in einer Dachkammer; er studiert die Frauen und lebt von ihrer Arbeit und Fürsorge, so wie Darwin die Würmer studierte und von Schafen lebte; er arbeitet ohne Bezahlung, bis seine Nerven in Fetzen sind, ein erhabener Altruist in seiner Rücksichtslosigkeit gegen sich selbst, ein schrecklicher Egoist in seiner Rücksichtslosigkeit gegen andere. Hier begegnet die Frau einem Lebensziel, das genau so unpersönlich, so unwiderstehlich ist wie ihr eigenes, und der Zusammenprall ist manchmal tragisch. Wenn die Sache noch dadurch kompliziert wird, daß das Genie eine Frau ist, dann ist es ein Spiel für einen König unter den Kritikern: Ihre George Sand wird Mutter, um als Romanschriftstellerin Erfahrungen zu sammeln und sich weiterzuentwickeln, und verschlingt dabei geniale Männer, Chopin, Musset und andere, als bloße Hors d'œuvres.

Ich führe natürlich einen extremen Fall an; aber was von dem großen Mann gilt, der das philosophische Bewußtsein des Lebens verkörpert, und von der Frau, die die Fruchtbarkeit verkörpert, gilt bis zu einem gewissen Grad für alle Genies und alle Frauen. Daher werden die Bücher der Welt geschrieben, ihre Bilder gemalt, ihre Statuen modelliert, ihre Symphonien komponiert, von Menschen, die frei sind von der sonst allgemeinen Herrschaft der Tyrannei des Geschlechtlichen. Das führt uns zu dem Schluß, der für den Pöbel überraschend sein muß, daß die Kunst, anstatt vor allem der Ausdruck der normalen sexuellen Situation zu sein, in Wirklichkeit der einzige Ort ist, wo das Geschlechtliche eine unwirksame und zweitrangige Macht ist, deren Bewußtsein so verwirrt und deren Absicht so pervertiert ist, daß ihre Ideen den gewöhnlichen Menschen wie bloße Fantasie vorkommen. Ob der Künstler nun ein Dichter wird oder ein Philosoph, ein Moralist oder der Gründer einer Religion, seine Sexuallehre ist nichts als ein unfruchtbares, einseitiges Plädieren für Vergnügen, Aufregung und Wissen, solange er jung ist, und für kontemplative Ruhe, wenn er alt und gesättigt ist. Ebenso unwirklich sind Romantik und Asketentum, Libertinismus und Puritanismus in der großen Welt der Philister. Die Welt, wie sie uns in Büchern gezeigt wird, ob die Bücher nun als Erzählungen oder als Evangelien deklariert werden, in einem Kode, einer politischen Rede oder in philosophischen Systemen, ist gar nicht die eigentliche Welt: es ist nur das Selbstverständnis gewisser anormaler Leute, die das besondere künstlerische Talent und Temperament haben. Das ist für Sie und für mich eine ernste Angelegenheit, denn der Mensch, dessen Bewußtsein nicht mit dem der Mehrheit übereinstimmt, ist ein Verrückter; und die alte Sitte, Verrückte anzubeten, weicht der neuen Sitte, sie einzusperren. Und da das, was wir Bildung und Kultur nennen, größtenteils nichts anderes ist als die Verwechslung von Lesen mit Erfahrung, von Literatur mit Leben, von veralteten Phantasien mit der zeitgenössischen Wirklichkeit, zerstört Bildung, wie Sie es zweifelsohne in Oxford bemerkt haben, durch solche Ersatzwerte jeden Geist, der nicht stark genug ist, die Anmaßung zu durchschauen und die großen Meister der Kunst als das zu nehmen, was Sie sind, und nicht mehr: als Inhaber von Patenten höchst fragwürdiger Methoden des Denkens und Hersteller von höchst fragwürdigen und für die Mehrheit nur halbgültigen Darstellungen des Lebens. Der Schuljunge, der seinen Homer dazu benutzt, ihn seinem Mitschüler an den Kopf zu werfen, macht wahrscheinlich den sichersten und vernünftigsten Gebrauch von ihm; und ich beobachte mit Genugtuung, daß Sie gelegentlich, in Ihren besten Augenblicken, das gleiche mit Ihrem Aristoteles tun.

Zum Glück für uns, deren Geist durch die Literatur so überwältigend verformt worden ist, ist das, was all diese Abhandlungen und Gedichte und Schriften jeglicher Art hervorbringt, der Kampf des Lebens selbst, das sich auf eine göttliche Weise seiner bewußt werden will, statt blind hierhin und dorthin zu taumeln, um dem Weg des geringsten Widerstandes zu folgen. Daher findet man in all jenen Büchern eine Annäherung an die Wahrheit, wo der Schreiber, wenn auch außergewöhnlich begabt, normal veranlagt ist und keine private Abrechnung begleichen will. Kopernikus hatte kein Motiv, seine Mitmenschen irrezuführen, was die Stellung der Sonne im Sonnensystem betrifft: er suchte diese Stellung so redlich, wie ein Schäfer seinen Weg durch den Nebel sucht. Aber Liebesgeschichten hätte Kopernikus nie so wissenschaftlich geschrieben. Wenn es um geschlechtliche Beziehungen geht, läuft der geniale Mann nicht Gefahr, wie der gewöhnliche Mann, gefangen zu werden; ebensowenig teilt die geniale Frau die überwältigende Spezialisierung der gewöhnlichen Frau. Und das ist der Grund, warum unsere Schriften und die anderen Kunstwerke, wenn sie von Liebe handeln, nicht mehr redliche naturwissenschaftliche Versuche, sondern romantischer Unsinn werden, erotische Ekstase oder strenges Asketentum der Sättigung (»die Straße des Exzesses führt in den Palast der Weisheit«, sagt William Blake; denn »man weiß nie, was genug ist, ehe man nicht weiß, was mehr als genug ist«).

Diese Frage der Sexualität hat einen politischen Aspekt, der für meine Komödie zu umfangreich ist und überhaupt zu gewichtig, als daß ich ihn ohne schuldhafte Frivolität übergehen könnte. Es ist unmöglich, darzulegen, daß die Initiative beim Anknüpfen sexueller Beziehungen immer noch bei der

Frau liegt und ihr bis jetzt immer mehr bestätigt worden ist, indem man den Frauenraub unterdrückte und Zudringlichkeit diffamiert, ohne daß man gleichzeitig sehr ernste Betrachtungen darüber anstellt, daß diese Initiative politisch gesehen die wichtigste aller Initiativen ist, denn unser politisches Experiment der Demokratie, die letzte Zuflucht einer billigen politischen Mißwirtschaft, wird uns ruinieren, wenn unsere Mitbürger kein gutes Erbgut haben.

Als wir beide geboren wurden, war dieses Land noch von einer ausgewählten Klasse beherrscht, die aus politisch geschlossenen Ehen hervorgegangen war. Die Kaufmannsklasse hatte damals noch nicht einmal die ersten fünfundzwanzig Jahre ihrer neuen Teilhaberschaft an der politischen Macht hinter sich; ihre Mitglieder waren nach finanziellen Gesichtspunkten ausgewählt, sie entstammten, wenn nicht politischen Ehen, so doch ziemlich rigoros beschränkten Klassenehen. Aristokratie und Plutokratie stellen immer noch die Führer der Politik; aber sie sind jetzt von den Wahlen einer Masse abhängig, die promiskuitiv gezeugt ist. Und das, müssen Sie sich vorstellen, genau in dem Augenblick, wo politische Probleme plötzlich nicht mehr nur in sehr beschränkter und zufälliger Einmischung in die Mißwirtschaft einer so engen kleinen Insel bestehen, die etwas von einer Pfarrei an sich hat, wo man sich öffentliche Ämter zuschiebt und gelegentlich sinnlose dynastische Kämpfe austrägt; das politische Problem ist jetzt die industrielle Reorganisation Britanniens, der Aufbau eines praktisch internationalen Commonwealth und die Teilung ganz Afrikas und vielleicht ganz Asiens unter die zivilisierten Mächte. Glauben Sie wirklich, daß die Menschen, deren Vorstellungen von Gesellschaft und Benehmen, deren Fähigkeit zur Aufmerksamkeit und deren Interessenradius sich am britischen Theater messen, so wie Sie es heute kennen, entweder diese kolossale Aufgabe selbst in die Hand nehmen oder den Geist und Charakter verstehen und unterstützen können, der (wenigstens einigermaßen) imstande ist, sie in die Hand zu nehmen? Denn denken Sie daran: was unsere Wähler im Parkett und auf der Galerie sind, das sind sie auch im Wahllokal. Wir sind jetzt alle unter den Hufen dessen, was Burke »die Hufe der schweinischen Menge« nannte. Burkes Sprache wurde sehr übel aufgenommen, denn die Ausnahmen, die er in der allgemeinen Anwendung dieses Ausdrucks zubilligte, machten ihn zu einer Klassenbeleidigung; wobei der Topf gewiß keine Veranlassung hatte, den Kessel schwarz zu schimpfen. Trotzdem die Aristokratie, die er verteidigte, versuchte, durch politische Heiraten eine Nachkommenschaft für ihre Interessen zu erzeugen, blieb ihr Verstand dank dummer Lehrer und Erzieherinnen unterentwickelt, ihr Charakter wurde verdorben durch einen Luxus, für den sie nicht zu arbeiten brauchte, und ihre Selbstachtung wurde durch Schmeichelei und Unterwürfigkeit völlig verfälscht. Es ist heute nicht besser und wird auch nie besser werden: sogar unsere Bauern haben etwas moralisch Kräftigeres in sich, das gelegentlich in einem Bunyan, einem Burns oder einem Carlyle kulminiert. Aber geben Sie acht: diese Aristokratie, die von 1832 bis 1885 vom Mittelstand überwältigt wurde, ist jetzt wieder zur Macht gelangt durch die Stimmen der »schweinischen Menge«. Tom Paine hat über Edmund Burke gesiegt; und die Schweine sind jetzt umschmeichelte Wähler. Wie viele aus ihrer eigenen Klasse haben diese Wähler ins Parlament geschickt? Kaum ein Dutzend von 670, und diese nur wegen hervorragender persönlicher Eignung und der Fähigkeit der populären Rede. Die Menge spricht so das Urteil über die eigenen Reihen; sie gibt zu, daß sie selber unfähig ist zum Regieren und stimmt nur für einen Mann, der morphologisch und gattungsmäßig verwandelt ist dadurch, daß er ein Schloß bewohnt und eine Equipage besitzt, einen überragenden Schneider hat und mit seiner aristokratischen Verwandtschaft glänzt. Nun, wir beide kennen diese verwandelten Personen, die das College absolviert haben, diese wohlfrisierten, monokeltragenden Algys und Bobbys, diese Kricketspieler, denen das Alter Golfspiele statt Weisheit bringt...

Wissen Sie etwa, ob Sie lachen oder weinen sollen bei dem Gedanken, daß sie, diese armen Teufel! ein Team von Kontinenten lenken werden, so wie sie einen Vierspänner lenken; daß sie ein anarchisches Gedränge von zufälligem Handel und zufälliger Spekulation zu einer geordneten Produktivität verwandeln, daß sie unsere Kolonien zu einer Weltmacht erster Größe zusammenschließen sollen? Geben Sie diesen Leuten die vollkommenste politische Konstitution, die eine wohlwollende Allwissenheit für sie erfinden kann, und sie werden sie zu einer bloßen modischen Torheit oder billigen Wohltätigkeit uminterpretieren, und zwar so unweigerlich, wie ein Wilder die philosophische Theologie eines schottischen Missionars in rohen afrikanischen Götzendienst verkehrt.
Ich weiß nicht, ob Sie noch irgendwelche Illusionen über Erziehung, Fortschritt usw. haben. Ich habe keine. Jeder Pamphletist kann den Weg zu einer besseren Zukunft zeigen, aber wo kein Wille ist, da ist auch kein Weg. Mein Kindermädchen sagte gern, daß man aus einem Schweinsohr keine Seidenbörse machen kann; und je mehr ich von den Anstrengungen unserer Kirchen und Universitäten und unserer literarischen Weisen sehe, die Masse über ihr eigenes Niveau emporzuheben, desto überzeugter werde ich, daß mein Kindermädchen recht hatte. Der Fortschritt kann nichts anderes bewirken, als das Beste aus dem herauszuholen, was bereits in uns steckt, und es ist klar, daß dieses Beste nicht ausreichen würde, selbst wenn die, die sich schon aus den tiefsten Abgründen erhoben haben, den anderen eine Chance ließen. Die Blase der Erblichkeit ist angestochen, die Gewißheit, daß erworbene Eigenschaften als Elemente des praktischen Erbgutes ohne Belang sind, hat die Hoffnungen der Erziehungsfanatiker ebenso zerstört wie die Schrecken der Leute, die mit Degeneration drohen; und wir wissen heute, daß es ebensowenig eine geborene »herrschende Klasse« gibt wie angeborenes Rowdytum. Wir müssen entweder politische Fähigkeiten züchten oder durch die Demokratie zugrunde gehen, die

uns durch das Versagen der älteren Alternativen aufgezwungen worden ist. Aber wenn der Despotismus versagt hat, nur weil es keinen fähigen gütigen Despoten gab, was für eine Chance hat dann die Demokratie, die eine ganze Bevölkerung von fähigen Wählern braucht: das heißt, von politischen Kritikern, die, wenn sie wegen Mangels an überschüssiger Energie oder an spezifischem Talent zur Verwaltung nicht persönlich regieren können, wenigstens Fähigkeit und Güte bei anderen erkennen und schätzen können und durch fähige und wohlmeinende Vertreter regieren? Wo kann man heutzutage solche Wähler finden? Nirgends. Die Inzucht unter Plutokraten hat eine Charakterschwäche hervorgebracht, die zu ängstlich ist, die ganze Härte eines rein auf Konkurrenz beruhenden Existenzkampfes auf sich zu nehmen, und zu faul und kleinlich, um ein kooperatives Gemeinwesen aufzubauen. Da wir feige sind, bekämpfen wir unter dem Vorwand der Philanthropie eine natürliche Selektion; da wir träge sind, vernachlässigen wir künstliche Selektion unter dem Vorwand des Zartgefühls und der Moral.

Aber wir müssen eine Wählerschaft von fähigen kritischen Menschen bekommen, oder wir werden zugrunde gehen, wie Rom und Ägypten zugrunde gingen. Im Augenblick entsteht unter unseren Augen wieder die römische Phase der Dekadenz von *panem et circenses*. Unsere Zeitungen und unsere melodramatischen Theaterstücke prahlen mit unserer Bestimmung zum Weltreich; aber unsere Augen und unsere Herzen wenden sich begehrlich dem amerikanischen Millionär zu. Sowie seine Hand sich in die Tasche senkt, fahren unsere Hände instinktiv an die Hutkrempe. Unser idealer Wohlstand ist nicht der Wohlstand des industriellen Nordens, sondern der Wohlstand der Insel Whight, der Wohlstand von Folkestone und Ramsgate, von Nizza und Monte Carlo. Das ist der einzige Wohlstand, den man auf der Bühne sieht, wo alle arbeitenden Menschen Lakaien, Zimmermädchen, komische, möbliert wohnende Literaten und modische Akademiker sind, während die Helden und Heldinnen auf wunderbare Weise über unbegrenzte Dividenden verfügen und wie die Ritter in Don Quixotes Ritterromanen kostenlos essen. Die Zeitungen der City schwätzen von der Konkurrenz zwischen Bombay und Manchester und ähnlichem. Die wahre Konkurrenz besteht zwischen Regent Street und der Rue de Rivoli, zwischen Brighton sowie der Südküste und der Riviera um das Geld der amerikanischen Trusts. Was bedeutet diese wachsende Vorliebe für Prunk und Gepränge, diese überströmende Loyalität, dieses beflissene Aufstehen und Hutabnehmen beim Flattern einer Fahne oder dem Ton einer Blaskapelle? Imperialismus? Keineswegs. Beflissenheit, Dienstfertigkeit, Gier beim aufsteigenden Geruch von Geld. Wenn Mr. Carnegie mit seinen Millionen in der Tasche klimpert, so krümmt sich ganz England in einer habgierigen Verbeugung. Nur als Rhodes (der wahrscheinlich meinen »Sozialismus für Millionäre« gelesen hatte) mitteilte, daß kein Müßiggänger sein Vermögen erben werde, richteten sich die gebeugten Rücken für einen Augenblick mißtrauisch auf. War es möglich, daß der Diamantenkönig doch kein Gentleman war? Doch konnte man letzten Endes den Ausrutscher eines reiches Mannes leicht ignorieren. Die wenig gentlemanhafte Klausel wurde nicht mehr erwähnt, und die Rücken krümmten sich wieder zu ihrer natürlichen Form zurück.

Aber ich höre Ihre erschrockene Frage, ob ich tatsächlich all diese Paukenschläge in ein Lustspiel über Don Juan hineingepackt habe. Ich habe es nicht getan. Ich habe nur aus meinem Don Juan den Verfasser eines politischen Pamphlets gemacht und Ihnen in einem Anhang den vollen Wortlaut seines Pamphlets beigefügt. Sie finden es am Ende dieses Buches. Leider ist es bei Romanschreibern allgemein üblich, ihren Helden als einen Mann von außerordentlichem Genie anzukündigen und dann seine Werke gänzlich der Phantasie seiner Leser zu überlassen, weshalb Sie sich am Ende des Buches wehmütig sagen werden, daß Sie, wenn der Autor nicht am Anfang feierlich seine Vernunft versichert hätte, Sie dem Herrn kaum ein gewöhnliches Maß davon bescheinigen wür-

den. Mir können Sie diesen beklagenswerten Mangel, diese schwache Ausrede nicht vorwerfen. Ich erzähle Ihnen nicht nur, daß mein Held ein Handbuch für Revolutionäre geschrieben hat: ich biete Ihnen das Handbuch in vollem Wortlaut zu Ihrer Erbauung, falls Sie sich die Mühe machen wollen, es zu lesen. Und in diesem Handbuch finden Sie die Politik, die sich aus der sexuellen Frage ergibt, so wie sie der Nachfahre Don Juans in meiner Vorstellung versteht. Damit will ich nicht die volle Verantwortung für seine Ansichten und für diejenigen meiner Gestalten ablehnen, ob sie nun erfreulich oder unerfreulich sind. Von ihren verschiedenen Standpunkten aus sind sie ganz in Ordnung; und für den dramatischen Augenblick sind ihre Ansichten auch die meinen. Das mag die Leute in Erstaunen versetzen, die glauben, daß es so etwas wie einen absolut richtigen Standpunkt gibt, womit sie gewöhnlich ihren eigenen meinen. Es mag ihnen so scheinen, daß niemand, der dies bezweifelt, sich im Zustand der Gnade befinden kann. Wie auch immer, es ist gewiß wahr, daß niemand, der ihrer Ansicht ist, ein Dramatiker sein kann noch irgend etwas anderes, das mit Menschenkenntnis zu tun hat. Daher wird darauf hingewiesen, daß Shakespeare kein Gewissen hatte. In diesem Sinne habe ich auch keines.
Sie können mich allerdings daran erinnern, daß dieser meiner Abschweifung in die Politik ein sehr überzeugender Beweis voranging, daß nämlich der Künstler in der Frage der Geschlechter nie den Standpunkt des gewöhnlichen Menschen trifft, weil er nicht in dessen Lage ist. Zuerst beweise ich, daß alles, was ich über die Beziehung der Geschlechter schreibe, notwendigerweise mißverständlich ist; und dann gehe ich daran, ein Stück über Don Juan zu schreiben. Nun, wenn Sie darauf bestehen, mich zu fragen, warum ich mich so absurd verhalte, dann kann ich nur antworten, daß Sie mich darum gebeten haben, und daß meine Behandlung des Gegenstandes auf jeden Fall für den Künstler gültig sein kann, für den Amateur amüsant und für den Philister zum mindesten verständlich und darum vielleicht anregend. Jeder Mensch, der

von seinen Illusionen berichtet, liefert Material für eine wirklich wissenschaftliche Psychologie, auf die die Welt immer noch wartet. Ich lege meine Ansicht über die bestehenden Beziehungen zwischen Männern und Frauen in der höchstzivilisierten Gesellschaft einfach auf den Tisch. Es ist eine Ansicht wie jede andere Ansicht, nicht mehr, sie ist weder richtig noch falsch, aber, so hoffe ich, eine Art und Weise, den Gegenstand zu betrachten, die in die vertraute Reihenfolge von Ursache und Wirkung eine ausreichende Masse von Tatsachen und Erfahrungen hineinwirft, um für Sie interessant zu sein, vielleicht auch für das Theaterpublikum von London. Bei dieser Unternehmung habe ich allerdings auf das Londoner Publikum wenig Rücksicht genommen; aber ich weiß, daß es Ihnen und auch mir sehr freundlich gesonnen ist, soweit es überhaupt von unserer Existenz Kenntnis hat, und daß es sehr wohl weiß, daß das, was ich für Sie schreibe, notwendigerweise weit über seine schlichten romantischen Köpfe hinausgeht. Es betrachtet meine Bücher als gebildet und mein Genie als garantiert, es vertraut darauf, daß ich Werke von einer Qualität hervorbringe, die meine Meinung rechtfertigen. So dürfen wir uns also auf unserer eigenen Ebene nach Herzenslust ergötzen; und wenn irgendein Herr findet, daß weder diese Widmung noch der Traum des Don Juan im dritten Akt der folgenden Komödie sich für die unmittelbare Darstellung in einem volkstümlichen Theater eignet, so brauchen wir ihm nicht zu widersprechen. Napoleon versorgte [den Schauspieler] Talma mit einem ganzen Parkett voll Königen; welchen Effekt das auf Talmas Darstellung hatte, wird nicht berichtet. Was mich betrifft, so habe ich mir immer ein Parkett voll von Philosophen gewünscht, und dies ist ein Stück für ein solches Parkett.
Ich würde die Namen aller Autoren, die ich in den folgenden Seiten geplündert habe, in aller Form aufführen, wenn ich mich noch an alle erinnerte. Den dichtenden Räuber habe ich bewußt bei Sir Arthur Conan Doyle entlehnt; und die Verwandlung von Leporello in Enry Straker, den Automechani-

ker und neuen Menschen, ist ein beabsichtigter dramatischer Entwurf des zeitgenössischen Embryos von Mr. H. G. Wells' Vorwegnahme der tüchtigen Technikerklasse, die, wie er hofft, am Ende dem Fortschritt die Schwätzer aus dem Weg räumen wird. Während ich meine Druckfahnen korrigierte, hat Mr. [James Matthew] Barrie auch London mit einem Diener amüsiert, der mehr weiß als sein Herr. Die Erfindung der Firma Mendoza GmbH führe ich auf einen gewissen Westindischen Kolonialsekretär zurück, der, zu einer Zeit, als er und ich und Mr. Sidney Webb als eine Art Drei Musketiere der Fabier politisches Unkraut säten, ohne im geringsten vorauszusehen, welch überraschend ehrbare Saat daraus aufgehen würde, dem umfassend gebildeten und unerschöpflichen Webb riet, eine Gesellschaft zum Wohl der Aktionäre zu gründen. Octavius übernehme ich unverändert von Mozart; und ich bevollmächtige hiermit jeden Schauspieler, der ihn darstellt, in irgendeinem geeigneten Moment während der Aufführung »dalla sua pace« zu singen (wenn er kann).

Auf Ann bin ich durch ein holländisches Mysterienspiel aus dem fünfzehnten Jahrhundert gekommen, das *Jedermann* heißt und das vor kurzem von Mr. William Poel mit triumphalem Erfolg wiedererweckt worden ist. Ich hoffe, daß er diese Ader weiter ausbeutet und erkennt, daß der elisabethanische Renaissanceschwulst nach der mittelalterlichen Dichtung ebenso schwer zu ertragen ist wie Scribe nach Ibsen. Während ich im Charterhouse saß und *Jedermann* sah, sagte ich mir, warum nicht Jedefrau? Ann war das Ergebnis: nicht jede Frau ist Ann, aber Ann ist Jedefrau.

Daß der Autor von *Jedermann* kein bloßer Künstler, sondern ein Künstler *und* Philosoph war, und daß die Künstler-Philosophen die einzige Art von Künstlern sind, die ich ganz ernst nehme, wird Ihnen nichts Neues sein. Sogar Plato und Boswell, die Dramatiker, die Sokrates und Dr. Johnson erfanden, beeindrucken mich tiefer als die romantischen Stückeschreiber. Seit ich als Junge zum erstenmal bei einer Aufführung von Mozarts *Zauberflöte* die Luft der transzendenten Regionen geatmet habe, bin ich gegen den billigen Glanz und die alkoholischen Erregungen der üblichen Bühnenkombinationen von Naturburschenromantik und Polizeiintelligenz gefeit gewesen. Zu den Schriftstellern, deren merk-würdiges Weltgefühl ich als mehr oder weniger dem meinen verwandt empfinde, gehören Bunyan, Blake, Hogarth und Turner (diese vier im besonderen und noch vor allen englischen Klassikern), Goethe, Shelley, Schopenhauer, Wagner, Ibsen, Morris, Tolstoi und Nietzsche. Beachten Sie das Wort »merkwürdig«. Ich habe Dickens und Shakespeare ohne Scham oder Einschränkung gelesen; aber ihre reichen Beobachtungen und Darstellungen des Lebens ordnen sich in keine Philosophie oder Religion ein; im Gegenteil, Dickens' sentimentale Auffassungen widersprechen seinen Beobachtungen aufs heftigste, und Shakespeares Pessimismus kommt nur aus seiner verletzten Menschlichkeit. Beide haben in einem hervorragenden Maße das besondere Genie des Erzählers und die dem menschlichen Fühlen und Denken gemeinsamen Sympathien. Sie sind oft vernünftiger (normal) und klüger als die Philosophen, genau wie Sancho Pansa oft vernünftiger (normaler) und klüger war als Don Quixote. Durch ihr Gefühl für das Lächerliche räumen sie riesige Massen von bedrückendem Ernst beiseite; dieses Gefühl für das Lächerliche ist im Grunde eine Kombination von gesundem moralischen Urteil mit leichtherziger guter Laune. Aber sie befassen sich mit der Mannigfaltigkeit der Welt statt mit ihrer Einheit; sie sind so unreligiös, daß sie für berufliche Zwecke die Volksreligion ohne Zartgefühl und Bedenken ausbeuten (zum Beispiel Sydney Carton und der Geist in *Hamlet*), sie sind anarchisch und können ihre Darstellungen von Angelo und Dogberry, Sir Leicester Dedlock und Mr. Tite Barnacle nicht gegen das Bild eines Propheten oder eines würdigen Führers abwägen; sie haben keine konstruktiven Ideen; sie betrachten diejenigen, die solche haben, als gefährliche Fanatiker; in ihrem ganzen Werk gibt es keinen führenden Gedanken, keine Inspiration, für die irgend jemand es riskieren könnte, seinen

Hut in einem Regenschauer zu verderben, viel weniger sein Leben aufs Spiel zu setzen. Shakespeare und Dickens sind beide gezwungen, für die gewichtigeren Handlungen ihrer Personen Motive aus dem gemeinsamen Vorrat von melodramatischen Situationen zu borgen, so daß Hamlet durch die Vorurteile eines Ordnungshüters stimuliert werden muß und Macbeth durch die Begehrlichkeit eines Strauchdiebs. Dikkens, der sich nicht auf den Vorwand berufen kann, Motive für einen Hamlet oder Macbeth fabrizieren zu müssen, steuert seine Mannschaft überflüssigerweise mit mechanischen Tricks den Strom seiner monatlichen Fortsetzungen hinunter, die zu beschreiben ich Ihnen überlasse, da mein eigenes Gedächtnis sich vergeblich mit so einfachen Fragen abquält wie der nach Monks in *Oliver Twist* oder der lange unbekannten Herkunft von Smike oder den Beziehungen zwischen den Familien Dorritt und Clennan, deren Entdeckung durch Monsieur Rigaud so ungelegen kommt. In Wahrheit war die Welt für Shakespeare eine große »Bühne voller Narren«, auf der er selbst ganz verwirrt stand. Er konnte im Leben überhaupt keinen Sinn entdecken; und Dickens rettete sich vor der Verzweiflung des Traums in *The Chimes*, indem er die Welt als gegeben hinnahm und sich mit ihren Details beschäftigte. Keiner von ihnen konnte etwas mit einem ernsten, positiven Charakter anfangen; sie konnten eine menschliche Gestalt vollkommen lebensecht vor einen hinstellen; aber wenn der Augenblick kam, wo sie wirklich leben und sich bewegen sollte, stellten sie fest, daß sie, sofern die Gestalt sie nicht zum Lachen bringen konnte, eine Marionette in Händen hielten, und daß sie einen künstlichen Anstoß von außen erfinden mußten, damit sie sich bewege. Das ist bei Hamlet das ganze Stück hindurch der Fall: er hat, außer in seinen Wutausbrüchen, keinen Willen. Törichte Shakespearefanatiker machen, wie das so ihre Art ist, daraus eine Tugend; sie erklären, daß das Stück die Tragödie der Unentschlossenheit ist, aber Shakespeares gesamte Darstellungen der tiefsten Menschlichkeit, die er kannte, haben den gleichen Fehler; die

Charaktere und Sitten sind lebensecht, aber die Handlungen werden den Gestalten von außen aufgezwungen, und die äußere Gewalt ist auf groteske Weise unangemessen, außer wenn sie ganz konventionell ist, wie bei Heinrich V., wo Falstaff lebendiger ist als irgendeiner der ernsten, reflektierten Charaktere, weil er aus sich heraus handelt; seine Motive sind seine eigenen Begierden, Instinkte und Launen. Auch Richard III. ist erfreulich als der launische Komödiant, der einen Leichenzug anhält, um der Witwe des Sohnes des Verstorbenen den Hof zu machen; aber wenn er im nächsten Akt von einem Theaterschurken ersetzt wird, der kleine Kinder erstickt und Leuten den Kopf abschlägt, so sind wir von diesem Betrug angewidert und lehnen den Wechselbalg ab. Faulconbridge, Coriolanus, Leontes sind bewundernswerte Beschreibungen von impulsiven Charakteren; *Coriolanus* ist tatsächlich die größte von Shakespeares Komödien; aber Beschreibung ist keine Philosophie, und eine Komödie stellt einen Autor weder bloß, noch enthüllt sie ihn. Man muß ihn nach jenen Charakteren beurteilen, in die er das hineinlegt, was er über sich selbst weiß, seine Hamlets und Macbeths, seine Lears und Prosperos. Wenn diese Gestalten sich in einer Leere mit künstlichen melodramatischen Morden und Racheakten und ähnlichem herumquälen, während die komischen Charaktere mit den Füßen auf festem Grund stehen, lebendig und amüsant sind, dann weiß man, daß der Autor viel vorzuführen hat, aber nichts zu lehren. Der Vergleich zwischen Falstaff und Prospero ist wie der Vergleich zwischen Micawber und David Copperfield. Am Ende des Buches kennt man Micawber, während man nur weiß, was David widerfahren ist; man ist an ihm nicht genügend interessiert, um sich zu fragen, was seine politischen oder religiösen Ansichten sind, falls so etwas Gewichtiges wie eine politische oder religiöse Idee oder irgendeine allgemeine Idee ihm überhaupt kommt. Als Kind ist er erträglich, aber er wird nie ein Mann, und man könnte ihn aus seiner eigenen Biographie ganz herauslassen, wäre er nicht als Vertrauensperson nützlich wie auf der Bühne ein Horatio oder »sein Freund Karl«, die das sind, was man einen Stichwortgeber nennt.

Nun kann man dergleichen von den Werken eines Dichter-Philosophen nicht sagen. Man kann es zum Beispiel nicht von [John Bunyans] *Pilgrim's Progress* sagen. Stellen Sie ihren Shakespeare-Helden oder -Feigling, Heinrich V. und Pistol oder Parolles neben Mr. Valiant und Mr. Fearing, so wird sich Ihnen plötzlich der Abgrund auftun, der zwischen dem Modeautor liegt, der in der Welt nichts sehen konnte als persönliche Ziele und die Tragödie ihrer Enttäuschung oder die Komödie ihrer Unangemessenheit, und dem Feldprediger, der Tugend und Mut erreichte, indem er sich selbst mit den Zwecken der Welt identifizierte, so wie er sie verstand. Der Unterschied ist riesig: Bunyans Feigling erregt Ihr Blut mehr als Shakespeares Held, der einen in Wirklichkeit kaltläßt und eine heimliche Feindschaft hervorruft.

Man sieht plötzlich ein, daß Shakespeare bei all seinen Geistesblitzen und Ahnungen Tugend und Mut niemals verstanden hat; daß er nie begriffen hat, wie ein Mann, der wie Bunyans Held kein Narr war, am Ufer des Todesflusses einen Blick auf die Kämpfe und Mühsale seiner Pilgerschaft zurückwerfen und sagen konnte: »Und doch bereue ich es nicht«; oder der mit der Großartigkeit eines Millionärs verfügen kann: »Mein Schwert dem, der mir in meiner Pilgerschaft nachfolgt, und meinen Mut und meine Geschicklichkeit dem, der sie erreichen kann.« Das ist die wahre Freude am Leben: für einen Zweck benutzt zu werden, den man selber als einen großen erkannt hat; völlig verbraucht zu werden, bevor man auf dem Abfallhaufen landet; eine Naturkraft zu sein statt eines selbstsüchtigen kleinen Häufchens von Leiden und Beschwerden, das sich darüber beklagt, daß sich nicht die ganze Welt damit beschäftigt, einen glücklich zu machen. Und die einzige Tragödie im Leben ist die, von selbstsüchtigen Menschen zu Zwecken mißbraucht zu werden, die man als niedrig erkennt. Der ganze Rest ist schlimmstenfalls bloßes Mißgeschick oder Vergänglichkeit: das allein ist Elend, Sklaverei, die Hölle auf Erden; und das Aufbegehren dagegen ist die einzige Kraft, die dem armen Künstler die Arbeit eines Mannes verschafft, dem Künstler, den unsere selbstsüchtigen reichen Leute so gern als Schmeichler, Spaßmacher, Verkäufer von Schönheit, Produzent von Gefühlen und ähnlichem beschäftigen möchten.

Es scheint ein langer Weg von Bunyan zu Nietzsche, aber der Unterschied zwischen den Ergebnissen, zu denen beide gekommen sind, ist ein rein formaler. Bunyans Einsicht, daß Rechtschaffenheit nur ein Haufen schmutziger Lumpen ist, seine Verachtung für Mr. Legality im Dorf Morality, seine trotzige Verachtung der Kirche als einer Verfälscherin der Religion, sein Bestehen darauf, daß Mut die Tugend der Tugenden ist, seine Einschätzung der herkömmlich ehrbaren und vernünftigen Lebensweise des weltlichen Weisen, die er im Grunde nicht für besser hält als Leben und Tod des »Bösewichts«, all das, bei Bunyan mit den Worten einer Kesselflickertheologie ausgedrückt, ist dasselbe, was Nietzsche mit den Worten einer nachdarwinistischen, nachschopenhauerschen Philosophie ausdrückt; Wagner mit den Worten einer polytheistischen Mythologie; und Ibsen mit den Mitteln der Pariser Dramaturgie des mittleren neunzehnten Jahrhunderts. Nichts an diesen Dingen ist neu, außer ihre Neuheiten: zum Beispiel ist es eine Neuheit, die Rechtfertigung durch den Glauben als »Wille« zu bezeichnen, und die Rechtfertigung durch die Werke als »Vorstellung«. Der einzige Nutzen dieser Neuerung ist, daß Sie und ich Schopenhauers Abhandlung von der Welt als »Wille und Vorstellung« kaufen und lesen, während es uns nicht im Traum einfallen würde, eine Predigtsammlung über »Glauben und Werke« zu kaufen. Im Grunde ist die Kontroverse die gleiche, und die dramatischen Ergebnisse sind die gleichen. Bunyan macht keinen Versuch, seine Pilger als vernünftiger oder besser beraten hinzustellen als Herrn Weltweisheit. Die schlimmsten Feinde dieses Herrn: Herr Unterschlagung, Herr Nie-am-Sonntag-in-die-Kirche, Herr Schlechteform, Herr Mörder, Herr Räuber, Herr Mitangeklagter, Herr Erpresser, Herr Ungebildet, Herr Trinker, Herr Arbeiteraufwiegler und so weiter, können *The Pilgrim's Progress* lesen, ohne ein Wort gegen sich zu finden; während die ehrbaren Leute, die sie bekämpfen und ins Gefängnis bringen, wie Herr Weltweisheit selbst und sein junger Freund Höflichkeit oder die Herren Formalist und Heuchelei, Wildfang, Rücksichtslos und Pragmatisch (die ganz deutlich erkennbar junge Studenten aus guter Familie und wohlgenährt sind), der muntere Bursche Unwissenheit, Herr Schwätzer, Herr Nebenabsicht von Offenrede und seine Schwiegermutter Frau Vorspiegelung sowie andere ehrbare Herren und Bürger ganz schön eins draufkriegen. Sogar dem Kleinen Glauben, trotzdem er am Ende in den Himmel kommt, wird zu verstehen gegeben, daß ihm recht geschehn ist, wenn er von seinen Brüdern Schwachherz, Mißtrauen und Schuld, die alle drei anerkannte Mitglieder der ehrbaren Gesellschaft und wahre Säulen des Gesetzes sind, verhöhnt worden ist. Die ganze Allegorie ist ein beständiger Angriff gegen Moralismus und Ehrbarkeit, ohne daß man sich an ein Wort erinnert, das gegen das Laster und das Verbrechen gesagt wird. Ist es nicht genau das, was man bei Nietzsche und Ibsen beklagt? Und nicht genau das, was man bei aller Literatur beklagen würde, die groß genug oder alt genug ist, um kanonischen Rang erlangt zu haben, offiziell oder inoffiziell, würden Bücher nicht nach einer Übereinkunft zum Kanon zugelassen, die bei der Beurteilung ihren Inhalt unberücksichtigt läßt, so daß der ehrwürdige Rektor mit dem Propheten Micha einverstanden sein kann, was seinen inspirierten Stil betrifft, ohne daß er sich mit Michas wüsten radikalen Meinungen einverstanden erklären muß? Sogar ich finde, während ich mich mit der Feder in der Hand zur Anerkennung und Höflichkeit zwinge, die ganze Gewalt meines Angriffs durch eine einfache Politik des passiven Widerstands zunichte gemacht. Umsonst verdoppele ich die Kraft der Sprache, in der ich meine Ketzereien verkünde. Ich wüte gegen die theistische Leichtgläubigkeit Voltaires, gegen den amoristischen Aberglauben Shelleys, gegen das Wiederaufleben primitiver Wahrsagerei und den Götzendienst, den Huxley Naturwissenschaft nennt und den er als einen Fortschritt gegenüber dem Pentateuch mißversteht, nicht weniger als gegen den Wust von kirchlichem und akademischem Schwindel, der das Ansehen des törichten Systems von Gewalt und Räuberei aufrechterhält, den wir Gesetz und Fleiß nennen. Sogar Atheisten werfen mir Untreue vor und Anarchisten zeihen mich des Nihilismus, weil ich ihre moralisierenden Tiraden nicht ertragen kann. Und doch, statt auszurufen »Schickt diesen unglaublichen Satansanbeter auf den Scheiterhaufen«, fallen mir die angesehenen Zeitungen in den Rücken, indem sie »ein neues Buch dieses brillianten Denkers« ankündigen. Und der normale Bürger, der weiß, daß ein Autor, von dem eine geachtete Zeitung gut spricht, in Ordnung sein muß, liest mich so, wie er Micha liest, von seinem Standpunkt aus mit ungetrübter Erbauung. Es wird berichtet, daß in den siebziger Jahren [des 19. Jahrhunderts] eine alte Dame, eine sehr fromme Methodistin, aus Colchester in ein Haus in der Nähe der City Road in London zog, wo sie, da sie irrtümlich das »Haus der Wissenschaft« für eine Kirche hielt, jahrelang zu Füßen von Charles Bradlaugh saß, berauscht von seiner Eloquenz, ohne daß ihr ein Zweifel an seiner Rechtgläubigkeit kam oder ihr Glaube auch nur eine Feder verloren hätte. Ich fürchte, ich werde auf die gleiche Weise um mein Martyrium betrogen.

Aber ich schweife ab, wie das Leute mit Kummer auf dem Herzen immer tun. Und schließlich liegt die Hauptsache, die die künstlerische Qualität eines Buches entscheidet, nicht in den Meinungen, die es vertritt, sondern in der Tatsache, daß der Autor eine Meinung hat. Die alte Dame aus Colchester hatte recht, wenn sie ihre schlichte Seele im kraftvollen Glanz von Bradslaughs echtem Glauben und Unglauben sonnte, statt in der Kühle einer bloßen Beschreibung von Licht und Wärme, wie sie Beredsamkeit und Konvention hervorbringen können. Meine Verachtung für die *belles lettres* und für Amateure, die bei den Liebhabern literarischer Virtuosität zu

Helden werden, gründet sich nicht darauf, daß ich mir Illusionen über die Dauer jener Denkformen (nennen Sie sie Meinungen) machte, durch die ich meinen Mitmenschen meine Neigungen mitzuteilen suche. Für jüngere Leute sind Schöngeistereien jetzt schon überholt; denn obwohl sie ihre Logik ebensowenig verloren haben, wie ein Pastellbild des achtzehnten Jahrhunderts seine Zeichnung oder seine Farbe verloren hat, so werden sie doch genau wie das Pastellbild auf eine undefinierbare Weise schäbig und immer schäbiger, bis sie jede Bedeutung verloren haben, während meine Bücher entweder untergehen oder, wenn die Welt immer noch arm genug ist, sie nötig zu haben, zusammen mit denen von Bunyan durch ganz amorphe Qualitäten des Temperaments und der Energie standhalten müssen. Mit dieser Überzeugung kann ich kein Belletrist sein. Ohne Zweifel muß ich erkennen, daß ich, wie es der Alte Seemann tat*, meine Geschichte auf eine unterhaltsame Weise erzählen muß, wenn ich den Hochzeitsgast trotz der lauten Sirenentöne des Fagotts fesseln will. Aber »um der Kunst willen« allein würde ich mir nicht die Mühe machen, einen einzigen Satz zu schreiben. Ich weiß, daß es Menschen gibt, die, obwohl sie nichts zu sagen und nichts zu schreiben haben, doch so in die Redekunst und die Literatur verliebt sind, daß es ihnen Vergnügen macht, das zu wiederholen, was sie von dem, was andere gesagt und geschrieben haben, verstehen. Ich weiß, daß die müßigen Kunstgriffe, die ihr Mangel an Überzeugung ihnen zu benutzen erlaubt, ihnen nur angenehmes Salonspiel möglich macht, das sie Stil nennen. Ich kann sie wegen ihrer Verstandesschwäche bemitleiden und sogar mit ihrem Geschmack sympathisieren. Aber ein wirklich originaler Stil wird nie um seiner selbst willen erreicht; ein Mensch mag, seinen Mitteln entsprechend, von einem Shilling bis zu einer Guinee zahlen, um von der genialen Tat eines anderen Menschen etwas zu

* Anspielung auf die anschauliche und sehr ausführliche Ballade »The Rime of the Ancient Mariner« von Samuel Taylor Coleridge (1772–1839)

sehen, zu hören oder zu lesen; aber er wird nicht mit Leib und Seele dafür zahlen, nur um ein Virtuose in der Literatur zu werden und ein Können zu demonstrieren, das ihm nicht einmal, wie das Fiedeln, Geld einbringt. Die Wirksamkeit der Aussage ist das Alpha und Omega des Stils. Wer nichts auszusagen hat, hat keinen Stil und kann keinen haben; derjenige, der etwas auszusagen hat, wird eine Kraft des Stils erlangen, die der Bedeutung der Aussage und seiner Überzeugung entsprechen. Seine Aussage kann, nachdem sie gemacht worden ist, widerlegt werden, sein Stil wird bleiben. Darwin hat den Stil von Hiob oder von Händel ebensowenig zerstört, wie Martin Luther den Stil von Giotto zerstörte. Alle Behauptungen werden früher oder später widerlegt; daher finden wir die Welt voll von herrlichen Überresten künstlerischer Fossilien. Die Glaubwürdigkeit der Tatsachen hat sich ganz verloren, aber die Form ist immer noch glänzend. Und das ist der Grund, warum die alten Meister unsere bloß rezeptiven ausstechen, auch wenn Ihre Mitglieder der Royal Academy glauben, daß sie den Stil Giottos erreichen können ohne den Glauben Giottos und daß sie obendrein noch Giottos Perspektive verbessern können. Ihre Literaten denken, daß sie den Stil Bunyans oder Shakespeares ereichen können ohne Bunyans Überzeugung oder Shakespeares Einsicht, besonders wenn sie es vermeiden, die Infinitive zu spalten. Ebenso ist es mit Ihren Doktoren der Musik, die, speziell wenn sie ihre Ansammlung von Dissonanzen nach Art der großen Komponisten richtig vorbereiten oder verzögern oder vorwegnehmen, glauben, daß sie die Kunst Palestrinas lernen können aus der Bearbeitung von Cherubini. Ihre ganze akademische Kunst ist viel schlimmer als der Handel mit kopierten antiken Möbeln; denn der Mann, der mir eine Eichenkommode verkauft, von der er schwört, daß sie aus dem achtzehnten Jahrhundert stamme, obwohl er sie in Wirklichkeit erst gestern selber hergestellt hat, gibt wenigstens nicht vor, daß irgendwelche modernen Ideen darin verarbeitet sind; während Ihr akademischer Kopierer von Fossilien

Ihnen diese als den neuesten Erguß des menschlichen Geistes anbietet, und, was noch schlimmer ist, junge Menschen als Schüler an sich reißt und ihnen einredet, daß seine Begrenztheiten Regeln seien, seine Methode Geschicklichkeit, seine Ängstlichkeit guter Geschmack und seine Leere Reinheit. Und wenn er erklärt, daß Kunst nicht didaktisch sein sollte, so stimmen ihm alle Leute, die nichts zu lehren haben oder nichts lernen wollen, begeistert zu.
Ich bin stolz darauf, nicht zu diesen Beeindruckbaren zu gehören. Wenn Sie das elektrische Licht zu begreifen suchen, das ich Ihnen liefere, mit meiner etwas komischen Wichtigtuerei in der Öffentlichkeit, über die Sie manchmal lachen, so werden Sie feststellen, daß Ihr Haus zwar große Mengen sehr leitfähigen Kupferdrahts enthält, der sich mit Elektrizität auffüllt, Ihnen aber nicht das geringste Licht gibt. Doch hier und da kommt ein Stück sehr wenig leitfähigen, Widerstand leistenden Materials, und dieses widerspenstige Stück wehrt sich gegen den Strom und will ihn nicht durchlassen, bis er sich Ihnen nutzbar gemacht hat durch jene beiden lebenswichtigen Eigenschaften der Literatur: Licht und Wärme. Wenn ich also kein bloßer Kupferdraht-Amateur sein will, sondern ein erleuchtender Autor, so muß ich ein äußerst widerspenstiger Mensch sein, der dazu neigt, sich in ungeeigneten Augenblicken auf den Weg zu machen oder falsch zu laufen oder gar ein Feuer zu schüren. Das sind die Fehler meiner Qualitäten. Und ich versichere Ihnen, daß ich mir manchmal selber so mißfalle, daß ich, wenn dann zufällig ein reizbarer Rezensent mit Eifer auf mich einsticht, mich unaussprechlich erleichtert fühle und ihm sehr dankbar bin. Aber ich denke nie daran, mich zu bessern, denn ich weiß, daß ich mich so nehmen muß, wie ich bin, und sehen muß, was ich mir an Arbeit abringen kann. Sie werden das alles verstehen, denn der Stoff, aus dem wir gemacht sind, hat Gemeinsamkeiten: wir sind beide Kritiker sowohl des Lebens wie der Kunst; und wenn ich an Ihrem Fenster vorübergehe, sagen Sie sich vielleicht: »Wenn Gott es nicht verhütet hätte, dann

ginge *ich* dort.« Eine schreckliche und beschämende Überlegung, mit der ich diesen unmäßig langen Brief schließen will

Woking, 1903 Ihr ergebener G. Bernard Shaw

P. S. – Ach, daß Ihre eigene Stimme inmitten der nie dagewesenen kritischen Gehirnakrobatik über dieses unser Buch schweigen muß! – Man hat mir die Vorbereitung einer neuen Auflage angekündigt. Ich nehme die Gelegenheit wahr, ein paar Fehler zu berichtigen. Sie werden bemerkt haben (nebenbei: niemand anders hat es bemerkt), daß ich Ihnen ein Zitat von *Othello* vorgesetzt habe und es dann unbewußt mit *A Winter's Tale* in Zusammenhang brachte. Ich verbessere diesen Fehler mit Bedauern, denn es paßt zur Hälfte auch auf Florizel und Perdita: dennoch, man sollte mit Shakespeare nicht leichtfertig umgehen; ich habe also Desdemona ihr Eigentum zurückerstattet.
Im ganzen ist das Buch gut angekommen. Die starken Kritiker sind beeindruckt, die schwachen eingeschüchtert; die Kenner gekitzelt durch meine literarische Bravour (die ich angewandt habe, um Ihnen einen Gefallen zu tun): nur die Humoristen machen mir seltsamerweise Vorwürfe; vor Angst haben sie sich aus ihrem Bereich vertreiben lassen und sind in die seltsamsten Gewissenswirren verfallen. Nicht alle meine Rezensenten haben mich verstanden; wie Engländer in Frankreich, die zuversichtlich ihre eigenen Inseldiphtonge als gute französische Vokale von sich geben, bieten viele von ihnen die Artikel aus ihrem eigenen Vorrat als Beispiele Shawscher Philosophie an, die dieser am ähnlichsten sehen. Die anderen fallen Ideenassoziationen zum Opfer: sie nennen mich einen Pessimisten, weil meine Bemerkungen ihre Selbstgerechtigkeit verletzen, und einen Renegaten, weil ich gern hätte, daß meine Masse aus lauter Caesars besteht statt aus Hinzen und Kunzen. Und was am schlimmsten ist, man hat mir vorgeworfen, einen endgültigen ethischen Übermenschen

zu predigen, eben niemand anderen als den wahrhaft Gerechten, der vollkommen geworden ist. Dieses Mißverständnis ist so ärgerlich, daß ich meine Feder ohne ein weiteres Wort niederlege, sonst könnte ich versucht sein, das Postscriptum länger zu machen als den Brief.

Postscriptum 1933.

Das Evolutionsthema aus dem dritten Akt von *Mensch und Übermensch* wurde von mir zwanzig Jahre später wieder aufgenommen im Vorwort zu *Zurück zu Methusalem*, wo es als Grundlage der Religion der nahen Zukunft entwickelt ist.

Mensch und Übermensch

Komödie in vier Akten

Personen:

JOHN TANNER
ROEBUCK RAMSDEN
SUSANNE RAMSDEN, *seine Schwester*
OCTAVIUS ROBINSON
VIOLET ROBINSON, *seine Schwester*
FRAU WHITEFIELD
ANN WHITEFIELD, *ihre Tochter*
HERR MALONE
HECTOR MALONE, *sein Sohn*
HENRY STRAKER, *Chauffeur*
STUBENMÄDCHEN
MENDOZA
DER ANARCHIST

<table><tr><td>DER SCHMOLLENDE SOZIALDEMOKRAT
DER WÜSTE SOZIALDEMOKRAT
DUVAL, der französische Sozialdemokrat</td><td>alle drei mit scharlachroten Schlipsen</td></tr></table>

MEHRERE ECHT ENGLISCHE RÄUBER
EIN ZIEGENHIRT
EIN OFFIZIER
DER TEUFEL
DON JUAN TENORIO
DIE STATUE
DONNA AÑA

Ort:
Der erste Akt spielt in London, Portland Place; der zweite in Richmond; der dritte in der Sierra Nevada: 1. Szene abends, 2. Szene jenseits von Raum und Zeit, 3. Szene am frühen Morgen; der vierte Akt spielt in Granada.

Zeit:
Anfang des zwanzigsten Jahrhunderts.

Erster Akt

Roebuck Ramsden in seinem Arbeitszimmer beim Öffnen der Morgenpost. Es ist das geschmackvoll und solide ausgestattete Arbeitszimmer eines wohlhabenden Mannes. Kein Stäubchen ist zu sehen. Es ist offensichtlich, daß unten im Hause mindestens zwei Hausmädchen und ein Zimmermädchen wirken und im oberen Stockwerk eine Haushälterin, die darauf achtet, daß die Mädchen nicht an Gelenkschmiere sparen. Sogar Roebucks Glatze sieht aus wie poliert: an sonnigen Tagen könnte er durch bloßes Nicken seine Befehle mittels Heliographie an weit entfernte Lager erteilen. Sonst gibt es jedoch keine Anzeichen dafür, daß er ein Militär wäre. Es ist vielmehr ein tätiges bürgerliches Leben, das einem Mann diese ruhige Ausstrahlung von Wichtigkeit verleiht, diese würdevolle Erwartung von Unterwerfung, diesen entschlossenen Mund, der in jener Stunde des Erfolges seine Schärfe verloren und Feinheit gewonnen hat, in jener Stunde, als seine Widersacher sich zurückzogen und man ihm den Vorrang und den ruhigen Genuß seiner Macht zugestand. Er ist weit mehr als ein höchst ehrenwerter Mann, er ist dazu ausersehen, der Präsident höchst ehrenwerter Männer zu sein, ein Vorsitzender unter Direktoren, ein Ratsherr unter Räten, ein Bürgermeister unter Ratsherren. Vier Büschel eisengrauen Haares, die bald so weiß sein werden wie Marienglas und diesem auch in anderer Hinsicht nicht ganz unähnlich sind, wachsen in zwei symmetrischen Paaren über seinen Ohren und an den Ecken seiner breiten Kieferknochen. Er trägt einen schwarzen Gehrock, eine weiße Weste (es ist strahlendes Frühlingswetter) und eine Hose, die weder schwarz noch deutlich blau ist, von einem jener undefinierbar gemischten Farbtöne, die die modernen Textilfabrikanten produzieren, damit sie mit den Religionen ehrenwerter Männer übereinstimmen. Ramsden ist heute noch nicht draußen gewesen; daher hat er noch seine Pantoffeln an, seine Stiefel stehen auf dem Teppich vor dem Kamin für ihn bereit. Man vermutet, daß er keinen Kammerdiener hat, und sieht, daß er keinen Sekretär mit Stenoblock und Schreibmaschine hat, was einem zum Bewußtsein bringt, wie wenig das Hauswesen unserer Großbürger durch neumodische Gewohnheiten und Methoden verändert worden ist oder auch durch die Rührigkeit der Eisenbahn- und Hotelgesellschaften, die einem für zwei Guineen das Leben eines wahren Gentleman von Samstag bis Montag in Folkestone verkaufen, den Fahrpreis erster Klasse hin und zurück eingeschlossen.

Wie alt ist Roebuck? Diese Frage ist an der Schwelle eines Ideendramas wichtig; denn unter solchen Umständen hängt alles davon ab, ob seine Jugend in die sechziger oder achtziger Jahre [des neunzehnten Jahrhunderts] fiel. Laut Geburtsurkunde wurde er 1839 geboren, war von seiner Knabenzeit an ein Unitarier und für den Freihandel, und seit der Veröffentlichung von Darwins Über den Ursprung der Arten ein Evolutionist. Er hat sich deshalb immer für einen fortschrittlichen Denker und einen ehrlichen, furchtlosen Reformer gehalten.

Wenn er am Schreibtisch sitzt, hat er zur Rechten die Fenster, die auf den Portland Place hinausgehen. Durch diese Fenster kann der neugierige Zuschauer wie durch ein Proszenium Ramsdens Profil betrachten, soweit die Rolladen dies zulassen.

Zu seiner Linken hat er die innere Wand mit einem stattlichen Bücherschrank, die Tür in der Wand liegt nicht ganz in der Mitte, sondern etwas weiter von ihm entfernt. An der Wand ihm gegenüber stehen auf Säulen zwei Büsten: die eine zu seiner Linken stellt John Bright dar, die andere zu seiner Rechten Herbert Spencer. Zwischen beiden hängt ein Kupferstich, ein Porträt von Richard Cobden, vergrößerte Photographien von Martineau, Huxley und George Eliot, Drucke von Allegorien des Herrn G. F. Watts (denn Roebuck glaubt an die schönen Künste mit der Ernsthaftigkeit des Mannes, der nichts davon versteht) und eine Reproduktion von Duponts Kupferstich nach Delaroches ›Hemicycle des Beaux

Arts‹, auf dem die großen Männer aller Zeitalter dargestellt sind. An der Wand hinter ihm hängt über dem Kaminsims ein Familienporträt von undurchdringlicher Düsterkeit.
Neben dem Schreibtisch steht ein Stuhl für Besucher, die in geschäftlichen Angelegenheiten kommen. Zwei weitere Stühle stehen an der Wand zwischen den Büsten.
Ein Zimmermädchen kommt mit einer Visitenkarte herein. Roebuck nimmt sie und nickt erfreut. Der Besucher ist offensichtlich willkommen.

RAMSDEN Führen Sie ihn herein.
Das Zimmermädchen geht und kommt mit dem Besucher zurück.
ZIMMERMÄDCHEN Herr Robinson.
Robinson ist wirklich ein ungewöhnlich nett aussehender junger Mann. Der Zuschauer denkt: das muß der jugendliche Liebhaber sein, denn es wäre unvernünftig, anzunehmen, daß in einer einzigen Geschichte noch eine zweite so anziehende männliche Figur auftreten könnte. Die schlanke, anmutige Gestalt, der elegante Traueranzug, der kleine Kopf, die regelmäßigen Züge, der hübsche kleine Schnurrbart, die offenen, klaren Augen, die gesunde blühende Farbe der jugendlichen Haut, das wohlgebürstete Haar, das nicht lockig, aber seidig und von angenehm dunkler Farbe ist, die gewölbten Augenbrauen, die auf ein gutes Herz hindeuten, die steile Stirn und das fein zulaufende Kinn, all das deutet auf einen Mann hin, der lieben und im weiteren Verlauf der Geschichte leiden wird. Und daß es ihm dabei nicht an Mitgefühl fehlen wird, garantiert uns sein sympathischer Ernst und seine eifrige und zugleich bescheidene Beflissenheit, die beweisen, daß er ein Mensch von gutherziger Natur ist. Im Augenblick seines Erscheinens erstrahlt Ramsdens Gesicht in Freude und väterlichem Wohlwollen, ein Ausdruck, der sich sofort in würdevolle Trauer verwandelt, als der junge Mann ihm mit ernstem Gesicht in seiner schwarzen Kleidung entgegen-

kommt. Ramsden scheint zu wissen, was diese Trauerkleidung bedeutet. Während der Besucher sich schweigend dem Schreibtisch nähert, erhebt sich der alte Mann und drückt dem jungen über den Tisch hinweg die Hand, ohne ein Wort zu sagen: es ist ein langer, herzlicher Händedruck, der von einem kürzlich erlittenen Verlust erzählt, der sie beide betrifft.

RAMSDEN *läßt Octavius' Hand los, seine Miene hellt sich auf:* Nun, nun, Octavius, das ist unser aller Los. Eines Tages trifft es uns alle. Setz dich.

Octavius setzt sich auf den Besucherstuhl. Ramsden läßt sich wieder auf den seinen sinken.

OCTAVIUS Ja, wir müssen uns damit abfinden, Herr Ramsden. Aber ich schulde ihm so viel. Er hat alles für mich getan, was mein Vater, wäre er am Leben geblieben, hätte tun können.

RAMSDEN Du weißt, er hatte keinen eigenen Sohn.

OCTAVIUS Aber er hatte Töchter; und doch war er zu meiner Schwester ebensogut wie zu mir. Und sein Tod kam so plötzlich! Ich hatte immer die Absicht, ihm zu danken, ihm zu sagen, daß ich all seine Sorge um mich nicht als selbstverständlich hingenommen habe, wie irgendein Junge die Fürsorge des Vaters hinnimmt. Aber ich wartete auf eine günstige Gelegenheit; und jetzt ist er tot – ohne ein warnendes Vorzeichen tot umgefallen. Nie wird er wissen, was ich fühlte.

Er nimmt sein Taschentuch heraus und weint ganz ungeniert.

RAMSDEN Wie sollen wir das wissen, Octavius. Vielleicht weiß er es doch: wir können darüber nichts sagen. Komm. Sei nicht traurig.

Octavius nimmt sich zusammen und steckt das Taschentuch weg.

So ist es recht. Jetzt will ich dir etwas sagen, was dich trösten wird. Als ich ihn zuletzt sah – es war in eben diesem Zimmer hier –, sagte er zu mir: »Tavy ist ein großherziger

Junge und ein Ehrenmann durch und durch. Und wenn ich sehe, wie wenig Dank andere Männer von ihren Söhnen ernten, so muß ich feststellen, daß er mir viel mehr als ein Sohn gewesen ist...« Also, tut dir das nicht wohl?

OCTAVIUS Herr Ramsden, er hat mir oft gesagt, daß er in der ganzen Welt nur einen durch und durch ehrenhaften Mann gefunden habe, und das sei Roebuck Ramsden.

RAMSDEN Oh, da war er parteiisch: wir waren sehr alte Freunde, wie du weißt. Aber noch etwas hat er oft von dir gesagt. Ich weiß nicht recht, ob ich es dir sagen soll.

OCTAVIUS Das müssen Sie selbst am besten wissen.

RAMSDEN Es hatte etwas mit seiner Tochter zu tun.

OCTAVIUS Mit Ann? Oh, sagen Sie es mir doch, Herr Ramsden.

RAMSDEN Nun, er sagte, er sei letzten Endes doch froh, daß du nicht sein Sohn bist, denn er glaubte, daß Ann und du eines Tages –

Octavius errötet heftig.

Na, vielleicht hätte ich es dir nicht sagen sollen. Aber er meinte es ernst.

OCTAVIUS Oh, wenn ich nur glauben könnte, daß ich eine Chance habe! Sie wissen, Herr Ramsden, ich mache mir nichts aus Geld oder dem, was die Leute eine Position in der Gesellschaft nennen, und ich kann mich nicht dazu aufraffen, um so etwas zu kämpfen. Nun ist Ann zwar ein großartiges Mädchen, aber sie ist so daran gewöhnt, über all das sattsam zu verfügen; darum glaubt sie, einem Mann fehlt etwas, wenn er nicht ehrgeizig ist. Sie weiß, wenn sie mich heiratet, müßte sie sich vormachen, daß sie sich meiner nicht schämt. Ich bin in keiner Weise ein Erfolg.

RAMSDEN *steht auf und stellt sich mit dem Rücken zum Feuer hin:* Unsinn, mein Junge, Unsinn! Du bist zu bescheiden. Was weiß sie in ihrem Alter über den wahren Wert eines Mannes? *Ernster:* Übrigens, sie ist eine so ergebene Tochter. Der Wunsch ihres Vaters würde ihr heilig sein. Weißt du, was ich glaube: seit sie in ein vernünftiges Alter gekommen ist, hat sie nicht ein einziges Mal, wenn sie etwas tat oder nicht tat, ihren eigenen Willen als Grund angegeben. Immer hieß es: »Vater möchte, daß ich…« oder »Mutter hätte etwas dagegen.« Es ist schon beinahe ein Fehler an ihr. Ich habe ihr oft gesagt, daß sie lernen muß, selbst zu entscheiden.

OCTAVIUS *schüttelt den Kopf:* Ich kann sie nicht bitten, mich zu heiraten, weil ihr Vater es gewünscht hat, Herr Ramsden.

RAMSDEN Nun, vielleicht nicht. Nein, natürlich nicht. Das sehe ich ein. Aber wenn du sie um deiner selbst willen gewinnen kannst, so wird es ein großes Glück für sie bedeuten und gleichzeitig ihren eigenen und den Wunsch ihres Vaters erfüllen. Also, was denn nun? Du wirst sie doch fragen, nicht wahr?

OCTAVIUS *mit trauriger Munterkeit:* Auf jeden Fall verspreche ich Ihnen, daß ich keine andere fragen werde.

RAMSDEN Oh, das wirst du auch gar nicht nötig haben. Sie wird dir ihr Ja-Wort geben, mein Junge – obgleich *hier wird er plötzlich ganz streng* du einen großen Mangel hast.

OCTAVIUS *ängstlich:* Welchen Mangel meinen Sie, Herr Ramsden? Eigentlich sollte ich sagen: welchen von meinen vielen Mängeln?

RAMSDEN Ich werde es dir sagen, Octavius.
Er nimmt ein in rotes Leinen gebundenes Buch vom Tisch: Hier in dieser Hand halte ich ein Exemplar des schändlichsten, des skandalösesten, des boshaftesten und schurkischsten Buches, das der Henker jemals öffentlich zu verbrennen versäumt hat. Ich habe es nicht gelesen, ich würde meinen Geist nicht mit solchem Dreck besudeln; aber ich habe gelesen, was die Zeitungen darüber schreiben. Der Titel genügt mir schon. *Er liest:* Handbuch und Taschenbuch des Revolutionärs. Von John Tanner, M. K. R. N. (Mitglied der Klasse reicher Nichtstuer).

OCTAVIUS *lächelt:* Aber Jack –

RAMSDEN *gereizt:* Nennen Sie ihn um Gottes Willen unter meinem Dach nicht Jack.

Er knallt das Buch auf den Tisch, dann tritt er, etwas ruhiger, vom Tisch weg und zu Octavius und redet aus nächster Nähe ernst und eindringlich auf ihn ein:

Also Octavius, ich weiß, mein verstorbener Freund hatte recht, als er dich einen großherzigen Jungen nannte. Ich weiß, dieser Kerl war dein Schulfreund, und da fühlst du dich verpflichtet, dich wegen dieser Knabenfreundschaft hinter ihn zu stellen. Aber ich bitte dich, die veränderten Umstände zu bedenken. Du wurdest im Hause meines Freundes wie ein Sohn behandelt. Du hast dort gewohnt, und man konnte deinen Freunden nicht die Tür weisen. Dieser Tanner ist deinetwegen fast seit seiner Kindheit dort ein- und ausgegangen. Er nennt Ann so selbstverständlich beim Vornamen wie dich. Nun, so lange Anns Vater lebte, war das seine Sache, nicht meine. Für ihn war dieser Tanner nur ein Junge: über seine Ansichten konnte man lachen, so wie man darüber lacht, wenn ein Kind sich einen Männerhut aufsetzt. Aber nun ist Tanner ein erwachsener Mann und Annie ist eine erwachsene Frau. Und ihr Vater ist nicht mehr. Wir kennen die genauen Bestimmungen seines Testaments noch nicht, aber er hat es oft mit mir durchgesprochen; und ebenso sicher wie du hier sitzt, ebenso sicher bestimmt mich das Testament zu Annies Vormund und Vermögensverwalter. *Energisch:* Und jetzt sage ich dir, ein für allemal, ich kann und will nicht dulden, daß Annie in die Lage gerät, aus Rücksicht auf dich die Nähe dieses Burschen Tanner zu ertragen. Es ist nicht fair, es ist nicht recht, es ist nicht rücksichtsvoll. Was wirst du in der Sache unternehmen?

OCTAVIUS Aber Ann selber hat Jack gesagt, daß er, was auch immer seine Ansichten sein mögen, jederzeit willkommen ist, weil er ihren lieben Vater gekannt hat.

RAMSDEN *verliert die Geduld:* Wenn es um ihre Kindespflicht geht, verliert dieses Mädchen jedes Maß.

Er beginnt wie ein Ochse, dem man Heu vorhält, in Richtung auf das Bild von John Bright zuzugehen, aber der Ausdruck auf John Brights Gesicht zeigt kein Mitgefühl für ihn. Während er spricht, schnaubt er auf Herbert Spencer hinunter, der ihn mit noch größerer Kälte aufnimmt: Entschuldige, Octavius, aber auch gesellschaftliche Toleranz hat ihre Grenzen. Du weißt, ich bin weder ein Frömmler noch ein Mann mit Vorurteilen. Du weißt, ich bin einfach Roebuck Ramsden, während Männer, die weniger getan haben als ich, ihrem Namen einen Schnörkel hinzufügen können. Ich habe mich für Gleichheit und Gewissensfreiheit eingesetzt, während sie vor der Kirche und dem Adel gekrochen sind. Whitefield und ich haben eine Chance nach der anderen unserer fortschrittlichen Ideen wegen verpaßt. Aber bei Anarchismus und Freier Liebe und so was ist für mich die Grenze erreicht. Wenn ich Annies Vormund sein soll, so wird sie begreifen müssen, daß sie mir gegenüber Pflichten hat. Ich werde es nicht dulden, ja, ich werde es nicht dulden. Sie muß John Tanner das Haus verbieten, und du mußt es auch.

Das Zimmermädchen kommt.

OCTAVIUS Aber –

RAMSDEN *macht ihn auf das Dienstmädchen aufmerksam:* Sst! Nun?

DAS MÄDCHEN Herr Tanner möchte Sie sprechen, Sir.

RAMSDEN Herr Tanner?

OCTAVIUS Jack!

RAMSDEN Wie kann Herr Tanner es wagen, mich aufzusuchen? Sagen Sie, daß ich ihn nicht empfangen kann.

OCTAVIUS *verletzt:* Ich bedaure es, daß Sie meinen Freund so von Ihrer Tür weisen.

DAS MÄDCHEN *ruhig:* Er ist nicht an der Tür, Sir! Er ist oben im Wohnzimmer bei Frau Ramsden. Er kam zusammen mit Frau Whitefield und Fräulein Ann und Fräulein Robinson, gnädiger Herr.

Ramsden ist fassungslos.

OCTAVIUS *grinst:* Das sieht Jack sehr ähnlich, Herr Ramsden. Sie müssen ihn also empfangen, wenn auch nur, um ihn hinauszuwerfen.

RAMSDEN *stößt seine Worte mit unterdrückter Wut heraus:* Gehen Sie nach oben und bitten Sie Herrn Tanner, er möchte gefälligst herunterkommen.

Das Zimmermädchen geht hinaus und Ramsden kehrt zum Kamin wie in seine Festung zurück.

Ich muß sagen, von all seinen verdammten Frechheiten – also, wenn dies anarchistische Manieren sind, so hoffe ich nur, daß sie dir gefallen. Und Annie ist bei ihm! Annie! A – *er kriegt einen Hustenanfall.*

OCTAVIUS Ja, das überrascht mich. Er hat so entsetzliche Angst vor Ann. Da muß irgend etwas los sein.

John Tanner reißt die Tür auf und tritt ein. Er ist zu jung, als daß man ihn einfach als einen großen Mann mit Bart beschreiben könnte. Aber es ist schon sichtbar, daß er in mittleren Jahren zu dieser Kategorie gehören wird. Er hat noch etwas von der Schlankheit der Jugend, legt aber keinen Wert darauf, jugendlich zu erscheinen: sein Gehrock wäre eines Premierministers würdig, und eine gewisse Schulterhaltung, bei der die Brust vorgestreckt wird, die erhobene Kopfhaltung, die olympische Majestät, mit der er eine Mähne oder vielmehr eine dicke Tolle haselnußbraunen Haares von der imposanten Stirn zurückwirft, deutet eher auf Jupiter als auf Apoll. Er spricht fließend und wortreich, ist unruhig, erregbar (man achte auf die sich blähenden Nüstern, die unruhigen blauen Augen, die um das zweiunddreißigstel eines Zolls zu weit geöffnet sind), vielleicht ein wenig verrückt. Er ist sorgfältig gekleidet, nicht mit jener Eitelkeit, die dem Putz nicht widerstehen kann, sondern aus dem Gefühl, daß alles, was er tut, von Wichtigkeit ist; das verleitet ihn dazu, aus einem Besuch soviel zu machen, wie andere Männer aus ihrem Hochmut oder einer Grundsteinlegung machen. Ein empfindlicher, empfänglicher, ernster Mann, der zu Übertreibungen neigt: ein Größenwahnsinniger, der ohne Sinn für Humor verloren wäre.

In diesem Augenblick allerdings ist ihm sein Sinn für Humor abhanden gekommen. Es wäre zu wenig, zu sagen, daß er aufgeregt ist: all seine Stimmungen sind Phasen der Erregung. Im Augenblick befindet er sich in Panik, und er geht geradewegs auf Ramsden zu, als habe er die feste Absicht, ihn auf seinem eigenen Kaminvorleger zu erschießen. Aber was er aus seiner Brusttasche zieht, ist keine Pistole, sondern ein Schriftstück, das er dem empörten Ramsden unter die Nase hält, während er ihn anherrscht.

TANNER Ramsden, wissen Sie, was das ist?

RAMSDEN *hochmütig:* Nein, mein Herr.

TANNER Es ist eine Kopie von Whitefields Testament. Ann hat sie heute morgen erhalten.

RAMSDEN Wenn Sie Ann sagen, so meinen Sie wahrscheinlich Fräulein Whitefield.

TANNER Ich meine unsere Ann, Ihre Ann, Tavys Ann, und jetzt, Gott steh mir bei, auch meine Ann!

OCTAVIUS *steht auf, sehr blaß:* Was soll das heißen?

TANNER Heißen? *Er hält das Testament hoch:* Weißt du, wer nach diesem Testament zu Anns Vormund bestimmt wird?

RAMSDEN *kühl:* Ich glaube, ich.

TANNER Sie! Sie und ich, Mann. Ich! Ich! Ich!!! Wir beide! *Er knallt das Testament auf den Schreibtisch.*

RAMSDEN Sie? Unmöglich.

TANNER Leider ist es die schreckliche Wahrheit. *Er läßt sich in Octavius' Sessel fallen.* Ramsden, helfen Sie mir da irgendwie heraus. Sie kennen Ann nicht so gut wie ich. Sie wird alle Verbrechen begehen, die eine anständige Frau begehen kann; und sie wird alles rechtfertigen, indem sie sagt, es sei der Wunsch ihrer Vormünder gewesen. Sie wird uns alles aufbürden, und wir werden nicht mehr Gewalt über sie haben als zwei Mäuse über eine Katze.

OCTAVIUS Jack, ich wünschte, du würdest nicht so von Ann sprechen.

TANNER Dieser Bursche hier ist in sie verliebt; das ist eine weitere Komplikation. Also, sie wird ihm entweder den Laufpaß geben und sagen, ich wäre nicht mit ihm einverstanden gewesen, oder sie wird ihn heiraten und sagen, Sie hätten es so befohlen. Ich sage Ihnen, das ist der vernichtendste Schlag, der je einen Mann meines Alters und meiner Wesensart getroffen hat.

RAMSDEN Lassen Sie mich das Testament sehen, mein Herr. *Er geht zum Schreibtisch und nimmt es.* Ich kann nicht glauben, daß mein alter Freund Whitefield mir so wenig Vertrauen entgegenbrachte, daß er Sie mir zur Seite stellte – *Während er liest, wird sein Gesicht immer länger.*

TANNER Schuld an all dem bin ich selber. Die schreckliche Ironie daran ist: Anns Vater sagte mir eines Tages, daß Sie ihr Vormund sein würden; und ich Narr redete auf ihn ein, es sei eine Torheit, eine junge Frau unter die Vormundschaft eines alten Mannes mit veralteten Ideen zu stellen.

RAMSDEN *verblüfft:* Meine Ideen veraltet!!!!!

TANNER Vollständig veraltet. Ich hatte gerade einen Essay mit dem Titel ›Nieder mit dem Regiment der Grauköpfe‹ beendet; und ich hatte eine Fülle von Argumenten und Beispielen. Ich sagte, das Richtige wäre, die Erfahrung eines alten Menschen mit der Vitalität eines Jungen zu kombinieren. Und ich will verdammt sein, wenn er mich nicht beim Wort genommen und sein Testament geändert hat – es ist nur vierzehn Tage nach dieser Unterredung datiert und bestimmt mich zu Ihrem Mitvormund.

RAMSDEN *bleich und entschlossen:* Ich werde ablehnen.

TANNER Was soll dabei herauskommen? Ich habe mich während des ganzen Weges von Richmond hierher geweigert; aber Ann sagt immer wieder, daß sie ja nur eine Waise ist, und daß sie nicht erwarten kann, daß die Leute, die zur Zeit ihres Vaters nur zu gern ins Haus kamen, sich jetzt noch um sie kümmern wollen. Das ist das neueste Spiel. Eine Waise! Es ist, als ob ein Panzerschiff sagte, es sei der Willkür von Wind und Wellen ausgeliefert.

OCTAVIUS Das ist nicht fair, Jack. Sie ist eine Waise. Und du solltest ihr zur Seite stehen.

TANNER Ihr zur Seite stehen! In welcher Gefahr ist sie denn? Sie hat das Gesetz auf ihrer Seite, sie hatte eine Masse Geld und kein Gewissen. Alles, was sie von mir will, ist, ihre ganze moralische Verantwortung auf mich abzuwälzen, und auf Kosten meines guten Rufes zu tun, was ihr beliebt. Ich kann sie nicht im Zaum halten, und sie kann mich kompromittieren, soviel sie will. Ich könnte genausogut ihr – Ehemann sein.

RAMSDEN Sie können sich weigern, die Vormundschaft zu übernehmen. Ich werde mich jedenfalls weigern, sie mit Ihnen zusammen auszuüben.

TANNER Ja, und was wird sie dazu sagen? Was sagt sie dazu? Daß die Wünsche ihres Vaters ihr heilig sind, und daß sie immer zu mir als zu ihrem Vormund aufsehen wird, ganz gleich, ob ich diese Verantwortung übernehme oder nicht. Mich weigern! Sie könnten sich ebensogut weigern, die Umarmung einer Boa Constrictor anzunehmen, die sich schon um ihren Hals windet.

OCTAVIUS Das klingt aber nicht sehr freundschaftlich, Jack.

TANNER *steht auf und geht zu Octavius, um ihn zu trösten, immer noch klagend:* Wenn er einen jungen Vormund wollte, warum hat er dann nicht Tavy bestimmt?

RAMSDEN Ja, warum wohl nicht?

OCTAVIUS Das will ich euch sagen. Er hat deswegen bei mir angefragt, aber ich weigerte mich, die Vormundschaft zu übernehmen, weil ich sie liebe. Ich habe nicht das Recht, mich ihr von ihrem Vater als Vormund aufdrängen zu lassen. Er hat mit ihr darüber gesprochen, und sie sagte, ich hätte recht. Sie wissen, daß ich sie liebe, Mr. Ramsden, und auch Jack weiß es. Wenn Jack eine Frau liebte, so würde ich sie nicht in seiner Gegenwart mit einer Constrictor vergleichen, wie sehr sie mir auch mißfiele.

Er läßt sich zwischen den Büsten nieder und dreht das Gesicht zur Wand.

RAMSDEN Ich kann nicht glauben, daß Whitefield ganz bei Sinnen war, als er dieses Testament machte. Sie geben zu, daß er es unter Ihrem Einfluß verfaßt hat.

TANNER Sie sollten mir für diese Einflußnahme dankbar sein. Er hinterläßt Ihnen für Ihre Mühe zweitausendfünfhundert Pfund. Er hinterläßt Tavy eine Aussteuer für seine Schwester und fünftausend für ihn selbst.

OCTAVIUS *dessen Tränen von neuem fließen:* Oh, ich kann es nicht annehmen. Er ist zu gut zu uns gewesen.

TANNER Wenn Ramsden das Testament anficht, wirst du das Geld nicht bekommen, mein Junge.

RAMSDEN Ha, ich verstehe. Sie haben mich da in einer Zwickmühle.

TANNER Mir hinterläßt der Verstorbene nichts als die Verantwortung für Anns Moral. Die Begründung: daß ich schon mehr Geld besitze, als gut für mich ist. Das zeigt doch, daß er im Vollbesitz seiner Sinne war, oder?

RAMSDEN *grimmig:* Das gebe ich zu.

OCTAVIUS *steht auf und verläßt seinen Zufluchtsort an der Wand:* Herr Ramsden, ich glaube, Sie haben ein Vorurteil gegen Jack. Er ist ein Ehrenmann, und unfähig...

TANNER Bitte nicht, Tavy, mir wird sonst übel. Ich bin kein Ehrenmann; ich bin ein Mann, der von der Hand eines Toten zu Boden gestreckt worden ist. Tavy, du mußt sie also doch heiraten und sie mir vom Hals schaffen. Und ich hatte mir vorgenommen, dich vor ihr zu retten!

OCTAVIUS Oh, Jack, du wolltest mich vor meinem höchsten Glück retten?

TANNER Ja, vor einem lebenslänglichen Glück. Wenn es nur das Glück der ersten halben Stunde gewesen wäre, Tavy, das würde ich mit meinem letzten Penny für dich kaufen. Aber ein lebenslängliches Glück! Kein lebender Mensch würde das ertragen: es wäre die Hölle auf Erden.

RAMSDEN *heftig:* Unsinn, mein Herr. Reden Sie vernünftig oder gehen Sie und stehlen Sie nicht andern die Zeit. Ich habe Besseres zu tun als mir Ihre Narrheiten anzuhören.

Er tritt sich den Weg zu seinem Schreibtisch regelrecht frei und setzt sich wieder an den Tisch.

TANNER Da hörst du es, Tavy. Keine Idee in seinem Kopf ist nach achtzehnhundertsechzig geboren. Ann braucht also einen zweiten Vormund, an den sie sich wenden kann.

RAMSDEN Ich bin stolz darauf, daß Sie meinen Charakter und meine Ansichten verachten, mein Herr. Ihre eigenen haben Sie, wie ich annehme, in diesem Buch dargelegt.

TANNER *tritt aufgeregt an den Tisch:* Wie? Sie haben mein Buch? Was halten Sie davon?

RAMSDEN Sie nehmen doch nicht an, daß ich ein solches Buch lese, mein Herr.

TANNER Warum haben Sie es dann gekauft?

RAMSDEN Ich habe es nicht gekauft, mein Herr. Es wurde mir von irgendeiner verrückten Dame zugeschickt, die Ihre Ansichten zu bewundern scheint. Ich wollte mich seiner gerade entledigen, als ich von Octavius unterbrochen wurde. Mit Ihrer Erlaubnis werde ich es jetzt tun.

Er knallt das Buch mit solcher Vehemenz in den Papierkorb, daß Tanner zurückweicht, weil er den Eindruck hat, es sollte ihm an den Kopf geworfen werden.

TANNER Sie haben auch keine besseren Manieren als ich. Jedenfalls erspart uns das Förmlichkeiten. *Er setzt sich wieder.* Was beabsichtigen Sie wegen dieses Testaments zu unternehmen?

OCTAVIUS Darf ich einen Vorschlag machen?

RAMSDEN Aber gewiß, Octavius.

OCTAVIUS Vergessen wir nicht, daß Ann selbst in dieser Angelegenheit vielleicht den einen oder anderen Wunsch äußern möchte?

RAMSDEN Es ist durchaus meine Absicht, Annies Wünsche soweit wie möglich zu berücksichtigen. Aber sie ist nur eine Frau, und dazu noch eine junge und unerfahrene.

TANNER Ramsden, Sie fangen an, mir leid zu tun.

RAMSDEN *hitzig:* Ihre Gefühle mir gegenüber interessieren mich nicht, Herr Tanner.

TANNER Ann wird genau das tun, was sie will. Und darüber hinaus wird sie uns zwingen, ihr genau das anzuraten, und wenn es schlecht ausgeht, wird sie uns die Schuld geben. Und da Tavy sich danach sehnt, sie zu sehen –

OCTAVIUS *schüchtern:* Das tue ich gar nicht, Jack.

TANNER Da lügst du, Tavy, du willst sie sehen. Wir wollen sie also aus dem Wohnzimmer herunterbitten und sie fragen, was sie über uns beschlossen hat. Los, Tavy, hol sie.

Tavy wendet sich zum Gehen.

Und bleib nicht lange; denn die angespannten Beziehungen zwischen mir und Herrn Ramsden werden die Wartezeit ziemlich peinlich machen.

Ramsden kneift die Lippen zusammen, sagt aber nichts.

OCTAVIUS Nehmen Sie keine Notiz von ihm, Herr Ramsden. Er meint es nicht ernst.

Er geht hinaus.

RAMSDEN *mit großem Nachdruck:* Herr Tanner, Sie sind der unverschämteste Mensch, den ich je gesehen habe.

TANNER *ernsthaft:* Das weiß ich, Herr Ramsden. Aber nicht einmal ich kann die Scham ganz unterdrücken. Wir leben in einer Atmosphäre von Scham. Wir schämen uns all dessen, was an uns wirklich ist; wir schämen uns unser selbst, unserer Verwandten, unseres Einkommens, unseres Akzents, unserer Meinungen, unserer Erfahrungen ebenso, wie wir uns unserer nackten Haut schämen. Mein Gott, mein lieber Ramsden, wir schämen uns, zu Fuß zu gehen, schämen uns, mit einem Omnibus zu fahren, schämen uns, eine Kutsche zu mieten, statt einen eigenen Wagen zu halten, schämen uns, ein Pferd zu halten statt zwei und einen Gärtner, der zugleich Pferdeknecht ist, statt eines Kutschers und eines eigenen Dieners. Je mehr Dinge es gibt, deren ein Mann sich schämt, desto ehrenwerter ist er. Also, Sie schämen sich, mein Buch zu kaufen, schämen sich, es zu lesen; das einzige, dessen Sie sich nicht schämen, ist, mich wegen des Buches zu verurteilen, ohne es gelesen zu haben; und auch das bedeutet nur, daß Sie sich schämen, unorthodoxe Meinungen zu haben. Sehen Sie, welche Wirkung es hervorbringt, daß die Fee, die meine Patin ist, mir die Gabe der Scham vorenthalten hat. Ich habe jede Tugend, die ein Mann nur haben kann außer –

RAMSDEN Es freut mich, daß Sie eine so gute Meinung von sich haben.

TANNER Sie wollen damit doch nur sagen, ich sollte mich schämen, von meinen Tugenden zu sprechen. Sie wollen nicht sagen, daß ich keine besitze: Sie wissen genau, daß ich ein ebenso nüchterner und ehrenhafter Bürger bin wie Sie selbst, persönlich ebenso ehrlich und sehr viel ehrlicher in politischen und moralischen Fragen.

RAMSDEN *an seiner wundesten Stelle getroffen:* Das streite ich ab. Ich werde weder Ihnen noch sonst jemandem erlauben, mich zu behandeln, als sei ich nur ein Stück britische Öffentlichkeit. Ich verabscheue deren Vorurteile, verachte ihre Engstirnigkeit, ich nehme für mich das Recht in Anspruch, unabhängig zu denken. Sie stellen sich als einen fortschrittlichen Menschen hin. Lassen Sie sich sagen: ich war schon ein fortschrittlicher Mann, als Sie noch gar nicht geboren waren.

TANNER Ich wußte, daß es schon lange her ist.

RAMSDEN Ich bin so fortschrittlich, wie ich es je gewesen bin. Beweisen Sie mir doch, daß ich jemals die Flagge eingezogen habe. Ich bin fortschrittlicher, als ich es je war. Jeden Tag mache ich Fortschritte.

TANNER Fortschritte an Jahren, Polonius.

RAMSDEN Polonius! Sie sind also wohl Hamlet, wenn ich recht verstehe.

TANNER Nein, ich bin nur der unverschämteste Mensch, den Sie je gesehen haben. Das ist Ihre Vorstellung von einem durch und durch schlechten Charakter. Wenn Sie mir Ihre Meinung sagen wollen, so fragen Sie sich als gerechter und aufrechter Mann, was wohl das Schlimmste ist, das Sie fairerweise von mir sagen können. Dieb, Lügner, Fälscher, Ehebrecher, Meineidiger, Fresser, Säufer? Keine dieser Bezeichungen trifft auf mich zu. Sie müssen auf meinen Mangel an Scham zurückkommen. Nun, ich gebe diesen Mangel zu. Ich beglückwünsche mich sogar dazu, denn wenn ich mich meines wahren Selbst schämte, würde ich eine ebenso blöde Figur abgeben wie irgendeiner von euch andern. Legen Sie sich ein bißchen Unverschämtheit zu, Ramsden, dann werden Sie noch ein ganz beachtlicher Mann.

RAMSDEN Ich habe kein – –

TANNER Nein. Sie haben kein Verlangen nach dieser Art von Beachtung. Ich danke Ihnen, ich wußte, diese Antwort würde kommen, ebenso sicher, wie ich weiß, daß eine Schachtel Streichhölzer aus dem Automaten kommt, wenn ich einen Penny in den Schlitz werfe: Sie würden sich schämen, etwas anderes zu sagen.

Die vernichtende Erwiderung, für die Ramsden sicherlich seine Kräfte gesammelt hatte, ist für immer verloren, denn in diesem Augenblick kommt Octavius mit Ann Whitefield und ihrer Mutter zurück. Ramsden springt auf und eilt zur Tür, um sie zu empfangen. Ob Ann hübsch ist oder nicht, hängt vom jeweiligen Geschmack ab, auch, und wohl hauptsächlich, von Alter und Geschlecht des Betrachters. Für Octavius ist sie eine bezaubernd schöne Frau, in deren Gegenwart sich die Welt verwandelt und die engen Grenzen des individuellen Bewußtseins sich plötzlich ins Unendliche weiten durch eine mystische Erinnerung an das gesamte Leben der Menschheit bis zu ihren Anfängen im Osten, oder sogar bis zurück ins Paradies, aus dem die Menschheit vertrieben wurde. In Ann wird für ihn das Märchen Wirklichkeit, sie ist der innere Sinn der Sinnlosigkeit, die Entschleierung seiner Augen, die Befreiung seiner Seele, die Aufhebung von Zeit, Raum und Umständen, sie bewirkt die Verflüchtigung seines Blutes in die rauschenden Bäche des wahren Lebenswassers, die Enthüllung aller Geheimnisse und die Sanktionierung aller Dogmen. Für ihre Mutter ist Ann, um es so bescheiden wie möglich auszudrücken, nichts dergleichen. Nicht daß Octavius'

Bewunderung im geringsten lächerlich oder entehrend wäre. Ann ist, was das anbelangt, ein wohlgestaltetes Geschöpf, und sie ist vollkommen damenhaft, anmutig und artig, mit berückenden Augen und Haaren. Außerdem hat sie – statt wie ihre Mutter eine Vogelscheuche aus sich zu machen – ein Trauerkleid aus schwarzer und violetter Seide gewählt, das ihren verstorbenen Vater ehrt und gleichzeitig die Familientradition tapferer Unkonventionalität beweist, auf die Ramsden so stolz ist.

Aber all dies kann Anns Charme nicht erklären. Geben Sie ihr eine Stupsnase, ein Schielauge, ersetzen Sie das schwarz-violette Seidengebilde durch die Schürze und den Federhut eines Blumenmädchens, korrigieren Sie ihre Sprache, und immer noch würde Ann die Männer zum Träumen bringen. Vitalität ist so allgemein wie Menschlichkeit; aber wie die Menschlichkeit erhebt sie sich manchmal zur Genialität, und Ann ist ein solches Genie an Vitalität. Bitte sehr, sie ist keineswegs übersexuell: das wäre ein vitaler Fehler, keine wirkliche Steigerung. Ann ist vollkommen respektabel, vollkommen selbstbeherrscht und sieht auch so aus, obwohl sie sich auf modische Weise offen und impulsiv gibt. Man traut ihr zu, daß sie nichts tun wird, was sie nicht so meint; vielleicht hat man auch ein wenig Angst, daß sie alles, was sie tun will, tun wird, ohne mehr Rücksicht auf andere zu nehmen, als unbedingt nötig ist und als sie für angebracht empfindet. Kurz und gut, sie ist, was die schwächeren ihrer Geschlechtsgenossinnen manchmal eine Katze nennen.

Nichts könnte würdevoller sein als ihr Eintritt und ihr Empfang durch Ramsden, den sie küßt. Der verstorbene Herr Whitefield würde sich fast bis zum Überdruß geschmeichelt fühlen durch die ernsten Gesichter der Männer (außer Tanner, der nervös ist), das schweigende Händedrücken, das mitfühlende Zurechtrücken der Stühle, das Schniefen der Witwe, die feuchten Augen der Tochter, die scheinbar vor Bewegtheit nicht sprechen kann. Ramsden und Octavius holen zwei Stühle von der Wand und stellen sie für die beiden Damen zurecht; aber Ann geht auf Tanner zu und setzt sich auf seinen Stuhl, den er ihr mit einer brüsken Geste anbietet; dann befreit er sich von seiner Verwirrung, indem er sich mit beabsichtigter Flegelhaftigkeit auf die Schreibtischkante setzt. Octavius stellt einen Stuhl für Frau Whitefield neben Ann und setzt sich selbst auf den leeren, den Herr Ramsden dem Abbild von Herbert Spencer unter die Nase gesetzt hat.

Frau Whitefield ist übrigens eine kleine Frau, deren verblichenes Flachshaar um ihren Kopf liegt wie Stroh auf einem Ei. Ihr Ausdruck hat etwas unklar Widerspenstiges, ihre Stimme ein protestierendes Quieken, man hat den seltsamen Eindruck, daß sie dauernd mit den Ellbogen eine größere Person wegdrängt, die sie in die Ecke drücken will. Man errät, daß sie eine von den Frauen ist, die sich bewußt sind, als dumm und unbedeutend angesehen zu werden, und die sich, ohne die Kraft wirksamer Selbstbehauptung, doch nie mit ihrem Schicksal abfinden. In der sorgfältigen Aufmerksamkeit, mit der Octavius sich ihr widmet, liegt etwas Ritterliches, während seine ganze Seele bei Ann ist. Ramsden geht feierlich zu seinem Magistratssitz am Schreibtisch zurück und eröffnet die Verhandlung, ohne Tanner zu beachten.

RAMSDEN Es tut mir leid, Annie, daß ich dich in dieser traurigen Stunde mit Geschäften belästigen muß. Aber das Testament deines armen lieben Vaters hat eine sehr schwerwiegende Frage aufgeworfen. Ich denke, du hast es gelesen.

Ann, zu bewegt, um zu sprechen, bejaht mit einem Kopfnicken und dem Anhalten des Atems.

Ich muß sagen, es überrascht mich, daß Herr Tanner mit mir zusammen zum Vormund und Vermögensverwalter für dich und Rhoda ernannt ist.

Eine Pause tritt ein. Alle machen ein wichtiges Gesicht, haben aber nichts zu sagen. Ramsden, ein wenig verwirrt durch das völlige Ausbleiben einer Reaktion, fährt fort.

Ich glaube, unter solchen Voraussetzungen kann ich die Verantwortung nicht übernehmen. Auch Herr Tanner hat, wie ich höre, Einwände; aber ich behaupte nicht, sie zu verstehen; ich bin sicher, daß er sie selbst erklären wird. In einem aber sind wir einig: wir können nichts entscheiden, ohne deine Meinung gehört zu haben. Ich fürchte, ich muß dich bitten, zwischen meiner alleinigen Vormundschaft oder der von Herrn Tanner zu wählen; denn ich fürchte, es ist unmöglich, daß wir beide gemeinsam die Sache übernehmen.

ANN *mit leiser, melodischer Stimme:* Mama –

FRAU WHITEFIELD *hastig:* Also, Ann, ich bitte dich, die Sache nicht mir aufzubürden. Ich habe in dieser Angelegenheit keine Meinung; und wenn ich eine hätte, so würde man sie wahrscheinlich doch nicht berücksichtigen. Ich bin ganz mit dem einverstanden, was ihr drei für das Beste haltet. *Tanner dreht den Kopf und sieht Ramsden starr an, dieser weigert sich ärgerlich, die stumme Mitteilung entgegenzunehmen.*

ANN *beginnt mit der gleichen weichen Stimme, ohne von der Geschmacklosigkeit ihrer Mutter Notiz zu nehmen:* Mama weiß, daß sie nicht stark genug ist, ohne jemandes Hilfe und Rat die ganze Verantwortung für mich und Rhoda zu übernehmen, Rhoda muß einen Vormund haben; ich bin zwar älter als sie, aber ich glaube nicht, daß eine junge, unverheiratete Frau gänzlich ihrer eigenen Einsicht überlassen werden sollte. Ich hoffe, du bist meiner Meinung, Großpapa …

TANNER *fährt hoch:* Großpapa! Hast du etwa vor, deine Vormünder Großpapa zu nennen?

ANN Sei nicht so dumm, Jack. Herr Ramsden ist für mich immer Großpapa Roebuck gewesen: Ich bin Opas Annie, und er ist Annies Opa. Ich hab ihn so getauft, als ich sprechen lernte.

RAMSDEN *sarkastisch:* Ich hoffe, Sie sind zufrieden. Sprich weiter, Annie, ich bin ganz deiner Meinung.

ANN Also, wenn ich einen Vormund brauche, *darf* ich dann überhaupt einen Mann ablehnen, den mein lieber Vater dazu bestimmt hat?

RAMSDEN *beißt sich auf die Lippen:* Du bist also mit der Wahl deines Vaters einverstanden?

ANN Es steht mir nicht zu, einverstanden oder nicht einverstanden zu sein. Ich nehme die Wahl an. Mein Vater liebte mich und wußte am besten, was gut für mich ist.

RAMSDEN Natürlich verstehe ich dein Gefühl, Annie. Es ist genau das, was ich erwartet hatte, und es gereicht dir zur Ehre. Aber es regelt die Frage nicht so vollständig, wie du glaubst. Ich will es dir an einem Beispiel klarmachen. Nimm an, du entdeckst, daß ich mich irgendeiner unehrenhaften Handlung schuldig gemacht hätte – daß ich nicht der Mann wäre, für den dein armer lieber Vater mich gehalten hat! Würdest du es dann immer noch für richtig halten, daß ich Rhodas Vormund würde?

ANN Ich kann mir nicht vorstellen, daß du etwas Unehrenhaftes tust, Großpapa.

TANNER *zu Ramsden:* Sie haben doch nicht wirklich so was getan?

RAMSDEN *entrüstet:* Nein, mein Herr.

FRAU WHITEFIELD *gelassen:* Also, warum sollen wir es uns dann vorstellen?

ANN Du siehst, Großpapa, Mama möchte nicht einmal, daß ich es mir vorstelle.

RAMSDEN *völlig ratlos:* Ihr beide seid in diesen Familienangelegenheiten von so natürlichem Zartgefühl, daß es schwerfällt, euch die Situation klarzumachen.

TANNER Übrigens, mein Freund, Sie machen ihnen die Sache nicht klar.

RAMSDEN *gekränkt:* Dann tun Sie es doch.

TANNER Das werde ich. Ann, Ramsden hält mich nicht für fähig, dein Vormund zu sein, und ich bin ganz seiner Meinung. Er glaubt, daß dein Vater, hätte er mein Buch gelesen, mich nicht dazu bestimmt hätte. Dies Buch ist die unehrenhafte Handlung, von der er spricht. Er glaubt, daß es Rhodas wegen deine Pflicht ist, ihn zu bitten, allein die Vormundschaft zu übernehmen und mich zum Rücktritt zu bewegen. Sag nur ein Wort, und ich trete zurück.

ANN Aber ich habe dein Buch noch nicht gelesen, Jack.

TANNER *beugt sich über den Papierkorb und fischt das Buch heraus:* Dann lies es sofort und entscheide dich.

RAMSDEN *heftig:* Wenn ich dein Vormund sein soll, so verbiete ich dir strikt, dies Buch zu lesen, Annie.

Er schlägt mit der Faust auf den Tisch und erhebt sich.

ANN Natürlich nicht, wenn du es nicht möchtest.

Sie legt das Buch auf den Tisch.

TANNER Wenn der eine Vormund dir verbietet, das Buch des andern Vormunds zu lesen, wie sollen wir die Sache dann klären? Wenn ich dir nun befehle, es zu lesen? Wo bleibt denn dein Gehorsam mir gegenüber?

ANN *sanft:* Ich bin sicher, du würdest mich niemals absichtlich in einen solch schmerzlichen Zwiespalt stürzen, Jack.

RAMSDEN *gereizt:* Ja, ja, Annie. Das ist alles sehr gut, und wie ich sagte, natürlich und anständig. Aber du mußt dich so oder so entscheiden. Wir sind ebenso in einem Dilemma wie du.

ANN Ich fühle mich zu jung und zu unerfahren, um zu entscheiden. Die Wünsche meines Vaters sind mir heilig.

FRAU WHITEFIELD Wenn ihr beiden Männer die Frage nicht lösen könnt, so finde ich es hart, Ann die Verantwortung aufzubürden. Mir scheint, daß die Menschen in dieser Welt immer alles andern aufbürden.

RAMSDEN Es tut mir leid, daß Sie es so verstehen.

ANN *in rührendem Ton:* Weigerst du dich, mich als dein Mündel zu akzeptieren, Großpapa?

RAMSDEN Nein, das habe ich nie gesagt. Ich weigere mich aber entschieden, zusammen mit Herrn Tanner zu fungieren, das ist alles.

FRAU WHITEFIELD Warum? Was haben Sie denn gegen den armen Jack?

TANNER Meine Ansichten sind ihm zu fortschrittlich.

RAMSDEN *entrüstet:* Das sind sie nicht. Das streite ich ab.

ANN Natürlich nicht. Was für ein Unsinn. Niemand ist fortschrittlicher als Großpapa. Ich bin sicher, daß Jack selber all diese Schwierigkeiten heraufbeschworen hat. Komm, Jack, sei lieb zu mir in meinem Leid. Du weigerst dich doch nicht, mich als dein Mündel zu akzeptieren?

TANNER *düster:* Nein. Ich habe mich darauf eingelassen und muß es also wohl auch auf mich nehmen.

Er dreht sich dem Bücherschrank zu und studiert niedergeschlagen die Titel der Bände.

ANN *steht auf, strahlt vor Entzücken, das sie zu unterdrücken sucht:* Dann sind wir uns also einig, und der Wille meines lieben Vaters wird erfüllt werden. Ihr wißt nicht, was für eine Freude das für mich und meine Mutter bedeutet.

Sie geht zu Ramsden, drückt ihm beide Hände und sagt: Und mein lieber Großpapa wird mir helfen und mich beraten. *Sie wirft über die Schulter Tanner einen Blick zu:* Und ich habe Jack, den Riesentöter. *Sie geht an ihrer Mutter vorbei auf Octavius zu:* Und Jacks unzertrennlichen Freund Ricky-ticky-tavy.

Octavius errötet und macht ein unbeschreiblich dummes Gesicht.

FRAU WHITEFIELD *steht auf und schüttelt ihre Trauerkleider zurecht:* Ramsden, jetzt, da Sie Anns Vormund sind, wünschte ich, Sie würden ihr etwas über ihre Gewohnheit sagen, den Leuten Spitznamen zu geben. Das kann Ihnen doch nicht recht sein. *Sie geht auf die Tür zu.*

ANN Wie kannst du nur so etwas sagen, Mama. *Glühend vor zärtlichen Gewissensbissen:* Oh, ob du nicht doch recht haben könntest? Bin ich nicht doch unbedacht gewesen? *Sie wendet sich an Octavius, der rittlings auf seinem Stuhl sitzt, die Ellbogen auf der Rückenlehne. Sie legt ihre Hand auf seine Stirn und drückt plötzlich sein Gesicht nach oben:* Möchtest du wie ein erwachsener Mann behandelt werden? Muß ich dich in Zukunft Herr Robinson nennen?

OCTAVIUS *ernst:* Oh, bitte, nenn mich Ricky-ticky-tavy. »Herr Robinson« würde mir schrecklich weh tun.

ANN *lacht und streichelt seine Wange mit einem Finger, dann geht sie zu Ramsden zurück:* Weißt du, mir wird allmählich klar, daß Großpapa doch ziemlich unverschämt klingt. Aber ich habe nie vorgehabt, dich zu verletzen.

RAMSDEN *munter, während er ihr zärtlich auf den Rücken klopft:* Aber, liebe Annie, das ist ja Unsinn. Ich bestehe auf Großpapa. Ich werde auf keinen anderen Namen hören als auf Annies Großpapa.

ANN *dankbar:* Ihr alle seid so nett zu mir, nur Jack nicht.

TANNER *vom Bücherschrank her über seine Schulter:* Ich denke, du solltest mich Herr Tanner nennen.

ANN *freundlich:* Nein, das denkst du gar nicht, Jack. Das ist wieder so etwas, das du sagst, um die Leute zu schockieren: die, die dich kennen, achten gar nicht darauf. Aber wenn du willst, nenne ich dich nach deinem berühmten Vorfahren Don Juan.

RAMSDEN Don Juan?

ANN *mit Unschuldsmiene:* Oh, ist da etwas dabei? Das wußte ich nicht. Dann nenne ich dich auf keinen Fall so. Darf ich dich Jack nennen, bis mir etwas anderes einfällt?

TANNER Ach, versuch um Himmels willen nicht, dir noch etwas Schlimmeres auszudenken. Ich kapituliere. Ich klammere mich an Jack. Hier endet mein erster und letzter Versuch, mir Autorität zu verschaffen.

ANN Du siehst, Mama, es gefällt ihnen allen ganz gut, einen Kosenamen zu haben.

FRAU WHITEFIELD Also, ich denke, du solltest die Kosenamen wenigstens fallenlassen, bis die Trauerzeit vorüber ist.

ANN *vorwurfsvoll, bis ins Herz getroffen:* Oh, wie kannst du mich daran erinnern, Mutter? *Sie geht hastig aus dem Zimmer, um ihre Bewegung zu verbergen.*

FRAU WHITEFIELD Natürlich. Ich bin schuld, wie immer. *Sie geht hinter Ann her.*

TANNER *kommt vom Bücherschrank nach vorn:* Ramsden,

wir sind geschlagen – zerschmettert – in nichts aufgelöst wie ihre Mutter.

RAMSDEN Unsinn, Herr Tanner. *Er folgt Frau Whitefield aus dem Zimmer.*

TANNER *allein mit Octavius, starrt diesen mit freundlicher Ironie an:* Tavy, möchtest du etwas in der Welt gelten?

OCTAVIUS Ich möchte als Dichter etwas gelten. Ich möchte ein großartiges Stück schreiben.

TANNER Mit Ann als Heldin?

OCTAVIUS Ja, ich gestehe es.

TANNER Nimm dich in acht, Tavy. Ein Stück mit Ann als Heldin ist in Ordnung, aber wenn du nicht sehr aufpaßt, dann, beim Himmel, wird sie dich heiraten.

OCTAVIUS *seufzend:* So viel Glück habe ich nicht.

TANNER Mann, dein Kopf steckt im Rachen der Löwin: halb bist du schon verschlungen – in drei Bissen – Biß eins: Ricky – Biß zwei: Ticky – Biß drei: Tavy – und runter bist du.

OCTAVIUS Sie geht mit allen gleich um, Jack, du kennst sie doch.

TANNER Ja, sie bricht jedem mit einem Tatzenhieb das Rückgrat; aber die Frage ist: wen von uns wird sie fressen. Ich glaube, daß sie dich fressen wird.

OCTAVIUS *steht auf, gekränkt:* Es ist gräßlich, so von ihr zu sprechen, wo sie doch oben um ihren Vater weint. Aber ich wünsche mir so sehr, von ihr gefressen zu werden, daß ich deine Brutalitäten ertrage, denn sie geben mir Hoffnung.

TANNER Tavy, das ist das Teuflische am Zauber einer Frau: sie bringt dich dazu, deinen eigenen Untergang zu wollen.

OCTAVIUS Aber es ist kein Untergang, es ist Erfüllung.

TANNER Ja, aber die Erfüllung *ihres* Zweckes. Und dieser Zweck ist weder ihr Glück noch das deine, sondern ein Naturgesetz. Die Vitalität einer Frau ist ein blindes Wüten der Schöpfung. Sie opfert sich ihr. Und du glaubst, daß sie zögern wird, dich zu opfern?

OCTAVIUS Aber gerade weil sie selbst opferbereit ist, wird sie nicht die opfern, die sie liebt.

TANNER Das ist ein ganz grundlegender Irrtum, Tavy. Gerade die opferbereiten Frauen opfern andere ohne Rücksicht. Weil sie selbstlos sind, sind sie in kleinen Dingen gütig. Weil sie einen Daseinszweck haben, der nicht ihr eigener Zweck ist, sondern der des ganzen Universums, ist für sie ein Mann nichts als ein Werkzeug dieses Zwecks.

OCTAVIUS Sei nicht undankbar, Jack. Sie umhegen uns mit aller Zärtlichkeit.

TANNER Ja, wie ein Soldat sein Gewehr pflegt oder ein Musiker seine Geige. Aber lassen sie uns ein eigenes Ziel oder Freiheit? Leihen sie uns einem anderen aus? Der stärkste Mann kann nicht entfliehen, wenn sie erst einmal Besitz von ihm ergriffen haben. Sie zittern, wenn wir in Gefahr sind, und weinen, wenn wir sterben; aber die Tränen gelten nicht uns, sie gelten dem Vater, der seine Funktion nicht mehr erfüllt, dem Sohn, der nicht gezeugt wird. Sie werfen uns vor, wir betrachten sie als bloßes Mittel zu unserem Vergnügen; aber wie kann eine so schwache und vorübergehende Torheit wie das selbstsüchtige Vergnügen eines Mannes eine Frau so versklaven wie das Naturgesetz, das in der Frau verkörpert ist, einen Mann versklaven kann?

OCTAVIUS Was macht das schon, wenn wir in dieser Sklaverei glücklich sind?

TANNER Es macht überhaupt nichts, wenn du kein eigenes Ziel hast. Wenn du, wie die meisten Männer, ein bloßer Brotverdiener bist. Aber du, Tavy, bist ein Künstler: das heißt, dein Ziel fordert alles und macht ebenso skrupellos wie das einer Frau.

OCTAVIUS Nicht skrupellos.

TANNER Völlig skrupellos. Der wahre Künstler läßt seine Frau hungern, seine Kinder barfuß gehen, seine Mutter noch mit siebzig für seinen Lebensunterhalt schuften, ehe er eine andere Arbeit tut als seine künstlerische. Für Frauen ist er zur Hälfte Mann, der Vivisektion betreibt, zur Hälfte ein Vampir. Er nimmt enge Beziehungen mit ihnen auf, um sie zu studieren, ihnen die Maske der Konvention abzureißen, durch Überraschung ihre innersten Geheimnisse zu erfahren; er weiß, daß sie die Macht haben, seine tiefsten schöpferischen Kräfte zu wecken, ihn vor seinem kalten Verstand zu retten, ihn Visionen sehen und Träume träumen zu lassen, ihn, wie er es nennt, zu inspirieren. Er redet den Frauen ein, sie täten dies, um ihren eigenen Zwecken zu dienen, in Wirklichkeit will er, daß sie es für seine Zwecke tun. Er stiehlt noch der Mutter die Milch und macht Druckerschwärze daraus, mit der er die Mutter verspottet und ideale Frauen verherrlicht. Er gibt vor, der Frau die Schmerzen der Geburt zu ersparen, will aber nur, daß sie die Zärtlichkeit und Pflege, die von Rechts wegen ihren Kindern zustehen, ihm zuwendet. Seit es die Ehe gibt, weiß man, daß der große Künstler ein schlechter Gatte ist. Aber er ist noch etwas Schlimmeres: er ist ein Kinderräuber, ein Blutsauger, ein Heuchler und Betrüger. Die menschliche Rasse mag zugrunde gehen und tausend Frauen verwelken, wenn dieses Opfer ihn nur fähig macht, den Hamlet besser zu spielen, ein schöneres Bild zu malen, ein tieferes Gedicht zu schreiben, ein besseres Stück, eine profundere Philosophie. Denn, hör zu, Tavy, das Werk des Künstlers soll uns zeigen, wie wir wirklich sind; und der, der dieser Kenntnis auch nur ein Jota hinzufügt, schafft so sicher neues Bewußtsein, wie eine Frau neue Menschen schafft. In der Raserei dieser Schöpfung ist er ebenso rücksichtslos wie die Frau, für sie so gefährlich wie sie für ihn und auf ebenso schreckliche Weise faszinierend. Von allen menschlichen Kämpfen ist keiner so trügerisch und unbarmherzig wie der Kampf zwischen dem Mann als Künstler und der Frau als Mutter. Wer wird den anderen verschlingen, das ist die Frage zwischen ihnen. Und dieser Kampf ist um so tödlicher, weil sie, um es in deiner romantischen Sprache auszudrücken, einander lieben.

OCTAVIUS Selbst wenn es so wäre – ich gebe es aber keinen Augenblick zu –, so gehen aus den tödlichsten Kämpfen doch die edelsten Charaktere hervor.

TANNER Wenn dir das nächste Mal ein Grizzlybär oder ein bengalischer Tiger gegenübertritt, dann denk an dies Wort.

OCTAVIUS Ich meinte, wenn Liebe dabei ist.

TANNER Oh, der Tiger wird dich lieben. Es gibt keine redlichere Liebe als die Liebe zur Nahrung. Ich glaube, auf diese Weise liebt Ann dich: sie tätschelt deine Wange, als wäre es ein knuspriges, kurz gebratenes Kotelett.

OCTAVIUS Weißt du, Jack, ich sollte vor dir weglaufen, aber ich habe es mir zur festen Regel gemacht, nichts, was du sagst, krummzunehmen. Manchmal kannst du richtig ekelhafte Sachen sagen.

Ramsden kommt zurück, gefolgt von Ann. Sie kommen schnell herein, Anns vorher ruhige Miene, die würdevolle Trauer zeigte, drückt jetzt echte Bestürzung aus und bei Ramsden Besorgnis. Er tritt zwischen die beiden Männer und will sich an Octavius wenden, aber als er Tanner gewahr wird, hält er plötzlich inne.

RAMSDEN Ich hatte kaum erwartet, Sie immer noch hier zu finden, Herr Tanner.

TANNER Bin ich im Wege? Dann guten Morgen, Mitvormund. *Er geht auf die Tür zu.*

ANN Halt, Jack. Großpapa, früher oder später wird er es doch erfahren.

RAMSDEN Octavius, ich habe dir etwas sehr Ernstes mitzuteilen. Es handelt sich um etwas ganz Intimes und Heikles – und, es tut mir leid, es sagen zu müssen, auch um etwas sehr Schmerzliches. Wünschst du, daß Herr Tanner bei der Mitteilung zugegen ist?

OCTAVIUS *wird blaß:* Ich habe vor Jack keine Geheimnisse.

RAMSDEN Bevor du es endgültig entscheidest, muß ich dir sagen, daß es sich dabei um deine Schwester handelt, und daß es eine schreckliche Mitteilung ist.

OCTAVIUS Violet? Was ist geschehen? Ist sie – tot?

RAMSDEN Ich fürchte, es ist sogar noch schlimmer.

OCTAVIUS Ist sie schwer verletzt? Hat es einen Unfall gegeben?

RAMSDEN Nein, nichts dergleichen.

TANNER Ann, willst du nicht menschlich sein und uns sagen, was los ist?

ANN *halb flüsternd:* Ich kann nicht. Violet hat etwas Schreckliches getan. Wir müssen sie wegschaffen, irgendwohin. *Sie flattert zum Schreibtisch, setzt sich auf Ramsdens Stuhl und überläßt es den drei Männern, die Sache zwischen sich auszumachen.*

OCTAVIUS *dem ein Licht aufgeht:* Das meinen Sie also, Herr Ramsden?

RAMSDEN Ja.

Octavius sinkt vernichtet in einen Sessel.

Ich fürchte, es besteht kein Zweifel, daß Violet vor drei Wochen, als wir glaubten, sie besuche die Familie Parry Whitefield, gar nicht nach Eastburne fuhr. Und gestern hat sie, mit einem Ehering am Finger, einen fremden Arzt aufgesucht. Frau Parry Whitefield hat sie dort zufällig getroffen, und so ist das Ganze rausgekommen.

OCTAVIUS *erhebt sich mit geballten Fäusten:* Wer ist der Schurke?

ANN Sie will es uns nicht sagen.

OCTAVIUS *fällt wieder in den Sessel zurück:* Entsetzlich!

TANNER *mit ärgerlichem Sarkasmus:* Schrecklich. Entsetzlich. Schlimmer als der Tod, wie Ramsden sich ausdrückt. *Er tritt zu Octavius:* Was würdest du nicht darum geben, Tavy, wenn es ein Eisenbahnunfall gewesen wäre, wenn sie alle Knochen gebrochen hätte, oder sonst was Ehrbares und Mitleiderregendes?

OCTAVIUS Du bist brutal, Jack.

TANNER Brutal! Lieber Himmel, Mann, warum jammerst du denn? Hier ist eine Frau, von der wir alle glaubten, sie mache schlechte Aquarelle, übe Grieg und Brahms auf dem Klavier, flitze zu Konzerten und Parties, vergeude ihr Geld und ihr Leben. Plötzlich hören wir, daß sie diese Dummheiten hat fallenlassen und sich der Erfüllung ihres höchsten Ziels und ihrer wichtigsten Funktion zugewandt hat. – Ihrer Funktion, zu wachsen, sich zu mehren und den Erdkreis zu erfüllen. Und statt ihren Mut zu bewundern und sich über ihren guten Instinkt zu freuen; statt die erfüllte Weiblichkeit zu krönen und den Triumphgesang anzustimmen ›Ein Kind ist uns geboren – ein Sohn ist uns geschenkt‹, steht ihr, die ihr eben in eurer Trauer um die Toten so fröhlich wie die Heimchen gewesen seid, mit langen Gesichtern und seht so beschämt und niedergeschmettert aus, als ob das Mädchen das schmutzigste Verbrechen begangen hätte.

RAMSDEN *brüllt vor Wut:* Ich werde in meinem Hause solche Schändlichkeiten nicht dulden. *Er schlägt mit der Faust auf den Schreibtisch.*

TANNER Nun hören Sie aber mal, wenn Sie mich noch einmal beleidigen, dann nehme ich sie beim Wort und verlasse Ihr Haus. Ann, wo ist Violet im Augenblick?

ANN Warum? Willst du zu ihr gehen?

TANNER Natürlich gehe ich zu ihr. Sie braucht Hilfe, sie braucht Geld, sie braucht Respekt und Anerkennung, sie braucht für ihr Kind das Beste, das es gibt. Von euch wird sie das alles wahrscheinlich nicht bekommen – aber von mir! Wo ist sie?

ANN Sei nicht so eigensinnig, Jack. Sie ist oben.

TANNER Wie? Unter Ramsdens geheiligtem Dach? Gehen Sie, tun Sie Ihre elende Pflicht, Ramsden. Jagen Sie sie auf die Straße. Reinigen Sie Ihre Schwelle von dieser Beflekkung. Stellen Sie die Reinheit Ihres englischen Heims wieder her. Ich hole eine Droschke.

ANN *geängstigt:* Oh, Großpapa, das darfst du nicht tun.

OCTAVIUS *erhebt sich gebrochen:* Ich bringe sie weg, Herr Ramsden. Sie hatte nicht das Recht, in Ihr Haus zu kommen.

RAMSDEN *entrüstet:* Aber ich bin nur zu bereit, ihr zu helfen. *Wendet sich an Tanner:* Wie können Sie es wagen, Herr Tanner, mir solche ungeheuerlichen Absichten zu unterstellen. Ich verwahre mich dagegen. Ich bin bereit, meinen letzten Penny herzugeben, damit sie nicht bei Ihnen Schutz suchen muß.

TANNER *beruhigt sich:* Dann ist ja alles in Ordnung. Er wird nicht nach seinen Prinzipien handeln. Wir sind uns also alle einig, Violet beizustehen.

OCTAVIUS Aber wer ist der Mann? Er kann es wieder gutmachen, indem er sie heiratet, und das wird er tun, oder er wird sich vor mir verantworten.

RAMSDEN Das wird er. Du sprichst wie ein Mann, Octavius.

TANNER Du hältst ihn also doch nicht für einen Schurken.

OCTAVIUS Nicht für einen Schurken? Er ist ein herzloser Schurke.

RAMSDEN Ein verdammter Schurke. Verzeihung, Ann, aber milder kann ich es nicht ausdrücken.

TANNER Du willst also deine Schwester einem verdammten Schurken zur Frau geben, um sie zu bessern. O mein Gott, ich glaube, ihr seid alle verrückt.

ANN Red keinen Unsinn, Jack. Du hast natürlich ganz recht, Tavy. Aber wir wissen nicht, wer es ist. Violet will es uns nicht sagen.

TANNER Es ist doch völlig gleichgültig, wer es ist. Er hat sein Teil getan, das übrige muß Violet tun.

RAMSDEN *außer sich:* Quatsch! Blödsinn! In unserer Mitte ist ein Schurke, ein Lüstling, ein Verbrecher, schlimmer als ein Mörder, und wir sollen nicht erfahren, wer es ist. In unserer Unwissenheit sollen wir ihm die Hand schütteln, ihn in unser Haus einladen, ihn mit unseren Töchtern in Berührung bringen, ihn – ihn –

ANN *schmeichelnd:* Aber, aber, Großpapa, sprich nicht so laut. Es ist einfach schrecklich, das müssen wir alle zugeben, aber wenn Violet uns nichts sagen will, was können wir da machen? Nichts. Überhaupt nichts.

RAMSDEN Hm. Da bin ich nicht so sicher. Es ist sicher nicht schwer, festzustellen, ob irgendein Mann Violet besondere Aufmerksamkeit geschenkt hat. Wenn sich unter uns ein Mann mit besonders lockerer Moral befindet –

TANNER Aha!

RAMSDEN *erhebt die Stimme:* Ja, Herr Tanner, ich wiederhole: wenn sich unter uns ein Mann mit besonders lockerer Moral befindet –

TANNER Oder ein Mann, von dem bekannt ist, daß es ihm an Selbstbeherrschung fehlt – –

RAMSDEN *fassungslos:* Wollen Sie etwa behaupten, daß mir das passieren könnte?

TANNER Mein lieber Ramsden, das könnte jedem passieren. Das kommt davon, wenn man mit der Natur in Konflikt gerät. Der Verdacht, den Sie eben auf mich gelenkt haben, trifft uns alle. Diese Art Dreck klebt eben so fest an der Richterrobe und am Kardinalspurpur wie an den Lumpen des Landstreichers. Komm, Tavy, mach kein so verdutztes Gesicht: ich hätte es sein können, es hätte auch Ramsden sein können, ebensogut wie irgendeiner. Und wenn wir es wären, was könnten wir tun als lügen und protestieren – so wie Ramsden jetzt protestieren wird.

RAMSDEN *nahe am Ersticken:* Ich – ich – ich –

TANNER Die Schuld in Person könnte nicht verwirrter stammeln. Und doch weißt du genau, Tavy, daß er unschuldig ist.

RAMSDEN *erschöpft:* Ich bin froh, daß Sie das zugeben, Herr Tanner. Auch ich gebe zu, daß an dem, was Sie sagen, etwas Wahres ist, wenn Sie es auch grob übertreiben, um sich auf Ihre boshafte Weise lustig über uns zu machen. Ich hoffe, Octavius, daß ein Verdacht gegen mich unvorstellbar für dich ist.

OCTAVIUS Gegen Sie? Nicht einen Augenblick – –

TANNER *trocken:* Ich glaube, mich verdächtigt er ein ganz klein wenig.

OCTAVIUS Du könntest nicht – du würdest doch nicht –

TANNER Und warum nicht?

OCTAVIUS *entsetzt:* Warum nicht!!

TANNER Also gut, ich will dir sagen, warum nicht. Erstens, weil du dich verpflichtet fühlen würdest, mit mir zu brechen. Zweitens, weil Violet mich nicht mag. Drittens, wenn ich die Ehre hätte, der Vater von Violets Kind zu sein, so würde ich mich dessen rühmen, statt es zu leugnen. Sei also beruhigt, unsere Freundschaft ist nicht in Gefahr.

OCTAVIUS Wären dein Gefühl und deine Meinung in diesen Dingen natürlich, hätte ich den Verdacht mit Entsetzen von mir gewiesen. Ich bitte um Verzeihung.

TANNER Verzeihung? Unsinn! Und jetzt wollen wir uns hinsetzen und einen Familienrat abhalten. *Er setzt sich. Die anderen folgen seinem Beispiel mehr oder weniger unter Protest.* Violet ist im Begriff, dem Staat einen Dienst zu erweisen; folglich muß sie wie eine Verbrecherin ins Ausland verfrachtet werden, bis alles vorüber ist. Was geht oben vor sich?

ANN Violet ist im Zimmer der Haushälterin. Natürlich allein.

TANNER Warum ist sie nicht im Wohnzimmer?

ANN Red keinen Unsinn, Jack. Fräulein Ramsden und meine Mutter sind im Wohnzimmer und beraten, was zu tun ist.

TANNER Oh, dann dient das Zimmer der Haushälterin wohl als Karzer, und die Gefangene wartet darauf, vor ihre Richter gerufen zu werden. Diese alten Hexen!

ANN Oh, Jack!

RAMSDEN Sie sind im Augenblick Gast im Hause einer der alten Hexen, mein Herr. Meine Schwester ist die Herrin dieses Hauses.

TANNER Sie würde am liebsten auch mich in das Zimmer der Haushälterin sperren, Ramsden, wenn sie sich nur traute. Aber ich ziehe das Wort Hexen zurück. Hexen würden sich vernünftiger benehmen. Ann, als dein Vormund befehle ich dir, sofort zu Violet zu gehen und besonders nett zu ihr zu sein.

ANN Ich bin bei ihr gewesen, Jack. Es tut mir leid, aber ich glaube, sie wird sich hartnäckig weigern, ins Ausland zu gehen. Ich glaube, Tavy sollte mit ihr darüber sprechen.

OCTAVIUS Wie kann ich mit ihr über so etwas sprechen? *Er*

bricht zusammen.

ANN Laß dich nicht gehen, Tavy. Um unser aller willen, versuch es zu ertragen.

RAMSDEN Das Leben besteht nicht nur aus Theaterstücken und Gedichten, Octavius. Komm, trag es wie ein Mann.

TANNER *wieder in höhnischem Ton:* Armer lieber Bruder! Arme liebe Freunde der Familie! Ihr armen lieben alten Hexchen! Alle sind arm und lieb außer der Frau, die ihr Leben aufs Spiel setzen wird, um ein neues Leben zu schaffen. Tavy, sei kein so selbstsüchtiger Esel. Geh und sprich mit Violet, und bring sie mit herunter, wenn sie mag. *Octavius steht auf.* Sag ihr, daß wir auf ihrer Seite sind.

RAMSDEN *steht auf.* Nein, mein Herr.

TANNER *steht ebenfalls auf und unterbricht ihn:* Oh, wir verstehen, es ist gegen Ihr Gewissen; aber trotzdem werden Sie ihr beistehen.

OCTAVIUS Ich gebe euch mein Wort, ich wollte nicht selbstsüchtig sein. Es ist so schwer zu wissen, was man tun soll, wenn man ernstlich wünscht, das Rechte zu tun.

TANNER Mein lieber Tavy, du hast die fromme englische Gewohnheit, die Welt als moralische Turnhalle zu betrachten, die eigens dazu gebaut worden ist, damit du darin deinen Charakter festigen kannst. Das verführt dich manchmal dazu, über deine eigenen verdammten Prinzipien nachzudenken, wenn du über das nachdenken solltest, was für andere Menschen notwendig ist. Die Notwendigkeit der gegenwärtigen Stunde ist eine glückliche Mutter und ein gesundes Kind. Konzentriere deine Energien darauf, dann wirst du deinen Weg ganz klar vor dir sehen.

Octavius geht völlig verwirrt ab.

RAMSDEN *tritt Tanner mit Würde entgegen:* Und die Moral, mein Herr? Was wird aus der?

TANNER Unter Moral verstehen Sie eine weinende Magdalena und ein unschuldiges Kind, das mit deren Schmach gebrandmarkt ist. Danke, das wird es in unserem Kreis nicht geben. Die Moral mag zu ihrem Vater, dem Teufel, gehen.

RAMSDEN Das hab ich mir gedacht, Herr Tanner. Die Moral wird zum Teufel geschickt, weil es unseren Freigeistern, männlichen und weiblichen, so gefällt. So soll also die Zukunft Englands aussehen, wie?

TANNER England wird Ihre Mißbilligung überleben. Aber bis dahin – darf ich annehmen, daß Sie über die praktischen Schritte, die wir unternehmen müssen, mit mir einer Meinung sind?

RAMSDEN Nicht in Ihrem Geiste, Herr Tanner. Nicht für Ihre Zwecke.

TANNER Das können Sie proklamieren, wenn jemand Sie zur Rechenschaft ziehen sollte, hier oder im Jenseits.

Er wendet sich ab und pflanzt sich vor Herbert Spencer auf, den er düster anstarrt.

ANN *steht auf und tritt zu Ramsden:* Großpapa, willst du nicht ins Wohnzimmer hinaufgehen und ihnen sagen, was wir vorhaben?

RAMSDEN *blickt scharf zu Tanner hinüber:* Ich lasse dich nicht gern mit diesem Herrn allein. Willst du nicht mitkommen?

ANN Fräulein Ramsden würde in meiner Gegenwart nicht gern über die Sache sprechen, Großpapa. Es ist besser, wenn ich nicht dabei bin.

RAMSDEN Du hast recht. Daran hätte ich denken sollen. Du bist ein gutes Mädchen, Annie.

Er klopft ihr auf die Schulter. Sie blickt mit strahlenden Augen zu ihm auf, und er geht tief bewegt hinaus. Jetzt, da sie ihn losgeworden ist, sieht Ann sich nach Tanner um. Da er ihr den Rücken zukehrt, wendet sie einen Augenblick daran, ihr Äußeres zurechtzumachen, dann tritt sie leise zu ihm und spricht ihm beinahe ins Ohr.

ANN Jack, *er fährt herum*, bist du froh, mein Vormund zu sein? Ich hoffe, du bedauerst es nicht, daß du für mich verantwortlich bist.

TANNER Ich hab dir wohl noch gefehlt in deiner Sammlung von Sündenböcken, was?

ANN Oh, dieser dumme alte Witz! Bitte hör damit auf. Warum sagst du Sachen, von denen du weißt, daß sie mir weh tun? Ich tue mein Bestes, um es dir recht zu machen, Jack, ich glaube, jetzt, da du mein Vormund bist, darf ich dir das sagen. Du wirst mich sehr unglücklich machen, wenn du dich weigerst, mein Freund zu sein.

TANNER *starrt sie ebenso düster an, wie er vorher die Büste angestarrt hat:* Du brauchst nicht um meine Freundschaft zu betteln. Wie unrealistisch sind unsere moralischen Urteile! Mir scheint, daß du überhaupt kein Gewissen hast – nichts als Scheinheiligkeit; man kann das eine nicht vom andern unterscheiden – und doch strahlst du eine Art Faszination aus. Ich beschäftige mich irgendwie immer mit dir. Wenn ich dich verlöre, würde ich dich vermissen.

ANN *schiebt leise ihren Arm unter seinen und geht mit ihm auf und ab:* Aber das ist doch ganz natürlich, Jack. Wir kennen uns schon seit unserer Kindheit. Weißt du noch?

TANNER *macht sich abrupt frei:* Still! Ich weiß noch alles.

ANN Oh, wir waren natürlich manchmal dumm, aber –

TANNER Ich will nichts hören, Ann. Ich bin nicht mehr der Schuljunge, und ich bin noch nicht der Tattergreis von neunzig, der ich sein werde, wenn ich lange genug lebe. Es ist vorbei, laß es mich vergessen.

ANN Aber es war doch eine glückliche Zeit. *Sie versucht, wieder seinen Arm zu nehmen.*

TANNER Setz dich hin und benimm dich. *Er drückt sie auf einen Stuhl neben dem Schreibtisch.* Ohne Zweifel war es eine glückliche Zeit für dich. Du warst ein braves Mädchen und hast dir nie eine Blöße gegeben. Und doch hätte das böseste Kind, das je Prügel bezogen hat, sich kaum besser amüsieren können. Ich kann den Erfolg verstehen, mit dem du die anderen Mädchen tyrannisiert hast: deine Tugend hat sie getäuscht. Aber sag mir eins, hast du jemals einen guten Jungen gekannt?

ANN Natürlich. Alle Jungen machen zu Zeiten Dummheiten, aber Tavy war immer ein wirklich guter Junge.

TANNER *überrascht:* Ja, du hast recht. Aus irgendeinem Grund hast du Tavy nie in Versuchung geführt.

ANN In Versuchung geführt! Jack!

TANNER Ja, mein liebes Fräulein Mephistopheles, in Versuchung geführt. Deine Neugier zu erfahren, wozu ein Junge fähig wäre, war unersättlich, und mit teuflischer Klugheit wußtest du seine Vorsicht zu täuschen und ihn bei seinen innersten Geheimnissen zu überraschen.

ANN Was für ein Unsinn. Nur weil du mir immer lange Geschichten erzählt hast von den bösen Dingen, die du getan hast – von Dummejungenstreichen! Und so etwas nennst du die innersten Geheimnisse! Die Geheimnisse der Jungen sind genau wie die Geheimnisse der Männer, und du kennst sie!

TANNER *eigensinnig:* Nein, ich kenne sie nicht! Worin bestehen sie denn, bitte!

ANN Nun, natürlich die Sachen, die sie jedem erzählen.

TANNER Also, ich schwöre dir, ich habe dir Dinge gesagt, die ich niemandem sonst erzählt habe. Du hast mich dazu verlockt, einen Pakt mit dir zu schließen, daß keiner von uns vor dem andern ein Geheimnis haben sollte. Wir wollten uns alles sagen. Ich habe gar nicht gemerkt, daß du mir nie etwas gesagt hast.

ANN Du wolltest ja auch gar nicht von mir sprechen, du wolltest von dir sprechen, Jack.

TANNER Ja, das ist wahr, auf eine schreckliche Weise wahr. Aber was für ein teuflisches Kind mußt du gewesen sein, diese Schwäche zu kennen und sie auszunutzen, um deine Neugier zu befriedigen! Ich wollte vor dir prahlen, mich interessant machen. Und ich habe allerhand bösartige Dinge getan, nur um dir etwas erzählen zu können. Ich habe mich mit Jungen geprügelt, gegen die ich gar nichts hatte; ich log in Sachen, in denen ich genausogut die Wahrheit hätte sagen können; ich stahl Dinge, die ich gar nicht wollte; ich küßte kleine Mädchen, die ich gar nicht mochte. Es war alles nur Angeberei: ohne Leidenschaft und darum unwirklich.

ANN Ich hab dich nie verpetzt, Jack.

TANNER Nein, aber wenn du gewollt hättest, daß ich aufhörte, dann hättest du mich verpetzt. Du wolltest, daß ich weitermache.

ANN *wütend:* Oh, das ist nicht wahr, es ist nicht wahr, Jack. Ich habe nie gewollt, daß du diese langweiligen, enttäuschenden, brutalen, dummen, ordinären Dinge tust. Ich habe immer gehofft, daß es endlich einmal etwas wirklich Heldenhaftes sein würde. *Sie faßt sich:* Entschuldige, Jack, aber diese Dinge, die du getan hast, waren nie auch nur ein bißchen so, wie ich es von dir erwartete. Sie verursachten mir oft großes Unbehagen, aber ich brachte es nicht über mich, dich zu verpetzen und in Schwierigkeiten zu bringen. Und du warst ja nur ein Junge. Ich wußte, daß es sich auswachsen würde. Vielleicht hatte ich unrecht.

TANNER *sarkastisch:* Du brauchst keine Gewissensbisse zu haben, Ann. Wenigstens neunzehn Zwanzigstel der Unternehmungen, die ich dir gebeichtet habe, waren reine Erfindung. Ich hatte bald heraus, daß die wahren Geschichten dir nicht gefielen.

ANN Ich wußte natürlich, daß einige der Dinge nicht passiert sein konnten. Aber –

TANNER Du willst mich daran erinnern, daß ein paar von der schandbarsten Sorte wirklich passiert sind.

ANN *zu seinem Schrecken in zärtlichem Ton:* Ich will dich an gar nichts erinnern. Aber ich kannte die Leute, mit denen sie passierten, und hörte davon.

TANNER Ja, aber auch die wahren Geschichten waren für den Bericht aufgemöbelt. Die Niederlagen eines sensiblen Jungen mögen gewöhnlich dickhäutigen Erwachsenen so richtig Spaß machen; für den Jungen selbst sind sie so bitter, so demütigend, daß er sie nicht bekennen – daß er sie nur leidenschaftlich leugnen kann. Aber vielleicht war es ganz gut für mich, daß ich ein bißchen phantasierte, denn das eine Mal, als ich dir die Wahrheit sagte, hast du gedroht, mich zu verraten.

ANN Das ist nicht wahr. Nicht ein einziges Mal hab ich das getan.

TANNER Doch. Du hast es getan. Erinnerst du dich an ein dunkeläugiges Mädchen mit Namen Rachel Rosetree?

Anns Brauen ziehen sich unwillkürlich einen Augenblick zusammen.

Ich hatte mit ihr eine Liebesbeziehung angefangen, und eines Abends gingen wir, die Arme umeinander geschlungen, sehr verlegen im Garten herum. Beim Abschied küßten wir uns und kamen uns sehr romantisch vor. Wenn diese Geschichte weitergegangen wäre, hätte sie mich zu Tode gelangweilt, aber sie ging nicht weiter. Als ich sie das nächste Mal sah, schnitt Rachel mich, denn sie hatte erfahren, daß ich es dir erzählt hatte. Wie hatte sie das erfahren? Von dir. Du warst zu ihr gegangen und hattest ihr das sündige Geheimnis vorgehalten, hattest sie in tiefen Schrecken gestürzt und sie gedemütigt, indem du drohtest, sie zu verpetzen.

ANN Und das war nur gut für sie. Es war meine Pflicht, ihrem schlechten Benehmen ein Ende zu setzen, und heute ist sie mir dafür dankbar.

TANNER Wirklich?

ANN Jedenfalls sollte sie es sein.

TANNER Und es war wohl nicht deine Pflicht, meinem schlechten Benehmen ein Ende zu setzen?

ANN Ich habe ihm ein Ende gesetzt, indem ich dem ihren ein Ende setzte.

TANNER Bist du so sicher? Du hast nur meinen Erzählungen über meine Abenteuer ein Ende gesetzt, aber wie willst du wissen, ob du den Abenteuern ein Ende gesetzt hast?

ANN Willst du damit sagen, daß du es in der gleichen Weise mit anderen Mädchen getrieben hast?

TANNER Nein, ich hatte von dieser Art romantischer Narrheit genug.

ANN *ist nicht überzeugt:* Warum hast du dann mit deinen Bekenntnissen aufgehört und bist mir ganz fremd geworden?

TANNER *geheimnisvoll:* Weil mir damals etwas zufiel, das ich ganz für mich behalten, das ich nicht mit dir teilen wollte.

ANN Ich hätte bestimmt nichts davon haben wollen, wenn du es mir nicht hättest geben wollen.

TANNER Es war keine Schachtel Bonbons, Ann. Es war etwas, das du mir nie gegönnt hättest.

ANN *ungläubig:* Was denn?

TANNER Meine Seele.

ANN Oh, sei doch vernünftig, Jack. Du weißt genau, daß du Unsinn redest.

TANNER Es ist mein heiliger Ernst. Du hast damals nicht bemerkt, daß auch du eine Seele bekamst. Aber es war so. Nicht zufällig stelltest du plötzlich fest, daß du die moralische Pflicht hattest, Rachel zu bestrafen und zu bessern. Bis dahin hattest du einen ganz netten Vorteil daraus gezogen, ein braves Kind zu sein; aber anderen gegenüber hattest du nie Verantwortung gespürt. Nun, auch ich spürte jetzt diese Verantwortung. Bis dahin hatte ich den jungen Räuber gespielt, der nicht mehr Gewissen hat als ein Fuchs im Hühnerhof. Aber jetzt begann ich, Skrupel zu haben, Verantwortung zu spüren, ich fand heraus, daß Wahrhaftigkeit und Ehre nicht nur heuchlerische Worte in den Mündern der Erwachsenen waren, sondern zwingende Prinzipien in mir selbst.

ANN *leise:* Ja, ich glaube, du hast recht. Du fingst an, ein Mann zu werden, und ich eine Frau.

TANNER Glaubst du nicht, daß wir anfingen, etwas mehr zu werden? Was meinen die meisten Leute mit: ein Mann werden oder eine Frau werden? Du weißt es, es bedeutet den Anfang der Liebe. Aber für mich fing die Liebe viel früher an. Die Liebe spielte eine Rolle in den frühesten

Träumen und Torheiten und Phantasien, an die ich mich erinnern kann – darf ich sagen, in den frühesten Torheiten und Phantasien, an die wir uns erinnern können? –, obwohl wir es damals nicht verstanden. Nein, die Veränderung, die in mir vorging, war die Geburt der moralischen Leidenschaft, und ich erkläre, daß nach meiner Erfahrung die moralische Leidenschaft die einzig wirkliche Leidenschaft ist.

ANN Alle Leidenschaften sollten moralisch sein, Jack.

TANNER Sollten! Glaubst du, daß irgend etwas stark genug ist, einer Leidenschaft ein ›sollte‹ aufzuzwingen, es sei denn eine stärkere Leidenschaft?

ANN Unser moralischer Sinn beherrscht die Leidenschaft, Jack. Sei doch nicht dumm.

TANNER Unser moralischer Sinn! Und ist das keine Leidenschaft? Soll der Teufel denn alle Leidenschaften haben ebenso wie alle sanften Töne! Wenn der moralische Sinn keine Leidenschaft wäre – wenn es nicht die stärkste Leidenschaft wäre, so würden die anderen Leidenschaften ihn wegfegen, wie der Sturm ein Blatt wegfegt. Es ist die Geburt dieser Leidenschaft, die das Kind zum Mann macht.

ANN Es gibt andere Leidenschaften, Jack. Sehr starke.

TANNER Alle anderen Leidenschaften waren vorher in mir, aber sie waren müßig und ziellos – sie waren nur kindische Gelüste, Grausamkeiten, Wißbegierden und Phantasien, Gewohnheiten und Aberglauben, für die reife Intelligenz grotesk und lächerlich. Als sie plötzlich begannen, wie neu entzündete Flammen zu leuchten, leuchteten sie nicht in ihrem eigenen Licht, sondern im Glanz der aufgehenden moralischen Leidenschaft. Diese Leidenschaft gab ihnen Würde, sie gab ihnen Bewußtheit und Bedeutung, sie fand einen Haufen von Begierden vor und ordnete diese einem Heer von Zwecken und Prinzipien zu. Aus dieser Leidenschaft wurde meine Seele geboren.

ANN Ich merkte, daß du mehr Vernunft bekamst, vorher warst du ein schrecklich destruktiver Junge.

TANNER Destruktiv! Unsinn! Ich war nur mutwillig.

ANN Oh, Jack, du warst sehr destruktiv. Du hast all die jungen Tannen ruiniert, weil du ihre Spitzen mit dem Holzschwert abgeschlagen hast. Du hast mit deiner Schleuder alle Scheiben des Mistbeets zerbrochen. Du hast die Heide angezündet. Die Polizei hat damals Tavy festgenommen, weil er fortlief, als er dich nicht daran hindern konnte. Du –

TANNER Pah – pah – pah! Das waren Schlachten, Bombardierungen, Schachzüge, um unsere Skalpe vor den Indianern zu retten. Du hast keine Phantasie, Ann. Ich bin heute zehnmal so destruktiv wie damals. Die moralische Leidenschaft hat sich meiner Zerstörungswut bemächtigt und sie auf moralische Ziele gelenkt. Ich bin ein Reformer geworden und, wie alle Reformer, ein Bilderstürmer. Ich zerschlage keine Mistbeetscheiben mehr und stecke keine Ginsterbüsche in Brand: ich zerschlage Glaubensbekenntnisse und zerstöre Götzenbilder.

ANN *gelangweilt:* Ich fürchte, ich bin zu sehr Frau, um irgendeinen Sinn in der Zerstörung zu sehen. Zerstörung kann nur zerstören.

TANNER Ja. Darum ist sie ja so nützlich. Das Konstruktive bedeckt den Boden dicht mit Institutionen, die von den G'schaftlhubern gemacht worden sind. Die Destruktion schafft wieder Freiheit und Raum zum Atmen.

ANN Es hat keinen Sinn, Jack. Keine Frau wird dir darin zustimmen.

TANNER Das kommt daher, weil ihr Aufbau und Zerstörung mit Schöpfung und Mord verwechselt. Sie sind etwas ganz Verschiedenes: ich bete die Schöpfung an und verabscheue den Mord. Ja, ich verehre die Schöpfung im Baum und in der Blume, im Vogel und im Tier, sogar in dir.

Über das zunehmend verwirrte und gelangweilte Gesicht Anns huscht plötzlich ein Strahl von Interesse und Entzükken.

Der schöpferische Instinkt war es, der dich dazu trieb, mich mit Fesseln an dich zu binden, die bis heute ihre Spuren hinterlassen haben. Ja, Ann, der alte kindliche Pakt zwischen uns war ein unbewußter Liebespakt.

ANN Jack!

TANNER Oh, hab keine Angst –

ANN Ich hab keine Angst.

TANNER *spöttisch:* Du solltest aber welche haben. Wo bleiben deine Prinzipien?

ANN Jack, meinst du das ernst oder nicht?

TANNER Meinst du das mit der moralischen Leidenschaft?

ANN Nein, nein, das andere. *Verwirrt:* Oh! Du bist so komisch. Man weiß nie, wie man dich verstehen soll.

TANNER Du mußt mich ganz ernst nehmen. Ich bin dein Vormund, und es ist meine Pflicht, dich zu belehren.

ANN Dann gilt der Liebespakt also nicht mehr, wie? Ich glaube, du bist meiner überdrüssig geworden.

TANNER Nein, aber die moralische Leidenschaft hat unser kindisches Verhältnis unmöglich gemacht. Ein eifersüchtiges Bewußtsein meiner neuen Individualität ist in mir entstanden –

ANN Du konntest es nicht mehr ertragen, wie ein Junge behandelt zu werden. Armer Jack!

TANNER Ja. Denn wie ein Junge behandelt zu werden, bedeutete, auf der alten Ebene miteinander zu verkehren. Ich war eine neue Person geworden, und die Leute, die die alte Person gekannt hatten, lachten über mich. Der einzige Mensch, der vernünftig reagierte, war mein Schneider: jedesmal, wenn er mich sah, nahm er mir von neuem Maß, während die anderen bei meinen alten Maßen blieben und erwarteten, daß sie mir paßten.

ANN Du wurdest schrecklich befangen.

TANNER Wenn du in den Himmel kommst, Ann, wirst du etwa ein Jahr lang dir deiner Flügel schrecklich bewußt sein. Wenn du dann deine Verwandten triffst, und sie bestehen darauf, dich zu behandeln, als ob du noch eine Sterbliche wärest, werden sie dir unerträglich sein. Du wirst versuchen, in einem Kreis zu verkehren, wo man dich nur als Engel gekannt hat.

ANN Dann war es also nur deine Eitelkeit, die dich von uns weggetrieben hat.

TANNER Ja, nur meine Eitelkeit, wie du es nennst.

ANN Du hättest dich aber deshalb doch nicht von mir fernhalten müssen.

TANNER Von dir am allermeisten. Du kämpftest heftiger als alle anderen gegen meine Emanzipation.

ANN *ernst:* Oh, wie sehr du unrecht hast! Ich hätte alles für dich getan.

TANNER Alles, nur nicht mich freigelassen. Damals schon hattest du instinktiv den verfluchten Weibertrick heraus, einem Mann Verpflichtungen aufzuerlegen, dich ihm gänzlich und so hilflos auszuliefern, daß er nicht wagt, einen Schritt zu tun, ohne dich um Erlaubnis zu fragen. Ich kenne einen armen Kerl, dessen einziger Herzenswunsch es ist, von seiner Frau wegzulaufen. Sie hindert ihn daran, indem sie droht, sich vor die Lokomotive des Zuges zu werfen, mit dem er sie verlassen will. So machen es alle Frauen, wenn wir versuchen, dorthin zu gehen, wohin ihr nicht wollt: so gibt es zwar kein Gesetz, das uns hindert, aber wenn wir den ersten Schritt tun, so liegen eure Brüste dort, wo wir den Fuß niedersetzen wollen, und eure Körper liegen unter den Rädern, wenn wir abfahren wollen. Keine Frau wird mich je in dieser Weise versklaven.

ANN Aber, Jack, man kann nicht durchs Leben gehen, ohne ein wenig Rücksicht auf die andern zu nehmen.

TANNER Ja, aber wer sind diese anderen? Es ist diese Rücksicht auf andere Leute – oder vielmehr diese feige Furcht vor ihnen, die wir Rücksicht nennen –, die uns zu den sentimentalen Sklaven macht, die wir sind. Rücksicht auf dich zu nehmen, wie du es nennst, heißt, deinen Willen an Stelle des meinen zu setzen. Wenn es nun ein minderwertigerer Wille ist als der meine? Werden Frauen besser unterrichtet als Männer oder schlechter? Werden Wählermassen besser unterrichtet als Politiker oder schlechter? Natürlich schlechter, in beiden Fällen. Und was soll das für eine Welt werden, wenn sich die führenden Männer nach dem Willen ihrer Wählermassen richten und die gewöhnlichen Männer nach dem Willen ihrer Frauen? Wer ist heute die Kirche und der Staat? Die Frauen und die Steuerzahler.

ANN *gelassen:* Ich bin so froh, daß du etwas von Politik verstehst, Jack. Es wird dir sehr nützen, wenn du ins Parlament kommst.

Er fällt zusammen wie ein Ballon, den man angestochen hat.

Aber es tut mir leid, daß du meinen Einfluß für schlecht hältst.

TANNER Ich will nicht sagen, daß dein Einfluß schlecht war. Aber gut oder schlecht, ich wollte mich nicht auf dein Maß zuschneiden lassen. Und ich werde es auch in Zukunft nicht.

ANN Das verlangt doch auch keiner von dir, Jack. Ich versichere dir – wirklich, ich gebe dir mein Wort –, daß deine seltsamen Ansichten mir gar nichts ausmachen. Du weißt, wir sind so erzogen, daß wir fortschrittliche Ansichten haben. Warum bestehst du darauf, mich für so beschränkt zu halten?

TANNER Darin liegt gerade die Gefahr. Ich weiß, daß meine Ansichten dich nicht kümmern, du hast längst heraus, daß es nicht auf sie ankommt. Wenn die Boa Constrictor erst einmal den Bock fest umschlungen hat, so sind ihr seine Meinungen völlig gleichgültig.

ANN *hat plötzlich begriffen:* O-o-o-o-oh! Jetzt verstehe ich, warum du Tavy vor mir gewarnt hast, ich wäre eine Boa Constrictor. Großpapa hat es mir erzählt. *Sie lacht und schlingt ihm ihre Federboa um den Hals.* Fühlt sie sich nicht schön weich an, Jack?

TANNER *versucht sich loszumachen:* Du schändliches Weib, willst du sogar deine Scheinheiligkeit abwerfen?

ANN Dir gegenüber bin ich nie scheinheilig, Jack. Bist du

böse? *Sie zieht die Boa weg und wirft sie auf einen Stuhl.* Vielleicht hätte ich das nicht tun sollen.

TANNER *verächtlich:* Pah, jetzt bist du prüde. Warum nicht, wenn es dir Spaß macht.

ANN *scheu:* Nun, weil – weil ich glaube, was du in Wirklichkeit mit der Boa Constrictor gemeint hast, ist dies. *Sie legt ihm die Arme um den Hals.*

TANNER *starrt sie an:* Was für eine herrliche Frechheit! *Sie lacht und tätschelt seine Wangen.* Man muß sich nur vorstellen, daß ich diese Episode jemandem erzählte; niemand würde mir glauben außer denen, die mich schneiden würden, weil ich darüber gesprochen habe, und wenn du mich beschuldigtest, so würde niemand meinem Leugnen Glauben schenken!

ANN *nimmt mit vollkommener Würde die Arme herunter:* Du bist unverbesserlich, Jack. Aber du solltest über unsere gegenseitige Zuneigung nicht scherzen. Niemand kann sie mißverstehen. Du mißverstehst sie doch auch nicht, wie ich hoffe?

TANNER Mein Blut erklärt es mir, Ann. Armer Ricky Ticky Tavy!

ANN *wirft ihm einen schnellen Blick zu, als ob dies ein neuer Einfall wäre:* Du bist doch wohl nicht so blöd, auf Tavy eifersüchtig zu sein!

TANNER Eifersüchtig! Warum sollte ich? Aber ich wundere mich nicht darüber, wie fest du ihn in den Klauen hast. Auch wenn du nur mit mir spielst, fühle ich, wie sich die Schlingen fester ziehen.

ANN Glaubst du, daß ich Absichten auf Tavy habe?

TANNER Ich weiß es.

ANN *ernst:* Nimm dich in acht, Jack. Du könntest Tavy sehr unglücklich machen, wenn du ihm etwas Falsches über mich einflüsterst.

TANNER Keine Angst, er wird dir nicht entrinnen.

ANN Ich zweifle, ob du wirklich ein so kluger Mann bist.

TANNER Warum diese plötzlichen Zweifel?

ANN Du scheinst alles zu verstehen, was ich nicht verstehe, aber in den Dingen, die ich verstehe, bist du der reinste Säugling.

TANNER Ich verstehe, was Tavy für dich fühlt, Ann, darauf kannst du dich jedenfalls verlassen.

ANN Und du glaubst zu wissen, was ich für Tavy fühle, nicht wahr?

TANNER Ich weiß nur zu gut, was mit dem armen Tavy passieren wird.

ANN Ich müßte eigentlich über dich lachen, Jack, aber weil der arme Papa tot ist, tue ich es nicht. Du wirst sehen, Tavy wird sehr unglücklich sein.

TANNER Ja, aber er wird es nicht wissen, der arme Teufel. Er ist tausendmal zu gut für dich. Darum wird er, was dich betrifft, den Fehler seines Lebens begehen.

ANN Ich glaube, Männer machen eher Fehler, weil sie zu klug, als weil sie zu gut sind. *Sie setzt sich, in der eleganten Haltung ihrer Schultern drückt sich ein wenig Verachtung für das ganze männliche Geschlecht aus.*

TANNER Oh, ich weiß, daß du dir nicht sehr viel aus Tavy machst. Aber es gibt immer einen, der küßt, und einen, der sich küssen läßt. Tavy wird küssen, und du wirst nur die Wange hinhalten. Und du wirst ihn abschütteln, sobald jemand Besseres auftaucht.

ANN *beleidigt:* Du hast kein Recht, so etwas zu sagen, Jack. Es ist nicht wahr und es ist nicht zartfühlend. Wenn du und Tavy euch meinetwegen dummes Zeug in den Kopf setzt, so ist das nicht meine Schuld.

TANNER *reuevoll:* Vergib meine Grobheiten, Ann, sie sind an diese böse Welt gerichtet, nicht an dich.
Sie schaut zu ihm auf, erfreut und versöhnt. Er wird sofort wieder vorsichtig:
Trotzdem, ich wünschte, Ramsden käme zurück. Ich fühle mich bei dir nie sicher: du hast einen teuflischen Charme, nein, keinen Charme, eine unmerkliche Gewalt.
Sie lacht.

Siehst du, du weißt es und freust dich darüber. Du triumphierst offen und schamlos.

ANN Was für ein schrecklicher Schmeichler du bist, Jack!

TANNER Ein Schmeichler!! Ich!!!

ANN Ja, ein Schmeichler. Immer beleidigst und beschimpfst du die Menschen: aber du hast gar nicht die Absicht, sie aus deiner Gewalt zu entlassen.

TANNER Jetzt werde ich läuten. Diese Unterhaltung ist schon weiter gegangen, als ich beabsichtigt habe.

Ramsden und Octavius kommen zurück, mit ihnen Fräulein Ramsden, eine eigensinnige alte Jungfer in einem einfachen braunen Seidenkleid, aber mit so vielen Ringen, Ketten und Broschen, daß es sofort klar ist: die Einfachheit ihres Kleides ist eine Sache des Prinzips, nicht der Armut. Sie betritt das Zimmer mit äußerster Entschlossenheit, die beiden Männer folgen ihr ratlos und verwirrt. Ann steht auf und geht ihr eifrig entgegen. Tanner zieht sich an die Wand zwischen den Büsten zurück und tut so, als studierte er die Bilder. Ramsden geht wie gewöhnlich an seinen Tisch, und Octavius hält sich in Tanners Nähe.

SUSANNE RAMSDEN *fegt Ann beinahe beiseite, als sie auf Frau Whitefields Stuhl zusteuert und sich dort entschlossen niederläßt:* Ich will mit dieser ganzen Sache nichts zu tun haben.

OCTAVIUS *ganz zerknirscht:* Ich weiß, Sie wünschen, daß ich Violet wegbringe, Fräulein Ramsden. Ich werde es tun.

Er wendet sich entschlossen zur Tür.

RAMSDEN Nein, nein –

SUSANNE RAMSDEN Was hat es für einen Zweck, nein zu sagen, Roebuck. Octavius weiß, daß ich keine Frau von deiner Tür weisen würde, die wahrhaft zerknirscht und reuig ist. Aber wenn eine Frau nicht nur schlecht ist, sondern auch die Absicht hat, schlecht zu bleiben, dann habe ich nichts mehr mit ihr zu tun.

ANN Oh, Fräulein Ramsden, was bedeutet das? Was hat Violet gesagt?

RAMSDEN Violet ist wirklich sehr eigensinnig. Sie will London nicht verlassen. Ich verstehe sie nicht.

SUSANNE RAMSDEN Ich verstehe sie. Es ist mir sonnenklar, Roebuck: sie will nicht weg, weil sie sich nicht von diesem Mann trennen will, wer immer das sein mag.

ANN Ja, bestimmt, bestimmt. Octavius, hast du mit ihr gesprochen?

OCTAVIUS Sie will uns nichts sagen. Sie will sich auf nichts einlassen, bevor sie sich nicht mit einer gewissen Person beraten hat. Es kann niemand anderes sein als der Schurke, der sie betrogen hat.

TANNER *zu Octavius:* Nun, so soll sie sich mit ihm beraten. Er wird nur zu froh sein, wenn man sie ins Ausland schickt. Wo ist da die Schwierigkeit?

SUSANNE RAMSDEN *nimmt Octavius die Antwort aus dem Mund:* Die Schwierigkeit ist folgende, Herr Jack. Indem ich ihr meine Hilfe anbot, habe ich ihr nicht angeboten, die Komplizin ihrer Schlechtigkeit zu werden. Entweder gibt sie ihr Wort, diesen Mann nie wiederzusehen, oder sie sucht sich neue Freunde, und das je eher desto besser.

Das Zimmermädchen taucht in der Tür auf. Ann setzt sich schnell wieder hin und macht ein möglichst unbeteiligtes Gesicht. Octavius ahmt sie instinktiv nach.

DAS MÄDCHEN Gnädige Frau, der Wagen ist da.

SUSANNE RAMSDEN Was für ein Wagen?

DAS MÄDCHEN Für Fräulein Robinson.

SUSANNE RAMSDEN *faßt sich:* Oh, schon gut. *Das Mädchen zieht sich zurück.* Sie hat sich eine Taxe bestellt.

TANNER Ich hatte diese Taxe schon vor einer halben Stunde bestellen wollen.

SUSANNE RAMSDEN Ich bin froh, daß sie die Lage, in die sie sich hineinmanövriert hat, versteht.

RAMSDEN Es gefällt mir nicht, daß sie auf diese Weise geht, Susanne. Wir sollten nichts Übereiltes tun.

OCTAVIUS Nein, ich kann Ihnen nur immer wieder danken. Aber Fräulein Ramsden hat ganz recht. Violet kann nicht erwarten, daß man sie bleiben läßt.

ANN Willst du nicht lieber mit ihr fahren, Tavy?

OCTAVIUS Sie läßt mich nicht.

SUSANNE RAMSDEN Natürlich nicht. Sie geht geradewegs zu diesem Mann.

TANNER Eine natürliche Folge der tugendhaften Aufnahme, die sie hier gefunden hat.

RAMSDEN *sehr beunruhigt:* Da hast du's, Susanne! Hörst du! Und es ist etwas Wahres dran. Ich wünschte, du könntest es mit deinen Prinzipien vereinbaren, ein wenig Geduld mit dem armen Mädchen zu haben. Sie ist noch so jung, und alles hat seine Zeit.

SUSANNE RAMSDEN Oh, die Männer werden ihr alle Sympathie entgegenbringen, die sie braucht. Ich muß mich über dich wundern, Roebuck.

TANNER Auch ich, Ramsden, bin sehr angenehm überrascht. *Violet erscheint in der Tür. Sie zeigt so wenig Reue und ist so selbstsicher, wie man es sich nur von den wohlerzogensten Vertreterinnen ihres Geschlechtes wünschen könnte. Sie hat einen kleinen Kopf, Kinn und Mund sind winzig und energisch, ihre Sprache ist von hochmütiger Bestimmtheit, ihre Haltung korrekt, die rücksichtslose Eleganz ihrer Aufmachung, einschließlich eines sehr modischen Hutes mit einem toten Vogel darauf, kennzeichnen eine Person, die ebenso furchterregend wie bildhübsch ist. Sie ist keine Sirene wie Ann, sie erregt Bewunderung, ohne ihr Zutun, ja, ohne daran interessiert zu sein. Außerdem hat Ann Humor, diese Frau hat keine Spur davon, vielleicht nicht einmal Erbarmen. Wenn etwas sie im Zaum hält, so ist es Intelligenz und Stolz, nicht Mitgefühl. Als sie jetzt mit völliger Ruhe und einigem Abscheu zu sagen beginnt, was sie zu sagen hat, könnte ihre Stimme die Stimme einer Lehrerin sein, die zu einer Klasse von Mädchen spricht, die sich schlecht benommen haben.*

VIOLET Ich habe nur hereingeschaut, um Fräulein Ramsden zu sagen, daß sie ihr Geburtstagsgeschenk für mich, das

Filigranarmband, im Zimmer der Haushälterin vorfinden wird.

TANNER Komm doch herein, Violet, und laß uns vernünftig miteinander reden.

VIOLET Danke, das Familiengespräch heute morgen hat mir gereicht. Auch deiner Mutter hat es gereicht, Ann. Sie ist weinend nach Hause gegangen. Auf jeden Fall habe ich herausgefunden, was einige meiner sogenannten Freunde wert sind. Lebt wohl!

TANNER Nein, nein. Einen Augenblick. Ich habe etwas zu sagen und bitte dich, es anzuhören.

Sie blickt ihn ohne eine Spur von Neugierde an, wartet aber, anscheinend ebensosehr, um ihren Handschuh fertig anzuziehen, wie um zu hören, was er zu sagen hat.

Ich bin in dieser Sache ganz auf deiner Seite. Ich gratuliere dir mit dem aufrichtigsten Respekt dazu, daß du den Mut gehabt hast, zu tun, was du getan hast. Du bist vollkommen im Recht, und die Familie ist vollkommen im Unrecht.

Alle sind verblüfft. Ann und Susanne Ramsden stehen auf und wenden sich den beiden zu. Violet, die überraschter ist als sonst jemand, vergißt ihren Handschuh und tritt, ebenso verwirrt wie entrüstet, in die Mitte des Zimmers. Octavius allein rührt sich nicht, hebt nicht einmal den Kopf, er ist überwältigt von Scham.

ANN *fleht Tanner an, doch vernünftig zu sein:* Jack!

SUSANNE RAMSDEN *entrüstet:* Nun, ich muß schon sagen!

VIOLET *scharf zu Tanner:* Wer hat es dir gesagt?

TANNER Nun, Ramsden und Tavy natürlich. Warum sollten sie nicht?

VIOLET Aber sie wissen ja gar nichts.

TANNER Was wissen sie nicht?

VIOLET Ich meine, sie wissen nicht, daß ich im Recht bin.

TANNER Oh, in ihrem Herzen wissen sie es, obwohl sie sich durch ihre dummen, abergläubischen Vorstellungen über Moral und Anstand und so weiter verpflichtet fühlen, dich zu tadeln. Aber ich weiß, und in Wirklichkeit weiß es die ganze Welt, wagt es aber nicht zu äußern, daß du recht hattest, deinem Instinkt zu folgen; daß Lebensmut und Tapferkeit die höchsten Eigenschaften sind, die eine Frau haben kann, daß die Mutterschaft ihre feierliche Initiation in das Frauentum ist, und daß die Tatsache, daß du nicht gesetzlich verheiratet bist, weder deinen eigenen Wert noch unsere wirkliche Hochschätzung für dich im geringsten schmälern kann.

VIOLET *wird rot vor Entrüstung:* Oh! Du hältst mich wie die anderen für eine schlechte Frau. Du glaubst nicht nur, ich hätte mich schamlos benommen, du glaubst auch, ich teilte deine abscheulichen Ansichten. Fräulein Ramsden, ich habe Ihre harten Worte ertragen, weil ich wußte, daß sie Ihnen leid tun würden, wenn sie die Wahrheit erführen. Aber ich kann die schreckliche Beleidigung nicht ertragen, von Jack als eins der verworfenen Wesen beglückwünscht zu werden, die seine Anerkennung finden. Um meines Gatten willen habe ich meine Eheschließung geheimgehalten. Aber jetzt nehme ich als verheiratete Frau das Recht in Anspruch, nicht beleidigt zu werden.

OCTAVIUS *hebt in unaussprechlicher Erleichterung den Kopf:* Du bist verheiratet?

VIOLET Ja, und ich meine, du hättest es dir denken können. Was fiel euch allen ein, ganz selbstverständlich anzunehmen, daß ich meinen Ehering zu Unrecht trüge? Nicht einer von euch hat danach gefragt, das werde ich euch nicht vergessen.

TANNER *niedergeschmettert:* Ich bin völlig zerschmettert. Ich habe es gut gemeint. Ich entschuldige mich – ich bereue zutiefst.

VIOLET Ich hoffe, du wirst in Zukunft vorsichtiger sein mit dem, was du sagst. Natürlich nimmt man dich nicht ernst, aber es war sehr unangenehm und ziemlich geschmacklos, meine ich.

TANNER *beugt sich dem Sturm:* Ich habe keine Entschuldigung. In Zukunft überlege ich es mir zweimal, ehe ich die

Partei einer Frau ergreife. Wir haben uns in deinen Augen alle schlecht benommen, fürchte ich, nur Ann nicht. Sie ist freundlich zu dir gewesen. Um Anns willen – vergib uns.

VIOLET Ja, Ann ist lieb gewesen, aber Ann wußte es auch.

TANNER *mit einer Geste der Verzweiflung:* Oh!!! Welch abgrundtiefer Betrug! Wir sind doppelt betrogen.

SUSANNE RAMSDEN *steif:* Und wer – bitte – ist der Herr, der seine Gattin verleugnet?

VIOLET *prompt:* Das ist meine Sache, Fräulein Ramsden, und nicht Ihre. Ich habe Gründe, meine Heirat im Moment noch geheimzuhalten.

RAMSDEN Ich kann nur sagen, daß es uns außerordentlich leid tut, Violet. Ich bin entsetzt, wenn ich daran denke, wie wir dich behandelt haben.

OCTAVIUS *verlegen:* Ich bitte dich um Verzeihung, Violet. Mehr kann ich nicht sagen.

SUSANNE RAMSDEN *immer noch nicht bereit, sich zu ergeben:* Was du sagst, wirft natürlich ein ganz anderes Licht auf die Sache. Trotzdem – ich schulde es mir selbst –

VIOLET *fällt ihr ins Wort:* Sie schulden mir eine Entschuldigung, Fräulein Ramsden, das ist es, was Sie mir und sich selbst schuldig sind. Wenn Sie eine verheiratete Frau wären, so würden Sie gar nicht gern im Zimmer der Haushälterin sitzen und sich von jungen Mädchen und alten Damen, die weder ernsthafte Pflichten noch Verantwortung haben, wie ein unartiges Kind behandeln lassen.

TANNER Violet, schlag uns nicht mehr. Wir liegen schon am Boden. Es sieht so aus, als hätten wir uns zu Narren gemacht, aber eigentlich hast du uns doch zum Narren gehalten.

VIOLET Jedenfalls ging dich die Sache nichts an, Jack.

TANNER Sie ging mich nichts an? Nun, Ramsden hat mich so gut wie beschuldigt, der unbekannte Herr zu sein.

Ramsden, außer sich, versucht, Einspruch zu erheben, aber Violets kalte Wut hindert ihn daran.

VIOLET Du? Oh, wie gemein! Wie abscheulich! Wie schändlich habt ihr alle über mich gesprochen! Wenn mein Mann es wüßte, er würde nicht erlauben, daß ich je wieder mit euch spreche. *Zu Ramsden:* Ich denke, Sie hätten mir wenigstens das ersparen können.

RAMSDEN Aber ich versichere dir, ich habe nie – zum mindesten ist es eine monströse Entstellung von etwas, daß ich gesagt habe, das – –

SUSANNE RAMSDEN Du brauchst dich nicht zu entschuldigen, Roebuck. Sie selbst ist an allem schuld. Sie sollte sich entschuldigen, weil sie uns hintergangen hat.

VIOLET Eins will ich Ihnen zugute halten, Fräulein Ramsden. Sie können nicht verstehen, wie ich in dieser Sache fühle; von Leuten mit mehr Erfahrung würde ich allerdings mehr Takt erwarten. Immerhin verstehe ich, daß ihr euch alle in eine sehr peinliche Lage gebracht habt, aber ich bin rücksichtsvoll, und deshalb gehe ich jetzt sofort, guten Morgen. *Sie geht. Alle starren hinter ihr her.*

SUSANNE RAMSDEN Also, ich muß schon sagen –

RAMSDEN *weinerlich:* Ich glaube, sie ist uns gegenüber nicht ganz fair.

TANNER Vor dem Ehering müssen Sie sich beugen wie wir andern auch, Ramsden. Der Becher unserer Schande ist voll.

Zweiter Akt

In einem Park, auf der Auffahrt zu einem Landhaus in der Nähe von Richmond, hat ein offenes Cabriolet eine Panne. Es ist vor einer Gruppe von Bäumen stehengeblieben, um die die Zufahrt zum Hause hin eine Biegung macht. Durch diese Bäume hindurch ist ein wenig von dem Haus zu sehen; Tanner, der mit dem Rücken zu uns auf der Auffahrt steht, könnte sogar einen freien Blick auf die Westecke des Hauses zu seiner Linken werfen, aber er ist zu sehr an einem Paar ausgestreckter Beine interessiert, die in einem Drillich-Overall stecken und unter dem Wagen herausragen. Tanner, den Rücken gebeugt und die Hände auf die Knie gestützt, beobachtet diese Beine aufmerksam. Sein Ledermantel und die Schirmmütze lassen darauf schließen, daß er einer der ausgestiegenen Fahrgäste ist.

DIE BEINE Aha. Ich habs.
TANNER Alles in Ordnung?
DIE BEINE Alles klar!

Tanner bückt sich, packt die Beine bei den Fußgelenken und zieht ihren Eigentümer, der wie ein Schubkarren auf den Händen geht, den Hammer im Mund, unter dem Wagen heraus. Es ist ein junger Mann in einem ordentlichen Arbeitsanzug von blauem Tuch, sauber rasiert, mit dunklen Augen, kräftigen Händen, mit gut gebürstetem Haar und unregelmäßigen Augenbrauen, die einen skeptischen Schwung nach oben haben. Wenn er am Wagen hantiert, sind seine Bewegungen flink und abrupt, aber aufmerksam und zielbewußt. Sein Benehmen Tanner und Tanners Freunden gegenüber ist keineswegs devot, sondern kühl und zurückhaltend. Er hält sie sich mit Erfolg vom Leibe, gibt ihnen aber keinen Grund zur Klage. Trotzdem behält er sie immer aufmerksam, und das auf ziemlich zynische Weise, im Auge, wie ein Mann, der die Welt recht gut von ihrer Kehrseite kennt. Er spricht langsam und in leicht sarkastischem Ton, und da er gar nicht versucht, wie ein Gentleman zu sprechen, kann man vermuten, daß seine ansprechende Erscheinung von Selbstachtung zeugt und von Achtung vor der eigenen Klasse, nicht vor der seiner Arbeitgeber.

Er klettert jetzt in den Wagen, um sein Handwerkszeug unterzubringen und sich des Overalls zu entledigen. Tanner zieht den Ledermantel aus und wirft ihn mit einem Seufzer der Erleichterung in den Wagen, froh, ihn los zu sein. Der Chauffeur, der dies bemerkt, wirft verächtlich den Kopf in den Nacken und betrachtet spöttisch seinen Brotherrn.

DER CHAUFFEUR Wohl die Nase voll, wie?

TANNER Ich gehe lieber zu Fuß zum Haus, vertrete mir ein bißchen die Beine und lasse meine Nerven sich ein bißchen beruhigen. *Er blickt auf die Uhr:* Vermutlich wissen Sie, daß wir den Weg von Hyde Park Corner bis Richmond in fünfundzwanzig Minuten zurückgelegt haben.

DER CHAUFFEUR Wenn ich freie Fahrt gehabt hätte, hätte ichs unter fünfzehn gemacht.

TANNER Warum tun Sie das eigentlich? Ist es Liebe zum Sport, oder haben Sie Spaß daran, Ihren unglücklichen Arbeitgeber in Schrecken zu versetzen?

DER CHAUFFEUR Wovor haben Sie denn eigentlich Angst?

TANNER Vor der Polizei und davor, mir den Hals zu brechen.

DER CHAUFFEUR Na, wissen Sie, wenn Sie gern gemütlich fahren, können Sie ja den Bus nehmen. Das ist billiger. Sie bezahlen mich, um Zeit zu sparen, und damit Sie von dem Geld, das Sie für den Wagen bezahlt haben, was haben. *Er setzt sich ruhig hin.*

TANNER Ich bin der Sklave des Autos und auch Ihr Sklave. Nachts träume ich von dem verdammten Ding.

DER CHAUFFEUR Das wird sich mit der Zeit schon geben. Wenn Sie jetzt zum Haus gehen, darf ich dann wohl fragen, wie lange Sie bleiben wollen? Wenn Sie nämlich vorhaben, den ganzen Vormittag da drinnen mit den Damen zu plaudern, tu ich den Wagen in die Garage und machs mir hier gemütlich und seh mich um, wo ich hier zu Mittag essen kann. Wenn nicht, dann halt ich den Wagen hier in der Nähe bereit, bis Sie kommen.

TANNER Warten Sie lieber hier. Es dauert nicht lang. Es kommt noch ein junger Amerikaner, ein Herr Malone, der Herrn Robinson in seiner neuen amerikanischen Dampfmaschine herfährt.

DER CHAUFFEUR *springt auf, klettert hastig aus dem Wagen und kommt zu Tanner:* Ein amerikanischer Dampfwagen? Was? Kommt hinter uns her von London?

TANNER Vielleicht sind sie schon hier.

DER CHAUFFEUR Wenn ich das gewußt hätte! *Mit bitterem Vorwurf:* Warum haben Sie mir das nicht gesagt, Herr Tanner?

TANNER Weil man mir gesagt hat, daß der Wagen 84 Meilen in der Stunde machen kann. Und ich weiß, wozu Sie fähig sind, wenn sich auf der Straße ein Auto befindet, das Sie überholen könnten. Nein, Henry, es gibt Dinge, die man Ihnen besser nicht sagt, und dies war so ein Fall. Aber trösten Sie sich, Sie werden noch auf Ihre Kosten kommen. Der Amerikaner soll Herrn Robinson, dessen Schwester und Fräulein Whitefield mit zurücknehmen. Wir nehmen Fräulein Rhoda mit.

DER CHAUFFEUR *ist getröstet und denkt über etwas anderes nach:* Das ist die Schwester von Ann Whitefield, nicht wahr?

TANNER Ja.

DER CHAUFFEUR Und Ann Whitefield selbst fährt in dem anderen Wagen? Nicht mit Ihnen?

TANNER Warum zum Teufel sollte sie mit mir fahren? Herr Robinson fährt auch mit dem anderen Wagen.

Der Chauffeur sieht Tanner in kühlem Zweifel an, wendet sich dann dem Wagen zu und pfeift dabei leise eine volkstümliche Melodie. Tanner will, ein bißchen verärgert, weiter über das Thema sprechen, als er Octavius' Fußtritte auf dem Kies hört. Octavius kommt vom Haus her, für eine Autofahrt gekleidet, aber ohne Mantel.

Gott sei Dank, wir haben das Rennen verloren, da kommt Herr Robinson. Nun, Tavy, ist der Dampfwagen wirklich so toll?

OCTAVIUS Das will ich meinen. Wir waren von Hyde Park Corner in siebzehn Minuten hier.

Der Chauffeur versetzt mit einem gequälten Stöhnen dem Auto einen Tritt.

Wie lange habt ihr gebraucht?

TANNER Oh, etwa dreiviertel Stunden.

DER CHAUFFEUR *protestiert:* Aber, aber, Herr Tanner, nun hören Sie mal! Wir hättens leicht unter fünfzehn machen können.

TANNER Übrigens, darf ich vorstellen: Herr Octavius Robinson, Herr Enry Straker. *Verschluckt das Anfangs-H von Henry.*

STRAKER Sehr angenehm. Herr Tanner nimmt Sie auf den Arm mit Enry Straker. Sagen Sie Henry. Aber im übrigen ists mir auch egal.

TANNER Du glaubst gewiß, ich bin geschmacklos, daß ich mich über ihn lustig mache. Aber du irrst dich. Dieser Mann gibt sich soviel Mühe, korrekt zu sprechen, wie sein Vater sich Mühe gab, das Gegenteil zu tun. Es ist für ihn ein Klassenmerkmal. Ich habe noch niemanden getroffen, der so von Klassenbewußtsein strotzt wie Enry.

STRAKER Na, na, ein wenig Mäßigung, Herr Tanner.

TANNER Ein wenig Mäßigung, Tavy, hast dus gehört? Du würdest zu mir sagen: nimm die Schnauze nicht so voll. Aber dieser Bursche ist gebildet. Und was noch mehr ist: er weiß, daß wir es nicht sind. Wie hieß noch die städtische Schule, auf die Sie gegangen sind, Straker?

STRAKER Sherbrooke Road.

TANNER Sherbrooke Road! Würde einer von uns mit diesem intellektuellen Snobismus Rugby! Harrow! Eton! sagen? Sherbrooke Road ist eine Schule, in der die Jungen etwas lernen; Eton ist eine Knabenzuchtanstalt, in die wir geschickt werden, weil wir zu Hause lästig sind und damit wir im späteren Leben, immer wenn man von einem Herzog spricht, diesen als alten Schulkameraden bezeichnen können.

STRAKER Davon verstehen Sie überhaupt nichts, Herr Tanner. Es liegt nicht an der städtischen Schule, es liegt am Polytechnikum.

TANNER Das ist seine Universität, Octavius. Nicht Oxford, Cambridge, Durham, Dublin oder Glasgow. Nicht einmal eins dieser Sektenlöcher in Wales. Nein, Tavy. Regent Street, Chelsea, The Borough! – ich kenne nicht die Hälfte der verdammten Namen; das sind seine Universitäten, nicht einfach Läden, in denen man Klassenschranken verkauft wie die unseren. Sie verachten Oxford, nicht wahr, Enry?

STRAKER Nein, das tue ich nicht. Ich denke, Oxford ist'n netter Laden für Leute, die so ne Art von Laden mögen. Man bringt Ihnen da bei, ein Gentleman zu sein. Im Polytechnikum bringt man einem bei, ein Mechaniker und so was zu sein. Verstehen Sie?

TANNER Tavy, das ist nur Sarkasmus. Oh, wenn du nur in Enrys Seele blicken könntest: seine abgrundtiefe Verachtung für einen Gentleman, die Arroganz seines Stolzes, ein Ingenieur zu sein, würde dich entsetzen. Er ist richtig glücklich, wenn der Wagen eine Panne hat, weil sich dann bei Gentleman-Hilflosigkeit bei ihm handwerkliche Geschicklichkeit und Einfallsreichtum offenbaren.

STRAKER Hören Sie nicht auf ihn, Herr Robinson. Er redet gern. Wir kennen ihn doch, nicht wahr?

OCTAVIUS *ernst:* Aber es liegt eine tiefe Wahrheit in dem, was er sagt. Ich glaube aufrichtig an die Würde der Arbeit.

STRAKER *ungerührt:* Das kommt daher, weil sie nie gearbeitet haben, Herr Robinson. Meine Aufgabe ists, Arbeit überflüssig zu machen. Aus mir und einer Maschine kriegen Sie mehr raus als aus zwanzig Arbeitern – und wir brauchen auch nicht so viel zu trinken wie die.

TANNER Um Himmels willen, Tavy, fang nur nicht mit ihm von Nationalökonomie an. Er kennt sich darin genau aus, wir nicht. Du bist nur ein poetischer Sozialist, Tavy, er ist ein wissenschaftlicher.

STRAKER *ungerührt:* Ja. Also, diese Konversation ist ja recht bildend, aber ich muß mich um das Auto kümmern, und Sie beide wollen über Ihre Damen sprechen. Ich weiß. *Er tut so, als mache er sich am Auto zu schaffen, geht dann aber weg, um sich eine Zigarette zu genehmigen.*

TANNER Das ist ein eindrucksvolles soziales Phänomen.

OCTAVIUS Was?

TANNER Straker. Wir Literaten und kultivierten Menschen schreien seit Jahren nach der Neuen Frau, sobald nur ein altmodisches Frauenzimmer auftaucht, und wir haben die Ankunft des Neuen Mannes darüber gar nicht bemerkt. Straker ist der Neue Mann.

OCTAVIUS Ich kann an ihm nichts Neues entdecken, außer deiner Art, ihn hochzunehmen. Aber im Augenblick möchte ich gar nicht über ihn sprechen. Ich möchte mit dir über Ann sprechen.

TANNER Sogar das hat Straker gewußt. Wahrscheinlich hat er das auf dem Polytechnikum gelernt. Nun, was ist mit Ann? Hast du ihr einen Antrag gemacht?

OCTAVIUS *reuevoll:* Ich war brutal genug, es gestern abend zu tun.

TANNER Brutal? Was willst du damit sagen?

OCTAVIUS *pathetisch:* Jack, wir Männer sind alle grobe Klötze, wir werden nie verstehen, wie zart die Gefühle einer Frau sind. Wie konnte ich nur so etwas tun!

TANNER Was tun, du sentimentaler Esel?

OCTAVIUS Ja, ich bin ein Esel. Jack, wenn du ihre Stimme gehört hättest! Wenn du ihre Tränen gesehen hättest! Ich hab die ganze Nacht wachgelegen und konnte es nicht vergessen. Wenn sie mir Vorwürfe gemacht hätte – das wäre leichter zu ertragen gewesen.

TANNER Tränen? Das ist verdächtig. Was hat sie gesagt?

OCTAVIUS Sie fragte mich, ob sie wohl jetzt an etwas anderes denken könnte als an ihren lieben Vater. Sie unterdrückte ein Schluchzen – *er bricht zusammen.*

TANNER *klopft ihm auf den Rücken:* Trag es wie ein Mann, Tavy, auch wenn du dich wie ein Esel fühlst. Es ist die alte Tour. Es macht ihr immer noch Spaß, mit dir zu spielen.

OCTAVIUS *unschuldig:* Oh, sei kein Narr, Jack. Glaubst du, dein ewiger, oberflächlicher Zynismus kann einer Natur wie der ihren überhaupt gerecht werden?

TANNER Hm, hat sie sonst noch was gesagt?

OCTAVIUS Ja, und das ist der Grund, warum ich mich und sie deinem Spott aussetze und dir erzähle, was vorgefallen ist.

TANNER *reuevoll:* Nein, lieber Tavy, kein Spott, mein Ehrenwort! Aber wie auch immer. Erzähl weiter.

OCTAVIUS Ihr Pflichtgefühl ist so tief, so vollkommen, so –

TANNER Ja, ich weiß. Und weiter?

OCTAVIUS Siehst du, nach der neuen Vereinbarung sind Ramsden und du ihre Vormünder, und sie glaubt, daß sie allen Gehorsam, den sie ihrem Vater schuldete, nun euch schuldig ist. Sie sagte, ich hätte zuerst mit euch sprechen sollen. Natürlich hat sie recht, aber irgendwie kommt es mir absurd vor, daß ich zu dir kommen und dich förmlich bitten soll, mich als Anwärter auf die Hand deines Mündels zu betrachten.

TANNER Ich bin froh, Tavy, daß die Liebe deinen Sinn für Humor nicht gänzlich ausgelöscht hat.

OCTAVIUS Diese Antwort wird sie nicht zufriedenstellen.

TANNER Meine offizielle Antwort ist, wie du dir denken kannst: Gott segne euch, Kinder, seid glücklich!

OCTAVIUS Ich wünschte, du würdest aufhören, dich über diese Sache lustig zu machen. Für dich mag sie nicht ernst sein, aber sie ist es für mich und für sie.

TANNER Du weißt sehr wohl, daß sie ebenso frei wählen kann wie du.

OCTAVIUS Sie ist nicht dieser Meinung.

TANNER Oh, sie ist nicht dieser Meinung? Aha! Nun, dann sag mir, was ich tun soll.

OCTAVIUS Ich möchte, daß du ihr ehrlich und im Ernst sagst, was du von mir hältst. Ich möchte, daß du ihr sagst, daß du sie mir anvertrauen kannst – das heißt, wenn du auch dieser Meinung bist.

TANNER Ich habe keinen Zweifel daran, daß ich sie dir anvertrauen kann. Was mir Kummer macht, ist der Gedanke, dich ihr anzuvertrauen. Hast du Maeterlincks Buch über die Bienen gelesen?

OCTAVIUS *hält mit Mühe seine Entrüstung zurück:* Wir diskutieren im Augenblick nicht über Literatur.

TANNER Hab nur ein klein wenig Geduld mit mir. Ich rede auch nicht von Literatur. Das Buch über die Bienen ist Naturgeschichte. Es enthält eine schreckliche Lehre für das Menschengeschlecht. Du denkst, daß du um Ann wirbst, daß du der Verfolger und sie die Verfolgte ist, daß es deine Aufgabe ist zu werben, zu überreden, zu siegen, zu überwinden. Du Narr: Du bist es, der verfolgt wird, du bist das ausersehene Jagdtier, du bist zur Beute bestimmt. Du brauchst nicht da zu sitzen und durch das Gitter sehnsüchtig auf den Köder zu starren; die Tür ist offen, und sie wird offenbleiben, bis sie sich für immer hinter dir schließt.

OCTAVIUS Ich wünschte, ich könnte es glauben, selbst wenn du es so gemein ausdrückst.

TANNER Nun, Mann, was für eine andere Lebensaufgabe hat sie denn, als sich einen Mann zu angeln? Es ist die Aufgabe einer Frau, sobald wie möglich zu heiraten, und die Aufgabe eines Mannes, solange wie möglich unverheiratet zu bleiben. Du hast deine Gedichte und deine Tragödien, Ann hat nichts.

OCTAVIUS Ich kann nicht ohne Inspiration schreiben. Und niemand außer Ann kann sie mir geben.

TANNER Nun, wäre es nicht besser, sich diese Inspiration aus einer sicheren Distanz zu holen? Petrarca sah nicht halb soviel von Laura, noch Dante von Beatrice, wie du jetzt von Ann siehst; und doch schrieben sie erstklassige Gedichte – wenigstens hab ich das gehört. Sie haben ihre Göttinnen nie der Prüfung häuslicher Intimität ausgesetzt, darum blieben sie Göttinnen bis an ihr Lebensende. Heirate Ann und nach einer Woche wirst du sie nicht inspirierender finden als einen Teller voll Hefegebäck.

OCTAVIUS Du glaubst, ich könnte ihrer müde werden?

TANNER Ganz und gar nicht, auch Hefegebäck wird einem nicht über. Aber es ist nicht inspirierend. Und du wirst sie nun mal nicht mehr inspirierend finden, wenn sie aufhört, der Traum eines Dichters zu sein und zu einer soliden Ehefrau von 70 Kilo wird. Du wirst gezwungen sein, von jemand anderem zu träumen, und dann gibt es Krach.

OCTAVIUS Dieses Gerede ist zwecklos, Jack. Du verstehst mich nicht. Du bist nie verliebt gewesen.

TANNER Ich? Ich bin immer verliebt. Ich bin sogar in Ann verliebt. Aber ich lasse mich von der Liebe weder versklaven noch verdummen. Geh zur Biene, du Dichter. Betrachte ihre Wege und werde weise. Beim Himmel, Tavy, wenn die Frauen ohne unsere Arbeit auskämen, wenn wir das Brot ihrer Kinder äßen, statt es zu beschaffen, dann würden sie uns töten, wie die Spinne ihren Gefährten tötet und wie die Biene die Drohne tötet – Und sie hätten recht, wenn wir zu nichts anderem als zur Liebe taugten.

OCTAVIUS Ach, taugten wir nur zur Liebe! Nichts ist wie die Liebe, es gibt nichts außer der Liebe, ohne sie wäre die Welt ein schmutziger und schrecklicher Traum.

TANNER Und das – das ist der Mann, der mich bittet, ihm die Hand meines Mündels zu geben! Tavy, ich glaube, wir sind in der Wiege miteinander vertauscht worden, und der wirkliche Nachkomme des Don Juan bist du.

OCTAVIUS Ich flehe dich an, nichts dergleichen zu Ann zu sagen.

TANNER Hab keine Angst. Sie hat dich als ihr Eigentum ausersehen, und nichts wird sie davon abbringen. Dein Schicksal ist entschieden.

Straker kommt mit einer Zeitung zurück.
Da kommt der Neue Mann und läßt sich wie gewöhnlich durch ein Groschenblättchen demoralisieren.

STRAKER Ob Sie's glauben oder nicht, Herr Robinson, wenn wir mit dem Auto unterwegs sind, kaufen wir immer zwei Zeitungen: Die *Times* für ihn und den *Leader* oder das *Echo* für mich. Und glauben Sie, ich bekomme meine Zeitung je zu sehen? Nicht oft. Er schnappt sich den *Leader* und ich kann mich mit seiner *Times* vollstopfen.

OCTAVIUS Sind denn in der *Times* keine Rennergebnisse?

TANNER Enry macht sich nix aus Wetten, Tavy. Seine Schwäche sind Motorgeschwindigkeiten. Was gibts denn Neues?

STRAKER Paris–Biskra mit vierzig Meilen Durchschnittsgeschwindigkeit – das Mittelmeer nicht eingerechnet.

TANNER Und wie viele umgekommen?

STRAKER Zwei blöde Schafe. Was macht das schon? Schafe sind nicht so teuer; die Leute waren froh, den Preis zu kriegen, ohne daß sie sie zum Metzger zu bringen brauchten. Trotzdem, Sie werden sehn, da wirds noch Ärger geben, und dann stoppt die französische Regierung die Sache, und wir kriegen keine Chance mehr. Das macht mich ganz verrückt. Herr Tanner will keine Rekorde fahren – jetzt wär noch Zeit.

TANNER Tavy, erinnerst du dich an meinen Onkel James?

OCTAVIUS Ja. Warum?

TANNER Onkel James hatte eine erstklassige Köchin; sein Magen vertrug nur, was sie gekocht hatte. Also, der arme Mann war menschenscheu und haßte Gesellschaften. Aber die Köchin war stolz auf ihre Kunst und wünschte, Prinzen und Gesandten ihre Diners zu servieren. Damit sie nicht kündigte, mußte der arme alte Mann zweimal im Monat ein großes Essen geben und litt Todesqualen, weil er die Gesellschaft ertragen mußte. Jetzt zu mir und zu diesem Burschen Enry Straker, dem Neuen Mann. Ich hasse Reisen, aber ich mag Enry. Sein einziger Wunsch ist, in Ledermantel und Autobrille, zwei Zoll dick mit Staub bedeckt mit sechzig Meilen in der Stunde dahinzurasen und sein und mein Leben aufs Spiel zu setzen – und wenn er das nicht tut, liegt er auf dem Rücken im Schlamm unter dem Wagen und versucht, rauszufinden, wo was kaputt ist. Also, wenn ich ihn nicht wenigstens alle vierzehn Tage tausend Meilen rasen lasse, verliere ich ihn: Er kündigt mir und geht zu irgendeinem amerikanischen Millionär – und ich werde mich mit einem netten, respektvollen Gärtner-Stallknecht-Amateur begnügen müssen, der die Hand an die Mütze legt und weiß, wo er hingehört. Ich bin Henrys Sklave, wie Onkel James der Sklave seiner Köchin war.

STRAKER *ungeduldig:* Quatsch! Ich wünschte, ich hätte einen Wagen, der so schnell läuft, wie Sie reden können, Herr Tanner. Ich sage nur, Sie verlieren Geld an einem Wagen, den Sie nicht dauernd am Laufen halten können. Wenn Sie nicht das Letzte aus uns rausholen, können Sie sich genauso gut nen Kinderwagen anschaffen und 'n Kindermädchen, das Sie drin rumfährt an Stelle von mir und dem Automobil.

TANNER *beschwichtigend:* Schon gut, Henry, schon gut. Wir machen jetzt sofort ne Fahrt von einer halben Stunde.

STRAKER *angeekelt:* Ne halbe Stunde!

Er geht zum Auto zurück, setzt sich hinein und schlägt auf der Suche nach weiteren Neuigkeiten die Zeitung wieder auf.

OCTAVIUS Oh, da fällt mir gerade ein! Ich habe einen Zettel für dich von Rhoda.

Er überreicht Tanner einen Zettel.

TANNER *entfaltet ihn:* Ich glaube, es wird bald Krach zwischen Rhoda und Ann geben. Meist gibt es nur eine Person, die ein englisches Mädchen noch mehr haßt als ihre ältere Schwester, und das ist ihre Mutter. Aber Rhoda zieht mit Sicherheit ihre Mutter Ann vor. Sie – *entrüstet:* Nein, so was!

OCTAVIUS Was ist los?

TANNER Rhoda sollte mit mir eine Autofahrt machen. Sie schreibt, Ann habe ihr verboten, mit mir zu fahren.

Straker beginnt plötzlich mit bemerkenswerter Bestimmtheit seine Lieblingsmelodie zu pfeifen. Überrascht von diesem Ausbruch von Lerchengetriller und von dem spöttischen Unterton in der fröhlichen Melodie getroffen, wenden sich die beiden um und sehen Straker fragend an. Aber er ist mit seiner Zeitung beschäftigt und reagiert nicht auf die Bewegung.

OCTAVIUS *der sich gefaßt hat:* Gibt sie einen Grund an?

TANNER Einen Grund? Eine Beleidigung ist kein Grund. Ann verbietet ihr, bei welcher Gelegenheit auch immer, mit mir allein zu sein. Sie sagt, ich sei keine geeignete Gesellschaft für junge Mädchen. Was hältst du jetzt von deinem Tugendengel?

OCTAVIUS Du mußt daran denken, daß sie jetzt, wo ihr Vater tot ist, eine schwere Verantwortung trägt, Frau Whitefield ist zu schwach, um mit Rhoda fertig zu werden.

TANNER *starrt ihn an:* Kurz und gut – du gibst Ann recht.

OCTAVIUS Nein, aber ich glaube, daß ich sie verstehe. Du mußt zugeben, daß deine Ansichten kaum geeignet sind, Geist und Charakter eines jungen Mädchens zu formen.

TANNER Das gebe ich ganz und gar nicht zu. Ich gebe zu, daß man im allgemeinen Geist und Charakter einer jungen Dame bildet, indem man ihr Lügen erzählt; aber ich wehre mich gegen die spezielle Lüge, daß ich die Gewohnheit habe, das Vertrauen von Mädchen zu mißbrauchen.

OCTAVIUS Das hat Ann nicht gesagt, Jack.

TANNER Was meint sie denn sonst?

STRAKER *erblickt Ann, die vom Haus her kommt:* Fräulein Whitefield, meine Herren.

Er klettert aus dem Wagen und schlendert die Allee hinunter mit der Miene eines Mannes, der weiß, daß er überflüssig ist.

ANN *zwischen Octavius und Tanner:* Guten Morgen, Jack. Ich bin gekommen, um dir zu sagen, daß die arme Rhoda wieder ihre Kopfschmerzen hat und heute nicht mit dir ausfahren kann. Es ist eine bittere Enttäuschung für sie.

Das arme Kind!

TANNER Was sagst du dazu, Tavy?

OCTAVIUS Du wirst sie doch nicht mißverstehen, Jack. Ann beweist dir die zarteste Rücksichtnahme, selbst wenn sie dich dabei täuschen muß.

ANN Was soll das heißen?

TANNER Möchtest du Rhodas Kopfschmerzen gern heilen, Ann?

ANN Natürlich.

TANNER Dann sag ihr, was du uns gerade gesagt hast, und füge hinzu, daß du hier angekommen bist, zwei Minuten, nachdem ich ihren Brief erhalten und gelesen habe.

ANN Rhoda hat dir geschrieben?

TANNER Sie hat mir alles berichtet.

OCTAVIUS Hör nicht auf ihn, Ann. Du hattest recht, völlig recht. Ann hat nur ihre Pflicht getan, Jack – und du weißt das genau. Und sie hat es außerdem so zartfühlend wie möglich getan.

ANN *tritt zu Octavius:* Wie gut du bist, Tavy! Wie hilfreich. Wie gut du mich verstehst.

Octavius strahlt.

TANNER Ja, zieh die Schlingen fester. Du liebst sie, Tavy, nicht wahr?

OCTAVIUS Sie weiß es.

ANN Still, schäm dich, Tavy.

TANNER Oh, ich erlaube es. Ich bin dein Vormund, und für die nächste Stunde vertraue ich dich Tavys Obhut an. Ich mache eine Fahrt im Auto.

ANN Nein, Jack. Ich muß mit dir über Rhoda sprechen. Ricky, bitte geh ins Haus und kümmere dich um deinen amerikanischen Freund. So früh am Morgen fällt er Mama ein bißchen lästig. Sie möchte mit ihrer Hausarbeit fertig werden.

OCTAVIUS Ich fliege, liebste Ann.

Er küßt ihr die Hand.

ANN *zärtlich:* Ricky Ticky Tavy!

Er sieht sie mit einem eindrucksvollen Erröten an und läuft davon.

TANNER *trocken:* Nun hör mal, Ann! Diesmal bist du reingefallen, und wenn Tavy nicht so hoffnungslos in dich verliebt wäre, hätte er jetzt begriffen, was für eine unverbesserliche Lügnerin du bist.

ANN Du mißverstehst mich, Jack. Ich habe nicht gewagt, Tavy die Wahrheit zu sagen.

TANNER Nein, du sagst gewöhnlich lieber das Gegenteil. Was zum Teufel soll das heißen, was du Rhoda gesagt hast: ich wäre eine zu verderbliche Gesellschaft für sie? Wie kann mein Verhältnis zu ihr je wieder menschlich und vernünftig werden, nachdem du ihren Geist auf so abscheuliche Weise vergiftet hast?

ANN Ich weiß, du bist unfähig, etwas Schlechtes zu tun.

TANNER Warum hast du sie dann angelogen?

ANN Ich mußte es tun.

TANNER Du mußtest es?

ANN Mutter hat mich dazu veranlaßt.

TANNER *seine Augen sprühen:* Ha! Das hätte ich wissen wollen. Die Mutter! Immer die Mutter!

ANN Und dein schreckliches Buch? Du weißt, wie ängstlich Mutter ist. Alle ängstlichen Frauen sind konventionell. Wir müssen konventionell sein, Jack, sonst würde man uns auf grausame, schmutzige Weise mißverstehen. Selbst du, der du ein Mann bist, kannst nicht sagen, was du denkst, ohne daß man dich mißversteht und in den Dreck zieht. – Ja, ich gebe es zu, ich mußte dich in den Schmutz ziehen. Möchtest du, daß man Rhoda auf die gleiche Weise mißversteht und in den Schmutz zieht? Wäre es richtig, wenn Mutter zuließe, daß Rhoda sich dem aussetzt, ehe sie alt genug ist, sich selbst ein Urteil zu bilden?

TANNER Kurz und gut, um nicht mißverstanden zu werden, sollte jeder lügen und verleumden und sich mit allen Mitteln verstellen. Darauf läuft der Gehorsam gegen deine Mutter hinaus.

ANN Ich liebe meine Mutter, Jack.

TANNER *steigert sich in eine soziologische Wut:* Ist das ein Grund, deine Seele nicht dein eigen zu nennen? Oh, ich protestiere gegen diese schmähliche Unterwerfung der Jugend unter das Alter! Sieh dir die moderne Gesellschaft an, die du kennst. Was gibt sie vor zu sein? Ein entzückender Tanz von Elfen. Was ist sie? Eine schreckliche Prozession elender Mädchen, jedes in den Klauen einer zynischen, listigen, geizigen, enttäuschten, erfahrenen und doch unwissenden, bösartigen, alten Frau, die sie ihre Mutter nennt, und deren Aufgabe es ist, ihren Geist zu verderben und sie an den Höchstbietenden zu verschachern. Warum heiraten diese unglücklichen Sklavinnen eher den ältesten und lasterhaftesten Mann, als überhaupt nicht zu heiraten? Weil die Heirat die einzige Möglichkeit ist, diesen alten Teufelinnen zu entkommen, die unter der Maske mütterlicher Pflichterfüllung und verwandtschaftlicher Zärtlichkeit ihre selbstsüchtigen Ambitionen und den eifersüchtigen Haß auf die jungen Rivalinnen verbergen, die an ihre Stelle getreten sind. So etwas ist abscheulich. Die Stimme der Natur ruft nach der Sorge des Vaters für die Tochter, nach der Sorge der Mutter für den Sohn. Das Gesetz, das zwischen Vater und Sohn und Mutter und Tochter herrscht, ist nicht das Gesetz der Liebe: es ist das Gesetz der Revolution, der Emanzipation, schließlich die Verdrängung der Alten und Verbrauchten durch die Jungen und Starken. Ich sage dir: eine Unabhängigkeitserklärung ist die erste Pflicht des erwachsenen Mannes und der erwachsenen Frau, denn der Mann, der sich auf die Autorität des Vaters beruft, ist kein Mann, die Frau, die sich auf die Autorität ihrer Mutter beruft, ist unfähig, einem freien Volk freie Bürger zu gebären.

ANN *betrachtet ihn mit stiller Neugier:* Ich glaube, du wirst eines Tages ganz in die Politik gehen, Jack.

TANNER *aus allen Wolken fallend:* Wie? Was? W –? *rappelt sich zusammen:* Was hat das mit dem zu tun, was ich gerade gesagt habe?

ANN Du kannst so gut reden.

TANNER Reden! Für dich bedeutet es nichts als Reden. Gut, geh zu deiner Mutter zurück und hilf ihr, Rhodas Phantasie zu vergiften, wie sie deine vergiftet hat. Es sind die zahmen Elefanten, die sich einen Spaß daraus machen, die wilden zu fangen.

ANN Ich mache mich, gestern war ich eine Boa Constrictor. Heute bin ich ein Elefant.

TANNER Ja, nimm deinen Rüssel und pack dich, ich hab dir nichts mehr zu sagen.

ANN Du bist ganz und gar unvernünftig und unpraktisch. Was kann man da machen?

TANNER Machen? Brich deine Ketten. Geh deinen Weg nach deinem eigenen Gewissen, nicht nach dem deiner Mutter. Reinige deinen Geist und mach ihn stark, und lerne, dich an einer flotten Autofahrt zu freuen, statt sie zum Anlaß für abscheuliche Intrigen zu nehmen. Fahr mit mir mit sechzig Meilen in der Stunde nach Marseille, hinüber nach Algerien bis Biskra. Komm mit bis ans Kap, wenn du magst. Das wäre eine Unabhängigkeitserklärung und eine Rache zugleich. Du kannst nachher ein Buch darüber schreiben. Das würde deiner Mutter den Rest geben und aus dir eine Frau machen.

ANN *in Gedanken:* Ich glaube, da wäre nichts bei, Jack. Du bist mein Vormund, du nimmst die Stelle meines Vaters ein, das war sein eigener Wunsch. Niemand kann ein Wort dagegen sagen, wenn wir zusammen reisen. Es wäre reizend. Ich danke dir tausendmal, Jack. Ich komme mit.

TANNER *entgeistert:* Du kommst mit?

ANN Natürlich.

TANNER Aber – *er schweigt fassungslos, dann fährt er mit matter Stimme fort:* Nein, sieh mal, Ann, wenn nichts dabei ist, dann hat es keinen Zweck, es zu tun.

ANN Du bist absurd. Du willst mich doch nicht kompromittieren, nicht wahr?

TANNER Doch, das ist der ganze Sinn meines Vorschlages.

ANN Du redest den größten Blödsinn, und du weißt es. Du würdest nie etwas tun, um mich zu verletzen.

TANNER Nun, wenn du nicht kompromittiert werden willst, dann komm nicht mit.

ANN *mit würdigem Ernst:* Doch, Jack. Da du es wünschst, komme ich mit. Du bist mein Vormund, und ich glaube, wir sollten uns mehr sehen und besser kennenlernen. *Dankbar:* Es ist sehr aufmerksam und sehr freundlich von dir, Jack, mir so schöne Ferien zu bieten, besonders nach dem, was ich über Rhoda gesagt habe. Du bist wirklich ein guter Mensch – ein viel besserer, als du weißt. Wann fahren wir los?

TANNER Aber – *Die Unterhaltung wird unterbrochen, weil Frau Whitefield aus dem Haus kommt. Sie ist in Begleitung des amerikanischen Herrn, Ramsden und Octavius folgen ihr.*

Hector Malone ist ein Amerikaner aus dem Osten seines Landes; er schämt sich seiner Nationalität nicht im geringsten. Die modischen Engländer schätzen ihn deshalb als einen jungen Burschen, der Manns genug ist, einen offensichtlichen Nachteil einzugestehen, ohne den Versuch zu machen, ihn zu verbergen oder zu beschönigen. Sie haben das Gefühl, daß man ihn nicht für etwas leiden lassen darf, an dem er ganz offensichtlich nicht schuld ist, und sind deshalb besonders nett zu ihm. Sein ritterliches Verhalten Frauen gegenüber, seine hohen moralischen Vorstellungen, beides selbstlos und ungewöhnlich – kommen ihnen ein bißchen mißglückt vor; und obgleich sie seine Ader für leichten Humor ganz amüsant finden, wenn er sie nicht mehr in Ratlosigkeit stürzt (wie es im Anfang geschieht), so haben sie sich doch veranlaßt gesehen, ihn verstehen zu lassen, daß er einfach keine Anekdoten erzählen darf, wenn sie nicht ganz persönlich sind und Klatsch enthalten; auch, daß Redenhalten eine Kunst ist, die zu einer Kulturstufe gehört, die primitiver ist als die, auf die das Ziel seiner Reise ihn gehoben hat. In diesen Punkten haben sie Hector nicht ganz überzeugt; er glaubt immer noch, daß die Briten die Fähigkeit besitzen, aus ihren Dummheiten Verdienste zu machen und ihre verschiedenen Unfähigkeiten als Ergebnisse einer guten Erziehung hinzustellen. Ihm scheint, daß das Leben in England an einem Mangel an erbaulicher Rhetorik leidet (er nennt das den moralischen Unterton), daß das Benehmen der Engländer einen Mangel an Respekt für die Frauen zeigt, daß die englische Aussprache vulgäre Mängel aufweist, wenn es sich um Wörter wie girl, bird, world usw. handelt, daß die englische Gesellschaft in einem Maße frisch von der Leber weg spricht, daß es manchmal an unerträgliche Grobheit grenzt, und daß die englische Geselligkeit durch Spiele, Geschichtenerzählen und andere Vergnügungen belebt werden müßte; er hat daher gar nicht das Gefühl, daß er sich seine Mängel angewöhnen sollte, nachdem er sich so große Mühe gegeben hat, sich eine erstklassige Bildung anzueignen, ehe er sich über den Atlantik wagte. Er findet, daß die Engländer sich dieser Kultiviertheit gegenüber entweder ganz gleichgültig verhalten, wie sie es weitgehend aller Kultur gegenüber tun, oder daß sie auf höfliche Weise ausweichen. In Wirklichkeit ist Hectors Bildung nichts als ein Zustand von Sättigung mit unseren literarischen Exporten von vor dreißig Jahren, der von ihm wieder importiert worden ist, um bei jeder Gelegenheit sofort ausgepackt und der englischen Literatur, Wissenschaft und Kunst an den Kopf geworfen zu werden. Der Schrecken, den diese Überfälle hervorrufen, bestärkt ihn in dem Glauben, daß er zur Entwicklung Englands beiträgt. Wenn er die Leute harmlos über Anatole France und Nietzsche plaudern hört, überfällt er sie mit Matthew Arnold, mit The autocrat of the Breakfast Table und sogar mit Macauley, und da er im Grunde tiefreligiös ist, bringt er die nichtsahnenden Zuhörer durch humoristische Pietätlosigkeit dazu, in der Diskussion über moralische Fragen die volkstümliche Theologie aus dem Spiel zu lassen, und stürzt sie dann in

Verwirrung, indem er fragt, ob die Befolgung seiner Verhaltensregeln nicht das Ziel des Allmächtigen Gottes gewesen sein müssen, als er ehrliche Männer und Frauen schuf. Die einnehmende Frische seines Wesens und die verblüffende Abgestandenheit seiner Bildung machen es äußerst schwer, zu entscheiden, ob es sich lohnt, ihn kennenzulernen, denn während man nicht leugnen kann, daß seine Gesellschaft angenehm und anregend ist, hat er doch intellektuell nichts Neues zu bieten, besonders, da er Politik verachtet und sorgfältig vermeidet, über Wirtschaft zu sprechen, ein Gebiet, auf dem er seinen englischen Kapitalistenfreunden wahrscheinlich bei weitem überlegen ist. Am besten kommt er mit romantischen Christen der amoristischen Sekte zurecht; daher die Freundschaft, die zwischen ihm und Octavius entstanden ist.

Seinem Äußeren nach ist Hector ein gutgebauter junger Mann von vierundzwanzig, mit kurzem, sorgfältig gepflegtem schwarzen Bart, klaren gutgeformten Augen und einer Lebhaftigkeit des Ausdrucks, die für ihn einnimmt. Er ist auf modische Weise tadellos gekleidet. Während er vom Hause her mit Frau Whitefield die Auffahrt hinunterkommt, ist er eifrig bemüht, aufmerksam und unterhaltend zu sein; er bürdet ihrem beschränkten Verstand damit eine Last auf, die dieser nicht zu tragen imstande ist. Ein Engländer würde sie in Ruhe lassen und Langeweile und Gleichgültigkeit als ihr gemeinsames Los hinnehmen. Die arme Dame möchte, daß man sie entweder in Ruhe läßt oder über Dinge plappert, die sie interessieren.

Ramsden tritt an das Auto heran, um es sich anzusehen. Octavius tritt zu Hector.

ANN *schießt jubelnd auf ihre Mutter los:* Oh, Mama, stell dir vor, Jack nimmt mich in einem Auto mit nach Nizza. Ist das nicht herrlich? Ich bin der glücklichste Mensch in London.

TANNER *verzweifelt:* Frau Whitefield ist dagegen. Ich bin sicher, daß sie dagegen ist. Nicht wahr, Ramsden?

RAMSDEN Das will ich wohl meinen.

ANN Du hast nichts dagegen, nicht wahr, Mutter?

FRAU WHITEFIELD Ich was dagegen haben? Warum sollte ich? Ich glaube, es wird dir guttun, Ann. *Trottet auf Tanner zu:* Ich wollte dich bitten, Rhoda gelegentlich auf eine Fahrt mitzunehmen. Sie ist zu viel im Haus. Aber das hat Zeit, bis du zurück bist.

TANNER Abgrund auf Abgrund der Falschheit!

ANN *hastig, um die Aufmerksamkeit von seinem Ausruf abzulenken:* Oh, ich habe ganz vergessen, du kennst Herrn Malone ja noch nicht. Herr Tanner, mein Vormund, Herr Hector Malone.

HECTOR Ich freue mich, Sie kennenzulernen, Herr Tanner. Ich würde gern eine Erweiterung der Reisegesellschaft nach Nizza vorschlagen. Darf ich?

ANN Oh, wir fahren alle zusammen? Das ist doch klar, nicht wahr?

HECTOR Auch ich bin bescheidener Besitzer eines Autos. Wenn Fräulein Robinson mir die Ehre erweisen will, mit mir zu fahren, mein Wagen steht zu ihrer Verfügung.

OCTAVIUS Violet? *Allgemeine Verlegenheit.*

ANN *mild:* Komm, Mutter, wir müssen es ihnen überlassen, alles zu arrangieren. Ich muß mich um mein Gepäck kümmern.

Frau Whitefield macht ein verwirrtes Gesicht, aber Ann zieht sie diskret weg, und sie verschwinden um die Ecke auf das Haus zu.

HECTOR Ich glaube, ich darf wagen zu sagen, daß ich mit Fräulein Robinsons Zustimmung rechnen kann.

Anhaltende Verlegenheit.

OCTAVIUS Ich fürchte, wir müssen Violet hierlassen. Es sind Umstände eingetreten, die es ihr unmöglich machen, an einer solchen Expedition teilzunehmen.

HECTOR *amüsiert und gar nicht überzeugt:* Das ist wohl zu amerikanisch, wie? Muß die junge Dame einen Anstandswauwau haben?

OCTAVIUS Das ist es nicht, Malone – wenigstens ist das nicht alles.

HECTOR Tatsächlich? Darf ich dann fragen, welches andere Hindernis entgegensteht?

TANNER *ungeduldig:* Oh, sag es ihm, sag es ihm. Wir werden das Geheimnis erst dann wahren können, wenn alle es kennen. Herr Malone, wenn Sie mit Violet nach Nizza fahren, so fahren Sie mit der Frau eines anderen Mannes. Sie ist verheiratet.

HECTOR *wie vom Donner gerührt:* Was Sie nicht sagen!

TANNER Doch, im Vertrauen.

RAMSDEN *mit wichtiger Miene, damit Malone nicht auf den Gedanken kommt, sie sei eine Mesalliance eingegangen:* Ihre Heirat ist noch nicht bekanntgemacht worden; sie wünscht, daß man im Augenblick noch nicht davon spricht.

HECTOR Ich werde den Wunsch der Dame respektieren. Wäre es indiskret zu fragen, wer der Gatte ist, falls sich eine Möglichkeit ergibt, ihn wegen der Reise um seine Zustimmung zu bitten?

TANNER Wir wissen nicht, wer es ist.

HECTOR *zieht sich betont in sich selbst zurück:* In dem Fall habe ich nichts mehr zu sagen.

Die Verlegenheit wächst immer mehr.

OCTAVIUS Dies muß dir sehr seltsam vorkommen.

HECTOR Ein wenig ungewöhnlich schon. Verzeih, daß ich das sage.

RAMSDEN *halb sich entschuldigend, halb hochmütig:* Die junge Dame hat heimlich geheiratet, und ihr Gatte hat ihr offenbar verboten, seinen Namen preiszugeben. Wir sind verpflichtet, Ihnen das zu sagen, da Sie sich für Fräulein – ehm – für Violet interessieren.

OCTAVIUS *mitfühlend:* Ich hoffe, es ist keine Enttäuschung für dich.

HECTOR *besänftigt, kommt wieder aus sich heraus:* Nun, es ist ein Schlag für mich. Ich kann kaum verstehen, wie ein

Mann seine Frau in eine solche Lage bringen kann. Gewiß ist es ungewöhnlich. Es ist nicht männlich – es ist nicht rücksichtsvoll.

OCTAVIUS Du kannst dir vorstellen, daß wir das auch empfinden, und ziemlich schmerzlich.

RAMSDEN *gereizt:* Es ist irgendein junger Narr, der nicht genug Erfahrung hat, um zu wissen, wohin diese Art von Mystifikationen führen.

HECTOR *mit starken Anzeichen moralischen Abscheus:* Das hoffe ich. Ein Mensch muß schon sehr jung und ziemlich töricht sein, damit man ein solches Verhalten entschuldigen kann – Sie beurteilen ihn sehr milde, Herr Ramsden. Zu milde nach meiner Ansicht. Gewiß sollte die Ehe einen Mann veredeln.

TANNER *spöttisch:* Ha!

HECTOR Soll ich aus diesem Aufschrei schließen, Herr Tanner, daß Sie nicht meiner Meinung sind?

TANNER *trocken:* Heiraten Sie und probieren Sie's aus. Eine Zeitlang mögen Sie's reizend finden, aber bestimmt nicht veredelnd. Der größte gemeinsame Nenner eines Mannes und einer Frau ist nicht notwendigerweise größer als der Nenner eines Mannes allein.

HECTOR Nun, wir in Amerika glauben, daß der moralische Wert einer Frau höher ist als der des Mannes, und daß die reinere Natur der Frau den Mann über sich selbst hinaushebt und ihn besser macht, als er vorher war.

OCTAVIUS *mit Überzeugung:* So ist es auch.

TANNER Kein Wunder, daß die Amerikanerinnen lieber in Europa leben! Es ist bequemer, als sein Leben lang auf einem Altar zu stehen und angebetet zu werden. Auf jeden Fall ist Violets Gatte nicht veredelt gewesen. Was soll man da machen?

HECTOR *schüttelt den Kopf:* Ich kann das Verhalten dieses Mannes nicht so leichtnehmen wie Sie, Herr Tanner. Ich will indessen nicht mehr sagen. Wer immer es ist, er ist Fräulein Robinsons Gatte; und um ihretwillen möchte ich gern besser von ihm denken.

OCTAVIUS *gerührt, denn er vermutet einen geheimen Kummer:* Es tut mir sehr leid, Malone. Sehr leid.

HECTOR *dankbar:* Du bist ein guter Kerl, Robinson, ich danke dir.

TANNER Sprecht von etwas anderem. Violet kommt aus dem Haus.

HECTOR Ich würde es als eine große Gunst zu schätzen wissen, meine Herren, wenn Sie mir die Gelegenheit gäben, ein paar Worte mit der Dame allein zu wechseln. Ich werde diese Reise absagen müssen, und es ist eine ziemlich heikle Sache –

RAMSDEN *froh, sich davonmachen zu können:* Sagen Sie nichts mehr. Kommen Sie, Tanner. Komm, Tavy.

Er schlendert mit Octavius und Tanner an dem Auto vorbei in den Park hinein.

Violet kommt die Allee hinunter auf Malone zu.

VIOLET Können sie uns sehen?

HECTOR Nein.

Sie küßt ihn.

VIOLET Hast du um meinetwillen gelogen?

HECTOR Gelogen? Lügen ist kaum der richtige Ausdruck. Ich übertreibe es, ich gerate geradezu in eine Ekstase des Lügens. Violet, ich wünschte, du ließest mich die Wahrheit gestehen.

VIOLET *die sofort ernst und entschlossen wird:* Nein, nein, Hector, du hast es mir versprochen.

HECTOR Ich halte mein Versprechen, bis du mich davon entbindest. Aber ich komme mir gemein vor. Ich lüge diese Männer an und verleugne meine Frau. Einfach scheußlich.

VIOLET Ich wünschte, dein Vater wäre nicht so unvernünftig.

HECTOR Er ist nicht unvernünftig. Von seinem Standpunkt hat er recht. Er hat ein Vorurteil gegen die englische Mittelklasse.

VIOLET Es ist zu lächerlich. Du weißt, wie ungern ich dir gegenüber so etwas äußere, Hector. Aber wenn ich – ach, schon gut, es macht nichts.

HECTOR Ich weiß. Wenn du den Sohn eines englischen Büromöbelfabrikanten heiraten solltest, so würden deine Freunde dies als eine Mesalliance ansehen. Und dann kommt mein dummer alter Papa, der größte Büromöbelmann in der Welt, und weist mir die Tür, weil ich die vollkommenste Dame in England geheiratet habe, nur weil sie keinen Zacken an ihrem Namen hat. Natürlich ist das lächerlich. Aber ich sage dir, Violet, ich betrüge ihn nicht gern. Ich habe das Gefühl, ihm sein Geld zu stehlen. Warum willst du nicht, daß ich alles offen gestehe?

VIOLET Weil wir es uns nicht leisten können. Du kannst so romantische Ansichten über die Liebe haben, wie du magst, Hector, aber du darfst keine romantischen Ansichten über Geld haben.

HECTOR *hin und her gerissen zwischen der übertriebenen Liebe zu seiner Frau und seiner gewohnten Überbewertung moralischer Gefühle:* Das ist sehr englisch. *Plötzlich in flehendem Ton:* Violet, Papa muß uns eines Tages auf die Schliche kommen.

VIOLET Oh ja, später wird er das natürlich. Aber laß uns das nicht jedesmal durchkauen, wenn wir uns sehen, Lieber. Du hast mir versprochen –

HECTOR Schon gut, schon gut, ich –

VIOLET *die sich das Wort nicht nehmen läßt:* Ich leide unter dieser Geheimhaltung, nicht du, und wenn du mir damit kommst, wir sollen den Kampf aufnehmen und der Armut ins Gesicht sehen und all das, ich wills einfach nicht. Es wäre zu blöd.

HECTOR Du sollst es auch nicht. Ich werde das Geld sozusagen von meinem Papa borgen, bis ich auf eigenen Füßen stehe. Dann kann ich ihm die Wahrheit sagen und gleichzeitig zurückzahlen.

VIOLET *beunruhigt und gekränkt:* Willst du etwa arbeiten? Willst du unsere Ehe ruinieren?

HECTOR Nun, ich will jedenfalls nicht, daß die Ehe mir den

Charakter verdirbt. Dein Freund, Herr Tanner, lacht schon jetzt deshalb ein bißchen über mich, und –

VIOLET Diese Bestie! Ich hasse Jack Tanner.

HECTOR *großmütig:* Oh, der ist in Ordnung. Es braucht nur die Liebe einer guten Frau, um ihn zu veredeln. Übrigens, er hat eine Autoreise nach Nizza vorgeschlagen, und ich möchte dich mitnehmen.

VIOLET Wie reizend!

HECTOR Ja, aber wie willst du das machen. Siehst du, sie haben mir sozusagen abgeraten, mit dir zu fahren. Sie haben mir im Vertrauen mitgeteilt, daß du verheiratet bist. Das war das umwerfendste Vertrauen, mit dem ich je beehrt worden bin.

Tanner kommt mit Straker zurück, der zum Auto geht.

TANNER Ihr Wagen ist ein großer Erfolg, Herr Malone. Ihr Mechaniker führt ihn gerade Herrn Ramsden vor.

HECTOR *vergißt sich im Übereifer:* Komm, Vi.

VIOLET *kalt, wirft ihm einen warnenden Blick zu:* Verzeihung, Herr Malone, ich habe nicht ganz verstanden –

HECTOR *fängt sich:* Ich bat Sie, mir das Vergnügen zu gewähren, Ihnen meine kleine amerikanische Dampfmaschine zu zeigen, Fräulein Robinson.

VIOLET Mit größtem Vergnügen.

Sie gehen zusammen die Allee hinunter.

TANNER Was diese Reise betrifft, Straker –

STRAKER *mit dem Auto beschäftigt:* Ja?

TANNER Fräulein Whitefield soll mit mir fahren.

STRAKER Das hatte ich mir gedacht.

TANNER Herr Robinson wird auch mitfahren.

STRAKER Ja.

TANNER Also, wenn Sie es so einrichten könnten, daß Sie sich viel mit mir beschäftigen und daß Herr Robinson sich viel mit Fräulein Whitefield beschäftigt, so wäre ich Ihnen zutiefst dankbar.

STRAKER Sonnenklar.

TANNER Sonnenklar! Ihr Großvater hätte einfach gezwinkert.

STRAKER Mein Großvater hätte die Hand an die Mütze gelegt.

TANNER Und ich hätte Ihrem guten, netten, respektvollen Großvater 20 Shilling gegeben.

STRAKER Sehr wahrscheinlich nur fünf Shilling –
Er wendet sich vom Wagen ab und kommt auf Tanner zu: Und wie denkt die Dame darüber?

TANNER Es ist ihr ebenso recht, wenn man sie Herrn Robinson überläßt, wie es Herrn Robinson recht ist, wenn man ihn ihr überläßt.
Straker blickt seinen Arbeitgeber mit kühlem Skeptizismus an, dann wendet er sich dem Auto wieder zu und pfeift dazu seine Lieblingsmelodie.
Hören Sie auf mit diesem lästigen Gepfeife. Was wollen Sie eigentlich damit sagen?
Straker beginnt gelassen wieder mit der Melodie und pfeift sie zu Ende.
Tanner hört höflich bis zum Schluß zu, dann wendet er sich wieder an Straker, diesmal mit betontem Ernst: Henry, ich bin immer ein eifriger Kämpfer für die Verbreitung der Musik unter den Massen gewesen, aber ich wehre mich dagegen, daß Sie die Gesellschaft musikalisch unterhalten, sobald Fräulein Whitefields Name erwähnt wird. Sie haben es auch heute morgen getan.

STRAKER *eigensinnig:* Es hat überhaupt keinen Sinn, Herr Robinson gibt am besten gleich auf.

TANNER Warum?

STRAKER Na, hören Sie! Sie wissen schon, warum. Natürlich gehts mich nichts an, aber Sie brauchen mir nichts vorzuschwindeln.

TANNER Ich schwindele Ihnen nichts vor. Ich weiß wirklich nicht, warum.

STRAKER *munter und schmollend zugleich:* Schon gut, 's ist mir recht. Es geht mich ja nichts an.

TANNER *eindringlich:* Ich bin sicher, Henry, was unser Verhältnis als Arbeitgeber und Mechaniker betrifft, so werde ich immer den richtigen Abstand zu wahren wissen und Ihnen meine privaten Angelegenheiten nicht aufdrängen. Sogar unsere Geschäftsbeziehungen bedürfen der Billigung Ihrer Gewerkschaft. Aber mißbrauchen Sie Ihre Vorteile nicht. Ich möchte Sie an einen Ausspruch Voltaires erinnern: Was zu dumm ist, gesagt zu werden, das kann man immer noch singen.

STRAKER Das war nicht Voltaire. Das war Boo Marschä.

TANNER Ich lasse mich korrigieren, natürlich Beaumarchais. Also, Sie scheinen zu glauben, das, was zu heikel ist, als daß man es aussprechen könnte – kann man immer noch pfeifen. Unglücklicherweise ist Ihr Pfeifen, obgleich sehr wohltönend, mir unverständlich. Los! Es hört ja niemand zu, weder meine edlen Verwandten noch der Sekretär Ihrer verdammten Gewerkschaft. Von Mann zu Mann, Henry, warum glauben Sie, daß mein Freund keine Chance bei Fräulein Whitefield hat?

STRAKER Die is hinterm anderen her.

TANNER Quatsch! Hinter wem denn?

STRAKER Hinter Ihnen.

TANNER Mir!

STRAKER Wollen Sie damit sagen, Sie wüßtens nicht? Also, Herr Tanner!

TANNER *in entschlossenem Ernst:* Machen Sie sich lustig, oder meinen Sie es ernst?

STRAKER *mit einem Anflug von Wut:* Ich mach mich nicht lustig. *Etwas kühler:* Warum? Es ist so deutlich zu sehen wie die Nase in Ihrem Gesicht. Wenn Sie das nicht gemerkt haben, dann verstehen Sie aber nicht viel von so was. *Wieder heiter:* Entschuldigen Sie, Herr Tanner, aber Sie haben mich von Mann zu Mann gefragt, und ich habe Ihnen von Mann zu Mann geantwortet.

TANNER *zum Himmel aufschreiend:* Dann bin ich – ich bin die Biene, die Spinne, das gezeichnete Opfer, die ausersehene Beute.

STRAKER Mit der Biene und der Spinne, das weiß ich nicht,

aber das ausersehene Opfer, das sind Sie, da gibts nichts. Und das sind gar keine schlechten Aussichten für Sie, würde ich sagen.

TANNER *feierlich:* Henry Straker, der große Augenblick Ihres Lebens ist gekommen.

STRAKER Was heißt das?

TANNER Der Rekord nach Biskra.

STRAKER *eifrig:* Ja?

TANNER Brechen Sie ihn!

STRAKER *seines Schicksals würdig:* Ist das Ihr Ernst?

TANNER Ja.

STRAKER Wann?

TANNER Jetzt. Ist das Auto startbereit?

STRAKER *quengelnd:* Aber Sie können doch nicht –

TANNER *unterbricht ihn, indem er ins Auto klettert:* Also los! Zuerst zur Bank, Geld holen, dann in meine Wohnung, mein Gepäck holen, dann in Ihre Wohnung, Ihr Gepäck holen, und dann brechen Sie den Rekord nach Dover oder Folkestone, dann über den Kanal und wie die Verrückten nach Marseille, Gibraltar, Genua – zu irgendeinem Hafen, von dem aus wir in ein mohammedanisches Land gelangen, wo die Männer vor den Frauen geschützt sind.

STRAKER Quatsch, Sie machen nur Spaß –

TANNER *entschlossen:* Dann bleiben Sie da. Wenn Sie nicht mitwollen, fahre ich allein. *Er wirft den Motor an.*

STRAKER *läuft hinter ihm her:* Hier! Sie da! Sekunde mal! Jetzt los! *Er klettert in dem Augenblick in den Wagen, als dieser losschießt.*

Dritter Akt

Ein Abend in der Sierra Nevada. Braune Hügelketten, darauf bepflanzte Stellen, nicht mit Apfel-, sondern mit Olivenbäumen; auf dem wilden Gelände gelegentliche Inseln von Feigenkaktus, kein Ginster oder Farn. Im Hintergrund hohe Felsgipfel und Abgründe, sehr schön und edel. Keine wilde Natur, sondern eher eine höchst aristokratische Berglandschaft, geschaffen von einem übergenauen Schöpfer-Künstler. Kein vulgärer Überfluß in der Pflanzenwelt, die vielen steinigen Stellen erwecken den Eindruck von Unfruchtbarkeit; überall spürbar spanische Größe und spanische Sparsamkeit.

Etwas nördlich von einer Stelle, wo eine Paßstraße über den Tunnel der Eisenbahnstrecke Malaga–Granada führt, liegt eines der felsigen natürlichen Amphitheater der Sierra. Wenn man von der offenen Seite des Hufeisens hineinblickt, so sieht man ein Stück rechts in der Steilwand des Felsens eine romantische Höhle, die in Wirklichkeit ein verlassener Steinbruch ist, und links einen kleinen Hügel, von dem aus man die Straße überblickt, die das Amphitheater an der linken Seite streift. Die Straße führt über einen Erddamm, an einigen Stellen über einen gemauerten Bogen. Auf dem Hügel sitzt ein Mann und beobachtet die Straße. Er ist entweder Spanier oder Schotte. Wahrscheinlich ein Spanier, denn er trägt die Kleidung eines spanischen Ziegenhirten und scheint in der Sierra Nevada zu Hause zu sein, aber trotzdem erinnert er sehr an einen Schotten. In einer Senke auf dem Hang, vor der Höhle, liegen etwa ein Dutzend Männer behaglich um einen Haufen schwelender weißer Asche von Laub und Strauchwerk. Sie sehen aus, als seien sie sich ihrer malerischen Verruchtheit bewußt und erwiesen der Sierra Nevada eine Ehre damit, daß sie sie als wirkungsvollen Hintergrund benutzen. Vom künstlerischen Standpunkt aus sind sie allerdings nicht malerisch, und die Berge dulden sie, wie ein Löwe das Unge-

ziefer duldet. Ein englischer Polizist oder Wohlfahrtspfleger würde in ihnen eine ausgewählte Bande von Landstreichern und arbeitsfähigen, aber -unwilligen Unterstützungsempfängern erkennen.

Diese Beschreibung ist durchaus nicht verächtlich gemeint. Wer einmal mit Intelligenz Landstreicher beobachtet oder in einem Arbeitshaus die Abteilung der Arbeitsfähigen besucht hat, wird zugeben, daß unsere Asozialen nicht nur aus Trinkern und Schwächlingen bestehen. Einige von ihnen sind Männer, die nicht in die Klasse passen, in die sie hineingeboren wurden. Genau die gleichen Eigenschaften, die aus einem gebildeten Gentleman einen Künstler machen, können aus einem ungebildeten Handarbeiter einen arbeitsfähigen Asozialen machen. Es gibt Männer, die hilflos in einem Arbeitshaus enden, weil sie zu nichts taugen, aber es gibt auch Männer, die sich dort befinden, weil sie stark genug sind, die gesellschaftlichen Konventionen zu mißachten (welche für den Steuerzahler aber offensichtlich nicht so uninteressant sind), die einem Mann vorschreiben, mit schwerer und schlechtbezahlter Schufterei seinen Lebensunterhalt zu verdienen, wo er doch die Alternative hat, ins Arbeitshaus zu gehen, sich als notleidend zu bezeichnen und die Behörde auf legale Weise zu zwingen, ihn besser zu ernähren, zu kleiden und unterzubringen, als er sich selber mit der größten Anstrengung ernähren, kleiden und unterbringen könnte. Wenn ein Mann, der zum Dichter geboren ist, den Stuhl im Büro eines Börsenmaklers ablehnt und statt dessen in einer Mansarde Hunger leidet und lieber bei seiner Wirtin, seinen Freunden und Verwandten schmarotzt, als eine Arbeit zu tun, die ihm gegen den Strich geht, oder wenn eine Dame, weil sie eine Dame ist, lieber alle Demütigungen einer parasitischen Abhängigkeit erduldet, ehe sie eine Stellung als Köchin oder Zimmermädchen annimmt, so haben wir viel Verständnis für sie. Auf solches Verständnis haben der arbeitsfähige Asoziale und sein nomadisierender Bruder, der Landstreicher, den gleichen Anspruch.

Weiterhin muß ein Mann mit Phantasie, wenn sein Leben für ihn erträglich sein soll, die Muße haben, sich selbst Geschichten zu erzählen, und eine Stellung, die Möglichkeit für phantasievolle Ausschmückung bietet. In den Reihen der ungelernten Arbeiter gibt es keine solchen Stellungen. Wir mißbrauchen unsere Arbeiter auf schreckliche Weise, und wenn ein Mann sich weigert, sich mißbrauchen zu lassen, so haben wir kein Recht zu sagen, er verweigere ehrliche Arbeit. Wir wollen, ehe wir in unserem Stück fortfahren, offen über diese Sache reden, damit wir es ohne Heuchelei genießen können. Wenn wir vernünftige vorausschauende Leute wären, so würden vier Fünftel von uns geradewegs zur Wohlfahrt gehen und Unterstützung verlangen und das ganze gesellschaftliche System in Stücke schlagen, damit ein Wiederaufbau zum Besseren beginnen kann. Der Grund, warum wir das nicht tun, liegt darin, daß wir wie die Bienen oder Ameisen instinktiv und gewohnheitsmäßig arbeiten, statt uns Gedanken über unsere Arbeit zu machen. Wenn daher ein Mensch auftaucht, der sich Gedanken macht und vernünftig urteilen kann, und der, indem er sein Verhalten der Kantschen Prüfung unterzieht, wirklich zu uns sagen kann: wenn jedermann so handelte wie ich, so würde die Welt gezwungen sein, ihre Industrie zu reformieren, Sklaverei und Elend abzuschaffen, die nur deshalb bestehen, weil jeder so handelt, wie ihr handelt, so sollte man diesen Mann ehren und ernsthaft darüber nachdenken, ob man nicht seinem Vorbild folgen sollte. Ein solcher Mensch ist der arbeitsfähige, denkfähige Asoziale. Wäre er ein Gentleman, der sein Bestes tut, um eine Pension oder eine Sinekure zu bekommen, statt eine Straßenkreuzung zu fegen, so würde ihn niemand tadeln, weil er findet, daß es töricht wäre, solange die Alternative darin liegt, entweder auf Kosten der Allgemeinheit zu leben oder der Allgemeinheit zu erlauben, daß sie hauptsächlich auf seine Kosten lebt, sich für das zu entschließen, was für ihn persönlich das größere der beiden Übel ist.

Wir dürfen also die Landstreicher der Sierra ohne Vorurteil betrachten und fröhlichen Herzens zugeben, daß unser Ziel – um es kurz zu sagen: vermögende Gentlemen zu sein – dem ihren sehr ähnlich ist, und daß der Unterschied in unserer Stellung und unseren Methoden rein zufällig ist. Vielleicht wäre es weiser, den einen oder anderen von ihnen ohne Bosheit und auf eine freundliche und offene Weise umzubringen, denn es gibt Zweibeiner, genauso wie es Vierfüßler gibt, die zu gefährlich sind, als daß man sie ohne Ketten und Maulkorb herumlaufen lassen kann, und diese können nicht erwarten, daß andere Menschen ihr Leben damit verschwenden, sie zu bewachen. Aber da die Gesellschaft nicht den Mut hat, sie zu töten, und wenn sie sie fängt, einfach irgendwelche abergläubischen Sühneriten der Folterung und Erniedrigung an ihnen vollzieht, um sie dann mit verstärkten Voraussetzungen zum Verbrechen wieder loszulassen, so ist es nur gut, daß sie sich in der Sierra auf freiem Fuß befinden, unter dem Befehl eines Anführers, der so aussieht, als ob er sie unter Umständen erschießen ließe.

Dieser Anführer sitzt in der Mitte der Gruppe auf einem Steinquader aus dem Steinbruch, ein großer, kräftiger Mann mit einer auffallenden Kakadunase, glänzend schwarzem Haar, einem Spitzbart, einem hochgezwirbelten Schnurrbart und einer mephistophelischen Pose, die recht eindrucksvoll ist, vielleicht weil die Szenerie sich besser zum Imponiergehabe eignet als Piccadilly, vielleicht auch, weil eine gewisse Sentimentalität dem Mann jenen Schimmer von Anmut verleiht, der allein eine absichtlich malerische Aufmachung erträglich machen kann. Seine Augen und sein Mund sind keineswegs die eines Schurken; er hat eine schöne Stimme und ist schlagfertig; und ob er nun der stärkste Mann in der Gruppe ist oder nicht – jedenfalls wirkt er so: er ist der am besten ernährte, der am besten gekleidete und der am besten trainierte. Die Tatsache, daß er englisch spricht, ist trotz der spanischen Landschaft nicht überraschend, denn mit Ausnahme eines einzigen Mannes, den man für einen durch Trunksucht ruinierten Stierkämpfer halten könnte, und eines unverkennbaren Franzosen, sind alle Londoner Cockneys oder Amerikaner. Daher tragen sie in einem Land der Umhänge und Sombreros meist schäbige Mäntel, Wollschals, harte halbkugelförmige Hüte und schmutzige braune Handschuhe. Nur ein paar ahmen in der Kleidung ihren Führer nach, dessen breiter Umhang, der bis zu den hohen Stiefeln hinunterreicht, so unenglisch wie nur möglich ist. Keiner der Männer ist bewaffnet, und diejenigen, die keine Handschuhe tragen, haben die Hände in den Taschen vergraben, denn es ist ihr nationaler Glaube, daß es im Freien bei Anbruch der Nacht gefährlich kalt sein muß. (Der Abend ist so warm, wie man sich ihn vernünftigerweise nur wünschen kann.)

Außer dem versoffenen Stierkämpfer gibt es in der Gesellschaft nur einen Mann, der, sagen wir, älter aussieht als dreiunddreißig. Es ist ein kleiner Mann mit rötlichem Schnurrbart, schwachen Augen und dem ängstlichen Ausdruck eines kleinen Ladeninhabers, der in Schwierigkeiten geraten ist. Er trägt als einziger einen Zylinder; dieser leuchtet im Abendschein mit dem klebrigen Glanz eines Sixpence-Auffrischungsmittels, das oft aufgetragen worden ist und dazu neigt, die ursprüngliche Oberfläche schlimmer zu machen, als der verschlissene Zustand war, zu dessen Verbesserung das Mittel angewandt worden ist. Der Mann trägt einen Zelluloidkragen und Zelluloidmanschetten, und sein brauner Chesterfield-Überzieher mit Samtkragen kann sich noch sehen lassen. Es ist deutlich zu erkennen, daß er der einzig ehrbare Mann in der Gesellschaft ist, und er ist bestimmt über vierzig, vielleicht über fünfzig. Er sitzt an der Ecke zur Rechten des Anführers, ihm gegenüber zu dessen Linken sitzen drei Männer mit roten Schlipsen. Einer von den dreien ist der Franzose, von den beiden anderen, die beide Engländer sind, ist der eine feierlich, streitsüchtig und hartnäckig, der andere grob und boshaft.

Der Anführer erhebt sich, um das Wort an seine Männer zu richten, dabei wirft er mit einem großartigen Schwung einen Zipfel seines Umhangs über die linke Schulter.

Der Beifall, der ihn begrüßt, zeigt, daß er ein beliebter Redner ist.

DER ANFÜHRER MENDOZA Freunde und Räubergenossen. Ich habe dieser Versammlung einen Vorschlag zu unterbreiten. Wir verbringen jetzt schon drei Abende damit, die Frage zu diskutieren: Haben Anarchisten oder Sozialdemokraten den größeren persönlichen Mut? Wir haben die Prinzipien des Anarchismus und der Sozialdemokratie mit großer Ausführlichkeit behandelt. Die Sache der Anarchie ist geschickt von unserem einzigen Anarchisten hier vertreten worden, der aber gar nicht weiß, was Anarchie bedeutet.

Gelächter.

DER ANARCHIST *erhebt sich:* Eine Frage zur Geschäftsordnung.

MENDOZA *energisch:* Zum Teufel, nein. Deine letzte Frage zur Geschäftsordnung hat eine halbe Stunde gedauert. Im übrigen halten Anarchisten nichts von Ordnung.

DER ANARCHIST *milde, höflich, aber hartnäckig; er ist in der Tat der ehrbar aussehende ältliche Mann mit dem Zelluloidkragen und den Zelluloidmanschetten:* Das ist ein gemeiner Irrtum. Ich kann beweisen –

MENDOZA Ruhe, Ruhe!

DIE ANDEREN *schreien:* Ruhe, Ruhe! Setz dich! Stuhl! Halts Maul! *Der Anarchist wird unterdrückt.*

MENDOZA Auf der anderen Seite haben wir hier drei Sozialdemokraten unter uns. Sie sprechen nicht miteinander, und sie haben uns hier drei ganz verschiedene und nicht miteinander vereinbare Aspekte der Sozialdemokratie vorgetragen.

DIE DREI MÄNNER MIT DEN ROTEN SCHLIPSEN 1. Herr Vorsitzender, ich protestiere. Eine persönliche Erklärung!

2. Das ist eine Lüge. Das hab ich nie gesagt. Sei fair, Mendoza.

3. Je demande la parole. C'est absolument faux. C'est faux!

faux! faux!!! Assas-s-s-sin!!!!!!

MENDOZA Ordnung, Ruhe!

DIE ANDEREN Ordnung, Ruhe, Ordnung! Der Vorsitzende! *Die Sozialdemokraten werden zum Schweigen gebracht.*

MENDOZA Also, hier wird jede Meinung geduldet. Aber schließlich, Kameraden, sind die weitaus meisten von uns weder Anarchisten noch Sozialisten, sondern Gentlemen und Christen.

DIE MEHRHEIT *mit zustimmendem Geschrei:* Hört, hört. Das sind wir. Recht so!

DER WÜSTE SOZIALDEMOKRAT *verbittert, weil er nicht sprechen durfte:* Du bist kein Christ! Du bistn Blender, du!

MENDOZA *mit überwältigendem Großmut:* Mein Freund, ich bin eine Ausnahme von allen Regeln. Es ist wahr, ich habe die Ehre, Jude zu sein, und wenn die Zionisten einen Führer brauchten, um unser Volk auf dem historischen Boden von Palästina zu vereinigen, dann wird Mendoza nicht der letzte Freiwillige sein. *Zustimmender Applaus* (Hört, hört etc.). Aber ich bin nicht der Sklave eines Aberglaubens. Ich habe alle Formeln geschluckt, sogar die des Sozialismus; auf irgendeine Weise freilich gilt der Spruch: einmal ein Sozialist, immer ein Sozialist.

DIE SOZIALDEMOKRATEN Hört, hört!

MENDOZA Aber ich weiß wohl, daß der gewöhnliche Mensch – sogar der gewöhnliche Räuber, den man kaum einen gewöhnlichen Menschen nennen kann – (*die anderen:* hört, hört), daß der gewöhnliche Mensch kein Philosoph ist. Für ihn genügt gesunder Menschenverstand, und was unsere Geschäfte betrifft, so genügt auch für mich der gesunde Menschenverstand. Also, was ist unser Geschäft hier in der Sierra Nevada, die von den Mauren als die schönste Stelle Spaniens bezeichnet wurde? Sind wir hier, um abseitige Fragen der Nationalökonomie zu diskutieren? Nein: wir sind hier, um Autos anzuhalten und für eine gerechtere Verteilung des Reichtums zu sorgen –

DER SCHMOLLENDE SOZIALDEMOKRAT der wohlgemerkt durch Arbeit entstanden ist.

MENDOZA *leutselig:* Zweifelsohne. Durch Arbeit entstanden, und um von reichen Vagabunden, die die sonnigen Küsten des Mittelmeers verunstalten, in den Höhlen des Lasters unterwegs verschwendet zu werden. Wir fangen diesen Reichtum ab. Wir bringen ihn wieder in Umlauf innerhalb der Klasse, die ihn geschaffen hat und die ihn vor allem braucht: der arbeitenden Klasse. Wir tun dies, indem wir unser Leben und unsere Freiheit einsetzen, indem wir die Tugenden des Mutes, der Ausdauer, der Voraussicht und der Enthaltsamkeit üben – vor allem die Enthaltsamkeit. Ich selber habe seit drei Tagen nichts gegessen als Kaktusfeigen und gekochtes Kaninchen.

DER SCHMOLLENDE SOZIALDEMOKRAT *hartnäckig:* Wir auch nicht.

MENDOZA *gekränkt:* Habe ich mehr gegessen als meinen Anteil?

DER SCHMOLLENDE SOZIALDEMOKRAT Warum solltest du auch?

DER ANARCHIST Warum sollte er nicht. Jedem nach seinen Bedürfnissen, jeder nach seiner Möglichkeit.

DER FRANZOSE *hält dem Anarchisten die Faust vors Gesicht:* Fumiste!

MENDOZA *diplomatisch:* Ihr habt beide recht.

DIE ECHT ENGLISCHEN RÄUBER Hört, hört! Bravo, Mendoza!

MENDOZA Was ich sagen wollte, ist folgendes: wir wollen einander wie Gentlemen behandeln und uns nur dann bemühen, einander an persönlichem Mut zu übertreffen, wenn wir im Kampf sind.

DER WÜSTE SOZIALDEMOKRAT *verächtlich:* Shaikspier!

Der Ziegenhirt auf dem Hügel stößt einen Pfiff aus. Er springt auf und deutet aufgeregt nach Norden, die Straße hinauf.

DER ZIEGENHIRT Auto! Auto!

Er stürzt den Hügel hinunter und kommt zu den anderen, die auf die Füße springen.

MENDOZA *mit klingender Stimme:* Zu den Waffen! Wer hat das Gewehr?

DER SCHMOLLENDE SOZIALDEMOKRAT *reicht Mendoza ein Gewehr:* Hier.

MENDOZA Habt ihr die Nägel auf die Straße gestreut?

DER WÜSTE SOZIALDEMOKRAT Ja, fünfzig Gramm.

MENDOZA Gut! *Zu dem Franzosen:* Du kommst mit mir, Duval. Wenn die Nägel nichts nützen, dann schieß ihnen den Reifen kaputt.

Er gibt Duval das Gewehr, dieser folgt ihm den Hügel hinauf. Mendoza holt ein Opernglas hervor. Die anderen eilen zur Straße und verschwinden in nördlicher Richtung.

MENDOZA *auf dem Hügel. Schaut durch sein Glas:* Nur zwei, ein Kapitalist und sein Chauffeur. Sie sehen wie Engländer aus.

DUVAL Anglische! Aoh Yess. Cochons! *Er hantiert an dem Gewehr.* Faut tirer, n'est-ce-pas?

MENDOZA Nein, die Nägel habens schon getan. Ihr Reifen ist platt, sie halten.

DUVAL *schreit den andern zu:* Fondez sur eux, nom de Dieux!

MENDOZA *bremst Duvals Aufregung:* Du calme, Duval, bleib auf dem Boden – Sie nehmen es ruhig auf. Laß uns runtergehen und sie empfangen.

Mendoza steigt hinunter, geht um das Feuer herum und kommt nach vorn, während Tanner und Straker in Autobrillen, Ledermänteln und Mützen von den Räubern von der Straße weggeführt werden.

TANNER Ist dies der Herr, den Sie als Ihren Chef bezeichnen? Spricht er Englisch?

DER WÜSTE SOZIALDEMOKRAT Natürlich spricht er Englisch. Sie mein' doch wohl nich, wir Engländer lassen uns von'm verdammten Spanier rumkommandiern, wie?

MENDOZA *mit Würde:* Erlauben Sie, daß ich mich vorstelle:

Mendoza, Präsident der Liga der Sierra. *Hochmütig:* Ich bin ein Räuber, ich lebe davon, daß ich die Reichen beraube.

TANNER *schlagfertig:* Ich bin ein Gentleman, ich lebe davon, daß ich die Armen beraube. Wir können uns die Hand geben.

DIE ENGLISCHEN SOZIALDEMOKRATEN Hört, hört!

Allgemeines Gelächter und gute Laune, Tanner und Mendoza schütteln sich die Hand. Die Räuber nehmen ihre vorigen Plätze wieder ein.

STRAKER He! Und wo bleibe ich?

TANNER *stellt vor:* Mein Freund und Chauffeur.

DER SCHMOLLENDE SOZIALDEMOKRAT *mißtrauisch:* Na, was ist er also? Freund oder Schaufför? Das isn Unterschied, wissen Sie.

MENDOZA *erklärt:* Für einen Freund würden wir ein Lösegeld erwarten. Ein Berufschauffeur kann seiner Wege gehen. Er würde sogar einen kleinen Prozentsatz vom Lösegeld für seinen Herrn bekommen, wenn er uns die Ehre antun will, das Geld anzunehmen.

STRAKER Ich verstehe. Damit ich nächstens wieder diese Strecke hier fahre. Nun, ich wills mir überlegen.

DUVAL *stürzt impulsiv auf Straker zu:* Mon frère!

Er umarmt ihn begeistert und küßt ihn auf beide Wangen.

STRAKER *angeekelt:* He, laß das, sei kein Esel. Wer bist du eigentlich?

DUVAL Duval, Social-Democrat.

STRAKER Ach, du bist ein Sozialdemokrat?

DER ANARCHIST Er will sagen, daß er sich an den parlamentarischen Humbug und die Bourgeoisie verkauft hat. Kompromiß, das ist sein Glaubensbekenntnis.

DUVAL *wütend:* Ich versteh, was er sagt, er sagt Bourgois. Er sagt Compromise. Jaimais de la vie! Misêrable menteur –

STRAKER Hörn Sie, Käptn Mendoza, wie lang wolln Sie sich das noch gefallen lassen? Sind wir hier auf nem Ausflug in die Berge oder auf ner Sozialistenversammlung?

DIE MEHRHEIT Hört, hört! Halt die Schnauze! Schluß jetzt! Setzt euch hin usw.

Die Sozialdemokraten und der Anarchist werden in den Hintergrund gedrängt. Straker, der diesen Vorgang mit Genugtuung beobachtet, läßt sich zu Mendozas Linker nieder, Tanner sitzt zu dessen Rechten.

MENDOZA Können wir Ihnen etwas anbieten? Gekochtes Kaninchen und Kaktusfeigen –

TANNER Nein danke. Wir haben schon gegessen.

MENDOZA *zu seinen Gefolgsleuten:* Meine Herren, die Arbeit ist für heute getan. Sie sind bis zum Morgen frei.

Die Räuber zerstreuen sich langsam in kleine Gruppen. Einige gehen in die Höhle. Andere setzen sich hin oder legen sich im Freien zum Schlafen nieder. Ein paar holen ein Päckchen Karten zum Vorschein und verschwinden auf die Straße zu; denn es stehen nur die Sterne am Himmel, und sie wissen, daß Autos Lampen haben, die man so drehen kann, daß sie beim Kartenspielen leuchten.

STRAKER *ruft hinter ihnen her:* Nicht, daß einer von euch am Wagen rumfummelt, hört ihr?

MENDOZA Keine Angst, Herr Chauffeur. Das erste Auto, das wir gekapert haben, hat ihnen ne Lehre erteilt.

STRAKER Was hat es denn gemacht?

MENDOZA Es hat drei von unseren tapferen Kameraden, die nicht wußten, wie sie's zum Halten kriegen sollten, nach Granada hineingefahren und kippte sie genau vor der Polizeistation auf die Straße. Seitdem rühren wir kein Auto an, ohne den Chauffeur zu holen. Wollen wir uns ein wenig unterhalten?

TANNER Aber sehr gern.

Tanner, Mendoza und Straker setzen sich am Feuer auf den Rasen nieder. Mendoza läßt zartfühlend seine Präsidentenwürde außer acht, deren äußeres Zeichen das Recht ist, auf dem Steinblock zu sitzen; er setzt sich wie seine Gäste auf den Boden und benutzt den Stein lediglich als Rückenstütze.

MENDOZA In Spanien ist es Sitte, die Geschäfte immer auf den morgigen Tag zu verschieben. Sie sind tatsächlich nach Büroschluß angekommen. Wenn Sie indessen die Frage des Lösegeldes gleich regeln wollen, so stehe ich Ihnen zur Verfügung.

TANNER Für mich ist es morgen früh genug. Ich bin so reich, daß ich jede vernünftige Summe bezahlen kann.

MENDOZA *ehrfurchtsvoll, durch diese Offenheit sehr beeindruckt:* Sie sind ein beachtenswerter Mann, mein Herr. Gewöhnlich bezeichnen sich unsere Gäste als völlig verarmt.

TANNER Pah! Völlig verarmte Leute besitzen kein Auto.

MENDOZA Das ist genau das, was ich ihnen immer sage.

TANNER Behandeln Sie uns gut. Wir werden uns nicht undankbar zeigen.

STRAKER Kein gekochtes Kaninchen mit Kaktusfeigen, hören Sie? Erzählen Sie uns nur nicht, daß Sie uns nicht was Besseres bieten können, wenn Sie wollen.

MENDOZA Wenn Sie bar bezahlen, können wir Wein, Lammfleisch, Milch, Käse und Brot besorgen.

STRAKER *dankbar:* Jetzt reden Sie vernünftig.

TANNER Darf ich fragen, ob Sie hier alle Sozialisten sind?

MENDOZA *wehrt sich gegen diese erniedrigende Verdächtigung:* Oh nein, nein, nichts dergleichen, ich versichere Sie. Natürlich haben wir moderne Anschauungen, was die Ungerechtigkeit der augenblicklichen Verteilung des Reichtums betrifft, sonst würden wir unsere Selbstachtung verlieren. Aber nichts, gegen das Sie Einwände haben könnten – nur zwei oder drei Fanatiker.

TANNER Ich wollte damit gar nichts Herabsetzendes andeuten. Tatsächlich bin ich selber ein wenig Sozialist.

STRAKER Ich stelle fest, das sind die meisten reichen Leute.

MENDOZA Genau das. Es ist auch bis zu uns vorgedrungen, das gebe ich zu. Es liegt in der Luft des Jahrhunderts.

STRAKER Wenn ihre Burschen Geschmack daran finden, müßte der Sozialismus sein Haupt erheben.

MENDOZA Das ist wahr, mein Herr. Eine Bewegung, die sich auf Philosophen und anständige Leute beschränkt, kann niemals einen wirklichen politischen Einfluß erlangen: es sind zu wenige. Erst wenn eine Bewegung sich fähig erweist, sich unter Räubern zu verbreiten, kann sie auf eine politische Majorität hoffen.

TANNER Aber seid ihr Räuber denn weniger anständig als der Durchschnittsbürger?

MENDOZA Mein Herr, ich will offen zu Ihnen sein. Das Räubertum ist unnormal. Unnormale Berufe ziehen zwei Klassen an: diejenigen, die für ein gewöhnliches bürgerliches Leben nicht gut genug sind, und die, die dafür zu gut sind. Wir sind Bodensatz und Sahne, mein Herr, der Bodensatz ist sehr schmutzig, die Sahne sehr wertvoll.

STRAKER Vorsicht! Der Bodensatz könnte sie hören.

MENDOZA Das macht nichts. Jeder Räuber glaubt, daß er zur Sahne gehört, und es macht ihm Spaß, wenn man die andern als Bodensatz bezeichnet.

TANNER Hm, Sie sind ein geistreicher Mann. *Mendoza verneigt sich geschmeichelt.* Darf ich eine offene Frage stellen?

MENDOZA So offen, wie Sie wollen.

TANNER Lohnt es sich denn für einen Mann von Ihrer Begabung, bei gekochtem Kaninchen und Kaktusfeigen eine solche Herde zu hüten? Ich habe weniger fähige Männer gesehen, und ich möchte schwören, weniger ehrliche, die im Savoy Gänseleberpastete mit Champagner speisten.

MENDOZA Pah! Die sind alle auch mal mit gekochtem Kaninchen an der Reihe gewesen, genauso wie ich mit dem Savoy an der Reihe sein werde. Ich war sogar schon da – als Kellner.

TANNER Ein Kellner! Sie setzen mich in Erstaunen!

MENDOZA *nachdenklich:* Ja, ich, Mendoza von der Sierra, war Kellner. Daher stammt wahrscheinlich mein Kosmopolitentum. *Mit plötzlicher Eindringlichkeit:* Soll ich Ihnen meine Lebensgeschichte erzählen?

STRAKER *beunruhigt:* Wenn sie nicht zu lang ist, alter Knabe –

TANNER *unterbricht ihn:* Still, Henry, Sie sind ein Philister, Sie haben keine Phantasie im Leib. *Zu Mendoza:* Ich interessiere mich außerordentlich für Sie, Herr Präsident, kümmern Sie sich nicht um Henry. Er kann ja schlafen.

MENDOZA Die Frau, die ich liebte –

STRAKER Oh, das ist dann wohl eine Liebesgeschichte? Gut! Machen Sie weiter. Ich hatte nur Angst, Sie wollten über sich selbst reden.

MENDOZA Über mich selbst! Ich habe mich selbst um ihretwillen weggeworfen. Deshalb bin ich hier. Ihretwegen ist die Welt für mich verloren. Sie hatte, darauf gebe ich Ihnen mein Wort, das herrlichste Haar, das ich je gesehen habe. Sie hatte Humor, sie hatte Verstand, sie konnte perfekt kochen, und ihr lebhaftes Temperament machte sie unzuverlässig, unberechenbar, wechselhaft, kapriziös, grausam, in einem Wort: bezaubernd.

STRAKER Eine Frau wie aus einem Groschen-Roman, alles bis auf das Kochen. Ihr Name war Lady Gladys Plantagenet, nicht wahr?

MENDOZA Nein, mein Herr. Sie war nicht die Tochter eines Grafen. Die Photographie, Reproduktionen im Autotypie-Verfahren, hat mich mit der Erscheinung der Töchter des englischen Adels bekannt gemacht, und ich kann ehrlich sagen: ich hätte diese ganze Bande, ihre Gesichter, Aussteuer, Kleider, Titel und alles für ein Lächeln dieser Frau gegeben. Doch war sie eine Frau aus dem Volk, eine Arbeiterin, sonst – lassen Sie mich Ihre Offenheit meinerseits vergelten – hätte ich sie verschmäht.

TANNER Das ehrt Sie. Und hat sie Ihre Liebe erwidert?

MENDOZA Wäre ich dann hier? Sie weigerte sich, einen Juden zu heiraten.

TANNER Aus religiösen Gründen?

MENDOZA Nein, sie war Freidenkerin. Sie sagte, jeder Jude sei im Innersten davon überzeugt, daß die Engländer schmutzig sind.

TANNER *überrascht:* Schmutzig?

MENDOZA Es bewies ihre außerordentliche Weltkenntnis, denn es ist zweifellos wahr. Unsere ausgetüftelten Reinlichkeitsvorschriften lassen uns die Nichtjuden ungerechterweise verachten.

TANNER Haben Sie das jemals gehört, Henry?

STRAKER Meine Schwester hat das mal gesagt. Sie war mal Köchin bei einer jüdischen Familie.

MENDOZA Ich konnte es nicht abstreiten. Und ich konnte den Eindruck, den es auf sie gemacht hat, nicht auslöschen. Jeden anderen Einwand hätte ich überwinden können, aber keine Frau verträgt die Verdächtigung, körperlich unsauber zu sein. Alle meine Beteuerungen waren vergeblich. Sie gab mir immer zur Antwort, sie sei nicht gut genug für mich, und sie riet mir, eine verdammte Bardame namens Rebecca Lazarus zu heiraten, die ich abscheulich fand. Ich sprach von Selbstmord. Sie bot mir ein Päckchen Insektenpulver an, um mich damit zu vergiften. Ich deutete auch einen Mord an, sie wurde hysterisch. Und da ich ja offensichtlich ein Mensch bin, fuhr ich nach Amerika, damit sie ruhig schlafen konnte, ohne davon zu träumen, daß ich die Treppe heraufgeschlichen käme, um ihr die Kehle durchzuschneiden. In Amerika ging ich in den Westen und traf dort einen Mann, der wegen eines Eisenbahnüberfalls von der Polizei gesucht wurde. Er war es, der die Idee hatte, im Süden Europas Autos zu überfallen. Diese Idee war mir, einem verzweifelten und enttäuschten Mann, willkommen. Er gab mir ein paar wertvolle Empfehlungsschreiben an Kapitalisten der richtigen Sorte. Ich gründete ein Syndikat, und das Ergebnis ist das augenblickliche Unternehmen. Ich wurde der Anführer. Ein Jude wird wegen seines Verstandes und seiner Fantasie immer Führer. Aber bei allem Stolz auf meine Rasse, ich gäbe alles her, was ich besitze, um Engländer zu sein. Ich bin wie ein Junge. Ich schneide ihren Namen in Baumrinden und zeichne ihre Initialen auf den Boden. Wenn ich allein bin, lege ich mich nieder, raufe mein elendes Haar und schreie Louisa –

STRAKER *fährt auf:* Louisa?

MENDOZA Das ist ihr Name – Louisa – Louisa Straker –

TANNER Straker?

STRAKER *richtet sich empört auf den Knien auf:* Hören Sie mal, Louisa Straker ist meine Schwester. Was soll das heißen, so über sie zu schwafeln? Was hatse denn mit dir zu schaffen?

MENDOZA Ein dramatischer Zufall! Dann sind Sie Henry, ihr Lieblingsbruder!

STRAKER Wen nennste hier Henry? Was bildste dir ein, mein' Namen un ihren inn Mund zu nehmen? Noch ein Wort, un ich hau dir eins rein.

MENDOZA *mit großartiger Ruhe:* Wenn ich Ihnen das erlaube, wollen Sie mir dann versprechen, daß Sie sich nachher damit vor ihr brüsten? Sie wird an ihren Mendoza erinnert werden, das ist alles, was ich mir wünsche.

TANNER Das ist wahre Ergebenheit, Henry. Du solltest sie respektieren.

STRAKER Viel wahrscheinlicher ists einfach Angeberei.

MENDOZA *springt auf:* Angeberei! Junger Mann, ich komme aus einer Familie berühmter Kämpfer, und – das weiß Ihre Schwester ganz genau – Sie hätten gegen mich weniger Chancen als ein Kinderwagen gegen Ihr Automobil.

STRAKER *ist insgeheim eingeschüchtert, erhebt sich aber mit dem Anschein ungebrochener Kampfeslust von den Knien:* Vor dir hab ich keine Angst. Du mit deiner Louisa! Louisa! Fräulein Straker wäre eher angebracht für Sie, wie ich meine.

MENDOZA Ich wünschte, Sie könnten sie davon überzeugen.

STRAKER *verliert die Geduld:* Jetzt hör mal!

TANNER *steht schnell auf und tritt zwischen beide:* Kommen Sie, Henry, selbst wenn Sie mit dem Präsidenten fertig werden, Sie werden nicht mit der ganzen Liga von der

Sierra fertig. Setzen Sie sich und seien Sie friedlich. Eine Katze darf sich einen König ansehen, und sogar ein Räuberhauptmann darf seine Augen zu Ihrer Schwester erheben. Dieser ganze Familienstolz ist wirklich recht altmodisch.

STRAKER *fügt sich, wenn auch grollend:* Von mir aus soll er sie ansehen. Aber was soll das heißen, daß er so tut, als hätte sie ihn jemals angesehen? *Widerstrebend nimmt er seinen Platz auf dem Rasen wieder ein.* Wenn man ihn hört, sollt man denken, sie hätt was mit ihm gehabt. *Er dreht ihnen den Rücken zu und legt sich zum Schlafen zurecht.*

MENDOZA *zu Tanner; da er sich beim stillen Sternenlicht der Berge allein einem aufmerksamen Zuhörer gegenübersieht, wird er vertraulicher – alle anderen sind inzwischen eingeschlafen:* Es war genauso bei ihr, mein Herr. Ihr Verstand reichte weit voraus in das zwanzigste Jahrhundert, aber ihre sozialen Vorurteile und Familienbindungen gehörten noch dem dunklen Mittelalter an. Oh, mein Herr, wie doch die Worte Shakespeares jeder unserer Gefühlskrisen gerecht werden: Ich liebt' Louisa, 40 000 Brüder mit aller Liebesmenge erreichten meine Liebe nicht – und so weiter. Den Rest habe ich vergessen. Vielleicht nennen Sie es Wahnsinn – Verfallensein. Ich bin ein tüchtiger Mann, ein starker Mann: In zehn Jahren hätte ich ein erstklassiges Hotel besessen. Ich traf sie, und – Sie sehen es – heute bin ich ein Räuber, ein Ausgestoßener. Nicht einmal Shakespeare kann das ausdrücken, was ich für Louisa fühle. Darf ich Ihnen ein paar Zeilen vorlesen, die ich selber über sie geschrieben habe? Wie wenig literarischen Wert sie auch haben mögen, sie drücken meine Gefühle doch besser aus, als zufällige Worte es können.

Er holt einen Stoß Hotelrechnungen hervor, die vollgekritzelt sind, und kniet vor dem Feuer nieder, um sie zu entziffern; dabei stochert er die Glut auf, um mehr Licht zu bekommen.

TANNER *schlägt ihm grob auf die Schulter:* Werfen Sie das Zeug ins Feuer, Präsident.

MENDOZA *aufgeschreckt:* Wie?

TANNER Sie opfern Ihre Karriere einer Monomanie.

MENDOZA Das weiß ich.

TANNER Nein, Sie wissen es nicht. Kein Mann würde ein solches Verbrechen gegen sich selbst begehen, wenn er wirklich wüßte, was er tut. Wie können Sie auf diese erhabenen Berge blicken, zu diesem göttlichen Himmel aufsehen, diese köstliche Luft atmen und dabei reden wie ein zweitklassiger literarischer Lohnschreiber in Bloomsbury?

MENDOZA *schüttelt den Kopf:* Wenn das Neue erst einmal da ist, ist die Sierra nicht besser als Bloomsbury. Und übrigens, diese Berge lassen einen von Frauen träumen, von Frauen mit herrlichem Haar.

TANNER Kurz und gut, von Louisa. Mich werden sie nicht von Frauen träumen lassen, mein Freund, mein Herz ist ungebrochen.

MENDOZA Prahlen Sie nicht, bevor der Morgen graut, mein Herr. Dies ist ein seltsames Land, was Träume anbetrifft.

TANNER Nun, wir werden sehen. Gute Nacht.

Er legt sich nieder und rückt sich zum Schlafen zurecht, mit einem Seufzer folgt Mendoza seinem Beispiel; einige Augenblicke lang herrscht Frieden in der Sierra.

Dann setzt sich Mendoza plötzlich auf und spricht flehentlich auf Tanner ein.

MENDOZA Erlauben Sie mir doch, Ihnen ein paar Zeilen vorzulesen, ehe Sie einschlafen. Ich würde wirklich gern Ihre Meinung darüber hören.

TANNER *verschlafen:* Also los, ich höre.

MENDOZA Um Pfingsten sah ich dich zum ersten Mal,
Louisa, Louisa –

TANNER *rappelt sich auf:* Mein lieber Präsident, Louisa ist ein sehr hübscher Name, aber er reimt sich wirklich nicht auf: zum ersten Mal.

MENDOZA Natürlich nicht. Louisa ist kein Reim, sondern der Refrain.

TANNER *beruhigt sich:* Aha, der Refrain, Verzeihung. Machen Sie weiter.

MENDOZA Vielleicht machen Sie sich nichts aus diesem Gedicht. Ich glaube, das hier wird Ihnen besser gefallen. *Er rezitiert langsam, in sanftem, warmem Ton:*

Louisa, ich lieb dich,
ich lieb dich, Louisa,
Louisa, Louisa, Louisa, ich lieb dich,
Ein Name, ein Satz ist mein Lied, Louisa,
Louisa, Louisa, Louisa, ich lieb dich,
Mendoza – er liebt dich,
es liebt dich, Mendoza,
Mendoza verehrt dich, lebt nur für Louisa,
Nichts anderes gibts in der Welt für Mendoza,
Louisa, Louisa, Mendoza verehrt dich.

Affektiert:

Es liegt kein Verdienst darin, um einen solchen Namen herum schöne Verse zu bilden. Louisa ist ein entzückender Name, nicht wahr?

TANNER *der beinahe eingeschlafen ist, antwortet mit einem leisen Stöhnen.*

MENDOZA

O wärst du, Louisa,
Das Weib des Mendoza,
Mendozas Louisa, Louisa Mendoza,
Wie glücklich wäre das Leben Mendozas,
Wie schmerzlos sein Sehnen nach der Liebe Louisas.

Das ist wahre Poesie – aus dem Herzen kommend – aus dem innersten Herzen. Glauben Sie, daß es sie rühren wird? *Keine Antwort.*

MENDOZA *resigniert:* Eingeschlafen, wie gewöhnlich. Für mich Himmelsmusik, nur Hundegeheul für alle Welt! Ich Idiot, daß ich immer das Herz auf der Zunge haben muß! *Er legt sich zum Schlafen nieder, murmelt dabei:* Louisa, ich lieb dich, ich lieb dich, Louisa; Louisa; Louisa, Louisa, Louisa, ich –

Straker schnarcht, wälzt sich auf die Seite, schläft dann wieder ein. Stille senkt sich auf die Sierra herab, die Dunkelheit wird tiefer. Das Feuer ist unter weißer Asche begraben und glüht nicht mehr. Die Berggipfel heben sich unergründbar und dunkel vom Sternenhimmel ab; dann werden die Sterne matt und verschwinden.

Der Himmel scheint in das Universum hinaus zu entschwinden. An Stelle der Sierra ist nichts mehr, ein allgegenwärtiges Nichts. Kein Himmel, keine Berggipfel, kein Licht, kein Laut, keine Zeit und kein Raum, äußerste Leere. Dann kommt von irgendwoher ein blasses Licht und mit diesem Licht ein schwaches, pulsendes Brummen wie von einem geisterhaften Cello, auf dem der gleiche Ton gezupft wird. Dann fallen ein paar Geisterviolinen ein.

Gleichzeitig wird in dem leeren Raum, in dem blassen Licht, ein Mann sichtbar, ein unkörperlicher, aber sichtbarer Mann, der absurderweise auf nichts sitzt. Während die Töne an ihm vorbeiströmen, hebt er einen Augenblick den Kopf. Dann läßt er ihn mit einem schweren Seufzer wieder sinken. Er scheint völlig niedergeschlagen zu sein; die Violinen spielen entmutigt ihre Melodie rückwärts und geben schließlich auf. Sie werden vom Wimmern unheimlicher Blasinstrumente ausgelöscht; so:

Es ist alles sehr seltsam. Man erkennt in den Tönen etwas Mozartisches. Durch diese Andeutung und mit Hilfe violetter Funken in dem blassen Licht erkennt man die Tracht des Mannes; es ist die eines spanischen Edelmannes aus dem fünfzehnten bis sechzehnten Jahrhundert. Natürlich ist es Don Juan. Aber wo? warum? wie? Als er übrigens vorhin kurz das Gesicht gehoben hat, das jetzt von der breiten Hutkrempe verborgen ist, erinnerte er seltsamerweise etwas an Tanner. Es ist ein kritischeres, empfindlicheres, hübscheres Gesicht, aber blasser und kälter, ohne Tanners spontane Gutgläubigkeit und seinen Enthusiasmus und ohne einen Hauch seiner modernen plutokratischen Gewöhnlichkeit. Und doch gleicht es ihm, es besteht sogar Identität. Dazu kommt der Name: Don Juan Tenorio, John Tanner. Wohin in aller Welt – oder sonstwo – sind wir aus dem zwanzigsten Jahrhundert und aus der Sierra hingeraten!
Ein zweites, blasses Licht taucht in der Leere auf, diesmal nicht violett, sondern von einem unangenehmen rauchigen Gelb. Gleichzeitig ertönt das Flüstern einer geisterhaften Klarinette, die die folgende Melodie in unendlicher Traurigkeit wiederholt:

Das gelbliche blasse Licht bewegt sich, durch die Leere wandert eine alte zahnlose, gebeugte Frau, man errät, daß das grobe braune Gewand, das sie trägt, das Habit irgendeines religiösen Ordens ist. Sie geht langsam und ziellos umher, so wie eine Wespe schnell und ziellos umherfliegt, bis sie gegen das taumelt, was sie sucht: Gesellschaft. Das arme alte Wesen klammert sich mit einem Schluchzen der Erleichterung an die Gegenwart des Mannes und spricht ihn mit ihrer trockenen, heiseren Stimme an, die immer noch Stolz und Entschlossenheit, aber auch Leiden ausdrücken kann.

DIE ALTE FRAU Verzeihen Sie, aber ich bin so einsam, und hier ist es so schrecklich.

DON JUAN Sie sind neu hier?

DIE ALTE FRAU Ja, ich glaube, ich bin heute morgen gestorben. Ich habe gebeichtet. Ich habe die letzte Ölung bekommen, ich lag im Bett, meine Familie stand um mich herum und ich hatte die Augen auf das Kruzifix geheftet. Dann wurde es dunkel, und als das Licht wiederkam, war es dieses Licht, in dem ich gehe, ohne etwas zu sehen. Ich gehe seit Stunden in dieser schrecklichen Einsamkeit umher.

DON JUAN *seufzt:* Aha, Sie haben das Zeitgefühl noch nicht verloren. Man verliert es bald, in der Ewigkeit.

DIE ALTE FRAU Wo sind wir?

DON JUAN In der Hölle.

DIE ALTE FRAU *hochmütig:* In der Hölle? Ich in der Hölle? Wie können Sie es wagen!

DON JUAN *ungerührt:* Und warum nicht, Señora?

DIE ALTE FRAU Sie wissen nicht, mit wem Sie sprechen. Ich bin eine vornehme Dame und treue Tochter der Kirche.

DON JUAN Daran zweifle ich nicht.

DIE ALTE FRAU Aber wie kann ich dann in der Hölle sein? Vielleicht im Fegefeuer. Ich war nicht vollkommen; wer ist das schon? Aber Hölle? Oh, Sie lügen!

DON JUAN In der Hölle, Señora, ich versichere Sie. In der Hölle, da wo sie am besten ist, das heißt, am einsamsten – aber vielleicht hätten Sie gern Gesellschaft?

DIE ALTE FRAU Aber ich habe ehrlich bereut, ich habe gebeichtet –

DON JUAN Wieviel?

DIE ALTE FRAU Ich habe mehr Sünden gebeichtet, als ich begangen habe. Ich beichtete so gern.

DON JUAN Ach, das ist vielleicht ebenso schlimm wie zu wenig beichten. Aber ganz sicher sind Sie, Señora – ob nun durch Versehen oder Absicht –, genauso verdammt wie ich. Und wir können jetzt nichts mehr tun, als das Beste draus zu machen.

DIE ALTE FRAU *indigniert:* Oh, da hätte ich ja viel schlechter sein können! Und alle meine guten Taten umsonst! Das ist ungerecht!

DON JUAN Nein, Sie sind klar und ausgiebig gewarnt worden. Für Ihre schlechten Taten: Stellvertretende Sühne oder Barmherzigkeit ohne Gerechtigkeit. Für Ihre guten Taten: Gerechtigkeit ohne Barmherzigkeit. Wir haben hier viele gute Menschen.

DIE ALTE FRAU Waren Sie ein guter Mensch?

DON JUAN Ich war ein Mörder.

DIE ALTE FRAU Ein Mörder! Wie kann man es wagen, mich an einen Ort zu schicken, wo ich mit Mördern zusammen bin. So schlecht war ich doch nicht, ich war eine gute Frau. Es muß ein Versehen vorliegen. Wo kann ich mich beschweren?

DON JUAN Ich weiß nicht, ob Fehler hier berichtigt werden können. Wahrscheinlich werden sie einen Fehler nicht zugeben, selbst wenn sie ihn begangen haben.

DIE ALTE FRAU Aber wen kann ich fragen?

DON JUAN Ich würde den Teufel fragen, Señora. Er kennt sich hier aus, was ich von mir nicht sagen kann.

DIE ALTE FRAU Den Teufel! Ich soll mit dem Teufel sprechen?

DON JUAN In der Hölle, Señora, ist der Teufel die Spitze der besten Gesellschaft.

DIE ALTE FRAU Ich sage Ihnen, Sie Elender, ich weiß bestimmt, daß ich nicht in der Hölle bin.

DON JUAN Wie wollen Sie das wissen?

DIE ALTE FRAU Weil ich keinen Schmerz fühle!

DON JUAN Oh, dann gibt es keinen Zweifel. Sie sind nicht aus Versehen verdammt.

DIE ALTE FRAU Warum sagen Sie das?

DON JUAN Weil die Hölle, Señora, der Ort für die Bösen ist. Die Bösen fühlen sich dort ganz behaglich. Der Ort wurde für sie geschaffen. Sie sagen mir, daß Sie keinen Schmerz fühlen. Daraus schließe ich, daß Sie eine von denen sind, für die die Hölle da ist.

DIE ALTE FRAU Fühlen Sie auch keinen Schmerz?

DON JUAN Ich bin keiner von den Bösen, Señora, darum langweilt die Hölle mich, langweilt mich unbeschreiblich, unglaublich.

DIE ALTE FRAU Sie sind keiner von den Bösen? Sie sagten doch, Sie seien ein Mörder.

DON JUAN Es war nur ein Duell. Ich rannte mein Schwert in einen alten Mann, der versuchte, sein Schwert in mich zu rennen.

DIE ALTE FRAU Wenn Sie ein Edelmann waren, so war das kein Mord.

DON JUAN Der alte Mann nannte es Mord, denn er verteidigte, wie er sagte, die Ehre seiner Tochter. Damit meinte er folgendes: weil ich mich törichterweise in seine Tochter verliebt hatte und es ihr sagte, kreischte sie, und er versuchte, mich zu ermorden, nachdem er mir alle möglichen Beleidigungen an den Kopf geworfen hatte.

DIE ALTE FRAU Sie waren wie alle Männer. Wüstlinge und Mörder, alle, alle, alle!

DON JUAN Und doch treffen wir uns hier, teure Dame –

DIE ALTE FRAU Hören Sie. Mein Vater wurde von einem Schurken erschlagen, wie Sie einer sind, in einem ebensolchen Duell, wegen genau der gleichen Sache. Ich kreischte. Das war meine Pflicht. Mein Vater zog das Schwert gegen meinen Angreifer. Seine Ehre erforderte es. Er fiel. Das war der Preis der Ehre. Ich bin hier in der Hölle. Wie Sie mir sagen, ist das der Preis der Pflicht. Gibt es denn keine Gerechtigkeit im Himmel?

DON JUAN Nein, aber es gibt Gerechtigkeit in der Hölle. Der Himmel steht weit über solch eitlen menschlichen Werten. Man wird Sie in der Hölle willkommen heißen, Señora. Die Hölle ist die Heimat von Ehre, Pflicht, Gerechtigkeit und dem Rest der sieben Tod-Tugenden. Alles Böse auf Erden geschieht im Namen dieser Tugenden, wo sonst als in der Hölle sollten sie ihren Lohn finden? Habe ich Ihnen nicht gesagt, daß die wahrhaft Verdammten die sind, die in der

Hölle glücklich sind?

DIE ALTE FRAU Und sind Sie hier glücklich?

DON JUAN *springt auf:* Nein! Und das ist das Rätsel, worüber ich grüble. Warum bin ich hier? Ich, der aller Pflichten abgeschworen hatte, der die Ehre mit Füßen trat und der Gerechtigkeit ins Gesicht lachte!

DIE ALTE FRAU Oh, was kümmert es mich, warum Sie hier sind? Warum bin ich hier? Ich, die alle meine Neigungen der weiblichen Tugend und Ehrbarkeit zum Opfer brachte?

DON JUAN Geduld, meine Dame, Sie werden sich hier vollkommen glücklich und zu Hause fühlen. Wie sagt doch der Dichter? »Die Hölle ist eine Stadt, ganz ähnlich Sevilla.«

DIE ALTE FRAU Glücklich? Hier? Wo ich ein Nichts bin? Wo ich ein Niemand bin?

DON JUAN Aber ganz und gar nicht. Sie sind eine vornehme Dame, und wo vornehme Damen sind, ist die Hölle. Seien Sie nicht überrascht oder erschrocken. Sie werden hier alles finden, was eine Dame nur wünschen kann, einschließlich vieler Teufel, die Ihnen dienen werden aus reiner Liebe zur Knechtschaft, und die Ihre Bedeutung vergrößern werden, um ihren Dienst ehrenvoller erscheinen zu lassen – die besten Diener.

DIE ALTE FRAU Meine Diener werden Teufel sein?

DON JUAN Haben Sie je Diener gehabt, die keine Teufel waren?

DIE ALTE FRAU Niemals, sie waren Teufel, die reinen Teufel, alle miteinander. Aber das ist nur eine Redensart. Ich dachte, Sie wollten sagen, meine Diener hier würden wirkliche Teufel sein.

DON JUAN Nicht wirklichere Teufel, als Sie eine wirkliche Dame sein werden. Nichts hier ist wirklich. Das ist der Schrecken der Verdammnis.

DIE ALTE FRAU Oh, das alles ist Wahnsinn. Das ist schlimmer als das Feuer und der Wurm.

DON JUAN Vielleicht gibt es etwas, was Sie trösten kann.

Zum Beispiel: wie alt waren Sie, als Sie aus der Zeit in die Ewigkeit hinüberwechselten?

DIE ALTE FRAU Fragen Sie mich nicht, wie alt ich war – als gehörte ich der Vergangenheit an. Ich bin 77.

DON JUAN Ein reifes Alter, Señora. Aber in der Hölle duldet man kein Alter. Es ist zu wirklich. Hier beten wir die Liebe und die Schönheit an. Da unsere Seelen völlig verdammt sind, kultivieren wir unsere Herzen. Als eine Dame von 77 würden Sie sonst keine einzige Bekanntschaft in der Hölle machen.

DIE ALTE FRAU Was kann ich für mein Alter, Mann?

DON JUAN Sie vergessen, daß Sie Ihr Alter im Bereich der Zeit zurückgelassen haben – Sie sind ebensowenig 77, wie Sie 7 oder 17 oder 27 sind.

DIE ALTE FRAU Unsinn!

DON JUAN Bedenken Sie, Señora. War dies nicht sogar wahr, als Sie noch auf der Erde lebten? Als Sie 70 waren, waren Sie da unter Ihren Runzeln und Ihrem grauen Haar wirklich älter als in Ihrem dreißigsten Jahr?

DIE ALTE FRAU Nein, jünger. Mit dreißig war ich eine Närrin. Aber was nutzt es, sich jünger zu fühlen, wenn man älter aussieht?

DON JUAN Sehen Sie, Señora, das Aussehen war nur eine Illusion. Ihre Runzeln logen, genau wie die glatte, weiche Haut manch eines dummen Mädchens von siebzehn über deren Alter lügt, wenn sie schwermütig ist und veraltete Ideen hat. Nur, hier haben wir keinen Körper. Wir sehen einander nur darum körperlich, weil wir im Leben gelernt haben, uns auf diese Weise zu sehen, und da wir keine andere Denkweise kennen, denken wir immer noch so. Aber wir können uns in jedem beliebigen Alter erscheinen. Sie brauchen sich nur das Aussehen zu irgendeiner Zeit Ihres Lebens wünschen, dann kommt es zurück.

DIE ALTE FRAU Das kann nicht wahr sein!

DON JUAN Versuchen Sie es.

DIE ALTE FRAU Siebzehn!

DON JUAN Einen Augenblick! Bevor Sie sich entscheiden, sollte ich Ihnen sagen, daß diese Dinge der Mode unterliegen. Manchmal ist siebzehn die Mode, aber das dauert nie lange. Im Augenblick ist das modische Alter vierzig oder sagen wir siebenunddreißig; aber es gibt schon Anzeichen für einen Wechsel. Wenn Sie mit siebenundzwanzig gut ausgesehen haben, so würde ich vorschlagen, das zu versuchen und damit eine neue Mode zu kreieren.

DIE ALTE FRAU Ich glaube kein Wort von dem, was Sie sagen. Also – meinetwegen siebenundzwanzig.

Im Nu wird aus der alten Frau eine junge, prächtig gekleidete und so hübsche Frau, daß man sie in dem strahlenden Licht, in das der dumpfe gelbe Schimmer sich plötzlich verwandelt hat, fast mit Ann Whitefield verwechseln könnte.

DON JUAN Doña Aña de Ulloa.

AÑA Wie? Sie kennen mich?

DON JUAN Und Sie haben mich vergessen!

AÑA Ich kann Ihr Gesicht nicht sehen. *Er nimmt den Hut ab.* Don Juan Tenorio! Sie Ungeheuer! Sie, der meinen Vater erschlagen hat! Sogar bis hierher verfolgen Sie mich!

DON JUAN Ich protestiere. Ich verfolge Sie nicht. Erlauben Sie, daß ich mich zurückziehe. *Er geht.*

AÑA *ergreift ihn am Arm:* Sie dürfen mich an diesem schrecklichen Ort nicht allein lassen.

DON JUAN Unter der Bedingung, daß mein Bleiben nicht als Verfolgen ausgelegt wird.

AÑA *läßt ihn los:* Sie sollten sich wirklich darüber wundern, daß ich Ihre Gegenwart überhaupt ertragen kann. Mein lieber, lieber Vater!

DON JUAN Möchten Sie ihn sehen?

AÑA Meinen Vater? Hier!!!

DON JUAN Nein, er ist im Himmel.

AÑA Ich wußte es. Mein edler Vater! Er sieht jetzt auf uns hernieder. Was muß er fühlen, wenn er seine Tochter an diesem Ort erblickt und noch dazu in Konversation mit seinem Mörder.

DON JUAN Übrigens, wenn wir ihn treffen sollten –

AÑA Wie können wir ihn denn treffen? Er ist im Himmel.

DON JUAN Er läßt sich herab, von Zeit zu Zeit hier bei uns hereinzuschauen. Der Himmel langweilt ihn. Also, ich muß Sie warnen. Er wäre tödlich beleidigt, wenn Sie von mir als von seinem Mörder sprächen. Er besteht darauf, daß er ein viel besserer Fechter war als ich, und daß er, wenn er nicht ausgerutscht wäre, mich getötet hätte. Ohne Zweifel hat er recht, ich war kein guter Fechter. Ich versuche nie, das zu bestreiten, daher sind wir ausgezeichnete Freunde.

AÑA Für einen Krieger ist es nicht unehrenhaft, auf seine Geschicklichkeit im Waffengebrauch stolz zu sein.

DON JUAN Wahrscheinlich würden Sie es vorziehen, ihn nicht zu sehen.

AÑA Wie können Sie es wagen, so etwas zu sagen!

DON JUAN Oh, man hat hier allgemein dieses Gefühl. Vielleicht erinnern Sie sich noch, daß wir – auch wenn wir es natürlich nie zugaben – beim Tod eines Menschen, den wir kannten, sogar bei denen, die uns die liebsten waren, immer auch eine gewisse Befriedigung fühlten, ihn endgültig los zu sein.

AÑA Sie Ungeheuer! Niemals, niemals!

DON JUAN *gleichmütig:* Ich sehe, Sie erkennen das Gefühl. Ja, ein Begräbnis war immer ein Fest in Schwarz, besonders das Begräbnis eines Verwandten. Übrigens werden Familienbande kaum anerkannt. Ihr Vater ist daran gewöhnt; er würde von Ihnen keine Ergebenheit erwarten.

AÑA Ich habe mein Leben lang Trauer um ihn getragen.

DON JUAN Ja. Schwarz stand Ihnen. Aber ein Leben der Trauer ist eine Sache, eine Ewigkeit der Trauer eine andere. Übrigens sind Sie hier genauso tot wie er. Kann es etwas Lächerlicheres geben, als wenn ein Toter einen anderen betrauert. Machen Sie kein so entsetztes Gesicht, meine liebe Aña, und regen Sie sich nicht auf, es gibt Schwindel genug in der Hölle (es gibt in Wirklichkeit kaum etwas anderes hier), aber den Schwindel über Tod und Alter und Veränderung läßt man fallen, weil wir hier alle tot und ewig sind. Sie werden sich bald an unsere Sitten gewöhnen.

AÑA Und werden alle Männer mich ihre liebe Aña nennen?

DON JUAN Nein. Das war ein Versprecher. Ich bitte um Verzeihung.

AÑA *fast zärtlich:* Juan, hast du mich wirklich geliebt, als du dich mir gegenüber so abscheulich benahmst?

DON JUAN *ungeduldig:* Oh, ich bitte Sie, nicht von Liebe anzufangen. Hier reden sie von nichts anderem als von Liebe. Sie ist Schönheit, Heiligkeit, Geistigkeit und der Teufel weiß, was sonst noch – entschuldigen Sie mich, aber es langweilt mich so schrecklich! Die Leute wissen nicht, wovon sie reden; ich weiß es. Sie glauben, daß sie die vollkommene Liebe erreicht haben, weil sie keinen Körper mehr haben. Reine Ausschweifung der Phantasie! Pfui!

AÑA Hat nicht einmal der Tod Ihre Seele veredeln können, Juan? Hat das schreckliche Urteil, dessen Vollstrecker die Statue meines Vaters war, Sie nicht Ehrfurcht gelehrt?

DON JUAN Wie geht es übrigens dieser sehr schmeichelhaften Statue? Kommt sie immer noch zum Abendessen unartiger Leute und stößt sie in den bodenlosen Abgrund?

AÑA Sie hat mir große Unkosten verursacht. Die Jungen in der Klosterschule konnten sie nicht in Ruhe lassen, die unartigen beschädigten sie, und die fleißigen schrieben ihre Namen darauf. In zwei Jahren drei neue Nasen, und endlose Reparaturen an den Fingern. Ich mußte sie schließlich ihrem Schicksal überlassen; und ich fürchte, sie ist jetzt schrecklich verstümmelt. Mein armer Vater!

DON JUAN Hören Sie!

Zwei großartige Akkorde rollen in Synkopen auf Tonwellen und brechen dann durch. Es ist d-Moll und die Dominante, ein Klang schrecklicher Freude für alle Musiker.

Ha! Mozarts Statuen-Musik. Es ist Ihr Vater. Verschwinden Sie lieber, bis ich ihn vorbereitet habe.

Sie verschwindet.

Aus dem Leeren kommt eine lebende Statue aus weißem Marmor, die einen majestätischen alten Mann darstellen soll, aber er überspielt seine Erhabenheit mit unendlicher Anmut, geht mit federleichtem Schritt und läßt jede Falte seines im Kampf verwitterten Gesichts von Ferienfröhlichkeit sprühen. Er verdankt dem Bildhauer eine durchtrainierte Figur, die er aufrecht und elastisch hält; die Enden seines Schnurrbarts sind nach oben gezwirbelt, elastisch wie Uhrfedern; sie geben ihm ein Aussehen, das man, wäre nicht seine spanische Würde, flott nennen würde. Seine Beziehungen zu Don Juan sind äußerst freundlich. Seine Stimme gleicht, wenn man von dem viel distinguierteren Tonfall absieht, so sehr der Stimme von Roebuck Ramsden, daß man darauf aufmerksam wird, daß sich die beiden trotz der ganz anderen Manier, sich zu rasieren, nicht unähnlich sind.

DON JUAN Ah, da sind Sie ja, mein Freund. Warum lernen Sie nicht, die herrliche Musik zu singen, die Mozart für Sie geschrieben hat?

DIE STATUE Unglücklicherweise hat er sie für eine Baßstimme geschrieben. Ich habe ein Falsett. Nun, haben Sie schon bereut?

DON JUAN Es wäre rücksichtslos gegen Sie, Don Gonzale. Wenn ich es täte, hätten Sie keinen Grund mehr, vom Himmel herunterzukommen, um mit mir zu streiten.

DIE STATUE Das ist wahr. Bleiben Sie verstockt, mein Junge. Ich wünschte, ich hätte Sie getötet, wie es auch geschehen wäre ohne diesen Unfall, dann wären Sie jetzt eine Statue und ständen im Ruf der Frömmigkeit und müßten ihn aufrechterhalten. Irgendwelche Neuigkeiten?

DON JUAN Ja. Ihre Tochter ist gestorben.

DIE STATUE *verwirrt:* Meine Tochter? *Erinnert sich:* Oh, die, in die Sie verliebt waren. Lassen Sie mich sehen, wie war noch ihr Name?

DON JUAN Aña.

DIE STATUE Natürlich, Aña. Ein hübsches Mädchen, wenn ich mich recht erinnere. Haben Sie Ihren Mann, den Wieheißternoch, gewarnt?

DON JUAN Meinen Freund Ottavio? Nein, ich habe ihn, seit Aña hier ist, noch nicht gesehen.

Aña tritt zornig in Erscheinung.

AÑA Was soll das bedeuten? Ottavio ist hier, und er ist Ihr Freund? Und du, Vater, hast meinen Namen vergessen? Du bist wirklich zu Stein geworden.

DIE STATUE Mein liebes Kind, ich wurde in Marmor so viel mehr bewundert als in Fleisch und Blut, daß ich die Form, die der Bildhauer mir gab, beibehalten habe. Er war einer der besten Bildhauer seiner Zeit, das mußt du anerkennen.

AÑA Vater! Eitelkeit! Persönliche Eitelkeit bei dir?

DIE STATUE Ach, du hast diese Schwäche überlebt, meine Tochter, du mußt inzwischen beinahe achtzig sein. Ich wurde durch den Unfall in meinem vierundsechzigsten Jahr dahingemäht und bin infolgedessen viel jünger als du. Übrigens, mein Kind, an diesem Ort läßt man das, was dein liederlicher Freund die Farce elterlicher Weisheit nennen würde, fallen. Ich bitte dich, betrachte mich als Mitmenschen, nicht als Vater.

AÑA Du sprichst so, wie dieser Schurke spricht.

DIE STATUE Juan ist ein klarer Denker, Aña. Ein schlechter Fechter, aber ein klarer Denker.

AÑA *Schrecken überkommt sie:* Ich beginne zu verstehen. Ihr seid Teufel, die mich narren. Ich sollte beten.

DIE STATUE *tröstet sie:* Nein, nein, nein, mein Kind, bete nicht. Wenn du es tust, wirfst du den größten Vorteil, den dieser Ort bietet, von dir. Über dem Tor hier stehen die Worte: »Die Ihr hier eintretet, laßt alle Hoffnung fahren.« Denk doch, was für eine Erleichterung das ist. Denn was ist Hoffnung? Eine Form moralischer Verantwortlichkeit. Hier gibt es keine Hoffnung und infolgedessen keine Pflicht, keine Arbeit, nichts, das man durch Gebet erreichen könnte, nichts, das man verlieren könnte, indem man tut, was einem Spaß macht. Die Hölle, kurz gesagt, ist der Ort, wo du nichts zu tun brauchst, als dich zu amüsieren.

Don Juan seufzt tief.

Sie seufzen, Freund Juan, aber wenn Sie im Himmel wohnten wie ich, würden sie den Vorteil feststellen.

DON JUAN Sie sind heute gut gelaunt, Komtur. Sie sind entschieden geistreich. Was ist denn los?

DIE STATUE Ich habe eine wichtige Entscheidung getroffen, mein Junge. Zunächst: Wo ist unser Freund, der Teufel? Ich muß ihn in dieser Sache um Rat fragen. Und ohne Zweifel möchte Aña seine Bekanntschaft machen.

AÑA Du bereitest irgendeine Folter für mich vor.

DON JUAN Das ist nur Aberglaube, Aña. Beruhigen Sie sich. Denken Sie daran, der Teufel ist nicht so schwarz, wie er gemalt wird.

DIE STATUE Ich will ihn rufen.

Auf einen Wink der Statue beginnen die Akkorde wieder zu dröhnen, aber diesmal vermischt sich die Mozartsche Musik auf groteske Weise mit der Gounods. Ein scharlachroter Lichtkreis glüht auf, darin erhebt sich der Teufel, sehr mephistophelisch; er ist Mendoza nicht unähnlich, wenn auch nicht so interessant. Er sieht älter aus, hat vorzeitig eine Glatze bekommen und ist trotz übertriebener Gutmütigkeit und Freundlichkeit gekränkt und empfindlich, wenn sein Entgegenkommen nicht erwidert wird. Man hat kein großes Zutrauen zu seiner Arbeitskraft und Ausdauer, im Ganzen gesehen sieht er unangenehm haltlos aus; aber er ist klug und einnehmend, wenn auch viel weniger wohlerzogen als die beiden anderen Männer und außerordentlich viel weniger vital als die Frau.

DER TEUFEL *herzlich:* Habe ich wieder einmal das Vergnügen, den Besuch des berühmten Komturs von Calatrava zu empfangen? *Kalt:* Ihr Diener, Don Juan. *Höflich:* Und eine fremde Dame? Meine Hochachtung, Señora.

DOÑA AÑA Sind Sie –

DER TEUFEL *verneigt sich:* Luzifer, zu Ihren Diensten.

AÑA Ich werde wahnsinnig.

DER TEUFEL *schüttelt den Kopf:* Aber, Señora. Haben Sie doch keine Angst. Sie kommen von der Erde zu uns und sind voll von den Vorurteilen und Ängsten dieses Ortes, der unter Priesterherrschaft steht. Dort wird schlecht über mich geredet, aber glauben Sie mir, ich habe auch Heerscharen von Freunden.

AÑA Ja, Sie herrschen in ihren Herzen.

DER TEUFEL *schüttelt den Kopf:* Sie schmeicheln mir, Señora, aber Sie irren sich. Es ist wahr, daß die Welt nicht ohne mich fertig werden kann, aber sie will es nicht wahrhaben, denn in ihrem Herzen mißtraut sie mir und haßt mich. Die Sympathien der Welt gelten dem Elend, der Armut, der Not des Leibes und des Herzens. Ich rufe sie dazu auf, mit der Freude zu sympathisieren, mit der Liebe, dem Glück und der Schönheit –

DON JUAN *dem übel wird:* Entschuldigen Sie mich, ich gehe. Sie wissen, daß ich das nicht hören kann.

DER TEUFEL *ärgerlich:* Ja, ich weiß, Sie sind nicht mein Freund.

DIE STATUE Was tut er Ihnen denn, Juan? Mir schien, er sprach sehr vernünftig, als Sie ihn unterbrochen haben.

DER TEUFEL *tätschelt herzlich die Hand der Statue:* Ich danke Ihnen, mein Freund, ich danke Ihnen. Sie haben mich immer verstanden; er hat mich immer herabgesetzt und gemieden.

DON JUAN Ich habe Sie mit vollkommener Höflichkeit behandelt.

DER TEUFEL Höflichkeit? Was ist Höflichkeit? Ich gebe nichts um reine Höflichkeit. Ich will Herzenswärme, aufrichtige Zuneigung, Pfänder der Sympathie mit Liebe und Freude –

DON JUAN Mir wird übel –

DER TEUFEL Da haben wirs. *Wendet sich an die Statue:* Sie hören es, mein Herr. Oh, was für eine Ironie des Schicksals, daß dieser kalte, selbstsüchtige Egoist in mein Reich geschickt wurde, während man Sie in die eisigen Himmelsburgen aufnahm!

DIE STATUE Ich kann mich nicht beklagen. Ich war ein Heuchler, und es geschah mir recht, in den Himmel geschickt zu werden.

DER TEUFEL Nein, Herr, warum kommen Sie nicht zu uns und verlassen eine Sphäre, für die Ihr Temperament zu mitfühlend, Ihr Herz zu warm, Ihre Fähigkeit, sich zu freuen, zu reich ist?

DIE STATUE Ich habe mich heute dazu entschlossen. In Zukunft, strahlender Sohn der Morgenröte, bin ich der Ihre. Ich habe den Himmel für immer verlassen.

DER TEUFEL *berührt wieder die Marmorhand:* Oh, welche Ehre! Welch ein Triumph für unsere Sache! Danke, danke! Und nun, mein Freund – so darf ich Sie endlich nennen –, könnten Sie nicht diesen Herrn hier überreden, den Platz im Himmel einzunehmen, den Sie verlassen haben?

DIE STATUE *schüttelt den Kopf:* Ich kann nicht guten Gewissens jemanden, mit dem ich befreundet bin, dazu raten, sich freiwillig an einen Ort zu begeben, wo er sich gelangweilt und unbehaglich fühlen würde.

DER TEUFEL Natürlich nicht, aber sind Sie so sicher, daß er sich dort unbehaglich fühlen würde? Natürlich müssen Sie es wissen. Sie haben ihn ja ursprünglich hierher gebracht; und wir hatten so große Hoffnungen auf ihn gesetzt. Seine Gefühle entsprachen dem Geschmack unserer besten Leute. Wissen Sie noch, wie er sang?
Er beginnt mit einem nasalen Opernbariton, der von einer Ewigkeit des Mißbrauchs in der französischen Manier zittrig geworden ist: Vivan le Femmine
Viva il buon vino!

DIE STATUE *nimmt in ihrer Altstimme die Melodie eine Oktave höher auf:* Sostegno e gloria
D'umanità.

DER TEUFEL Genau so. Aber jetzt singt er uns nie mehr vor.

DON JUAN Warum beklagen Sie sich darüber? Die Hölle ist

voll von Musikamateuren, Musik ist der Branntwein der Verdammten. Kann man nicht einer einzigen verlorenen Seele erlauben, Abstinenz zu halten?

DER TEUFEL Sie wagen es, die erhabenste der Künste zu lästern?

DON JUAN *mit kalter Verachtung:* Sie reden wie eine hysterische Frau, die einem Fiedler schmeicheln will.

DER TEUFEL Ich bin Ihnen nicht böse. Sie tun mir nur leid. Sie haben keine Seele, und Sie sind sich gar nicht bewußt, was Ihnen alles verlorengeht. Aber Sie, Señor Komtur, sind der geborene Musikant. Wie gut Sie singen! Mozart wäre entzückt, befände er sich noch hier. Aber er wurde schwermütig und ging in den Himmel. Seltsam, diese klugen Leute, von denen man hätte annehmen sollen, sie wären dazu geschaffen, sich hier Freunde zu machen, haben sich als gesellschaftliche Nieten erwiesen. So zum Beispiel auch Don Juan.

DON JUAN Es tut mir wirklich leid, daß ich gesellschaftlich eine Niete bin.

DER TEUFEL Glauben Sie nicht, daß wir Ihren Intellekt nicht zu schätzen wissen. Wir schätzen ihn. Aber ich sehe die Sache von meinem eigenen Standpunkt. Sie mögen uns nicht. Es gefällt Ihnen hier nicht. Die Wahrheit ist, Sie haben – ich will nicht sagen, Sie haben kein Herz, denn wir wissen, daß Sie unter all Ihrem vorgespielten Zynismus ein warmes Herz haben –

DON JUAN *krümmt sich:* Oh, bitte nicht –

DER TEUFEL *verärgert:* Nun, Sie haben nicht die Fähigkeit, sich zu freuen. Sind Sie mit dieser Formulierung zufrieden?

DON JUAN Es ist eine etwas weniger unerträgliche Form von Geschwätz als das andere. Aber wenn Sie gestatten, so nehme ich jetzt, wie gewöhnlich, meine Zuflucht zum Alleinsein.

DER TEUFEL Warum suchen Sie nicht Zuflucht im Himmel? Das ist der richtige Ort für Sie. *Zu Aña:* Kommen Sie,

Señora! Könnten Sie ihn nicht überreden, es zu seinem eigenen Besten mit einer Luftveränderung zu versuchen?

AÑA Aber kann er denn in den Himmel gehen, wann er will?

DER TEUFEL Wer soll ihn daran hindern?

AÑA Kann jeder – kann ich in den Himmel gehen, wenn ich will?

DER TEUFEL *ziemlich verächtlich:* Natürlich, wenn Sie Sehnsucht danach haben.

AÑA Aber warum geht dann nicht jeder in den Himmel?

DIE STATUE *kichert:* Das kann ich dir sagen, meine Liebe. Weil der Himmel mit all den Engeln der langweiligste Ort der Schöpfung ist, darum.

DER TEUFEL Seine Excellenz, der Herr Komtur, spricht es mit militärischer Schlichtheit aus, aber das Leben im Himmel ist wirklich unerträglich anstrengend. Man nimmt an, ich sei da hinausgeschmissen worden, aber in Wirklichkeit hätte mich nichts dazu bewegen können, dort zu bleiben. Ich ging einfach weg und gründete diesen Laden hier.

DIE STATUE Das wundert mich nicht. Niemand kann eine Ewigkeit im Himmel aushalten.

DER TEUFEL Oh, manchen Leuten sagt er zu. Wir wollen gerecht sein, Komtur. Es ist eine Frage des Temperaments. Ich bewundere das himmlische Temperament nicht. Ich verstehe es nicht. Ich glaube, es liegt mir auch gar nichts daran, es zu verstehen, aber zu einem Universum gehören eben die unterschiedlichsten Dinge. Über Geschmack läßt sich nicht streiten. Es gibt Leute, denen es im Himmel gefällt. Ich glaube, Don Juan würde es gefallen.

DON JUAN Aber – verzeihen Sie meine Offenheit – könnten auch Sie wirklich zurück in den Himmel, wenn Sie wollten, oder sind die Trauben sauer?

DER TEUFEL Dorthin zurückgehen? Aber ich gehe oft zurück. Haben Sie nie das Buch Hiob gelesen? Können Sie eine kanonische Autorität dafür angeben, daß es eine Schranke zwischen unserem Kreis und dem anderen gibt?

AÑA Aber gewiß, es besteht doch ein tiefer Abgrund.

DER TEUFEL Meine liebe Dame, ein Gleichnis darf nicht wörtlich genommen werden. Der Abgrund ist der Unterschied zwischen dem himmlischen und dem höllischen Temperament. Kann es einen Abgrund geben, der weniger überbrückbar wäre? Erinnern Sie sich daran, was Sie auf Erden gesehen haben. Es gibt keinen sichtbaren Abgrund zwischen dem Hörsaal des Philosophen und der Stierkampfarena, aber trotzdem gehen die Stierkämpfer nicht in den Hörsaal. Sind Sie je in dem Land gewesen, in dem ich die größte Gefolgschaft habe, in England? Dort gibt es große Pferderennbahnen und auch Konzerthallen, in denen die klassischen Kompositionen von Mozart, dem Freund seiner Excellenz, gespielt werden. Diejenigen, die zu den Pferderennen gehen, könnten, wenn sie wollten, statt dessen zu den klassischen Konzerten gehen. Es gibt kein Gesetz, welches das verbietet, denn die Engländer sind keine Sklaven und werden es nie sein, sie haben die Freiheit zu tun, was die Regierung und die öffentliche Meinung ihnen zu tun erlauben. Und jeder gibt zu, daß ein klassisches Konzert etwas Höheres, Kultiviertes, Poetischeres, Intellektuelleres ist und etwas, das den Menschen mehr veredelt als ein Pferderennen. Aber geben die Rennliebhaber etwa ihren Sport auf und drängen sich in den Konzertsälen? Keineswegs. Sie würden dort ebenso ermüden wie der Komtur im Himmel. Das ist der tiefe Abgrund zwischen den beiden Orten, von dem das Gleichnis spricht. Einen rein äußeren Abgrund könnte man überbrücken, oder wenigstens könnte ich ihn für die Leute überbrücken (die Erde ist voll von Teufelsbrücken). Aber der Abgrund der Abneigung ist unüberbrückbar und ewig. Und das ist der einzige Abgrund, der meine Freunde hier von denen trennt, die man neiderfüllt die Seligen nennt.

AÑA Ich werde sofort in den Himmel gehen.

DIE STATUE Mein liebes Kind, ich muß dich warnen. Ich muß das Gleichnis meines Freundes Luzifer vom klassischen Konzert vervollständigen. In jedem dieser Konzerte in England findest du ganze Stuhlreihen von erschöpften Leuten, die nicht dort sind, weil sie klassische Musik wirklich lieben, sondern weil sie glauben, sie müßten klassische Musik lieben. Nun, im Himmel ist es das gleiche. Eine Anzahl von Leuten sitzt dort in der Glorie, nicht weil sie darin glücklich sind, sondern weil sie glauben, es ihrer Stellung schuldig zu sein. Die meisten davon sind Engländer.

DER TEUFEL Ja, die Südländer geben es auf und kommen zu mir, genau wie Sie. Aber die Engländer scheinen gar nicht zu merken, wenn sie durch und durch unglücklich sind. Wenn ein Engländer sich unbehaglich fühlt, so glaubt er, er sei moralisch.

DIE STATUE Kurz und gut, meine Tochter, wenn du in den Himmel gehst, ohne von Natur aus dafür geeignet zu sein, wird es dir dort nicht gefallen.

AÑA Und wer wagt zu sagen, daß ich nicht von Natur aus dafür geeignet bin? Die höchsten Kirchenfürsten haben das nie in Frage gestellt. Ich bin es mir schuldig, diesen Ort hier sofort zu verlassen.

DER TEUFEL *gekränkt:* Wie Sie wünschen, Señora. Ich hätte von Ihnen einen besseren Geschmack erwartet.

AÑA Vater, ich erwarte, daß du mit mir kommst. Du kannst hier nicht bleiben. Was werden die Leute sagen?

DIE STATUE Die Leute! Nun, hier sind die besten Leute – Kirchenfürsten und so. In den Himmel gehen so wenige und hierher kommen so viele, daß die Seligen, die einst die himmlischen Heerscharen genannt wurden, eine ständig kleiner werdende Minderheit darstellen. Die Heiligen, die Väter, die Auserwählten früherer Zeiten sind heute die Querulanten, die Fanatiker, die Außenseiter.

DER TEUFEL Das ist wahr. Von Beginn meiner Karriere an wußte ich, daß ich trotz des langen Feldzugs mit falschen Darstellungen und Verleumdungen auf lange Sicht allein durch das Gewicht der öffentlichen Meinung gewinnen würde. Im Grunde genommen ist das Universum konstitutionell und mit einer solchen Mehrheit, wie ich sie im Rücken habe, kann man nicht ewig aus der Regierung herausgehalten werden.

DON JUAN Ich glaube, Aña, Sie bleiben besser hier.

AÑA *eifersüchtig:* Sie wollen nur nicht, daß ich mit Ihnen gehe.

DON JUAN Sie wollen doch gewiß nicht mit einem Verworfenen wie mir in den Himmel einziehen?

AÑA Alle Seelen sind gleich kostbar. Sie bereuen doch, nicht wahr?

DON JUAN Meine liebe Aña, Sie sind dumm. Glauben Sie, im Himmel sei es wie auf der Erde, wo die Leute sich einreden, daß das, was man getan hat, durch Reue ungeschehen werden kann; das, was man gesprochen hat, ungesprochen werden kann, indem man es zurücknimmt; das, was wahr ist, unwahr werden kann, indem man allgemein überein kommt, es als Lüge zu bezeichnen? Nein, der Himmel ist die Heimat der Herren und Meister der Wirklichkeit; darum gehe ich dorthin.

AÑA Ich danke Ihnen. Ich gehe in den Himmel, um dort glücklich zu sein. Von der Wirklichkeit habe ich auf Erden genug gehabt.

DON JUAN Dann müssen Sie hierbleiben, denn die Hölle ist die Heimat des Unwirklichen und der Glückssucher. Es ist die einzige Zuflucht vor dem Himmel, welcher, wie ich Ihnen schon gesagt habe, die Heimat der Herren und Meister der Wirklichkeit ist, und vor der Erde, die die Heimat der Sklaven der Wirklichkeit ist. Die Erde ist eine Kinderstube, wo Männer und Frauen Helden und Heldinnen spielen, wo sie Heilige und Sünder spielen. Aber sie werden von ihrem Körper aus ihrem Narrenparadies gezerrt; Hunger, Kälte und Durst, Alter, Verfall und Krankheit und vor allem der Tod machen sie zu Sklaven der Wirklichkeit; dreimal täglich muß eine Mahlzeit gegessen und verdaut werden; dreimal im Jahrhundert muß eine neue Generation hervorgebracht werden; Jahrhunderte von Glauben,

Träumen und Wissenschaft enden schließlich bei einem einzigen Gebet: »Mach mich zu einem gesunden Tier«. Aber hier entkommt man dieser Tyrannei des Fleisches; denn hier ist man kein Tier mehr, hier ist man Geist, eine Erscheinung, eine Illusion, eine Konvention, unsterblich, alterslos, in einem Wort, körperlos. Hier gibt es keine sozialen Fragen, keine politischen Fragen, keine religiösen Fragen, und was vielleicht das Beste ist: keine gesundheitlichen Fragen. Hier nennt man seine Erscheinung Schönheit, sein Gefühl Liebe, seinen Anspruch Heldentum, sein Ziel Tugend, genau wie man es auf der Erde getan hat; aber hier gibt es keine harten Fakten, die einem widersprechen, keinen ironischen Widerspruch zwischen Bedürfnissen und Ansprüchen, keine menschliche Komödie, nichts als eine ewige Romanze, ein allgemeines Melodrama. Wie unser deutscher Freund es in seinem Gedicht ausdrückt: »Das dichterisch Unsinnige ergibt hier einen Sinn; und das ewig Weibliche zieht uns hinan«, ohne uns einen Schritt weiter zu bringen. Und doch wollen Sie dies Paradies verlassen?

AÑA Aber wenn die Hölle so schön ist, wie herrlich muß dann erst der Himmel sein.

Der Teufel, die Statue und Don Juan brechen alle gleichzeitig in heftigen Protest aus; dann schweigen sie niedergeschlagen.

DON JUAN Verzeihen Sie.

DER TEUFEL Aber warum denn? Ich habe Sie unterbrochen.

DIE STATUE Sie wollten etwas sagen!

DON JUAN Nach Ihnen, meine Herren.

DER TEUFEL *zu Don Juan:* Sie haben mit solcher Beredsamkeit über die Vorteile meines Reiches gesprochen, daß ich es Ihnen überlasse, den Mängeln der alternativen Einrichtung die gleiche Gerechtigkeit widerfahren zu lassen.

DON JUAN Im Himmel, so stelle ich es mir vor, teure Dame, lebt und arbeitet man, statt zu spielen und nur so zu tun, als ob. Man sieht den Dingen ins Gesicht, wie sie sind; Sie entgehen lediglich dem Blendwerk, und Ihre Beständigkeit und Ihre Verantwortung sind Ihr Ruhm. Und wenn hier und auf der Erde das Spiel weitergeht, und die ganze Welt eine Bühne ist, so liegt der Himmel wenigstens hinter den Kulissen. Aber der Himmel kann nicht mit Vergleichen umschrieben werden. Ich werde jetzt sofort dorthin gehen, weil ich hoffe, endlich den Lügen und der langweiligen, ordinären Jagd nach dem Glück zu entgehen und meine Ewigkeit in Kontemplation zu verbringen.

DIE STATUE Uff!

DON JUAN Señor Komtur, ich tadle Sie nicht wegen Ihres Abscheus. Eine Bildergalerie ist für einen Blinden ein langweiliger Ort. Aber wie Sie die Kontemplation über so romantische Vorspiegelungen wie Schönheit und Vergnügen erfreut, so würde mich die Kontemplation über das erfreuen, was mich vor allen Dingen interessiert, nämlich über das Leben, die Macht, die unentwegt danach strebt, größere Kraft zu erlangen, um sich selbst zu betrachten. Wozu, glauben Sie, wurde mein Gehirn geschaffen? Nicht um die Glieder zu bewegen; denn eine Ratte, die nur die Hälfte meines Gehirns besitzt, bewegt sie ebenso gut. Nicht die Notwendigkeit zu tun, schuf mein Gehirn, sondern die Notwendigkeit zu wissen, was ich tue, damit ich, in meinem blinden Drang zu leben, nicht mich selbst umbringe.

DIE STATUE Wäre mir nicht der Fuß ausgeglitten, mein Freund, so hätten Sie sich in Ihrem blinden Drang zu fechten umgebracht.

DON JUAN Verwegenes Lästermaul, Ihr Gelächter wird sich noch vor dem Morgen in häßliche Langeweile verkehrt haben.

DIE STATUE Ha, ha! Erinnern Sie sich, wie ich Sie erschreckte, als ich etwas Ähnliches von meinem Piedestal in Sevilla zu Ihnen sagte? Ohne meine Trompeten hört es sich ziemlich flau an.

DON JUAN Man hat mir gesagt, Komtur, daß es sich gewöhnlich auch mit den Trompeten flau anhört.

AÑA Oh, unterbrechen Sie ihn nicht mit solchen Frivolitäten, Vater. Gibt es im Himmel nur Kontemplation, Juan?

DON JUAN In dem Himmel, den ich suche, gibt es keine andere Freude. Aber es gibt dort Arbeit, mit der man dem Leben bei seinem Kampf nach oben hilft. Denken Sie daran, wie es sich vergeudet und verzettelt, wie es sich selbst Hindernisse in den Weg legt, sich selbst in seiner Unwissenheit und Blindheit zerstört. Diese unwiderstehliche Kraft braucht ein Gehirn, damit sie sich nicht in ihrer Unwissenheit selbst im Wege ist. Was für ein Stück Arbeit ist der Mensch, sagt der Dichter. Ja, aber was für ein Stümper ist er auch! Hier ist das höchste Wunder an Organisation, das das Leben bis jetzt erreicht hat, das lebendigste Wesen, das existiert, der bewußteste aller Organismen; und doch, wie elend ist sein Gehirn! Dummheit, die schmutzig und grausam geworden ist durch die Realitäten, die Mühe und Armut sie gelehrt haben; Einbildungskraft, die entschlossen ist, eher zu verhungern, als diesen Realitäten ins Gesicht zu sehen, und die Illusionen auftürmt, um sie zu verbergen, und sich selbst Klugheit und Genius nennt. Und eine wirft der andern die eigenen Fehler vor: die Dummheit wirft der Einbildungskraft vor, töricht zu sein, die Einbildungskraft wirft der Dummheit vor, unwissend zu sein; während, ach, die Dummheit alles Wissen, die Einbildungskraft alle Intelligenz besitzt.

DER TEUFEL Und einen schönen Schlamassel bringen die beiden zusammen hervor. Als ich damals diese Sache mit Faust arrangierte, sagte ich da nicht, alles, was die Vernunft des Menschen für diesen getan habe, wäre, ihn tierischer zu machen als jedes Tier? Ein strahlender Körper ist soviel wert wie die Gehirne von hundert Philosophen mit schlechter Verdauung und Blähungen.

DON JUAN Sie vergessen, daß man es mit großartigen Körpern ohne Gehirn schon versucht hat. Geschöpfe, die in jeder Hinsicht – ihr Gehirn ausgenommen – unmeßbar größer waren als der Mensch, haben existiert und sind untergegangen. Das Megatherion, der Ichthyosaurus sind mit Siebenmeilenschritten über die Erde gegangen und haben die Sonne hinter den Wolken ihrer riesigen Schwingen verborgen. Wo sind sie jetzt? Fossile in den Museen, und dazu so wenige und so unvollständig, daß ein Gelenkknochen oder ein Zahn dieser Tiere höher geschätzt wird als das Leben von tausend Soldaten. Diese Geschöpfe lebten und wollten leben, aber aus Mangel an Gehirn wußten sie nicht, wie sie ihren Plan ausführen sollten, und so zerstörten sie sich selbst.

DER TEUFEL Und ist der Mensch nicht ebenso dabei, sich selbst zu zerstören – trotz seines vielgepriesenen Gehirns? Sind Sie kürzlich mal auf der Erde gewesen? Ich war es, und ich habe die wunderbaren Erfindungen des Menschen in Augenschein genommen. Und ich sage Ihnen, daß der Mensch in der Kunst des Lebens gar nichts erfindet, aber in der Kunst des Todes übertrifft er selbst die Natur. Mit Chemie und Maschinen schlachtet er so viele hin wie einst Pocken, Pest und Hungersnot. Der Bauer, den ich heute versuche, ißt und trinkt, was vor zehntausend Jahren von den Bauern gegessen und getrunken wurde; und das Haus, in dem er wohnt, hat sich in tausend Jahrhunderten nicht soviel verändert wie die Mode der Damenhüte in zwanzig Wochen. Aber wenn er aufbricht, um zu morden, dann trägt er einen wunderbaren Mechanismus, der auf einen Fingerdruck all die verborgenen molekularen Energien freisetzt, und der den Speer, den Pfeil, das Blasrohr seiner Väter weit hinter sich läßt. In den Künsten des Friedens ist der Mensch ein Stümper. Ich habe seine Baumwollspinnereien und ähnliches gesehen, mit Maschinen, die ein hungriger Hund hätte erfinden können, der statt Fressen Geld hätte haben wollen. Ich kenne die ungefügen Schreibmaschinen, die stümperhaften Lokomotiven und die ermüdenden Fahrräder: sie sind Spielzeuge, verglichen mit dem Maxim-Gewehr und dem Torpedo-Unterseeboot. In der industriellen Maschinerie des Menschen steckt nichts als seine Gier und seine Trägheit, sein Herz ist in seinen Waffen. Die wunderbare Lebenskraft, derer ihr euch so rühmt, ist eine Todeskraft. Der Mensch mißt seine Stärke an seiner Kraft zu zerstören. Was ist seine Religion? Eine Entschuldigung, mich zu hassen. Was sein Gesetz? Eine Entschuldigung, euch aufzuhängen. Was ist seine Moral? Herrentum, eine Entschuldigung zu konsumieren, ohne zu produzieren. Was seine Kunst? Eine Entschuldigung, sich an Schlachtenbildern zu ergötzen. Was seine Politik? Entweder betet er einen Despoten an, weil ein Despot töten kann, oder den parlamentarischen Hahnenkampf. Ich verbrachte neulich einen Abend in einer gewissen berühmten gesetzgebenden Versammlung und hörte, wie der Topf den Kessel beschimpfte, weil der schwarz war, und Minister Fragen beantworteten. Als ich ging, schrieb ich mit Kreide den alten Kinderreim an die Tür: »Stelle keine Fragen, dann bekommst du keine Lügen zur Antwort.« Ich kaufte ein Familienmagazin für Sixpence: es war voll von Bildern junger Männer, die einander erschossen und erstachen. Ich sah einen Mann sterben: es war ein Londoner Maurer mit sieben Kindern. Er hinterließ siebzehn Pfund Versicherungsgeld, seine Frau gab sie für das Begräbnis aus und ging am nächsten Tag mit ihren Kindern ins Arbeitshaus. Sie würde keinen Sixpence für die Schulbildung ihrer Kinder ausgegeben haben; das Gesetz mußte sie zwingen, damit sie es zuließ, daß die Kinder umsonst unterrichtet wurden; aber für den Tod gab sie alles aus, was sie hatte. Diese Menschen: ihre Phantasie glüht, ihre Energien erwachen beim Gedanken an den Tod; sie lieben ihn, und je schrecklicher er ist, desto mehr genießen sie ihn. Die Hölle ist ein Ort, der weit über ihrer Einbildungskraft liegt, ihre Vorstellung davon beziehen sie von den beiden größten Narren, die je gelebt haben, einem Italiener und einem Engländer. Der Italiener beschreibt die Hölle als einen Ort voller Morast, Frost, Schmutz, Feuer und giftiger Schlangen: voller Qualen. Wenn dieser Esel nicht gerade Lügen über mich verbreitete, so jammerte er irgendeiner Frau nach, die er ein einziges Mal auf der Straße gesehen hatte. Der Engländer schrieb, ich sei mit Kanonen und Schießpulver aus dem Himmel vertrieben worden, und bis zum heutigen Tag glaubt jeder Brite, diese dumme Geschichte stände in der Bibel. Was er sonst noch sagt, weiß ich nicht; denn es steht alles in einem langen Gedicht, durch das weder ich noch sonst jemand sich bis zum Ende hindurchgeschleppt hat. Überall ist es das gleiche. Die höchste Form der Literatur ist die Tragödie, ein Spiel, in dem am Schluß alle ermordet sind. In alten Chroniken liest man von Erdbeben und Seuchen, und es wird einem gesagt, darin zeige sich die Macht und Herrlichkeit Gottes und die Kleinheit des Menschen. Heutzutage beschreiben die Chroniken Schlachten. In einer Schlacht schießen zwei Gruppen von Männern mit Kugeln und Sprengkörpern aufeinander, bis eine der Gruppen wegläuft, während die anderen hinter den flüchtigen hinterherreiten und sie im Laufen in Stücke hauen. Und dies, so schließt die Chronik, zeigt die Größe und Herrlichkeit der Weltreiche und die Kleinheit der Besiegten. Wegen solcher Schlachten laufen die Menschen auf die Straße und schreien vor Entzücken und feuern ihre Regierungen an, Hunderte von Millionen für die Schlachterei auszugeben, während die mächtigsten Minister es nicht wagen, nur einen Bruchteil davon im Kampf gegen die Armut und die Krankheit auszugeben, durch die sie selber täglich waten. Ich könnte euch tausend Beispiele geben, aber sie laufen alle auf das gleiche hinaus: die Macht, die die Erde beherrscht, ist nicht die Macht des Lebens, sondern die des Todes. Und die innere Notwendigkeit, die das Leben dazu getrieben hat, sich im menschlichen Wesen zu organisieren, ist nicht die Notwendigkeit für ein höheres Leben, sondern für eine brauchbarere Maschine der Zerstörung. Die Pest, der Hunger, das Erdbeben, der Sturm waren zu sehr dem Zufall unterlegen; der Tiger und das Krokodil waren zu schnell gesättigt und nicht grausam genug; es wurde etwas gebraucht, das beständiger, rücksichtsloser, bedenkenloser, das von genialerer Zerstörungskraft war, und dieses Etwas war der Mensch, der Erfinder der Folter, des Scheiterhaufens, des Galgens, des elektrischen Stuhls, des Schwertes, des Gewehrs und des Giftgases; vor allem der Erfinder der Gerechtigkeit, der Pflicht, des Patriotismus und all der anderen -ismen, durch die diejenigen, die klug genug sind, humanere Gefühle zu haben, dazu gebracht werden, die zerstörerischsten aller Zerstörer zu sein.

DON JUAN Pah! Das ist alles schon alt. Ihre schwache Seite, mein diabolischer Freund, ist, daß Sie immer ein Dummkopf gewesen sind. Sie beurteilen den Menschen nach seiner eigenen Einschätzung. Nichts würde ihm mehr schmeicheln als Ihre Meinung über ihn. Er hält sich gern für kühn und böse. Es ist keins von beidem. Er ist nur ein Feigling. Nennen Sie ihn einen Tyrannen, einen Mörder, einen Piraten, einen Raufbold: er wird Sie anbeten und sich wichtig machen in dem Bewußtsein, das Blut der alten Seehelden rinne durch seine Adern. Nennen Sie ihn einen Lügner und einen Dieb: er wird Sie allenfalls wegen Verleumdung verklagen. Aber nennen Sie ihn einen Feigling, und er wird vor Wut platzen, er wird dem Tod entgegentreten, um diese schmerzliche Wahrheit Lügen zu strafen. Der Mensch führt jeden Grund für sein Verhalten an außer einem, jede Entschuldigung für seine Verbrechen außer einer, jeden Vorwand für seine Sicherheit außer einem, und dieser eine Grund ist seine Feigheit. Und doch beruht seine ganze Zivilisation auf seiner Feigheit, auf seiner schändlichen Zahmheit, die er Ehrbarkeit nennt. Es gibt Grenzen für das, was ein Esel oder ein Maultier sich bieten lassen, aber der Mensch läßt sich erniedrigen, bis seine Schmach seinen Unterdrückern so unerträglich wird, daß sie gezwungen sind, sie selbst aufzuheben.

DER TEUFEL Und in diesen Kreaturen entdecken Sie das, was sie die Lebenskraft nennen!

DON JUAN Ja, denn jetzt kommt das Überraschendste an der ganzen Geschichte.

DIE STATUE Und was ist das?

DON JUAN Nun, man kann jeden dieser Feiglinge zu einem tapferen Mann machen, indem man eine Idee in seinen Kopf setzt.

DIE STATUE Unsinn! Als alter Soldat gebe ich die Feigheit zu; sie ist so allgemein wie die Seekrankheit und hat ebensowenig zu bedeuten. Aber das mit der Idee in den Kopf setzen ist Quatsch und Unsinn. Was man in der Schlacht braucht, um zu kämpfen, ist ein wenig heißes Blut und das Wissen, daß es gefährlicher ist, zu verlieren als zu gewinnen –

DON JUAN Vielleicht ist das der Grund, warum Schlachten so zwecklos sind. Aber die Menschen verlieren die Furcht erst dann ganz, wenn sie sich einbilden, sie kämpften für einen allgemeinen Zweck, für eine Idee, wie sie es nennen. Warum war der Kreuzritter tapferer als der Pirat? Weil er nicht für sich kämpfte, sondern für das Kreuz. Was für eine Kraft war es, die sich ihm entgegenstellte mit einer Tapferkeit, die so bedenkenlos war wie seine eigene? Die Kraft von Menschen, die ebenfalls nicht für sich selbst kämpften, sondern für den Islam. Sie nahmen uns Spanien, als wir für unseren Herd und unser Heim kämpften, aber als wir auch für eine mächtige Idee kämpften, für eine katholische Kirche, da trieben wir sie zurück nach Afrika.

DER TEUFEL *ironisch:* Wie? Sie sind ein Katholik, Señor Don Juan? Ein Frommer! Ich gratuliere!

DIE STATUE *ernst:* Hören Sie, als Soldat kann ich nicht dulden, daß man etwas gegen die Kirche sagt.

DON JUAN Haben Sie keine Angst, Komtur, die Idee einer katholischen Kirche wird den Islam überleben, sie wird das Kreuz überleben, sie wird sogar die vulgäre Zurschaustellung unwissender Schuljungen-Gladiatoren überleben, die Sie die Armee nennen.

DIE STATUE Juan, Sie treiben es noch so weit, daß ich von Ihnen Genugtuung verlangen muß.

DON JUAN Es wäre zwecklos. Ich kann nicht fechten. Jede Idee, für die der Mensch stirbt, wird eine katholische Idee sein. Wenn der Spanier endlich lernt, daß er nicht besser ist als der Sarazene, daß sein Prophet nicht besser ist als Mohammed, dann wird er sich, katholischer denn je, erheben und auf der Barrikade, die den schmutzigen Slum, in dem er lebt, absperrt, für allgemeine Gleichheit und Freiheit sterben.

DIE STATUE Unsinn!

DON JUAN Was Sie Unsinn nennen, ist das einzige, wofür der Mensch zu sterben wagt. In späteren Zeiten wird die Freiheit nicht mehr katholisch genug sein: die Menschen werden für die Vervollkommnung des Menschen sterben, und dieser Vollkommenheit werden sie ihre Freiheit frohen Herzens opfern.

DER TEUFEL Ja, sie werden nie um eine Ausrede, einander zu töten, verlegen sein.

DON JUAN Was macht das? Nicht der Tod hat Bedeutung, sondern die Angst vor dem Tod. Nicht Töten und Sterben erniedrigt uns, sondern ein niedriges Leben, die Tatsache, daß wir den Lohn und die Vorteile der Erniedrigung annehmen. Besser zehn Tote als ein lebender Sklave oder ein Sklavenhalter. Die Menschen werden sich erheben, der Vater gegen den Sohn, der Bruder gegen den Bruder, und einander für die große katholische Idee, die Abschaffung der Sklaverei, töten.

DER TEUFEL Ja, wenn die Freiheit und die Gleichheit, von der Sie schwätzen, es fertiggebracht haben, daß auf dem Arbeitsmarkt die weißen Christen billiger sind als die schwarzen Heidensklaven, die man auf der Auktion ersteigern muß.

DON JUAN Keine Angst! Auch der weiße Arbeiter wird an die Reihe kommen. Aber ich verteidige jetzt nicht die illusionären Formen, die die großen Ideen annehmen. Ich gebe Ihnen Beispiele, daß das Geschöpf Mensch, feige bis ins Mark, wenn es sich um seine eigenen selbstsüchtigen Angelegenheiten handelt, wie ein Held für eine Idee kämpft. Als Bürger mag der Mensch verachtenswert sein, aber als Fanatiker ist er gefährlich. Er kann nur dann versklavt werden, wenn er geistig schwach genug ist, auf Vernunftgründe zu hören. Ich sage Ihnen, meine Herren, wenn Sie einem Mann etwas von dem zeigen können, was er heute Gottes Auftrag nennt, und was er später mit vielen neuen Namen benennen wird, dann können Sie erreichen, daß er auf die Konsequenzen, die dadurch für ihn persönlich entstehen, nicht im geringsten achtet.

AÑA Ja, er drückt sich vor allen Verpflichtungen und überläßt es seiner Frau, mit ihnen fertig zu werden.

DIE STATUE Gut gesagt, meine Tochter. Laß dir von ihm nicht deinen gesunden Menschenverstand ausreden.

DER TEUFEL Ach, Herr Komtur, jetzt, da wir auf die Frauen zu sprechen gekommen sind, wird er mehr denn je reden. Allerdings muß ich gestehen, daß die Frauen für mich das eine große interessante Thema sind.

DON JUAN Für eine Frau, Señora, beginnen und enden die Pflichten und Verantwortungen eines Mannes mit der Aufgabe, Brot für ihre Kinder zu schaffen. Für sie ist der Mann nur ein Mittel, Kinder zu bekommen und sie aufzuziehen.

AÑA Ist das Ihre Meinung vom Geist einer Frau? Das nenne ich zynisch und widerwärtigen Animalismus.

DON JUAN Entschuldigen Sie, Aña, ich habe nichts über das gesamte Bewußtsein einer Frau gesagt. Ich sprach nur über ihre Ansicht vom Mann als vom anderen Geschlecht. Diese Ansicht ist nicht zynischer als das Bild, das sie von sich selbst hat, sie sieht sich vor allem anderen als Mutter. Sexuell gesehen, ist die Frau von der Natur erfunden, um ihrem höchsten Produkt Dauer zu verleihen. Sexuell gesehen, ist der Mann die Erfindung der Frau, um das Geheiß der Natur auf die ökonomischste Weise zu erfüllen. Sie weiß instinktiv, daß sie auf einer früheren Stufe des Entwicklungsprozesses den Mann erfunden hat, ihn differenziert hat, ihn geschaffen hat, um etwas Besseres hervorbringen zu können, als in einem eingeschlechtlichen Prozeß hervorgebracht werden kann. Solange er den Zweck erfüllt, für den sie ihn geschaffen hat, gönnt sie ihm seine Träume, seine Ideale, seinen Heroismus, vorausgesetzt, daß deren Angelpunkt die Anbetung der Frau ist, die Verehrung der Mutterschaft, der Familie, des Herdes. Aber war es nicht unbesonnen und gefährlich, ein gesondertes Geschöpf zu erfinden, dessen einziger Zweck ihre Befruchtung ist? Denn, hören Sie, was geschehen ist: Der erste Mann hat sich durch sie vermehrt, bis es ebenso viele Männer wie Frauen gab; doch hat sie, indem sie ihm die erschöpfende Arbeit der Schwangerschaft und Geburt ersparte, für ihre Zwecke nur einen Bruchteil der ungeheuren Energie verbrauchen können, die sie ihm zur Verfügung stellte. Diese überflüssige Energie ist in sein Gehirn und in seine Muskeln geflossen. Er ist zu kräftig geworden, um von ihr körperlich in Schranken gehalten zu werden, und zu einfallsreich und geistig zu stark, um sich mit der reinen Reproduktion seiner selbst zufriedenzugeben. Er hat, ohne die Frau zu Rate zu ziehen, die Kultur geschaffen, und hat die häusliche Arbeit, die die Grundlage der Kultur ist, selbstverständlich ihr überlassen.

AÑA Das ist wahr.

DER TEUFEL Ja. Und seine Kultur? Was ist das schon?

DON JUAN Jedenfalls ein ausgezeichneter Haken, an den Sie Ihre Gemeinplätze aufhängen können; aber vor allem ist sie der Versuch von seiten des Mannes, aus sich selbst mehr zu machen als ein bloßes Werkzeug für den Zweck der Frau. Bis jetzt ist das Ergebnis der ununterbrochenen Anstrengungen des Lebens, nicht nur sich selbst zu erhalten, sondern sich immer höher zu organisieren und ein immer vollständigeres Bewußtsein seiner selbst zu erlangen, bestenfalls ein zweifelhafter Kampf zwischen seinen Kräften und denen von Tod und Verfall. Die Schlachten in diesem Kampf sind stümperhaft geführt, meist werden sie aber, wie es auch in wirklichen militärischen Schlachten geschieht, trotz ihrer Führer gewonnen.

DIE STATUE Das ist ein Hieb gegen mich. Trotzdem, reden Sie weiter, reden Sie nur weiter!

DON JUAN Es ist ein Hieb gegen eine weit höhere Macht, als Sie es sind, Komtur, dennoch müssen Sie in Ihrem Beruf bemerkt haben, daß sogar ein dummer General eine Schlacht gewinnen kann, wenn der General des Gegners nur ein wenig dümmer ist.

DIE STATUE *sehr ernst:* Sehr wahr, Juan, sehr wahr. Manche Esel haben ein erstaunliches Glück.

DON JUAN Die Lebenskraft ist dumm, aber sie ist nicht so dumm wie die Mächte des Todes und des Verfalls. Außerdem stehen diese immer im Sold des Lebens. Und so muß das Leben irgendwie gewinnen. Wir besitzen schon alles, was die bloße Fülle der Fruchtbarkeit hervorbringen und die bloße Gier erhalten kann. Das Überleben der Kultur ist gesichert, die das beste Gewehr und den am besten ernährten Schützen hervorbringen kann.

DER TEUFEL Genau! Es überdauern nicht die wirksamsten Mittel zu leben, sondern die wirksamsten Mittel zu töten! Trotzdem Sie sich winden und ausweichen, trotz Ihrer Sophistereien, ganz zu schweigen von der unerträglichen Länge Ihrer Reden, kommen Sie immer wieder auf meine Behauptung zurück.

DON JUAN Nun hören Sie mal! Wer hat denn mit den langen Reden angefangen? Wenn ich Ihren Intellekt überlaste, können Sie uns ja verlassen und sich in die Gesellschaft von Liebe, Schönheit und dem Rest ihrer geliebten Fadheiten begeben.

DER TEUFEL *tief beleidigt:* Sie sind nicht fair, Don Juan, und nicht höflich. Ich gehöre auch zu den Intellektuellen. Niemand schätzt den Intellekt mehr als ich. Ich habe fair mit Ihnen argumentiert und Sie, wie ich glaube, erfolgreich widerlegt. Lassen Sie uns noch eine Stunde weitermachen, wenn Sie wollen.

DON JUAN Gut, machen wir weiter.

DIE STATUE Nicht, daß ich eine Aussicht sähe, Sie kämen je zu einem Schluß, Juan. Da wir hier jedoch nicht nur Zeit totschlagen müssen, sondern die Ewigkeit, so machen Sie nur weiter.

DON JUAN *etwas ungeduldig:* Mein Schluß, Sie marmorköpfiges altes Meisterwerk, liegt nur ein Schritt vor Ihnen. Sind wir uns darin einig, daß das Leben eine Macht ist, die unzählige Experimente durchgeführt hat, sich zu organisieren; daß das Mammut und der Mensch, die Maus und das Megatherion, die Fliege, die Flöhe und die Väter der Kirche alle mehr oder weniger gelungene Versuche sind, die rohe Kraft in immer höheren Individuen zu differenzieren, wobei das ideale Individuum allmächtig wäre, allwissend, unfehlbar und zugleich völlig erleuchtet sich seiner selbst bewußt, kurz gesagt: Gott?

DER TEUFEL Ich stimme zu, um des Streites willen.

DIE STATUE Ich stimme zu, damit Streit vermieden wird.

AÑA Ich bin ganz entschieden dagegen, soweit es die Kirchenväter betrifft, und ich muß Sie bitten, sie aus dem Streit herauszulassen.

DON JUAN Ich habe sie nur der Alliteration wegen hereingenommen, Aña, und werde fürderhin nicht mehr auf sie anspielen. Aber nun, da wir, mit dieser Ausnahme, so weit einer Meinung sind, wollen Sie mir nicht auch zustimmen, daß das Leben bei seinen Versuchen, die Gottheit zu erreichen, den Erfolg dieser Versuche nicht an der Schönheit oder körperlichen Vollkommenheit der Ergebnisse gemessen hat? Denn in beiden Punkten sind die Vögel, wie schon vor langem unser Freund Aristophanes dargetan hat, so außerordentlich überlegen mit ihrer Fähigkeit zu fliegen und ihrem lieblichen Gefieder und, wenn ich dies noch hinzufügen darf, mit der rührenden Poesie ihres Liebeslebens und Nestbaus, daß es sonst unbegreiflich wäre, daß das Leben, nachdem es sie hervorgebracht hatte, wäre Liebe und Schönheit wirklich sein Ziel, eine andere Linie einschlug und sich mit dem plumpen Elefanten abmühte und dem häßlichen Affen, dessen Enkel wir sind.

AÑA Aristophanes war ein Heide, und Sie, Juan, sind, fürchte ich, nicht viel besser.

DER TEUFEL Sie schließen also, daß das Leben auf Plumpheit und Häßlichkeit hinzielte?

DON JUAN Nein, du perverser Teufel, tausendmal nein! Das Leben zielte auf das Gehirn hin – auf seinen Lieblingsgegenstand, ein Organ, durch das er nicht nur Bewußtsein seiner selbst erlangen kann, sondern auch Selbstverständnis.

DIE STATUE Das ist Metaphysik, Don Juan. Warum zum Teufel sollte – *zum Teufel:* Entschuldigen Sie.

DER TEUFEL Bitte, das macht nichts. Ich habe immer den Gebrauch meines Namens, um einen zusätzlichen Nachdruck zu erzielen, als ein großes Kompliment für mich betrachtet. Bitte bedienen Sie sich seiner, Komtur.

DIE STATUE Vielen Dank, sehr nett von Ihnen. Sogar im Himmel habe ich meine militärischen Sprachgewohnheiten nicht ganz ablegen können. Was ich Juan fragen wollte: warum sollte sich das Leben die Mühe machen, ein Gehirn zu entwickeln? Warum sollte es den Wunsch haben, sich selbst zu verstehen? Warum sollte es nicht zufrieden sein, zu genießen?

DON JUAN Ohne Gehirn, Komtur, würden Sie genießen, ohne es zu wissen, und der Spaß wäre umsonst.

DIE STATUE Wie wahr, wie sehr wahr. Aber ich bin ganz zufrieden, wenn ich soviel Gehirn habe, daß ich weiß, daß ich genieße. Ich will gar nicht verstehen, warum. Tatsächlich ziehe ich vor, es gar nicht zu wissen. Ich habe die Erfahrung gemacht, daß meine Vergnügungen es nicht vertragen, wenn man über sie nachdenkt.

DON JUAN Das ist der Grund, warum Intellekt so unpopulär ist. Aber für das Leben, die Macht, die hinter dem Menschen steht, ist der Intellekt eine Notwendigkeit, denn ohne ihn stolpert es in den Tod. Genau wie das Leben nach langen Kämpfen dieses wunderbare körperliche Organ, das Auge, entwickelt hat, so daß der lebende Organismus sehen kann, wohin er geht und was ihm entgegenkommt, um ihm zu helfen oder es zu bedrohen, und so die tausend Gefahren vermeiden kann, denen er zuvor zum Opfer fiel; so entwickelt es heute ein geistiges Auge, das nicht die physische Welt sehen soll, sondern den Zweck des Lebens, und das das Individuum befähigen soll, für diesen Zweck zu wirken, statt ihn zu verhindern und zu verfehlen, indem es kurzsichtigen persönlichen Zielen nachgeht, wie im Augenblick noch. Sogar unter den gegebenen Umständen ist immer nur eine Art von Mensch glücklich und zwischen all den Konflikten von Interessen und Illusionen allgemein geachtet gewesen.

DIE STATUE Sie meinen den Soldaten.

DON JUAN Nein, Komtur, den Soldaten meine ich nicht. Wenn der Soldat kommt, schließt alle Welt die Silberlöffel weg und sperrt die Frauenzimmer ein. Nein, ich preise nicht Waffen und Helden, sondern den Philosophen, den Menschen, der versucht, in der Betrachtung den inneren Willen der Welt zu erkennen, der in der Erfindung versucht, die Mittel zu entdecken, diesen Willen zu erfüllen, und in der Tat diesen Willen mit den so gefundenen Mitteln auszuführen. Ich erkläre, daß ich aller anderen Arten von Menschen überdrüssig bin. Sie sind Fehlschläge, die mich langweilen. Als ich auf der Erde war, stocherten alle möglichen Professoren an mir herum, um einen wunden Punkt zu finden, an dem sie sich festklammern konnten. Die Doktoren der Medizin baten mich zu bedenken, was ich tun müßte, um meinen Leib zu retten und boten mir wertlose Heilmittel für eingebildete Krankheiten an. Ich sagte ihnen, ich sei kein Hypochonder; sie nannten mich einen Ignoramus und gingen ihrer Wege. Die Doktoren der Theologie baten mich zu bedenken, was ich tun müßte, um meine Seele zu retten; aber ich war ebensowenig ein seelischer Hypochonder wie ein leiblicher und wollte mich auch damit nicht belasten; da nannten sie mich einen Atheisten und gingen ihrer Wege. Nach ihnen kam der Politiker, er sagte, der einzige Zweck der Natur sei, ihn ins Parlament zu bringen. Ich sagte ihm, ich könnte mir nicht darüber den Kopf zerbrechen, ob er ins Parlament käme oder nicht; da nannte er mich einen Wichtigtuer und ging seiner Wege. Dann kam der romantische Mensch, der Künstler, mit seinen Liebesliedern und seinen Bildern und Gedichten, an ihm hatte ich viele Jahre lang große Freude, und ich lernte etwas von ihm, denn um seinetwillen bildete ich meine Sinne, und seine Lieder lehrten mich, besser zu hören, seine Bilder, besser zu sehen, seine Gedichte, tiefer zu fühlen. Aber er führte mich zuletzt zur Anbetung der Frau.

AÑA Juan!

DON JUAN Ja, ich fing an zu glauben, daß in ihrer Stimme die ganze Musik des Liedes läge, in ihrem Gesicht die Schönheit des Bildes und in ihrer Seele alles Gefühl des Gedichtes.

AÑA Und, wie ich vermute, waren Sie enttäuscht. Aber war es die Schuld der Frau, daß Sie ihr all diese Vollkommenheiten zuschrieben?

DON JUAN Ja, zum Teil. Denn mit einer wunderbaren instinktiven Schlauheit schwieg sie und ließ es zu, daß ich sie verherrlichte, daß ich meine eigenen Visionen, Gedanken und Gefühle irrtümlicherweise für die ihren hielt. Mein Freund, der romantische Mensch, war oft zu arm oder zu schüchtern, um sich jenen Frauen zu nähern, die so schön oder so kultiviert waren, daß sie anscheinend sein Ideal verwirklichten; so glaubte er an seinen Traum bis zum Grabe. Aber ich war von der Natur und den Umständen mehr begünstigt. Ich war reich und von edler Geburt, und wenn meine Person nicht gefiel, so schmeichelte meine Konversation, meist fand ich sogar, daß beides gefiel.

DIE STATUE Angeber!

DON JUAN Ja, aber sogar meine Angeberei gefiel. Ich fand folgendes heraus: wenn ich die Phantasie einer Frau berührt hatte, so erlaubte sie mir, mir selbst einzureden, daß sie mich liebe. Aber wenn mein Flehen erhört wurde, so sagte sie nie: »Ich bin glücklich, meine Liebe ist befriedigt«. Sie sagte immer als erstes: »Endlich sind die Schranken gefallen« und als zweites: »Wann kommst du wieder?«

AÑA Das ist genau das, was die Männer sagen.

DON JUAN Ich protestiere; ich habe es nie gesagt. Aber alle Frauen sagen es. Nun, diese beiden Sätze haben mich immer erschreckt, denn der erste bedeutete, daß der Wunsch der Dame einzig der gewesen war, meine Festung zu brechen und meine Burg zu erobern; und der zweite sprach ganz offen aus, daß sie mich von da an als ihr Eigentum betrachtete und darauf rechnete, daß meine Zeit ihr gänzlich zur Verfügung stände.

DER TEUFEL In diesem Punkt zeigte sich Ihr Mangel an Herz.

DIE STATUE *schüttelt den Kopf:* Man sollte nie weitersagen, was eine Frau gesagt hat, Juan.

AÑA *streng:* Es sollte Ihnen heilig sein.

DIE STATUE Und doch – die Frauen sagen es, das ist mal sicher. Das mit den Schranken hat mir nichts ausgemacht, aber der andere Satz hat mir immer einen leichten Schock versetzt, wenn ich nicht gerade sehr verliebt war.

DON JUAN Danach wurde die Dame, die bis dahin müßig und zufrieden gewesen war, unruhig, immer mit mir beschäftigt, sie intrigierte, konspirierte, verfolgte, beobachtete, wartete, nur darauf bedacht, sich ihrer Beute zu versichern. Die Beute war ich, müssen Sie wissen. Das war nicht ausgemacht gewesen. Wahrscheinlich war es sehr angebracht und sehr natürlich; aber es war nicht Musik, nicht Malerei, Dichtung und Freude, die sich in einer schönen Frau personifizierten. Ich floh. Ich floh sehr oft; ich wurde sogar berühmt, weil ich so oft davor floh.

AÑA Berüchtigt, wollen Sie sagen.

DON JUAN Vor Ihnen bin ich nicht geflohen. Tadeln Sie mich, weil ich vor den andern floh?

AÑA Unsinn! Mann, Sie sprechen heute zu einer Frau von 77. Wenn Sie die Möglichkeit gehabt hätten, wären Sie auch vor mir geflohen – wenn ich es zugelassen hätte. Sie würden es bei mir nicht so leicht gefunden haben wie bei manchen anderen. Wenn die Männer ihrem Haus und ihren Pflichten nicht treu sein wollen, so muß man sie dazu zwingen. Ich vermute, Ihr alle wollt liebliche Inkarnationen von Musik und Malerei und Dichtung heiraten. Nun, Ihr könnt sie nicht haben, weil sie nicht existieren. Wenn Fleisch und Blut euch nicht gut genug sind, so müßt ihr eben ganz ohne Frauen bleiben. Die Frauen müssen sich auch mit Männern aus Fleisch und Blut zufriedengeben – und manchmal mit recht wenig Fleisch und Blut; Ihr werdet euch also mit Frauen aus Fleisch und Blut zufriedengeben *müssen*.

Der Teufel macht ein zweifelndes Gesicht, die Statue verzieht das Gesicht.

Ich sehe, das gefällt keinem von euch, aber es ist trotzdem wahr; wenn es euch auch nicht gefällt, ihr müßt es eben schlucken.

DON JUAN Meine teure Dame, Sie haben meine ganze Klage gegen die Romantik in ein paar Sätze gefaßt. Das sind genau die Gründe, warum ich dem romantischen Menschen mit der Künstlernatur, wie er seine Neigung nannte, den Rücken gekehrt habe. Ich dankte ihm dafür, daß er mich gelehrt hat, meine Augen und Ohren zu gebrauchen; aber ich sagte ihm, daß seine Anbetung der Schönheit, seine Jagd nach dem Glück und seine Idealisierung der Frau als Lebensphilosophie einen Dreck wert seien; da nannte er mich einen Philister und ging seiner Wege.

AÑA Es scheint, daß auch die Frau Sie etwas gelehrt hat, trotz all ihrer Mängel.

DON JUAN Sie tat mehr, sie erklärte mir alle anderen Lehren. Ach, meine Freunde, wenn die Schranken zum erstenmal fielen, welch eine erstaunliche Erleuchtung! Ich hatte eine Verzauberung erwartet, einen Rausch, alle Illusionen des jungen Liebestraumes, und was geschah? Nie war meine Wahrnehmung klarer, meine Kritikfähigkeit schärfer. Die eifersüchtigste Rivalin meiner Geliebten hätte nicht mit mehr Scharfblick als ich jeden Makel an ihr entdeckt. Ich war nicht benommen, ich nahm sie ohne Chloroform.

AÑA Aber Sie nahmen sie.

DON JUAN Das war die Erleuchtung. Bis dahin hatte ich nie das Gefühl verloren, Herr meiner selbst zu sein. Nie hatte ich mit Bewußtsein einen Schritt getan, ohne daß mein Verstand ihn zuerst geprüft und für gut befunden hätte. Ich hatte mir eingebildet, ein rein rationales Wesen zu sein: ein Denker! Mit dem törichten Philosophen hatte ich gesagt: »Ich denke, darum bin ich.« Es war die Frau, die mich lehrte zu sagen: »Ich bin, darum denke ich.« Und auch: »Ich möchte mehr denken, darum muß ich mehr sein.«

DIE STATUE Das ist äußerst abstrakt und metaphysisch, Juan. Wenn Sie sich an das Konkrete halten und Ihre Entdeckungen in die Form unterhaltender Anekdoten über Ihre Abenteuer mit Frauen kleiden wollten, so würde man Ihren Worten leichter folgen können.

DON JUAN Bah! Was soll ich noch hinzufügen? Verstehen Sie nicht: Als ich der Frau gegenüberstand, riet mir jede Faser meines klaren, kritischen Gehirns, daß ich sie verschonen und mich retten solle. Meine Moral sagte nein! Mein Gewissen sagte nein. Meine Ritterlichkeit und das Mitleid mit ihr sagten nein. Die vernünftige Rücksicht auf mich selbst sagte nein. Mein Ohr, das an tausend Liedern und Symphonien geschult war, meine Augen, die sich an tausend Gemälden gebildet hatten, rissen ihre Stimme, ihre Züge, ihre Farben in Fetzen. Ich sah all jene verräterischen Ähnlichkeiten mit ihrem Vater und ihrer Mutter, die mir sagten, wie sie in dreißig Jahren aussehen würde. In ihrem lachenden Mund sah ich das Gold eines toten Zahnes aufblitzen; ich machte interessante Beobachtungen über die seltsamen Gerüche, die durch die Einwirkung der Nerven auf die Chemie der Drüsen hervorgerufen werden. Die

Visionen meiner romantischen Träumereien, in denen ich mit einem unsterblichen, alterslosen Geschöpf aus Korallen und Elfenbein über die Ebenen des Himmels geschritten war, verließen mich in jener äußersten Stunde. Ich dachte an die Visionen und versuchte verzweifelt, die Trugbilder wiederherzustellen, aber sie kamen mir jetzt wie leere Erfindungen vor. Mein Urteil ließ sich nicht täuschen, mein Gehirn sagte immer noch nein auf alle Fragen. Und während ich nach einer Ausrede suchte, mich bei der Dame zu entschuldigen, ergriff mich das Leben und warf mich in ihre Arme, wie ein Seemann ein Stück Fisch einer Möwe in den Schnabel wirft.

DIE STATUE Sie hätten allem seinen Lauf lassen können, ohne erst soviel darüber nachzudenken, Juan. Sie sind wie alle klugen Leute: Sie haben mehr Gehirn, als gut für sie ist.

DER TEUFEL Und waren Sie nach dieser Erfahrung nicht glücklicher, Señor Don Juan?

DON JUAN Glücklicher ja, aber nicht weiser. Dieser Augenblick zeigte mir zum erstenmal mich selbst und durch mich selbst die Welt. Ich sah damals, wie nutzlos es ist, der unwiderstehlichen Kraft des Lebens Bedingungen zu stellen und Vorsicht, sorgfältige Auswahl, Tugend, Ehre, Keuschheit zu predigen.

AÑA Don Juan, jedes Wort gegen die Keuschheit ist eine Beleidigung für mich.

DON JUAN Nichts gegen Ihre Keuschheit, Señora, da Sie damit einen Gatten und zwölf Kinder bekommen haben. Hätten Sie mehr tun können, wenn Sie die verworfenste aller Frauen gewesen wären?

AÑA Ich hätte zwölf Männer und kein Kind haben können, das hätte ich gekonnt, Juan. Und das hätte für die Erde, die ich bevölkert habe, einen großen Unterschied gemacht.

DIE STATUE Bravo, Aña! Juan, Sie liegen am Boden, Sie sind zerschmettert, vernichtet!

DON JUAN Nein, obwohl der Unterschied der einzig wirkliche Unterschied ist – Doña Aña ist, das gebe ich zu, unbeirrt auf den richtigen Punkt losgegangen, aber es ist nicht der Unterschied von Liebe und Keuschheit oder gar Treue; denn zwölf Kinder von zwölf verschiedenen Gatten würden die Welt vielleicht noch wirksamer bevölkert haben. Nehmen wir an, mein Freund Ottavio wäre mit dreißig gestorben; Sie wären niemals Witwe geblieben, Sie waren zu schön. Nehmen wir an, der Nachfolger Ottavios wäre gestorben, als Sie vierzig waren, da wären Sie immer noch unwiderstehlich gewesen. Und eine Frau, die zweimal heiratet, heiratet auch dreimal, wenn Sie die Gelegenheit dazu hat. Zwölf eheliche Kinder, die von einer hochachtbaren Frau und drei verschiedenen Vätern geboren werden, das ist weder unmöglich noch wird es von der öffentlichen Meinung verdammt. Daß eine solche Dame gesetzestreuer ist als das arme Mädchen, das wir in die Gosse stießen, weil sie ein uneheliches Kind geboren hat, ist ohne Zweifel wahr, aber wagen Sie zu behaupten, daß die Dame weniger zügellos ist?

AÑA Sie ist tugendhafter; das ist mir genug.

DON JUAN In diesem Falle ist die Tugend nichts anderes als der Gewerkschaftsgeist der Verheirateten. Wir wollen den Tatsachen ins Gesicht sehen, liebe Aña. Die Kraft des Lebens respektiert die Ehe nur, weil die Ehe ihre eigene Erfindung ist, um die größte Zahl von Kindern und deren beste Pflege zu sichern. Um Ehre, Keuschheit und all eure anderen moralischen Fiktionen schert es sich keinen Deut. Die Ehe ist die liederlichste der menschlichen Einrichtungen.

AÑA Juan!

DIE STATUE *protestiert:* Aber hören Sie –!

DON JUAN *entschlossen:* Ich sagte: die liederlichste der menschlichen Einrichtungen, das ist das Geheimnis ihrer Beliebtheit. Und wenn eine Frau einen Mann sucht, ist sie das skrupelloseste Raubtier. Die Verquickung von Ehe mit Moral hat mehr dazu beigetragen, das Gewissen der menschlichen Rasse zu zerstören als irgendein anderer

Irrtum. Kommen Sie, Aña! Machen Sie kein so schockiertes Gesicht. Sie wissen besser als sonst einer von uns, daß die Ehe eine Männerfalle ist, in der vorgetäuschte Vorteile und täuschende Idealisierungen als Köder ausgelegt sind. Als Ihre Mutter selig Sie mit Schelten und Strafen zwang, ein halbes Dutzend Stücke auf dem Spinett zu lernen – das sie genauso haßte wie Sie –, hatte sie da irgendein anderes Ziel, als Ihren Freiern die Vorstellung vorzuschwindeln, Ihr Gatte würde in seinem Haus einen Engel haben, der es mit Musik erfüllte, oder der ihn wenigstens nach dem Essen in den Schlaf spielen würde? Sie heirateten meinen Freund Ottavio: nun, haben Sie, nachdem die Kirche Sie ihm verbunden hatte, je wieder das Spinett geöffnet?

AÑA Sie sind ein Narr, Juan. Eine jungverheiratete Frau hat anderes zu tun, als ohne Rückenstütze am Spinett zu sitzen, und dann gewöhnt sie sich das Spielen ab.

DON JUAN Nicht, wenn sie die Musik liebt. Nein, glauben Sie mir, sie wirft nur den Köder weg, sobald der Vogel im Netz ist.

AÑA *bitter:* Und die Männer werfen wohl nie die Maske ab, wenn ihr Vogel im Netz ist? Ein Gatte wird ja nie nachlässig, selbstsüchtig, brutal – oh, niemals!

DON JUAN Was beweisen diese Anschuldigungen, Aña? Nur, daß der Held eine grobe Täuschung ist, genau wie die Heldin.

AÑA Das ist alles Unsinn. Die meisten Ehen sind vollkommen angenehm.

DON JUAN »Vollkommen« ist ein starker Ausdruck, Aña. Sie wollen nur sagen, daß vernünftige Menschen das Beste aus einander machen. Schicken Sie mich auf die Galeere und ketten Sie mich an den Verbrecher, der zufällig die Nummer hat, die vor meiner kommt; ich werde mich in das Unvermeidliche fügen und aus dieser Kameradschaft das Beste machen. Viele solcher Kameradschaften, so habe ich mir sagen lassen, sind von einer rührenden Herzlichkeit; die meisten sind wenigstens erträglich. Aber das macht eine Kette nicht zu einem begehrenswerten Schmuckstück, noch die Galeere zu einem Ort der Seligkeit. Jene, die am meisten von den Segnungen der Ehe reden und von der Beständigkeit der Treue, sind die gleichen Leute, die erklären, daß, würden die Ketten zerbrochen und die Gefangenen freigelassen, die ganze soziale Ordnung in die Brüche ginge. Sie können nicht in beidem recht haben. Wenn der Gefangene glücklich ist, warum sperrt man ihn dann ein? Wenn er es nicht ist, warum tut man so, als wäre er es?

AÑA Gestatten Sie mir, daß ich mir noch einmal die Freiheit einer alten Frau nehme und Ihnen platt heraus sage, daß die Ehe die Welt bevölkert, die Ausschweifung nicht.

DON JUAN Wenn nun eine Zeit kommen sollte, wo dies nicht mehr der Fall ist? Kennen Sie nicht das Wort: wo ein Wille ist, da ist auch ein Weg? Wissen Sie nicht, daß der Mensch, wenn er etwas wirklich will, auch einen Weg finden wird, es zu tun? Nun, Ihr habt Euer Bestes getan, Ihr tugendsamen Damen, Ihr und die anderen, die so denken wie Ihr, den Willen des Menschen ganz auf die anständige Liebe als auf das höchste Gut zu richten, und ihm einzureden, daß unter anständiger Liebe Romantik und Schönheit und Glück im Besitz einer schönen, kultivierten, zarten und zärtlichen Frau zu verstehen ist. Ihr habt die Frauen gelehrt, ihre eigene Jugend, Gesundheit, Schönheit und Verfeinerung über alles zu schätzen. Aber wo haben schreiende Säuglinge und Haushaltmühsal ihren Platz in diesem Paradies erlesener Gefühle und Genüsse? Ist es nicht unausweichlich, daß der menschliche Wille zum menschlichen Gehirn sagen wird: Finde mir ein Mittel, womit ich mir Liebe, Schönheit, Romantik, Gefühl, Leidenschaft verschaffen kann, ohne ihre elende Kehrseite, die Kosten, die Sorgen, die Prüfungen, die Krankheiten und Ängste, die Todesgefahr und den ganzen Schwanz von Dienerschaft und Ammen und Ärzten und Schulmeistern.

DER TEUFEL All das, Señor Don Juan, ist hier in meinem Reich verwirklicht.

DON JUAN Ja, aber es kostet den Tod. Zu diesem Preis wird der Mensch es nicht wollen; er verlangt nach den romantischen Freuden Ihrer Hölle, während er noch auf der Erde ist. Nun, das Mittel wird gefunden werden. Wenn der Wille ernst ist, wird das Gehirn nicht versagen. Es wird der Tag kommen, da große Nationen ihre Zahl von einer Volkszählung zur andern schwinden sehen; da die Villa mit sechs Zimmern teurer sein wird als der Familiensitz; da die sträflich leichtsinnigen Armen und die dumm-frommen Reichen die Auslöschung der Menschheit nur dadurch verzögern, daß sie die Rasse verschlechtern, während die wagemutigen Klugen, die Sparsamen, Selbstsüchtigen und Ehrgeizigen, die Phantasievollen und die Dichter, die Liebhaber von Geld und solidem Behagen, die Anbeter des Erfolgs, der Kunst und der Liebe, der Kraft des Lebens mit der selbstgewählten Unfruchtbarkeit entgegentreten werden.

DIE STATUE Sie sind sehr beredt, mein junger Freund, aber wenn Sie so alt geworden wären wie Aña oder auch nur so alt wie ich, dann hätten Sie erfahren, daß die Leute, die sich von der Furcht vor Armut und Kindern und all den anderen Familiensorgen freimachen und allein ihren Vergnügungen widmen, ihren Geist nur freigemacht haben, damit die Furcht vor dem Alter und der Häßlichkeit, der Impotenz und dem Tod einen Platz findet. Den kinderlosen Arbeiter quälen der Müßiggang seiner Frau, ihr ständiges Verlangen nach Vergnügen und Ablenkung mehr, als zwanzig Kinder ihn hätten quälen können; und seine Frau ist noch schlimmer dran als er. Ich habe meinen Teil an der Eitelkeit gehabt, denn als junger Mann wurde ich von den Frauen bewundert, und als Statue wurde ich von den Kunstkritikern gelobt. Aber ich gestehe: hätte ich in der Welt nichts anderes zu tun gehabt, als mich in diesem Vergnügen zu aalen, so hätte ich mir die Kehle durchgeschnitten. Als ich Añas Mutter heiratete, oder, um ganz korrekt zu sein, als ich schließlich nachgab und Añas Mutter erlaubte, mich zu heiraten – da wußte ich, daß ich mir Dornen aufs Kissen legte, und daß die Ehe für mich, einen prahlerischen, jungen, bis dahin unbesiegten Offizier, Niederlage und Gefangenschaft bedeutete.

AÑA *entsetzt:* Vater!

DIE STATUE Es tut mir leid, dich zu verletzen, meine Liebe, aber da Juan jeden Fetzen von Anstand von diesem Gespräch gezerrt hat, so kann ich wohl auch die nackte Wahrheit sagen.

AÑA Hm, wahrscheinlich war ich einer der Dornen.

DON JUAN Aber ganz und gar nicht; oft warst du eine Rose. Weißt du, die meiste Mühe, die du verursachtest, hatte deine Mutter.

DON JUAN Darf ich dann fragen, Komtur, warum Sie den Himmel verlassen haben und hierher gekommen sind, um, wie Sie es ausdrücken, in sentimentalen Seligkeiten zu schwelgen, die Sie, wie Sie eben bekannt haben, einst dazu getrieben hätten, sich die Kehle durchzuschneiden?

DIE STATUE *getroffen:* Mein Gott, das ist wahr.

DER TEUFEL *beunruhigt:* Was? Sie nehmen Ihr Wort zurück? *Zu Don Juan:* All Ihre Philosophiererei ist nur eine Maske gewesen, hinter der Sie Proselyten machen! *Zur Statue:* Haben Sie schon die scheußliche Langeweile vergessen, vor der ich Ihnen hier eine Zuflucht biete? *Zu Don Juan:* Und führt Ihre Darlegung über die kommende Unfruchtbarkeit und Auslöschung des Menschengeschlechts zu etwas Besserem, als daß man das Beste aus den Vergnügungen der Kunst und der Liebe machen wird, von denen Sie zugeben, daß Sie dadurch verfeinert, emporgeführt und weitergebracht worden sind?

DON JUAN Ich habe niemals beweisen wollen, daß die Menschheit zugrunde gehen wird. Das Leben kann weder in seinem blinden, amorphen Zustand noch in irgendeiner anderen Form, zu der es sich organisiert hat, seinen eigenen Untergang wollen. Ich war noch nicht zu Ende, als Seine Excellenz mich unterbrach.

DIE STATUE Ich beginne zu zweifeln, ob Sie je ein Ende finden werden, mein Freund. Sie hören sich allzu gern reden.

DON JUAN Das ist wahr, aber da Sie schon soviel ertragen haben, können Sie ebensogut noch den Schluß hören. Lange bevor diese Unfruchtbarwerdung, die ich beschrieben habe, mehr als eine klar vorauszusehende Möglichkeit ist, wird die Reaktion beginnen: das große, zentrale Ziel, die Rasse zu züchten; ja, sie zu einer Höhe zu züchten, die jetzt für übermenschlich gehalten wird, dieser Zweck, der jetzt in der vergifteten Wolke von Liebe und Romantik und Prüderie und Kleinlichkeit verborgen ist, wird ins klare Sonnenlicht treten als ein Ziel, das nicht länger mit der Befriedigung persönlicher Wünsche verwechselt werden darf, mit der unmöglichen Verwirklichung der Jungen- und Mädchenträume von Glückseligkeit oder dem Verlangen älterer Menschen nach Gesellschaft oder Geld. Die deutlichen Trauungstexte der Kirche werden nicht mehr verkürzt und halb unterdrückt werden, weil sie gegen das Zartgefühl verstoßen. Die nüchterne Anständigkeit, der Ernst und die Autorität ihrer Erklärung des wahren Zwecks der Ehe wird geehrt und angenommen werden, während die romantischen Schwüre und Gelöbnisse und das Bis-der-Tod-uns-scheidet und ähnliches als unerträgliche Frivolitäten ausgemerzt werden. Seien Sie gerecht gegen mein Geschlecht, Señora, und geben Sie zu, daß wir immer erkannt haben, daß die Beziehung der Geschlechter zueinander weder eine persönliche noch eine freundliche ist.

AÑA Keine persönliche und keine freundliche Beziehung? Welche Beziehung ist denn persönlicher, heiliger?

DON JUAN Heilig und unverletzlich, wenn Sie wünschen, Aña, aber nicht persönlich und freundlich. Ihre Beziehung zu Gott ist heilig und geheiligt; wagen Sie, sie persönlich und freundlich zu nennen? In der Geschlechtsbeziehung überwältigt die universale schöpferische Kraft, deren hilflose Werkzeuge beide Partner sind, alle persönlichen Rücksichten und fegt sie hinweg und macht alle persönlichen Beziehungen ungültig. Die beiden können einander völlig fremd sein, sie können verschiedene Sprachen sprechen, verschieden sein in Rasse und Hautfarbe, in Alter und Neigungen, mit keiner anderen Gemeinsamkeit als der möglichen Fruchtbarkeit, um derentwillen die Macht des Lebens sie einander auf einen Blick hin in die Arme treibt. Erkennen wir diese Tatsache nicht an, wenn wir erlauben, daß Ehen von den Eltern vereinbart werden, ohne daß man die Frau fragt? Haben Sie nicht oft Ihren Abscheu über die Unmoral der englischen Nation ausgesprochen, wo Frauen und Männer von edler Geburt sich kennenlernen und umeinander werben wie Bauern? Und wieviel weiß der Bauer von seiner Braut oder sie von ihm, bevor sie sich binden? Nun, sie würden keinen Mann zu Ihrem Anwalt oder Familienarzt wählen auf eine so flüchtige Bekanntschaft hin, wie sie ausreichend scheint, sich zu verlieben und zu heiraten.

AÑA Ja, Juan, wir kennen diese Lüstlingsphilosophie. Die Folgen für die Frau werden außer Betracht gelassen.

DON JUAN Die Folgen, ja, sie rechtfertigen, daß sie sich wild an den Mann klammert. Aber diese Anhänglichkeit werden Sie doch sicher nicht als eine Gefühlsbindung bezeichnen. Ebensogut könnte man die Anhänglichkeit eines Polizisten an seinen Gefangenen eine Liebesbeziehung nennen.

AÑA Sehen Sie, Sie müssen zugeben, daß die Ehe notwendig ist, wenn auch, Ihnen zufolge, die Liebe die unbedeutendste der menschlichen Beziehungen ist.

DON JUAN Wie wollen Sie wissen, ob sie nicht die großartigste aller menschlichen Beziehungen ist, zu groß, um eine persönliche Angelegenheit zu sein? Hätte Ihr Vater seinem Land dienen können, wenn er sich geweigert hätte, einen Feind Spaniens zu töten, den er nicht persönlich haßte? Kann eine Frau ihrem Land dienen, wenn sie sich weigert, einen Mann zu heiraten, den sie nicht persönlich liebt? Sie wissen, daß es nicht so ist. Die Frau von edler Geburt heiratet den Mann von edler Geburt, wie der Mann von edler Geburt kämpft, aus politischen und Familiengründen, nicht aus persönlichen.

DIE STATUE *beeindruckt:* Das ist ein kluges Argument, Juan, ich muß darüber nachdenken, Sie sind wirklich voll von Ideen. Wie sind Sie darauf gekommen?

DON JUAN Durch Erfahrung. Als ich auf der Erde weilte und den Damen meine Anträge machte, die, obwohl sie allgemein verdammt wurden, mich zu einem so interessanten Helden der Legende haben werden lassen, da ist es mir nicht selten folgendermaßen ergangen: Die Dame sagte, sie wolle meine Werbung in Betracht ziehen, vorausgesetzt, daß sie ehrenhaft sei. Auf meine Erkundigungen, was dieser Vorbehalt bedeute, stellte sich heraus: Ich sollte ihr Eigentum in Besitz nehmen, falls sie etwas besaß, oder lebenslänglich für ihren Unterhalt sorgen, falls sie nichts besaß; ich sollte beteuern, daß ich ihre ständige Gesellschaft, ihren Rat und ihre Unterhaltung bis ans Ende meines Lebens begehre, ich sollte einen feierlichen Eid schwören, daß diese Dinge mich immer entzücken würden, vor allem, daß ich bis ans Ende meines Lebens um ihretwillen allen anderen Frauen den Rücken kehren würde. Ich lehnte diese Bedingungen ab, nicht weil sie übertrieben und unmenschlich waren – es war vielmehr ihre völlige Undurchführbarkeit, die mich umwarf. Ich antwortete jedes Mal, mit äußerster Offenheit, daß mir keiner dieser Punkte je in den Kopf gekommen wäre; wenn der Charakter und Verstand der Dame dem meinen nicht gleichkämen oder ihn überträfen, so müßte die Unterhaltung mit ihr mich entehren oder aber ihr Rat mich irreführen; ich könnte auch nicht wissen, ob ihre ständige Gesellschaft mir nicht auf die Dauer unerträglich langweilig würde; für meine Gefühle könne ich nicht eine Woche im voraus einstehen, geschweige denn bis zum Ende meines Lebens; wenn ich mich bereit erklärte, mich von jedem natürlichen und eingeschränkten Verkehr mit der Hälfte meiner Mitmenschen abschneiden zu lassen, so würde mich das beengen und verzerren, und wenn nicht, so müßte ich den Fluch der Heimlichkeit auf mich laden. Zum Schluß sagte ich, mein Antrag habe mit all diesen Dingen nichts zu tun und sei nur die Folge eines einfachen Drängens meiner Männlichkeit zu ihrer Weiblichkeit.

AÑA Sie wollen sagen, daß es ein unmoralischer Drang war.

DON JUAN Die Natur ist, meine liebe Dame, wie Sie es nennen würden, unmoralisch. Das macht mich erröten, aber ich kann es nicht ändern. Die Natur ist eine Kupplerin, die Zeit eine Zerstörerin, der Tod ein Mörder. Ich habe es immer vorgezogen, diesen Tatsachen ins Gesicht zu sehen, und ich bin dafür, Institutionen auf dieser Erkenntnis aufzubauen. Sie ziehen es vor, diese drei Teufel zu versöhnen, indem Sie sie keusch, haushälterisch und liebevoll nennen und auf diesen Schmeicheleien Ihre Institutionen aufbauen. Ist es da ein Wunder, wenn mit diesen Institutionen nicht alles glatt geht?

DIE STATUE Und was pflegten die Damen zu sagen, Juan?

DON JUAN Aber hören Sie, Vertrauen gegen Vertrauen. Sagen Sie mir zuerst, was Sie zu den Damen sagten.

DIE STATUE Ich? Oh, ich schwor, daß ich bis zum Tod treu sein würde; daß ich sterben würde, wenn sie mich abwies; daß keine Frau je für mich das sein könnte, was sie war.

AÑA Sie? Wer?

DIE STATUE Wer immer es gerade war, meine Liebe. Bestimmte Dinge sagte ich immer. Eins davon war, daß, selbst wenn ich achtzig wäre, mich ein weißes Haar der Frau, die ich liebte, mehr beben machen würde als die dickste goldene Flechte auf dem schönsten jungen Kopf. Ein anderes war, ich könne den Gedanken nicht ertragen, daß eine andere Frau die Mutter meiner Kinder würde.

DON JUAN *angeekelt:* Sie alter Schurke!

DIE STATUE *bestimmt:* Aber nein, denn in dem Augenblick glaubte ich es wirklich aus ganzer Seele. Ich hatte ein Herz, anders als Sie. Und diese Ehrlichkeit war es, die mich erfolgreich machte.

DON JUAN Ehrlichkeit! Wie kann man so dumm sein, eine so plumpe, stinkende, hinkende Lüge zu glauben: das nennen Sie Ehrlichkeit! So gierig nach einer Frau zu sein, daß Sie in Ihrem Eifer, sie zu täuschen, sich selbst täuschen; das nennen Sie Ehrlichkeit!

DIE STATUE Oh, Sie mit Ihren verdammten Sophistereien! Ich war ein verliebter Mann, kein Rechtsgelehrter. Und darum liebten mich die Frauen, Gott segne sie.

DON JUAN Sie machten sie das glauben. Was werden Sie sagen, wenn ich Ihnen erzähle, daß sie auch mich das glauben machten, obgleich ich so kaltherzig den Rechtsgelehrten spielte. Auch ich hatte meine Augenblicke der Verzauberung, in denen ich Unsinn schwatzte und daran glaubte. Der Wunsch, mit schönen Worten Vergnügen zu bereiten, stieg manchmal auf der Woge des Gefühls in mir auf, so daß ich sie bedenkenlos sagte. Zu anderen Zeiten stritt ich gegen mich selbst mit einer teuflischen Kälte, die Tränen hervorrief. Aber ob ich grausam war oder freundlich, ich fand es gleich schwer, zu entkommen. Wenn der Instinkt der Dame sich auf mich gerichtet hatte, dann gab es nichts als lebenslange Knechtschaft oder Flucht.

AÑA Sie wagen es, sich vor mir und meinem Vater zu rühmen, daß jede Frau Sie unwiderstehlich fand?

DON JUAN Ich mich rühmen? Ich finde, daß ich eine recht bemitleidenswerte Figur abgebe. Außerdem habe ich gesagt: »Wenn der Instinkt der Dame sich auf mich gerichtet hatte«. Das war nicht immer so. Und dann: beim Himmel, welcher Überschwang an tugendhafter Entrüstung! Welcher überwältigende Widerstand gegen den schurkischen Verführer, welche Szenen von Imogen und Iachimo!

AÑA Ich habe keine Szenen gemacht. Ich rief einfach meinen Vater.

DON JUAN Und er kam, das Schwert in der Hand, um die

gekränkte Ehre und Moral zu rächen, indem er mich ermordete.

DIE STATUE Ermordete! Was wollen Sie damit sagen? Habe ich Sie getötet, oder haben Sie mich getötet?

DON JUAN Wer von uns beiden war der bessere Fechter?

DIE STATUE Ich!

DON JUAN Natürlich, Sie. Und doch hatten Sie, der Held der schmählichen Abenteuer, von denen Sie uns eben berichtet haben, die Stirn, den Rächer der beleidigten Moral zu spielen und mich zum Tode zu verurteilen! Sie hätten mich erschlagen, hätte der Zufall es nicht verhindert.

DIE STATUE Es war meine Pflicht, Juan. So sind die Dinge auf Erden eingerichtet. Ich war kein Sozialreformer, ich habe immer getan, was die Sitte von einem Edelmann verlangte.

DON JUAN Das mag erklären, warum Sie mich angegriffen haben, aber es entschuldigt nicht die ekelhafte Heuchelei Ihres späteren Vorgehens als Statue.

DIE STATUE Das kam davon, daß ich im Himmel war.

DER TEUFEL Ich sehe immer noch nicht ein, Señor Don Juan, wieso diese Episoden in Ihrer irdischen Laufbahn und in der des Herrn Komturs meinen Lebensanschauungen im geringsten widersprechen. Hier, das wiederhole ich, haben Sie alles, was Sie suchten, ohne das, wovor Sie zurückschreckten.

DON JUAN Im Gegenteil, hier habe ich alles, was mich enttäuschte, ohne irgend etwas, das ich nicht schon versucht und unzulänglich gefunden hätte. Ich sage Ihnen, solange ich mir etwas vorstellen kann, das besser ist als ich, finde ich keine Ruhe, wenn ich mich nicht mühe, es ins Dasein zu rufen oder ihm den Weg zu bereiten. Das ist das Gesetz meines Lebens. So wirkt in mir der unaufhörliche Drang des Lebens nach höherer Organisation, nach breiterem, tieferem, intensiverem Bewußtsein seiner selbst, mit klarerem Verständnis seiner selbst. Der Vorrang dieses Zieles hat für mich die Liebe auf das bloße Vergnügen eines Augenblicks reduziert, die Kunst zur bloßen Schulung meiner Fähigkeiten, die Religion zu einer bloßen Entschuldigung der Trägheit, da sie einen Gott verkündet, der auf die Welt blickte und sah, daß sie gut war; der Instinkt dagegen, der durch meine Augen auf die Welt blickte, sah, daß sie verbessert werden konnte. Ich sage Ihnen, in der Verfolgung meines eigenen Vergnügens, im Streben nach meiner eigenen Gesundheit, meinem eigenen Glück habe ich nie Zufriedenheit gefunden. Es war nicht die Liebe zur Frau, die mich ihr in die Hände spielte, es war Müdigkeit und Erschöpfung. Wenn ich mich als Kind an einem Stein stieß, lief ich zur nächsten Frau und weinte meinen Schmerz in ihre Schürze aus. Als ich erwachsen wurde und meine Seele an den Brutalitäten und Dummheiten stieß, mit denen ich zu kämpfen hatte, tat ich genau das, was ich als Kind getan hatte. Ich habe dieses Ausruhen auch genossen, dieses Sich-Erholen, die Atempausen, die Erschöpfung nach dem Kampf; aber ich möchte lieber durch alle Kreise des albernen italienischen Infernos geschleift werden als durch die Vergnügungen Europas. Das ist es, was diesen Ort des ewigen Vergnügens für mich so tödlich macht. Es ist das Fehlen des Instinkts, welches Sie zu dem seltsamen Ungeheuer macht, das man einen Teufel nennt. Es ist der Erfolg, mit dem Sie die Aufmerksamkeit des Menschen von seinem wahren Ziel abgelenkt haben, das mehr oder weniger das gleiche ist wie das meine, und sie auf Ihr Ziel gelenkt haben, der Ihnen den Namen »der Versucher« eingebracht hat. Es ist die Tatsache, daß die Menschen Ihren Willen tun, oder vielmehr sich von Ihrem Mangel an Willen treiben lassen, statt ihrem eigenen zu folgen, die sie zu diesen verdrießlichen elenden Geschöpfen macht, die sie sind.

DER TEUFEL *gekränkt:* Señor Don Juan, Sie sind unhöflich gegen meine Freunde.

DON JUAN Pah! Warum sollte ich gegen die oder gegen Sie höflich sein? Ein oder zwei Wahrheiten in diesem Lügenpalast werden Ihnen nicht weh tun. Ihre Freunde sind die langweiligsten Hunde, die ich kenne. Sie sind nicht schön, sie sind nur geschmückt. Sie sind nicht rein, sie sind nur rasiert und gestärkt. Sie sind nicht würdig, sie sind nur modisch gekleidet. Sie sind nicht gebildet, sie haben nur die Universität absolviert. Sie sind nicht religiös, sie sind nur Inhaber eines Kirchenstuhls. Sie sind nicht moralisch, sie sind nur konventionell. Sie sind nicht tugendhaft, sie sind nur feige. Sie sind nicht einmal böse, sie sind nur schwach. Sie sind keine Künstler, sie sind nur lüstern. Sie sind nicht wohlhabend, sie sind nur reich. Sie sind nicht treu, sie sind nur servil; nicht pflichttreu, nur Schafe; sie haben keinen Gemeinschaftsgeist, sie sind nur patriotisch; nicht mutig, nur streitsüchtig; nicht entschlossen, nur eigensinnig; keine Herren, nur herrschsüchtig; nicht beherrscht, nur stumpf; sie haben keine Selbstachtung, sie sind nur eitel; nicht freundlich, nur sentimental; nicht gesellig, nur Herdenvieh; nicht rücksichtsvoll, nur höflich; nicht intelligent, nur starrköpfig; nicht fortschrittlich, nur aufrührerisch; nicht phantasievoll, nur abergläubisch; nicht gerecht, nur rachsüchtig; nicht großherzig, nur konziliant; nicht diszipliniert, nur geduckt; und gar nicht wahrheitsliebend; alle sind sie Lügner bis ins tiefste Innere ihrer Seelen.

DIE STATUE Ihr Redefluß ist einfach bewundernswert, Juan. Ich wünschte, ich hätte so zu meinen Soldaten reden können.

DER TEUFEL Trotzdem ist es bloßes Geschwätz: Es ist alles schon früher gesagt worden, aber was hat sich damit geändert? Welche Notiz hat die Welt davon genommen?

DON JUAN Ja, es ist bloßes Gerede. Aber warum ist es bloßes Gerede? Weil, meine Freunde, Schönheit, Reinheit, Ehrbarkeit, Moral, Kunst, Patriotismus, Tapferkeit und all das andere nichts als Wörter sind, die ich und jeder andere umwenden kann wie einen Handschuh. Wären sie Wirklichkeiten, so müßten Sie sich vor meiner Anklage schuldig bekennen, aber zum Glück für Ihre Selbstachtung, mein diabolischer Freund, sind sie keine Wirklichkeiten. Wie Sie sagen, sind sie bloße Wörter, brauchbar, um Barbaren dazu zu verleiten, daß sie Kultur annehmen, oder brauchbar, um die Armen der Kulturvölker dazu zu bringen, sich ausnutzen und versklaven zu lassen. Das ist das Familiengeheimnis der herrschenden Klasse; und wenn wir, die dieser Klasse angehören, uns um mehr Leben für die Welt bemühten statt um mehr Macht und Luxus für unser elendes Selbst, könnte dieses Geheimnis uns groß machen. Da nun ich, der ich auch ein Edelmann bin, an dem Geheimnis teilhabe, stellen Sie sich vor, wie langweilig Ihr endloses Geschwätz über all diese moralistischen Fiktionen für mich sein muß, und wie elend und verhängnisvoll die Tatsache, daß Sie diesen Fiktionen Ihr Leben opfern! Wenn Sie wenigstens genügend an das moralische Spiel glaubten, um es fair zu spielen, dann wäre es immerhin interessant zu beobachten; aber Sie tun es nicht; Sie mogeln bei jedem Zug; und wenn Ihr Gegner beim Mogeln klüger ist als Sie, dann kippen Sie den Tisch um und versuchen, ihn umzubringen.

DER TEUFEL Auf der Erde mag etwas Wahres daran sein, weil die Leute dort ungebildet sind und meine Religion der Liebe und Schönheit nicht zu schätzen wissen. Aber hier –

DON JUAN Oh ja, ich weiß. Hier ist nichts als Liebe und Schönheit. Uff! Es ist, als säße man eine Ewigkeit lang beim ersten Akt eines modernen Schauspiels, ehe die Komplikationen beginnen. Niemals, nicht in den schlimmsten Momenten abergläubischer Furcht auf der Erde, hätte ich mir träumen lassen, daß die Hölle so schrecklich ist. Ich lebe, wie ein Friseur, in der ständigen Betrachtung der Schönheit, spiele mit seidenen Flechten. Ich atme eine süßliche Luft wie der Verkäufer in einer Konditorei. Komtur, gibt es im Himmel schöne Frauen?

DIE STATUE Keine. Absolut keine. Alle sind unelegant. Ein Dutzend von ihnen tragen alle zusammen Schmuck, der keine zwei Pennies wert ist. Sie könnten Männer von fünfzig sein.

DON JUAN Ich warte ungeduldig darauf, hinzukommen.

Wird das Wort Schönheit je erwähnt? Gibt es kunstinteressierte Menschen dort?

DIE STATUE Ich gebe Ihnen mein Wort, die bewundern eine schöne Statue nicht mal, wenn sie an ihnen vorübergeht.

DON JUAN Ich gehe.

DER TEUFEL Don Juan, darf ich offen sein?

DON JUAN Waren Sie das nicht schon vorher?

DER TEUFEL Soweit ich zu Wort gekommen bin, ja. Aber ich will jetzt noch weitergehen und Ihnen gestehen, daß die Menschen alles leid werden, den Himmel nicht weniger als die Hölle, und daß die ganze Geschichte nichts anderes ist als der Bericht über die Schwankungen der Welt zwischen diesen beiden Extremen. Eine Epoche ist ein Ausschlagen des Pendels; und jede Generation glaubt, daß die Welt fortschreitet, weil sie sich immer bewegt. Aber wenn man so alt ist wie ich, wenn Sie tausendmal des Himmels überdrüssig geworden sind wie ich und der Komtur, und tausendmal der Hölle überdrüssig geworden sind, wie Sie ihrer jetzt überdrüssig sind, dann werden Sie sich nicht länger einbilden, daß jede Schwingung vom Himmel zur Hölle eine Emanzipation, jede Schwingung der Hölle zum Himmel eine Evolution ist. Wo Sie jetzt Reform, Fortschritt, Erfüllung einer Aufwärtsbewegung sehen, den ständigen Aufstieg des Menschen auf den Stufen seines gestorbenen Selbst zu höheren Dingen, werden Sie dann nichts sehen als eine unendliche Komödie der Täuschungen. Sie werden die tiefe Wahrheit des Ausspruchs meines Freundes Kohleth erkennen, daß es unter der Sonne nichts Neues gibt. Vanitas vanitatum –

DON JUAN *hat die Geduld völlig verloren:* Beim Himmel, das ist schlimmer als Ihr Geschwätz über Liebe und Schönheit, Sie kluger Dummkopf, der Sie sind. Ist ein Mensch nicht mehr als ein Wurm, ein Hund nicht besser als ein Wolf, nur weil er aller Dinge überdrüssig wird? Soll er aufhören zu essen, weil er, wenn er seinen Hunger befriedigt, diesen zerstört? Ist ein Feld unnütz, wenn es brachliegt? Kann der

Komtur hier seine höllische Energie verbrauchen, ohne himmlische Energie anzusammeln für seine nächste Zeit der Seligkeit? Ich gebe zu, daß die große Macht des Lebens auf das Prinzip des Uhrmacherpendels verfallen ist und die Erde als Gewicht benutzt; daß die Geschichte jeder Schwingung, die uns, den Akteuren, so neu erscheint, nur die Wiederholung der Geschichte der letzten Schwingung ist; nein, vielmehr, daß in der unvorstellbaren Unendlichkeit von Zeit die Sonne die Erde abstößt und sie tausendmal wieder fängt, wie ein Zirkusreiter einen Ball wirft, und daß unsere jahrhundertelangen Epochen nur die Augenblicke sind zwischen dem Werfen und dem Fangen. Aber hat dieser kolossale Mechanismus keinen Zweck?

DER TEUFEL Nein, mein Freund. Sie denken, weil Sie ein Ziel haben, muß auch die Natur ein Ziel haben. Sie könnten ebensogut erwarten, daß sie Finger und Zehen hat, weil Sie welche haben.

DON JUAN Aber ich würde sie nicht haben, wenn sie keinen Zweck erfüllten. Und ich, mein Freund, bin ebenso ein Teil der Natur, wie meine Finger ein Teil von mir sind. Wenn mein Finger das Organ ist, mit dem ich das Schwert und die Mandoline fasse, so ist mein Gehirn das Organ, durch das die Natur danach strebt, sich selbst zu verstehen. Das Gehirn meines Hundes dient nur den Zwecken des Hundes, aber *mein* Gehirn strebt nach einem Wissen, das mir persönlich nicht hilft, das mir meinen Körper bitter macht und meinen Verfall und Tod zu einem Unglück. Wäre ich nicht von einem Ziel beseelt, das außer mir liegt, dann wäre ich besser ein Landarbeiter geworden statt ein Philosoph; denn der Landarbeiter lebt ebenso lang wie ein Philosoph, ißt mehr, schläft besser und erfreut sich der Frau seines Herzens mit weniger Zweifeln. Das kommt daher, daß der Philosoph sich in den Fängen der Macht des Lebens befindet. Diese Macht des Lebens sagt zu ihm: Ich habe unbewußt tausend wunderbare Dinge vollbracht, nur indem ich leben wollte und den Weg des geringsten

Widerstandes ging; jetzt will ich mich selbst und meine Bestimmung kennenlernen und meinen Weg wählen; darum habe ich ein besonderes Gehirn hervorgebracht, das Gehirn eines Philosophen, es soll für mich dieses Wissen erfassen, so wie die Hand des Bauern für mich den Pflug erfaßt. »Und dies«, sagt die Macht des Lebens zum Philosophen, »mußt du versuchen, für mich zu tun, bis du stirbst, dann werde ich ein anderes Gehirn hervorbringen und einen anderen Philosophen, der die Arbeit fortsetzt.«

DER TEUFEL Welchen Nutzen hat es, etwas zu wissen?

DON JUAN Man kann den Weg des größten Gewinns einschlagen, statt sich in die Richtung des geringsten Widerstandes drängen zu lassen. Steuert ein Schiff nicht besser auf seinen Bestimmungsort zu als ein Stück Treibholz, das ins Ungewisse schwimmt? Der Philosoph ist der Lotse der Natur. Und hier haben Sie den Unterschied: In der Hölle sein, heißt zu treiben, im Himmel sein, heißt steuern.

DER TEUFEL Wahrscheinlich auf die Klippen zu.

DON JUAN Pah! Welches Schiff läuft öfter auf die Klippen oder auf Grund? Das treibende Schiff oder das mit einem Lotsen an Bord?

DER TEUFEL Also gut, Señor Don Juan, gehen Sie Ihrer Wege. Ich ziehe es vor, mein eigener Herr zu sein und nicht das Werkzeug irgendeiner blinden universalen Macht. Ich weiß, die Schönheit ist gut anzusehen, die Musik gut anzuhören, Liebe ist gut zu spüren, und alle drei eignen sich gut, daran zu denken und darüber zu reden. Ich weiß, in diesen Gefühlen, Empfindungen und Übungen wohl geschult zu sein, macht einen zu einem verfeinerten und kultivierten Wesen. Was immer sie in den Kirchen auf Erden über mich sagen mögen, ich weiß, es wird in der guten Gesellschaft allgemein zugegeben, daß der Fürst der Finsternis ein Edelmann ist; und das genügt mir. Was Ihre Macht des Lebens angeht, die Sie für unwiderstehlich halten, so kann eine Person von Charakter ihr sehr leicht widerstehen. Aber wenn man von Natur vulgär und gutgläubig ist, und das sind alle Reformer, so treibt sie einen zuerst der Religion in die Arme, wo man Wasser über die kleinen Kinder spritzt, um ihre Seelen vor mir zu bewahren; dann treibt sie dich von der Religion zur Wissenschaft, wo man die kleinen Kinder dem Wassersprengen entreißt und sie mit Krankheiten impft, um sie davor zu bewahren, daß sie sich zufällig damit anstecken. Dann verschreibst du dich der Politik, wo du korrupten Funktionären die Kastanien aus dem Feuer holen kannst oder zum Henker von ehrgeizigen Schwindlern wirst; und am Ende stehen Verzweiflung und Siechtum, zerrüttete Nerven und zerstörte Hoffnungen, nutzlose Reue über die schlimmste und sinnloseste Vergeudung und das sinnloseste Opfer, nämlich die Vergeudung und das Opfer jeglicher Lebensfreude, mit einem Wort, die Strafe für einen Narren, der das Bessere will, bevor er des Guten sicher ist.

DON JUAN Aber ich werde mich wenigstens nicht langweilen. Der Dienst an der Macht des Lebens hat diesen Vorteil. Leben Sie also wohl, Señor Satan.

DER TEUFEL *freundschaftlich:* Leben Sie wohl, Don Juan. Ich werde oft an unsere interessanten Plaudereien über Gott und die Welt denken. Ich wünsche Ihnen alles Glück, wie ich schon früher gesagt habe, manchen Leuten gefällt es ja im Himmel. Aber wenn Sie Ihre Meinung ändern sollten, so vergessen Sie nicht, daß unsere Pforten für den verlorenen Sohn, der bereut, immer offen stehen. Wenn Sie je wieder diese Herzenswärme spüren, diese echte, ungezwungene Neigung, unschuldige Freude und warme, atmende, klopfende Wirklichkeit –

DON JUAN Warum sagen Sie nicht gleich Fleisch und Blut, obwohl wir diese beiden schmierigen Gemeinplätze hinter uns gelassen haben?

DER TEUFEL *ärgerlich:* Sie stoßen mir meinen freundlichen Abschiedsgruß in die Kehle zurück, Don Juan?

DON JUAN Keineswegs. Aber wenn man auch von einem zynischen Teufel viel lernen kann, einen sentimentalen kann ich einfach nicht ausstehen. Señor Komtur, Sie kennen den Weg zur Grenze zwischen Himmel und Hölle. Seien Sie so gut und führen mich.

DIE STATUE Oh, die Grenze ist nur der Unterschied zwischen zwei Arten, eine Sache anzusehen. Wenn Sie wirklich hin wollen, werden Sie auf jedem Weg hingelangen.

DON JUAN Gut. *Grüßt Doña Aña:* Señora, Ihr Diener.

AÑA Aber ich gehe mit Ihnen.

DON JUAN Ich werde meinen eigenen Weg zum Himmel gehen, nicht den Ihren.

Er verschwindet.

AÑA Wie ärgerlich.

DIE STATUE *ruft ihm hinterher:* Bon Voyage, Juan!

Als Abschiedsgruß schickt er ihm ein letztes Mal seine großen rollenden Akkorde hinterher. Als Antwort kommt ein leises Echo der ersten Geistermelodie zurück. Ah, da geht er hin. *Atmet tief aus:* Uff! Wie der redet! Im Himmel werden sie das bestimmt nicht ertragen.

DER TEUFEL *düster:* Sein Weggang ist eine politische Niederlage. Ich kann diese Lebensanbeter nicht halten. Sie gehen alle. Dies ist der größte Verlust, seit der holländische Maler weggegangen ist, dieser Kerl, der mit der gleichen Freude eine Hexe von 70 malte wie eine Venus von 20.

DIE STATUE Oh, ich erinnere mich, er kam zu uns in den Himmel, Rembrandt.

DER TEUFEL Ja, Rembrandt. Diese Kerle haben etwas Unnatürliches an sich. Hören Sie nicht auf deren Evangelium, Komtur: es ist gefährlich. Hüten Sie sich vor dem Streben nach dem Übermenschlichen; es führt zu einer unterschiedslosen Verachtung des Menschlichen. Für einen Menschen sind Pferde, Hunde, Katzen einfach Arten der Tierwelt, sie stehen außerhalb der moralischen Welt. Für den Übermenschen sind auch Männer und Frauen einfach Arten außerhalb der moralischen Welt. Dieser Don Juan war freundlich zu Frauen und höflich zu Männern, so wie ihre Tochter hier zu ihren Katzen und Hunden freundlich war; eine solche Freundlichkeit leugnet das exklusiv menschliche Wesen der Seele.

DIE STATUE Und wer zum Teufel ist der Übermensch?

DER TEUFEL Oh, das ist die neueste Mode unter den Lebenskraft-Fanatikern. Haben Sie im Himmel unter den Neuankömmlingen nicht diesen deutsch-polnischen Irren getroffen? Wie hieß er noch? Nietzsche?

DIE STATUE Nie gehört.

DER TEUFEL Nun, er kam zuerst hierher, bis er wieder bei Verstand war. Ich hatte einige Hoffnungen auf ihn gesetzt, aber er war ein eingeschworener Lebenskraft-Anbeter. Er war es, der diesen Übermenschen wieder ausgegraben hat, der so alt ist wie Prometheus; und das zwanzigste Jahrhundert wird diesem neuesten aller alten Träume nachlaufen, sobald es der Welt, des Fleisches und Ihres ergebenen Dieners müde geworden ist.

DIE STATUE Übermensch, das ist ein guter Schlachtruf. Und ein guter Schlachtruf ist die halbe Schlacht. Ich würde diesen Nietzsche gern sehen.

DER TEUFEL Unglücklicherweise traf er hier Wagner und fing einen Streit mit ihm an.

DIE STATUE Da hatte er recht. Ich bin für Mozart.

DER TEUFEL Oh, es ging hier nicht um Musik. Wagner geriet auch einmal unter die Lebenskraft-Anbeter und erfand einen Übermenschen namens Siegfried. Aber später kam er wieder zur Vernunft. Als sie sich hier trafen, beschimpfte Nietzsche ihn daher als einen Abtrünnigen, und Wagner schrieb ein Pamphlet, in dem er bewies, daß Nietzsche ein Jude sei; und es endete damit, daß Nietzsche wütend in den Himmel ging. Ich war froh, daß wir ihn los waren. Und nun, mein Freund, wollen wir in meinen Palast eilen und Ihre Ankunft mit einer großen musikalischen Feier begehen.

DIE STATUE Mit Vergnügen. Sie sind sehr freundlich.

DER TEUFEL Hier entlang, Komtur. Wir gehen durch die alte Falltür. *Er stellt sich auf die Grabplatte.*

DIE STATUE Gut. *Nachdenklich:* Trotzdem, der Übermensch ist eine schöne Erfindung. Er hat etwas von einer Statue. *Stellt sich neben den Teufel auf die Grabplatte. Sie beginnt sich langsam zu senken. Roter Schein aus dem Abgrund.* Ah, das erinnert mich an alte Zeiten.

DER TEUFEL Mich auch.

AÑA Halt!

Die Platte bleibt stehen.

DER TEUFEL Sie, Señora, können nicht diesen Weg gehen. Für Sie wird es eine Apotheose geben, und Sie werden vor uns im Palast sein.

AÑA Darum habe ich Sie nicht aufgehalten. Sagen Sie mir, wo kann ich den Übermenschen finden?

DER TEUFEL Er ist noch nicht geschaffen, Señora.

DIE STATUE Und wahrscheinlich wird er auch nie geschaffen werden. Wir wollen weiterfahren. Das rote Feuer bringt mich zum Niesen.

Sie steigen ab.

AÑA Noch nicht geschaffen! Dann ist mein Werk noch nicht vollbracht. *Sie bekreuzigt sich andächtig:* Ich glaube an das zukünftige Leben.

Sie ruft ins Weltall hinein: Einen Vater! Einen Vater für den Übermenschen!

Sie verschwindet in die Leere, und wieder ist da nichts, alle Existenz scheint im Unendlichen zu schweben. Dann hört man undeutlich irgendwo eine lebendige menschliche Stimme. Verblüfft erkennt man alsbald einen Berggipfel, der sich schwach gegen den helleren Hintergrund abhebt. Von weither ist der Himmel zurückgekehrt; wir erinnern uns plötzlich, wo wir sind. Der Schrei wird deutlich und dringend, er lautet: Automobil, Automobil. *Die ganze Wirklichkeit kommt plötzlich zurück, im Nu ist es heller Morgen in der Sierra; die Räuber rappeln sich auf und laufen auf die Straße zu, während der Ziegenhirt von dem Hügel heruntergelaufen kommt und die Ankunft eines neuen Autos ankündigt. Tanner und Mendoza erheben sich erstaunt und starren einander verwirrt an. Straker setzt sich auf und gähnt, bevor er aufsteht; es ist gegen seine Ehre, ein ungebührliches Interesse an der Aufregung der Räuber zu zeigen. Mendoza sieht sich schnell um, ob seine Leute auch dem Aufruf Folge leisten; dann wendet er sich Tanner zu.*

MENDOZA Haben Sie geträumt?

TANNER Scheußlich. Sie auch?

MENDOZA Ja. Ich weiß nicht mehr, was. Aber Sie kamen auch drin vor.

TANNER Sie auch bei mir. Erstaunlich!

MENDOZA Ich habe Sie gewarnt.

Von der Straße her hört man einen Schuß.

Die Dummköpfe! Sie müssen unbedingt mit dem Gewehr spielen.

Die Räuber kommen erschrocken zurückgelaufen.

Wer hat geschossen? *Zu Duval:* Waren Sie das?

DUVAL *atemlos:* Ich hab nicht geschossen. Die haben zuerst geschossen.

DER ANARCHIST Ich hab euch ja gesagt, daß man zuerst den Staat abschaffen muß. Jetzt sind wir alle verloren.

DER WÜSTE SOZIALDEMOKRAT *kommt durch das Amphitheater gerannt:* Lauft, lauft alle!

MENDOZA *packt ihn beim Kragen, wirft ihn auf den Rücken und zieht sein Messer:* Ich ersteche jeden, der sich rührt. *Er stellt sich in den Weg, die Flucht kommt zum Stillstand.* Was ist geschehen?

DER SCHMOLLENDE SOZIALDEMOKRAT Ein Auto –

DER ANARCHIST Drei Männer!

DUVAL Deux femmes –

MENDOZA Drei Männer und zwei Frauen! Warum habt ihr sie nicht hergebracht? Habt ihr Angst vor ihnen?

DER WÜSTE SOZIALDEMOKRAT *steht auf:* Sie ham ne Eskorte. Oh. –

DER SCHMOLLENDE SOZIALDEMOKRAT Zwei Panzerwagen voller Soldaten am Ende des Tals.

DER ANARCHIST Der Schuß ging in die Luft. Es war ein Signal.

Straker pfeift seine Lieblingsmelodie, die den Räubern wie ein Trauermarsch in den Ohren klingt.

TANNER Es ist keine Eskorte, sondern eine Expedition, die euch fangen soll. Man hat uns den Rat gegeben, auf sie zu warten, aber ich hatte es eilig.

DER WÜSTE SOZIALDEMOKRAT *in Todesangst:* Und, oh, mein Gott, wir sizn hier un wartn auf sie! Laßt uns in die Berge machen!

MENDOZA Idiot! Was weißt du von den Bergen? Bist du ein Spanier? Der erste Schäfer, den du triffst, würde dich verraten. Außerdem sind wir jetzt schon in Reichweite ihrer Gewehre.

DER WÜSTE SOZIALDEMOKRAT Aber –

MENDOZA Ruhe. Überlaßt es mir. *Zu Tanner:* Kamerad, wirst du uns verraten?

STRAKER Wen nennste hier Kamerad?

MENDOZA Gestern abend war ich im Vorteil. Der, der die Armen ausplündert, befand sich in der Hand dessen, der die Reichen ausplündert. Sie boten mir Ihre Hand. Ich nahm sie.

TANNER Ich habe keine Klage gegen Sie, Kamerad. Wir haben bei Ihnen eine angenehme Nacht verbracht, das ist alles.

STRAKER Ich hab meine Hand keinem gegeben.

MENDOZA *wendet sich ihm mit Würde zu:* Junger Mann, wenn ich vor Gericht gestellt werde, werde ich schuldig gesprochen, und ich werde eine Erklärung darüber abgeben, was mich aus England von Haus und Pflichten vertrieben hat. Wollen Sie, daß der ehrenwerte Name Straker durch den Schmutz eines spanischen Kriminalgerichts geschleift wird? Die Polizei wird mich durchsuchen. Sie werden Louisas Bild finden. Man wird es in den Illustrierten veröffentlichen. Sie werden blaß! Denken Sie daran, es wird Ihre Schuld sein!

STRAKER *mit unterdrückter Wut:* Das Gericht ist mir egal. Aber daß unser Name zusammen mit deinem genannt wird, dagegen hab ich was, du erpresserisches Schwein, du.

MENDOZA Eine Sprache, die des Bruders von Louisa unwürdig ist. Aber wie auch immer, der Mund ist dir gestopft, das genügt uns.

Er wendet sich an seine Leute, die sich unschlüssig durch das Amphitheater auf die Höhle zu zurückziehen, um hinter seinem Rücken Schutz zu suchen. In diesem Augenblick kommt eine neue Gesellschaft, für eine Autoreise eingemummt, von der Straße her. Sie sind bester Laune. Voran kommt Ann, die geradewegs auf Tanner zugeht, dann Violet, deren rechte Hand Hector hält, um ihr über die Unebenheiten des Bodens zu helfen; Violets Linke hält Ramsden. Mendoza geht zu seinem Präsidentenstein und setzt sich ruhig hin, sein Gefolge stellt sich hinter ihm auf, und sein Stab, der aus Duval und dem Anarchisten zu seiner Rechten und den beiden Sozialdemokraten zu seiner Linken besteht, schützt ihn von den Seiten. –

ANN Es ist Jack!

TANNER Gefangen!

HECTOR Natürlich ist er es. Ich sagte gleich, Sie wären es, Tanner. Wir mußten eben wegen eines Platten anhalten, die Straße ist voller Nägel.

VIOLET Was tut ihr hier mit all den Leuten?

ANN Warum hast du uns keine Nachricht hinterlassen?

HECTOR Ich kriege den Strauß Rosen, Fräulein Whitefield. *Zu Tanner:* Als wir merkten, daß Sie weg waren, hat Fräulein Whitefield mit mir um einen Strauß Rosen gewettet, daß mein Wagen Sie nicht einholen könnte, bevor Sie Monte Carlo erreicht hätten.

TANNER Aber dies ist nicht die Straße nach Monte Carlo.

HECTOR Das macht nichts. Fräulein Whitefield hat an jedem Halteplatz Ihre Spur gefunden; sie ist ein richtiger Sherlock Holmes.

TANNER Die Lebenskraft! Ich bin verloren!

OCTAVIUS *kommt fröhlich von der Straße her ins Amphitheater gesprungen und tritt zwischen Tanner und Straker:* Ich bin so froh, daß du wohlbehalten bist, alter Freund. Wir hatten schon Angst, du wärest Räubern in die Hände gefallen.

RAMSDEN *starrt Mendoza an:* Das Gesicht Ihres Freundes hier kommt mir bekannt vor. *Mendoza erhebt sich höflich und tritt zwischen Ann und Ramsden.*

HECTOR Ja, wirklich, mir auch.

OCTAVIUS Ich kenne Sie genau, mein Herr, aber es will mir nicht einfallen, wo ich Sie schon einmal getroffen habe.

MENDOZA *zu Violet:* Erinnern Sie sich an mich, gnädige Frau?

VIOLET Ja, sehr gut, aber ich vergesse Namen so leicht.

MENDOZA Es war im Savoy Hotel. *Zu Hector:* Sie, mein Herr, pflegten mit dieser Dame zum Lunch zu kommen. *Zu Octavius:* Sie, mein Herr, brachten diese Dame [Ann] und ihre Mutter manchmal auf dem Weg ins Lyceum Theater zum Diner. *Zu Ramsden:* Sie, mein Herr, pflegten zum Abendessen zu kommen, in Begleitung von *er senkt seine Stimme zu einem vertraulichen, aber deutlich hörbaren Flüstern* verschiedenen Damen.

RAMSDEN *ärgerlich:* Und was geht Sie das an, wenn ich bitten darf?

OCTAVIUS Aber, Violet, ich dachte, du und Malone, ihr hättet einander vor dieser Reise nur flüchtig gekannt!?

VIOLET *ärgerlich:* Ich glaube, dieser Mensch war der Manager.

MENDOZA Der Kellner, gnädige Frau. Ich habe Sie alle in dankbarer Erinnerung. Aus der freigiebigen Art, in der Sie mich alle behandelten, schloß ich, daß Sie Ihre Besuche bei uns sehr genossen.

VIOLET Welche Frechheit! *Sie wendet ihm ihren Rücken zu und geht mit Malone den Hügel hinauf.*

RAMSDEN Das genügt, mein Freund. Sie werden wohl nicht

erwarten, daß diese Damen Sie, weil Sie sie bei Tisch bedient haben, wie einen Bekannten behandeln.

MENDOZA Entschuldigen Sie. Aber Sie waren es, der an unsere Bekanntschaft erinnerte. Die Damen folgten Ihrem Beispiel. Nun, dieser Beweis – für die unglückseligen Manieren Ihrer Klasse beendet den Zwischenfall. In Zukunft werden Sie mich bitte mit dem Respekt behandeln, der sich einem fremden Mitreisenden gegenüber geziemt.

Er wendet sich hochmütig ab und nimmt seinen Präsidentensitz wieder ein.

TANNER Da haben wirs! Ich habe auf meiner Reise einen einzigen Mann gefunden, mit dem man sich vernünftig unterhalten kann, und ihr alle müßt ihn instinktiv beleidigen. Sogar der Neue Mann ist nicht besser als ihr alle. Henry, Sie haben sich benommen wie irgendein elender Gentleman.

STRAKER Gentleman? Nicht ich.

RAMSDEN Wirklich, Tanner! Dieser Ton –

ANN Laß ihn nur, Großpapa! Du solltest ihn inzwischen kennen.

Sie nimmt Ramsdens Arm und führt ihn besänftigend den Hügel hinauf zu Violet und Hector. Octavius folgt ihr wie ein Hund.

VIOLET *ruft vom Hügel her:* Da sind die Soldaten. Sie steigen aus ihren Wagen.

DUVAL *in Panik:* Oh, nom le Dieu!

DER ANARCHIST Ihr Narren. Der Staat wird euch zermalmen, weil ihr ihn auf Verlangen der politischen Mitläufer der Bourgeoisie verschont habt.

DER SCHMOLLENDE SOZIALDEMOKRAT *bis zuletzt streitsüchtig:* Im Gegenteil, nur indem man sich der Staatsmaschinerie bemächtigt –

DER ANARCHIST Sie ist im Begriff, sich deiner zu bemächtigen.

DER WÜSTE SOZIALDEMOKRAT *außer sich vor Angst:* Oh, halt die Schnauze! Was machen wir noch hier? Worauf wartn wir denn noch?

MENDOZA *mit zusammengebissenen Zähnen:* Macht nur weiter. Redet über Politik, ihr Idioten, nichts könnte harmloser klingen. Macht weiter, sag ich euch!

Die Soldaten stellen sich auf der Straße auf, sie beherrschen mit ihren Gewehren das Amphitheater. Die Räuber, die gegen einen fast unüberwindlichen Drang, sich hintereinander zu verstecken, ankämpfen, versuchen so unbeteiligt wie möglich auszusehen. Mendoza erhebt sich mit großartiger Geste und ungetrübter Unverschämtheit. Der befehlshabende Offizier kommt von der Straße in das Amphitheater herunter, wirft einen scharfen Blick auf die Räuber und dann einen fragenden auf Tanner.

DER OFFIZIER Wer sind diese Männer, Señor Ingles?

TANNER Meine Eskorte.

Mendoza verneigt sich tief mit einem mephistophelischen Lächeln. Die Räuber können ein Grinsen nicht unterdrükken. Sie legen die Hand an die Mützen, mit Ausnahme des Anarchisten, der mit untergeschlagenen Armen der Staatsgewalt Trotz bietet.

Vierter Akt

Im Garten einer Villa in Granada. Wer wissen will, wie ein solcher Garten aussieht, muß nach Granada gehen. Prosaisch ausgedrückt: Man kann eine Hügelkette ausmachen, die mit Landhäusern übersät ist; auf einem der Hügel liegt die Alhambra, im Tal eine ansehnliche Stadt, zu der staubige, weiße Straßen führen, auf der die Kinder, ohne sich dabei etwas zu denken, automatisch mit jammervoller Stimme und ausgestrecktem braunem Händchen um einen halben Penny betteln; aber an dieser Beschreibung ist, außer dem Betteln und der Farbe der Straßen, nichts, was nicht ebensogut nach Surrey passen würde wie nach Spanien. Der Unterschied ist, daß die Hügel von Surrey verhältnismäßig klein und häßlich sind, man sollte sie eigentlich die Auswüchse von Surrey nennen; diese spanischen Hügel indessen sind eher Berge; die angenehme Form, die über ihre Höhe täuscht, nimmt ihnen nichts von ihrer Würde.

Unser Garten liegt auf einem Hügel der Alhambra gegenüber, und die Villa ist so teuer und pompös, wie eine Villa sein muß, die man englischen oder amerikanischen Reisenden wochenweise möbliert vermietet. Wenn wir am unteren Rand des Gartens auf dem Rasen stehen und nach oben blicken, bildet unseren Horizont die Steinbalustrade einer gepflasterten Plattform, die oben auf dem Hügel am Rande des unendlichen Raumes liegt. Zwischen uns und dieser Plattform liegt ein Blumengarten, in dessen Mitte ein rundes Becken mit einem Springbrunnen, das von geometrischen Blumenbeeten, Kieswegen und beschnittenen Taxushecken in hochherrschaftlichem Stil umgeben ist. Der Garten liegt höher als unser Rasen, wir erreichen ihn über ein paar Stufen in der Mitte einer Böschung. Die Plattform liegt wiederum höher als der Garten, von dem aus abermals ein paar Stufen hinaufführen; über die Balustrade hinweg hat man eine herrliche Aussicht auf die Stadt im Tal und auf die Hügel, die sich auf der anderen Seite des Tales bis in die weite Ferne erstrecken, wo sie zu einem Gebirge ansteigen. Die Villa liegt zu unserer Linken; man steigt von der linken Gartenecke auf Stufen zu ihr hinauf. Wenn wir von der Plattform durch den Garten wieder auf den Rasen zurückkehren (wobei die Villa zu unserer Rechten liegt), so finden wir einen Beweis für die literarischen Interessen der Mieter in der Tatsache, daß es hier kein Tennisnetz gibt und auch keine Krokett-Ringe, sondern zu unserer Linken einen kleinen Eisentisch mit Büchern darauf, die meisten mit gelbem Rücken. Daneben steht ein Stuhl. Auf einem anderen Stuhl rechts vom Tisch liegen auch ein paar aufgeschlagene Bücher. Zeitungen sind keine da, ein Umstand, der, zusammen mit dem Fehlen von Sportgegenständen, den intelligenten Zuschauer zu sehr weitreichenden Schlüssen verführen könnte, was die Art von Menschen betrifft, die diese Villa bewohnen. Solche Spekulationen werden an diesem wundervollen Nachmittag dadurch unterbrochen, daß an einem kleinen Tor in einem Staketenzaun zu unserer Linken Henry Straker in seiner Chauffeur-Kleidung auftaucht. Er hält einem älteren Herrn das Tor auf und folgt ihm dann auf den Rasen.

Dieser ältere Herr trotzt der spanischen Sonne in einem schwarzen Gehrock, hohem Seidenzylinder, Hosen, auf denen sich schmale dunkelgraue und lila Streifen zu einem höchst schicklichen Farbton vermischen, und einer schwarzen Krawatte, die über fleckenlosem Leinen zu einer Schleife gebunden ist. Wahrscheinlich ist dies ein Mann, dessen gesellschaftliche Stellung einer ständigen und peinlich genauen Bestätigung bedarf, ohne Rücksicht auf das Klima; er würde sich inmitten der Sahara und auf dem Gipfel des Mont Blanc genauso kleiden. Da er nicht die Merkmale der Klasse an sich hat, die es als ihre Lebensaufgabe ansieht, erstklassige Schneiderarbeit und Putzmacherei zur Schau zu stellen, sieht er in seinem Staat vulgär aus; in irgendeiner Arbeitskleidung würde er dagegen bestimmt würdig aussehen. Er hat kugelige Wangen und eine gerötete Haut, struppiges Haar, etwas kleine Augen, einen harten Mund, von dessen Winkeln aus sich Falten nach unten ziehen, und ein eigensinniges Kinn. Seine Haut hängt, wie es das Alter mit sich bringt, am unteren Rand der Wangen und unter dem Kinn lose; aber oberhalb des Mundes ist er noch so hart wie ein Apfel, so daß die obere Hälfte des Gesichts jünger aussieht als die untere. Er hat das Selbstvertrauen eines Mannes, der zu Geld gekommen ist, und manchmal auch die Verschlagenheit dessen, der es in einem brutalen Kampf verdient hat; hinter seiner Höflichkeit wird die Drohung spürbar, daß er notfalls auch andere Methoden in Reserve hat. Im ganzen gesehen ein Mann, mit dem man Mitleid haben kann, wenn man keine Angst vor ihm haben muß, denn manchmal hat er etwas Rührendes, als hätte die riesige Wirtschaftsmaschinerie, durch die er in seinen Gehrock gezwängt worden ist, ihm wenig von seiner Eigenart gelassen und seine Gefühle ausgehungert und verkümmert. Beim ersten Wort, das er fallenläßt, wird klar, daß er ein Ire ist, dessen angeborener Tonfall den häufigen Wechsel von Aufenthaltsort und gesellschaftlicher Stellung überdauert hat. Man kann eben noch erraten, daß das ursprüngliche Material seiner Sprache vielleicht der schroffe Dialekt von Kerry ist; aber die Verkümmerung der Rede, die London, Glasgow, Dublin und Großstädte im allgemeinen mit sich bringen, ist schon so lange am Werk gewesen, daß nur ein ausgekochter Londoner es sich im Traum einfallen ließe, seine Sprechweise heute noch irisch zu nennen; denn ihre Musik ist fast verschwunden, nur die Schroffheit ist noch bemerkbar. Straker, der ein sehr ausgeprägter Londoner ist, flößt ihm eine unerbittliche Verachtung ein, der Mann hält ihn für einen blöden Engländer, der seine eigene Sprache nicht ordentlich beherrscht. Straker dagegen hält den Akzent des alten Herrn für einen Witz, der von der Vorsehung aufmerksamerweise eigens zum Vergnügen der britischen Rasse geschaffen worden ist, und behandelt ihn meist mit der Nachsicht, die man einem unterlegenen und unglücklichen Mitmenschen schuldig ist; manchmal auch zeigt er empörte

Beunruhigung, wenn der alte Mann offenkundig darauf besteht, daß man seinen irischen Blödsinn ernst nimmt.

STRAKER Ich geh und sags der jungen Dame. Sie sagte, Sie würden wohl lieber hier warten.
Er wendet sich, um durch den Garten zur Villa hinaufzugehen.

DER IRE *der sich mit lebhafter Neugier umgesehen hat:* Der jungen Dame? Das ist Fräulein Violet, wie?

STRAKER *der plötzlich Verdacht schöpft, bleibt stehen:* Nun, Sie wissen es doch, oder nicht?

DER IRE Weiß ich es?

STRAKER *wird langsam wütend:* Nun, wissen Sie's oder wissen Sie's nicht?

DER IRE Was geht das Sie an?

STRAKER *jetzt sehr wütend, kommt die Stufen wieder herunter und stellt sich dem Besucher gegenüber:* Ich werde Ihnen sagen, was mich das angeht. Fräulein Robinson –

DER IRE *unterbricht ihn:* Oh, ihr Name ist Robinson, ja? Vielen Dank!

STRAKER Wie, Sie kennen nicht einmal ihren Namen?

DER IRE Doch, ich kenne ihn. Sie haben ihn mir ja eben gesagt.

STRAKER *für einen Augenblick durch die Schlagfertigkeit des alten Mannes zum Schweigen gebracht:* Hörn Se mal, was denken Se sich, Sie steigen in meinen Wagen un lassen sich von mir herfahren, un dabei sin Se garnicht der Mann, dem ich den Brief geben sollte.

DER IRE Wem sonst sollten Sie ihn denn bringen?

STRAKER Auf Fräulen Robinsons Bitte hin brachte ich ihn Herrn Hector Malone, verstehen Se? Fräulein Robinson ist nicht meine Chefin; ich hab's aus Gefälligkeit getan. Ich kenne den Herrn Malone, un Sie sin es nicht, weit entfernt davon. Im Hotel sagte man mir, Sie wären Hector Malone –
Die wachsende Spannung in der Unterhaltung wird in

diesem Augenblick von Violet unterbrochen, die aus der Villa herausgestürzt, durch den Garten gelaufen ist und soeben die Stufen hinuntersteigt. Sie tritt gerade zur rechten Zeit zwischen Straker und Malone.

VIOLET *zu Straker:* Haben Sie meine Botschaft überbracht?

STRAKER Ja, Fräulein. Ich hab den Brief zum Hotel gebracht und nach oben geschickt und erwartet, den jungen Herrn Malone zu sehen. Dann kommt dieser Herr heraus und sagt, es ist in Ordnung und fährt mit mir. Da die Leute im Hotel sagten, er sei Herr Malone, hab ich ihn mitgebracht. Und jetzt sagt er wieder dasselbe. Aber wenn es nicht der Herr ist, den Sie meinten, sagen Sie nur ein Wort; es ist ganz leicht, ihn wieder zurückzubringen.

MALONE Ich würde es als eine große Gunst betrachten, wenn ich mich kurz mit Ihnen unterhalten könnte, mein Fräulein. Ich bin Hectors Vater, wie dieser kluge Brite im Laufe der nächsten Stunde erraten haben würde.

STRAKER *kühl und abweisend:* Nein, nicht einmal im Lauf des nächsten Jahres. Wenn wir soviel Zeit gehabt hätten, Sie aufzupolieren wie ihn, wern Se ihm vielleicht ein bißchen ähnlich. Im Augenblick fehlt noch viel. Um ein Beispiel zu nennen: Sie sprechen viel zu undeutlich. *Liebenswürdig zu Violet:* Schon gut, Fräulein; Sie wollen mit ihm sprechen, ich ziehe mich zurück. *Er nickt Malone leutselig zu und geht durch das kleine Tor im Zaun hinaus.*

VIOLET *sehr höflich:* Wenn dieser Mann unhöflich war, Herr Malone, so tut es mir sehr leid. Aber was können wir machen? Er ist unser Chauffeur.

MALONE Ihr was?

VIOLET Der Fahrer unseres Autos. Er kann mit einem Auto siebzig Meilen in der Stunde fahren und es flicken, wenn etwas kaputt ist. Wir sind von unseren Autos abhängig, und unsere Autos sind von ihm abhängig; daher sind auch wir von ihm abhängig.

MALONE Ich habe folgendes bemerkt, mein Fräulein, jeder neue Tausender, den ein Engländer erwirbt, fügt der Zahl der Leute, von denen er abhängig ist, einen hinzu. Aber Sie brauchen sich wegen des Mannes nicht zu entschuldigen. Ich habe ihn absichtlich zum Sprechen gebracht. Dabei habe ich erfahren, daß Sie sich hier in Grannida mit einer Gesellschaft von Engländern aufhalten, zu der auch mein Sohn Hector gehört.

VIOLET *im Plauderton:* Ja. Wir hatten die Absicht, nach Nizza zu fahren; aber wir mußten einem etwas exzentrischen Mitglied unserer Gesellschaft folgen, der als erster abfuhr und hierherkam. Wollen Sie sich nicht setzen? *Sie räumt die Bücher von dem nächststehenden Stuhl.*

MALONE *von dieser Aufmerksamkeit beeindruckt:* Vielen Dank. *Er setzt sich und beobachtet sie neugierig, während sie zu dem Eisentisch geht und dort die Bücher ablegt. Als sie sich ihm wieder zuwendet, sagt er:* Fräulein Robinson, nicht wahr?

VIOLET *setzt sich:* Ja.

MALONE *nimmt einen Brief aus der Tasche:* Ihre Nachricht an Hector lautet folgendermaßen *Violet ist außerstande, ihr Erschrecken zu unterdrücken. Er macht eine Pause, um ruhig seine goldgefaßte Brille herauszuholen und aufzusetzen:* »Liebster, heute nachmittag sind alle zur Alhambra. Ich habe Kopfschmerzen vorgeschützt und habe den Garten ganz für mich. Spring in Jacks Auto; Straker wird im Nu herrattern. Schnell, schnell, schnell. Deine Dich liebende Violet.«

Er schaut sie an. Sie hat sich inzwischen gefaßt und blickt ihm mit völliger Ruhe in die Brillengläser. Er fährt langsam fort:

Nun, ich weiß nicht, wie die jungen Leute in England miteinander umgehen, aber in Amerika würde man finden, daß dieser Brief ein sehr beträchtliches Maß von zärtlicher Vertrautheit zwischen den Betroffenen andeutet.

VIOLET Ja, ich kenne Ihren Sohn sehr gut, Herr Malone. Haben Sie etwas dagegen?

MALONE *etwas betroffen:* Nein, eigentlich nicht. Vorausgesetzt, daß es klar ist, daß mein Sohn völlig von mir abhängt, und daß ich von jedem wichtigen Schritt in Kenntnis gesetzt werden muß, den er vielleicht zu tun erwägt.

VIOLET Ich bin sicher, Herr Malone, Sie würden keine unvernünftigen Forderungen an ihn stellen.

MALONE Gewiß nicht, Fräulein Robinson; aber in Ihrem Alter werden Ihnen sicher viele Dinge unvernünftig vorkommen, die ich nicht für unvernünftig halte.

VIOLET *mit einem leichten Achselzucken:* Nun gut, ich glaube, es hat keinen Zweck, daß wir aneinander vorbeireden, Herr Malone. Hector hat die Absicht, mich zu heiraten.

MALONE Diese Möglichkeit konnte ich nach Ihrem Brief nicht ausschließen. Nun, Fräulein Robinson, er ist sein eigener Herr, aber wenn er Sie heiratet, kriegt er von mir keinen Cent.

Er nimmt seine Brille ab und steckt sie zusammen mit dem Brief in die Tasche.

VIOLET *ziemlich streng:* Das ist nicht sehr schmeichelhaft für mich, Herr Malone.

MALONE Ich sage nichts gegen Sie, Fräulein Robinson; Sie sind bestimmt eine liebenswürdige und ausgezeichnete junge Dame. Aber ich habe mit Hector andere Absichten.

VIOLET Aber vielleicht hat Hector keine anderen Absichten mit sich selbst, Herr Malone.

MALONE Vielleicht. Aber dann muß er sie ohne mich ausführen, mehr nicht. Ich möchte doch meinen, daß Sie damit gerechnet haben. Wenn eine junge Dame einem jungen Mann schreibt, daß er schnell, schnell, schnell zu ihr kommen soll, dann scheint Geld nichts und Liebe alles zu bedeuten.

VIOLET *scharf:* Entschuldigen Sie, Herr Malone. So töricht denke ich keineswegs. Hector muß Geld haben.

MALONE *fassungslos:* Oh, sehr gut, sehr gut. Er kann es sich zweifelsohne erarbeiten.

VIOLET Welchen Sinn hat es, Geld zu haben, wenn man dafür

arbeiten muß? *Sie steht ungeduldig auf.* Das ist alles Unsinn, Herr Malone: Sie müssen Ihren Sohn in die Lage versetzen, standesgemäß zu leben. Das ist sein Recht.

MALONE *grimmig:* Ich würde Ihnen nicht raten, ihn auf dieses Recht hin zu heiraten, Fräulein Robinson.

Violet, die beinahe die Geduld verloren hätte, beherrscht sich mühsam; sie öffnet ihre geballte Faust und nimmt mit einstudierter Ruhe und Gelassenheit wieder Platz.

VIOLET Ich bitte Sie, was haben Sie denn gegen mich? Meine gesellschaftliche Stellung ist, um es milde auszudrücken, so gut wie die Hectors. Er gibt das zu.

MALONE *listig:* Sie sagen es ihm wohl auch von Zeit zu Zeit, wie? Hectors gesellschaftliche Stellung in England, Fräulein Robinson, ist die, die ich für ihn kaufen werde. Ich habe ihm ein faires Angebot gemacht. Er kann sich das geschichtsträchtigste Landhaus, Schloß oder Kloster aussuchen, das in England zu finden ist. An dem Tag, an dem er mir sagt, daß er es für eine Frau nötig hat, die der Tradition des Hauses entspricht, werde ich es ihm kaufen und ihm die Mittel geben, es zu unterhalten.

VIOLET Was meinen Sie mit einer Frau, die der Tradition entspricht? Kann nicht jede Frau mit guter Erziehung ein solches Haus für ihn führen?

MALONE Nein, sie muß dazu geboren sein.

VIOLET Hector ist auch nicht dazu geboren, oder doch?

MALONE Seine Großmutter war ein barfüßiges, irisches Mädchen, das mich an einem Torffeuer stillte. Eine solche kann er von mir aus heiraten, ihr werde ich ihr Heiratsgut nicht verweigern. Er kann aber auch mit meinem Geld selbst auf der sozialen Leiter aufsteigen, oder er kann einen anderen emporheben. Solange irgendein sozialer Nutzen dabei herauskommt, werde ich meine Ausgaben als gerechtfertigt ansehen. Aber für einen von beiden muß ein Vorteil damit verbunden sein. Eine Heirat mit Ihnen würde alles so lassen, wie es ist.

VIOLET Viele meiner Verwandten würden sehr dagegen sein,

daß ich den Enkel einer Frau aus dem Volke heirate, Herr Malone. Das mag ein Vorurteil sein, aber Ihr Wunsch, daß er einen Titel heiraten soll, ist auch ein Vorurteil.

MALONE *steht auf und nähert sich ihr mit einem prüfenden Blick, in dem viel widerwilliger Respekt zu lesen ist:* Sie scheinen mir ziemlich geradeheraus und ehrlich, junge Frau.

VIOLET Ich kann nicht einsehen, warum ich elend und arm sein soll, nur weil ich Ihnen keinen Vorteil bringe. Warum wollen Sie Hector unglücklich machen?

MALONE Er wirds schon überstehen. Männer kommen besser über Enttäuschungen in der Liebe weg als über Enttäuschungen in punkto Geld. Wahrscheinlich kommt Ihnen das schmutzig vor, aber ich weiß, wovon ich rede. Mein Vater ist verhungert im schwarzen Jahr 47 in Irland. Vielleicht haben Sie von diesem Jahr gehört.

VIOLET Von der Hungersnot?

MALONE *mit unterdrückter Empörung:* Nein, vom Hungertod. Wenn ein Land voller Nahrungsmittel ist und sie ausführt, dann kann man nicht von einer Hungersnot sprechen. Mein Vater hungerte sich zu Tode, und ich wurde auf dem Arm meiner Mutter vom Hunger nach Amerika vertrieben. Die englische Herrschaft hat mich und die Meinen aus Irland gejagt. Nun, Sie können Irland behalten. Ich und meinesgleichen sind zurückgekommen, um England zu kaufen; und wir wollen das Beste daran kaufen. Ich will kein Mittelklasse-Anwesen und keine Frau aus der Mittelklasse für Hector. Sie sehen, ich bin so geradeheraus wie Sie.

VIOLET *mit eisigem Mitleid für seine Sentimentalität:* Aber hören Sie, Herr Malone. Ich muß mich wundern, einen Mann Ihres Alters und Ihrer Intelligenz so romantisches Zeug reden zu hören. Glauben Sie, englische Edelleute werden Ihnen so einfach Ihren Familiensitz verkaufen?

MALONE Ich habe das Vorkaufsrecht auf zwei der ältesten Familiensitze in England. Der eine der historischen Eigentümer kann es sich nicht mehr leisten, alle Räume abstauben zu lassen, der andere kann die Erbschaftssteuer nicht bezahlen. Was sagen Sie nun?

VIOLET Das ist natürlich skandalös. Aber Sie wissen genau, daß die Regierung früher oder später all diesen sozialistischen Angriffen auf das Eigentum Einhalt gebieten wird.

MALONE *grinsend:* Glauben Sie, die Regierung wirds schaffen, bevor ich das Haus gekauft habe – oder vielmehr die Abtei? Es sind beides Abteien.

VIOLET *schiebt diesen Punkt ungeduldig beiseite:* Ach, lassen Sie uns doch vernünftig miteinander reden, Herr Malone. Sie müssen doch spüren, daß wir bisher nicht richtig ernst miteinander geredet haben.

MALONE Das kann ich nicht sagen. Mir ist alles, was ich sage, ernst.

VIOLET Dann kennen Sie Hector nicht so, wie ich ihn kenne. Er ist ein romantischer Schwärmer – mir scheint, das hat er von Ihnen –, und er braucht eine bestimmte Art von Frau, die sich seiner annimmt. Keine Romantikerin, wissen Sie.

MALONE Wohl jemanden wie Sie?

VIOLET *ruhig:* Allerdings. Aber Sie können nicht von mir verlangen, daß ich dies tue ohne die erforderlichen Mittel, um seine gesellschaftliche Stellung aufrechtzuerhalten.

MALONE Einen Augenblick, einen Augenblick! Wo geraten wir denn hin? Ich habe nicht den Eindruck, daß ich Sie gebeten habe, irgend etwas zu tun.

VIOLET Natürlich können Sie es mir sehr schwermachen, mit Ihnen zu sprechen, Herr Malone, wenn Sie mich mit Absicht mißverstehen.

MALONE *ein wenig in Verwirrung gebracht:* Ich habe nicht die Absicht, unfair gegen Sie zu sein, aber mir scheint, daß wir irgendwie den Faden verloren haben.

Straker, der aussieht, als habe er sich beeilt, öffnet das kleine Tor und läßt Hector herein, der wutschnaubend auf den Rasen tritt und auf seinen Vater zugeht. Violet springt, äußerst bestürzt, auf und geht ihm entgegen. Straker war-

tet nicht ab; wenigstens bleibt er nicht sichtbar in Hörweite.

VIOLET Oh, wie dumm! Bitte, Hector, sag jetzt nichts. Geh weg, bis ich mein Gespräch mit deinem Vater beendet habe.

HECTOR *unerbittlich:* Nein, Violet! Ich will die Sache jetzt auf der Stelle klären.

Er schiebt sie beiseite, geht an ihr vorbei und tritt seinem Vater entgegen, dessen Wangen dunkel werden, da das irische Blut in ihnen zu brodeln beginnt.

Papa, du hast nicht fair gespielt.

MALONE Was soll das heißen?

HECTOR Du hast einen Brief geöffnet, der an mich adressiert war. Du hast so getan, als wärest du ich und bist bei dieser Dame eingedrungen. Das ist unehrenhaft.

MALONE *drohend:* Paß auf, was du sagst, Hector. Paß auf, sag ich dir.

HECTOR Ich habe aufgepaßt. Ich passe auf. Ich passe auf meine Ehre auf und auf meine Stellung in der englischen Gesellschaft.

MALONE *wütend:* Deine Stellung ist mit meinem Geld gekauft, weißt du das?

HECTOR Dadurch, daß du diesen Brief geöffnet hast, hast du sie mir verdorben. Den Brief einer englischen Dame, der nicht an dich gerichtet war – einen vertraulichen Brief! Einen delikaten Brief! Einen persönlichen Brief! Von meinem Vater geöffnet! Damit ist ein Mann in England erledigt. Je eher wir zusammen zurückfahren, desto besser.

Er ruft stumm den Himmel zum Zeugen für die Schande und die Not zweier Ausgestoßener an.

VIOLET *mit Verachtung, aus einem instinktiven Widerwillen gegen Szenen:* Nun sei vernünftig, Hector. Es war ganz natürlich, daß Herr Malone meinen Brief geöffnet hat: sein Name stand ja auf dem Umschlag.

MALONE Da hast dus! Du hast keinen gesunden Menschenverstand, Hector. Ich danke Ihnen, Fräulein Robinson.

HECTOR Ich danke dir auch. Du bist sehr freundlich. Mein Vater weiß es nicht besser!

MALONE *ballt wütend die Fäuste:* Hector!

HECTOR *mit unverminderter moralischer Überlegenheit:* Oh, es hat keinen Zweck, mich anzufahren, Papa. Ein persönlicher Brief ist ein persönlicher Brief; daran kannst du nicht vorbei.

MALONE *erhebt seine Stimme:* Ich laß mir von dir keine Vorschriften machen, merk dir das!

VIOLET Still, bitte, bitte! Da kommen sie alle.

Vater und Sohn, zum Schweigen gebracht, starren sich stumm an, während Tanner mit Ramsden durch das kleine Tor kommt, Octavius und Ann folgen.

VIOLET Schon zurück?

TANNER Die Alhambra ist heute nachmittag geschlossen.

VIOLET Was für ein Reinfall!

Tanner kommt weiter nach vorn und findet sich plötzlich zwischen Hector und einem fremden älteren Mann, die beiden sind offensichtlich gerade dabei, sich aufeinander zu stürzen. Er blickt, eine Erklärung suchend, von einem zum andern. Sie wenden beleidigt den Blick ab und nähren stumm ihren Groll.

RAMSDEN Violet, ist es klug, mit solchen Kopfschmerzen in die Sonne zu gehen?

TANNER Und Sie haben sich auch erholt, Malone?

VIOLET Oh, ich vergaß. Ihr kennt euch ja noch nicht. Mr. Malone, wollen Sie nicht Ihren Vater vorstellen?

HECTOR *mit römischer Festigkeit:* Nein, das will ich nicht. Er ist nicht mein Vater.

MALONE *sehr wütend:* Du verleugnest deinen Papa vor deinen englischen Freunden, wie?

VIOLET Oh, bitte, macht keine Szene.

Ann und Octavius, die in der Nähe des Törchens stehengeblieben sind, wechseln einen erstaunten Blick und ziehen sich dann diskret die Stufen hinauf in den Garten zurück, wo sie den Krach genießen können, ohne sich einzumi-

schen. Auf dem Weg zu den Stufen signalisiert Ann mit raschem Mienenspiel stumm ihr Einverständnis zu Violet hinüber, die mit dem Rücken zu dem kleinen Tisch steht und mit hilfloser Wut zusieht, wie ihr Mann sich in immer höhere Sphären moralischer Empörung hinaufschwingt, ohne die geringste Rücksicht auf die Millionen des alten Herrn zu nehmen.

HECTOR Es tut mir sehr leid, Fräulein Robinson, aber ich kämpfe um ein Prinzip. Ich bin ein Sohn, und ich hoffe, ein pflichtbewußter Sohn; aber vor allem bin ich ein Mann!!! Und wenn Papa meine Privatbriefe behandelt, als gehörten sie ihm, und sich anmaßt, mir zu verbieten, Sie zu heiraten, nachdem ich das große Glück gehabt habe, Ihre Einwilligung zu erlangen, dann schnippe ich eben mit dem Finger und gehe einfach meiner Wege.

TANNER Violet heiraten?

RAMSDEN Sind Sie von Sinnen?

TANNER Haben Sie vergessen, was wir Ihnen gesagt haben?

HECTOR *unbekümmert:* Was Sie mir gesagt haben, kümmert mich nicht.

RAMSDEN *empört:* Aber, aber, Sir! Ungeheuerlich!

Er eilt auf das Tor zu, seine Ellbogen zittern vor Empörung.

TANNER Noch ein Verrückter! Diese verliebten Kerle sollten eingesperrt werden.

Er gibt Hector als hoffnungslosen Fall auf und wendet sich in Richtung Garten; aber der alte Malone, der sich nun von anderer Seite beleidigt fühlt, folgt ihm und zwingt ihn, durch die Aggressivität seines Tons, stehenzubleiben.

MALONE Das verstehe ich nicht. Bitte sehr, ist Hector etwa nicht gut genug für diese Dame?

TANNER Mein lieber Herr, diese Dame ist bereits verheiratet. Hector weiß das, und doch stört ihn das nicht in seiner Verliebtheit. Bringen Sie ihn nach Hause und sperren Sie ihn ein.

MALONE Das ist also der hochwohlgeborene Gesellschaftston, den ich mit meinem unwissenden, unkultivierten Benehmen gestört habe! Ein Verhältnis mit einer verheirateten Frau! *Er tritt wütend zwischen Hector und Violet und brüllt in Hectors linkes Ohr hinein:* Diese Sitten hast du bei der britischen Aristokratie gelernt, wie?

HECTOR Ganz recht. Mach dir deshalb keine Sorgen. Was ich tue, kann ich moralisch verantworten.

TANNER *tritt mit blitzenden Augen an Hectors Rechte:* Gut gesagt, Malone! Auch Sie sehen ein, daß die reinen Ehegesetze noch nicht die Moral selbst sind! Ich stimme Ihnen zu, aber unglücklicherweise tut Violet das nicht.

MALONE Ich erlaube mir, das zu bezweifeln, mein Herr. *Wendet sich an Violet:* Eins will ich Ihnen sagen, Fräulein Robinson oder wie sonst Ihr richtiger Name lautet, wenn Sie die Frau eines anderen Mannes sind, war es unrecht von Ihnen, meinem Sohn diesen Brief zu schicken.

HECTOR *empört:* Jetzt ist es genug! Papa, du hast meine Frau beleidigt.

MALONE Deine Frau?

TANNER Sie sind also der unbekannte Gatte! Noch ein Moralschwindler!

Er schlägt sich mit der flachen Hand gegen die Stirn und sinkt in Malones Stuhl zusammen.

MALONE Du hast ohne meine Zustimmung geheiratet!

RAMSDEN Sie haben uns absichtlich hinters Licht geführt, mein Herr.

HECTOR Hört mal, ich hab jetzt genug davon, von allen Seiten gehetzt zu werden. Violet und ich sind verheiratet, das ist eine Tatsache. Habt ihr etwas dazu zu sagen – wer von euch?

MALONE Ich weiß, was ich dazu zu sagen habe: sie hat einen Bettler geheiratet.

HECTOR Nein, sie hat einen Arbeiter geheiratet. *Seine Betonung gibt diesem einfachen und populären Wort eine überwältigende Eindringlichkeit.* Noch heute nachmittag werde ich anfangen, meinen eigenen Lebensunterhalt zu verdienen.

MALONE *schnaubt verächtlich:* Ja, du bist im Augenblick sehr mutig, denn du hast gestern oder heute morgen deinen Scheck von mir bekommen. Warte nur, bis er verbraucht ist, dann wirst du nicht mehr so übermütig sein.

HECTOR *holt einen Scheck aus seiner Brieftasche:* Hier ist er. *Wirft ihn seinem Vater vor die Füße.* Nimm deinen Scheck und scher dich damit aus meinem Leben. Ich bin mit deinen Schecks fertig, und ich bin mit dir fertig. Das Recht, meine Frau zu beleidigen, verkaufe ich nicht für tausend Dollar.

MALONE *tief verletzt und voller Sorge:* Hector, du weißt nicht, was Armut ist.

HECTOR *feurig:* Nun, dann will ich sie eben kennenlernen. Ich will ein Mann werden. Violet, du kommst mit mir, in dein eigenes Heim: ich werde für dich sorgen.

OCTAVIUS *springt aus dem Garten auf den Rasen hinunter und eilt an Hectors Linke:* Ich hoffe, du gibst mir noch einmal die Hand, bevor du gehst, Hector. Ich bewundere und verehre dich mehr, als ich sagen kann.

Während sie sich die Hand schütteln, bricht Octavius beinahe in Tränen aus.

VIOLET *auch den Tränen nahe, aber aus Wut:* Oh, Tavy, sei kein Idiot, Hector eignet sich zum Arbeiter genausowenig wie du.

TANNER *erhebt sich von seinem Stuhl und tritt an Hectors andere Seite:* Keine Sorge, Frau Malone, er braucht ja nicht gleich Straßenarbeiter zu werden. *Zu Hector:* Es macht keine Schwierigkeiten, Startkapital zu besorgen. Betrachten Sie mich als Ihren Freund. Verfügen Sie über mich.

OCTAVIUS *impulsiv:* Und über mich.

MALONE *mit wilder Eifersucht:* Wer will denn Ihr dreckiges Geld? Bei wem sollte er Kredit aufnehmen, wenn nicht bei seinem eigenen Vater? *Tanner und Octavius ziehen sich zurück, Octavius ein wenig beleidigt, Tanner beruhigt, daß die Geldfrage gelöst ist. Violet schöpft Hoffnung.*

Hector, mein Junge, überstürze nichts. Es tut mir leid, was ich gesagt habe; ich wollte Violet nicht beleidigen; ich nehme alles zurück. Sie ist genau die Frau, die du brauchst. Nun?

HECTOR *klopft ihm auf die Schulter:* Es ist schon gut, Papa. Sag nichts mehr. Wir sind wieder Freunde. Aber Geld nehme ich von niemandem mehr.

MALONE *demütig bittend:* Sei nicht so hart gegen mich, Hector. Es wäre mir lieber, du wärst böse und nähmst mein Geld, als daß wir Freunde sind und du hungerst. Du kennst die Welt nicht; ich kenne sie.

HECTOR Nein, nein, nein. Das ist nun abgemacht, und daran ist nichts mehr zu rütteln.

Er geht unerbittlich an seinem Vater vorbei und tritt zu Violet:

Komm, Frau Malone. Du mußt jetzt mit zu mir ins Hotel ziehen und vor der Welt den Platz einnehmen, der dir zukommt.

VIOLET Aber ich muß erst hineingehen, Lieber, und Davis sagen, daß er packen soll. Möchtest du nicht vorgehen und mir ein Zimmer bestellen, das auf den Garten hinausgeht? In einer halben Stunde komme ich nach.

HECTOR Also gut. Du ißt mit uns, Vater, nicht wahr?

MALONE *sehr darauf bedacht, ihn zu versöhnen:* Ja, ja.

HECTOR Wir sehen uns dann alle nachher.

Er winkt Ann zu, die jetzt mit Tanner, Octavius und Ramsden im Garten steht, geht durch das kleine Tor hinaus und läßt seinen Vater und Violet nebeneinander auf dem Rasen zurück.

MALONE Sie werden versuchen, ihn zur Vernunft zu bringen, Violet, das weiß ich.

VIOLET Ich hatte keine Ahnung, daß er so eigensinnig sein kann. Was kann ich tun, wenn er so weitermacht?

MALONE Lassen Sie sich nicht entmutigen; häuslicher Druck wirkt langsam, aber sicher. Sie werden ihn schon hinkriegen. Versprechen Sie mir das.

VIOLET Ich werde mein Bestes tun. Natürlich halte ich es auch für den größten Blödsinn, uns mutwillig arm zu machen.

MALONE Natürlich.

VIOLET *überlegt einen Augenblick:* Vielleicht geben Sie mir den Scheck. Er wird ihn für die Hotelrechnung brauchen. Ich werde ihn zu überreden versuchen, daß er ihn annimmt. Natürlich nicht jetzt sofort, aber bald.

MALONE *eifrig:* Ja, ja, ja, so ist es richtig. *Er reicht ihr eine Tausend-Dollarnote und fügt listig hinzu:* Sie verstehen, das ist nur der Zuschuß für einen Junggesellen.

VIOLET *kühl:* Natürlich. *Sie nimmt den Schein:* Danke. Übrigens, Herr Malone – diese beiden Häuser, von denen Sie sprachen – die Abteien –

MALONE Ja?

VIOLET Kaufen Sie keins davon, ehe ich es gesehen habe. Man weiß nie, was für Nachteile diese Anwesen haben.

MALONE Schon gut. Ich tue nichts, ohne Sie um Rat zu fragen, da brauchen Sie keine Angst zu haben.

VIOLET *höflich, aber ohne einen Schimmer von Dankbarkeit:* Danke, so wird es am besten sein.

Sie geht ruhig zur Villa zurück, wird dabei unterwürfig von Malone bis zum oberen Rand des Gartens begleitet.

TANNER *macht Ramsden darauf aufmerksam, wie untertänig sich Malone von Violet verabschiedet:* Und dieser arme Teufel ist ein Milliardär! Einer der großen Männer seiner Zeit! Vom ersten Mädchen, das sich die Mühe macht, ihn zu verachten, wie ein Möpschen an der Leine geführt. Ich frage mich, ob es je mit mir so weit kommen wird.

Er kommt auf den Rasen hinunter.

RAMSDEN *der ihm folgt:* Je eher, desto besser für Sie.

MALONE *kommt durch den Garten zurück und klatscht dabei in die Hände:* Sie wird eine großartige Frau für Hector sein. Ich würde sie nicht gegen zehn Herzoginnen tauschen. *Geht auf den Rasen hinunter und tritt zwischen Tanner und Ramsden.*

RAMSDEN *sehr höflich gegen den Milliardär:* Es ist ein unerwartetes Vergnügen, Herr Malone, Sie in diesem Winkel der Welt zu treffen. Sind Sie gekommen, um die Alhambra zu kaufen?

MALONE Nun, ich könnte es mir überlegen. Ich glaube, ich könnte sie besser gebrauchen als die spanische Regierung. Aber das ist nicht der Grund, warum ich hergekommen bin. Ich will Ihnen die Wahrheit sagen. Vor etwa einem Monat hörte ich zufällig, wie zwei Männer über ein Aktienpaket verhandelten. Sie waren über den Preis verschiedener Meinung; sie waren jung und gierig und wußten nicht, daß, wenn die Aktien das wert waren, was man für sie bot, sie auch das wert sein mußten, was verlangt wurde, denn der Unterschied war zu gering, um von Belang zu sein. Weil es mir Spaß machte, griff ich zu und kaufte sie. Aber bis zu diesem Tag habe ich nicht herausgekriegt, um was es sich handelt. Das Büro ist in dieser Stadt, die Firma heißt Mendoza und Co. Ob Mendoza ein Bergwerk, eine Dampferlinie, eine Bank oder ein patentierter Artikel ist –

TANNER Mendoza ist ein Mann. Ich kenne ihn; seine Prinzipien sind durchaus kaufmännisch. Erlauben Sie, daß wir Sie in unserem Wagen durch die Stadt fahren, Herr Malone, und unterwegs bei ihm vorsprechen.

MALONE Ja, wenn Sie so freundlich sein wollen. Und darf ich fragen, wer –?

TANNER Herr Roebuck Ramsden, ein sehr alter Freund Ihrer Schwiegertochter.

MALONE Freue mich, Sie kennenzulernen.

RAMSDEN Danke, Herr Tanner gehört auch zu unserem Kreis.

MALONE Ich freue mich, auch Sie kennenzulernen, Herr Tanner.

TANNER Danke!

Malone und Ramsden gehen freundschaftlich miteinander durch das kleine Tor.

Tanner ruft nach Octavius, der im Garten mit Ann umhergeht:

Tavy!

Octavius kommt an die Stufen und Tanner flüstert ihm laut zu:

Violets Schwiegervater finanziert die Räuber.

Tanner eilt davon, um Malone und Ramsden einzuholen. Ann kommt an die Treppe, von der Laune getrieben, Octavius zu quälen.

ANN Willst du nicht mit ihnen gehen, Tavy?

OCTAVIUS *dem plötzlich Tränen in die Augen stürzen:* Es schneidet mir ins Herz, Ann, wenn du wünschst, daß ich gehe.

Er kommt auf den Rasen hinunter, um sein Gesicht vor ihr zu verbergen. Sie folgt ihm mit schmeichelnden Worten.

ANN Armer Ricky-Ticky-Tavy! Armes Herz!

OCTAVIUS Es gehört dir, Ann. Vergib mir, ich muß mit dir sprechen. Ich liebe dich. Du weißt, daß ich dich liebe.

ANN Was nützt das, Tavy? Du weißt, meine Mutter hat beschlossen, daß ich Jack heirate.

OCTAVIUS *überrascht:* Jack?

ANN Es klingt absurd, nicht wahr?

OCTAVIUS *mit wachsendem Unmut:* Willst du sagen, daß Jack die ganze Zeit mit mir gespielt hat? Daß er mir eingeredet hat, dich *nicht* zu heiraten, weil er selber dich heiraten will?

ANN *erschrocken:* Nein, nein, du darfst ihn nie merken lassen, daß ich das gesagt habe. Ich glaube keinen Augenblick, daß Jack weiß, was er will. Aber aus dem Testament meines Vaters geht klar hervor: er wünschte, daß ich Jack heirate. Und meine Mutter hat es sich fest in den Kopf gesetzt.

OCTAVIUS Aber du bist nicht verpflichtet, dich in allem den Wünschen deiner Eltern zu opfern.

ANN Mein Vater hat mich geliebt. Meine Mutter liebt mich.

Ihre Wünsche sind gewiß eine bessere Richtschnur als meine Selbstsucht.

OCTAVIUS Ach, ich weiß doch, wie selbstlos du bist, Ann. Aber glaub mir – obwohl ich weiß, daß ich in meinem eigenen Interesse spreche –, diese Frage hat noch eine andere Seite. Ist es Jack gegenüber fair, ihn zu heiraten, wenn du ihn nicht liebst? Ist es dann fair, mit deinem eigenen auch mein Glück zu zerstören, wenn du mich lieben könntest?

ANN *betrachtet ihn mit einer schwachen Regung von Mitleid:* Tavy, mein Lieber, du bist ein netter Mensch – ein guter Junge.

OCTAVIUS *gedemütigt:* Ist das alles?

ANN *trotz ihres Mitleids boshaft:* Das ist sehr viel, laß dir das gesagt sein. Du würdest immer den Boden anbeten, auf den ich trete, nicht wahr?

OCTAVIUS Ja. Es klingt lächerlich, aber es ist keine Übertreibung. Ich tue es und werde es immer tun.

ANN Immer ist ein langes Wort, Tavy. Sieh mal, immer würde ich deiner Vorstellung von meiner Göttlichkeit entsprechen müssen, und ich glaube, wenn wir verheiratet wären, könnte ich das nicht. Aber wenn ich Jack heirate, werde ich dich nie enttäuschen – wenigstens nicht, bis ich alt werde.

OCTAVIUS Auch ich werde alt, Ann. Und wenn ich achtzig bin, so wird ein weißes Haar der Frau, die ich liebe, mich immer noch mehr beben machen als die dickste Goldflechte auf dem schönsten jungen Kopf.

ANN *ganz gerührt:* Oh, das ist Poesie, Tavy, wirkliche Poesie. Es ruft in mir ein seltsames Gefühl hervor, wie ein Echo aus einer früheren Existenz, und das scheint mir immer ein schlagender Beweis dafür, daß wir eine unsterbliche Seele haben.

OCTAVIUS Glaubst du das wirklich?

ANN Tavy, wenn es so sein soll, dann mußt du mich verlieren und doch lieben.

OCTAVIUS Oh! *Er läßt sich an dem kleinen Tisch auf einen Stuhl fallen und bedeckt das Gesicht mit den Händen.*

ANN *mit Überzeugung:* Tavy, um nichts in der Welt möchte ich deine Illusionen zerstören. Ich kann dich weder nehmen noch dich lassen. Ich sehe genau voraus, was für dich gut ist. Um meinetwillen mußt du ein sentimentaler alter Junggeselle werden.

OCTAVIUS *verzweifelt:* Ann, ich bringe mich um!

ANN Oh nein, das wirst du nicht tun. Es wäre rücksichtslos. Es wird dir gar nicht so schlecht gehen. Du wirst sehr nett zu den Frauen sein, und du wirst oft in die Oper gehen. Ein gebrochenes Herz ist für einen Mann in London, der über ein ausreichendes Einkommen verfügt, ein recht angenehmes Leiden.

OCTAVIUS *beträchtlich abgekühlt, aber überzeugt, daß er nun seine Selbstbeherrschung wiedergewinnt:* Ich weiß, Ann, deine Absicht war gut. Jack hat dir eingeredet, daß zynische Behandlung ein gutes Heilmittel für mich ist. *Er erhebt sich mit ruhiger Würde.*

ANN *betrachtet ihn prüfend:* Siehst du, du bist schon desillusioniert. Das hatte ich gefürchtet.

OCTAVIUS Daß Jack desillusioniert werden könnte, davor hast du keine Angst?

ANN *deren Gesicht in boshafter Ekstase aufleuchtet, flüstert:* Nein, denn Jack macht sich über mich keine Illusionen. Jack werde ich in der entgegengesetzten Weise überraschen. Einem ungünstigen Eindruck entgegenzuwirken ist so viel leichter, als einem Ideal gerecht werden zu müssen. Oh, manchmal werde ich Jack entzücken!

OCTAVIUS *sinkt wieder in den ruhigen Zustand der Verzweiflung zurück, und, ohne es zu wissen, beginnt er bereits, sein gebrochenes Herz und seine delikate Position zu genießen:* Daran zweifle ich nicht. Du wirst ihn immer entzücken. Und er – der Narr – glaubt, du würdest ihn elend machen.

ANN Ja, das ist bis im Augenblick noch die Schwierigkeit.

OCTAVIUS *heldenmütig:* Soll ich ihm sagen, daß du ihn liebst?

ANN *schnell:* Oh nein, er würde wieder davonlaufen.

OCTAVIUS *schockiert:* Ann, würdest du denn einen Mann heiraten, der dich nicht will?

ANN Was bist du doch für ein seltsamer Mensch, Tavy. Ein Mann, hinter dem man wirklich her ist, will nie. *Sie lacht boshaft:* Ich glaube, ich habe dich schockiert, aber weißt du, in Wirklichkeit spürst du jetzt schon so etwas wie Befriedigung aufgrund der Tatsache, daß du selbst aus der Gefahr heraus bist.

OCTAVIUS *erschreckt:* Befriedigung? *Vorwurfsvoll:* Das sagst du mir?

ANN Nun, würdest du, wenn es wirklich Todesqual wäre, denn nach mehr verlangen?

OCTAVIUS Habe ich denn nach mehr verlangt?

ANN Du hast dich erboten, Jack zu sagen, daß ich ihn liebe. Das ist, vermute ich, Selbstverleugnung; aber es muß auch eine Art Befriedigung dabei sein. Vielleicht ist das so, weil du ein Dichter bist. Du bist wie der Vogel, der seine Brust gegen den scharfen Dorn drückt, um besser zu singen.

OCTAVIUS Es ist ganz einfach. Ich liebe dich, und ich will, daß du glücklich bist. Du liebst mich nicht, ich selber kann dich also nicht glücklich machen, aber ich kann einem anderen Mann dabei helfen, es zu tun.

ANN Ja, das klingt ganz einfach. Aber ich zweifle, ob wir immer wissen, warum wir etwas tun. Das einzig wirklich Einfache ist, geradewegs auf das zuzugehen, was du haben willst, und es zu ergreifen. Wahrscheinlich liebe ich dich nicht, Tavy, aber manchmal fühle ich den Wunsch, irgendwie einen Mann aus dir zu machen. Deine Haltung Frauen gegenüber ist sehr töricht.

OCTAVIUS *beinahe kalt:* Was das betrifft, ich bin zufrieden mit dem, was ich bin.

ANN Dann mußt du dich von den Frauen fernhalten und nur von ihnen träumen. Um nichts in der Welt würde ich dich heiraten, Tavy.

OCTAVIUS Ich habe keine Hoffnung, Ann, ich nehme mein Unglück an. Aber ich glaube, du weißt nicht genau, wie weh es tut.

ANN Du hast ein so weiches Herz! Seltsam, daß du so ganz anders bist als Violet. Violet ist hart wie Stahl.

OCTAVIUS Oh, nein. Ich weiß genau, daß Violet im Innersten ganz weiblich ist.

ANN *etwas ungeduldig:* Warum sagst du das? Ist es unweiblich, nachzudenken und praktisch und vernünftig zu sein? Möchtest du, daß Violet idiotisch wäre – oder noch schlimmer, so wie ich?

OCTAVIUS Noch schlimmer – wie du? Was soll das heißen, Ann?

ANN Nun, das soll natürlich gar nichts heißen. Aber ich habe großen Respekt vor Violet. Sie bekommt immer ihren Willen.

OCTAVIUS *seufzend:* Du auch.

ANN Ja, aber irgendwie bekommt sie ihn, ohne zu schmeicheln – ohne daß sie mit den Gefühlen der Leute spielen muß.

OCTAVIUS *mit brüderlicher Kaltschnäuzigkeit:* Ich glaube, niemand könnte wegen Violet, so hübsch sie auch ist, sentimental werden.

ANN Oh, doch, das wäre schon möglich, wenn sie es wollte.

OCTAVIUS Aber ich bin sicher, daß keine wirklich anständige Frau bewußt mit den Gefühlen eines Mannes so spielen würde.

ANN *ringt die Hände:* Oh, Tavy, Tavy, Ricky Ticky Tavy, Gott möge der Frau beistehen, die dich heiratet!

OCTAVIUS *dessen Leidenschaft bei der Nennung dieses Kosenamens wieder erwacht:* Oh, warum, warum sagst du das? Quäle mich nicht. Ich verstehe es nicht.

ANN Stell dir vor, die Frau würde schwindeln und den Männern Fallen stellen.

OCTAVIUS Glaubst du, ich könnte eine solche Frau heiraten?

Ich, der ich dich gekannt und geliebt habe?

ANN Hm! Jedenfalls, wenn sie klug ist, wird sie es auch gar nicht zulassen. Das wäre also geregelt. Und jetzt kann ich nicht mehr weiter sprechen. Sag, daß du mir vergibst und daß die Sache erledigt ist.

OCTAVIUS Ich habe nichts zu vergeben, und die Sache ist erledigt. Und wenn die Wunde auch offen bleibt, du jedenfalls sollst sie nicht bluten sehen.

ANN Bis zuletzt ein Dichter, Tavy. Auf Wiedersehen, mein Lieber.

Sie tätschelt seine Wange; sie spürt den Drang, ihn zu küssen, und dann ein Gefühl des Ekels, das sie daran hindert; schließlich läuft sie durch den Garten in die Villa. Octavius flüchtet sich wieder an den Tisch, legt den Kopf in die Arme und schluchzt leise. Frau Whitefield, die in den Läden von Granada herumgeschlendert ist und ein Netz voller Päckchen in der Hand trägt, kommt durch das Tor und sieht ihn.

FRAU WHITEFIELD *kommt zu ihm gelaufen und hebt seinen Kopf:* Was ist los, Tavy? Bist du krank?

OCTAVIUS Oh, nichts, nichts.

FRAU WHITEFIELD *hält immer noch seinen Kopf, besorgt:* Aber du weinst. Ist es Violets Heirat wegen?

OCTAVIUS Nein, nein! Wer hat Ihnen das von Violet erzählt?

FRAU WHITEFIELD *überläßt den Kopf wieder seinem Eigentümer:* Ich habe Roebuck getroffen und diesen schrecklichen alten Iren. Und du bist wirklich nicht krank? Was ist dann los?

OCTAVIUS *herzlich:* Gar nichts. Nur ein gebrochenes Männerherz. Klingt das nicht lächerlich?

FRAU WHITEFIELD Aber was ist denn los? Hat Ann dir etwas getan?

OCTAVIUS Es ist nicht Anns Schuld. Und glauben Sie keinen Augenblick lang, ich machte Ihnen einen Vorwurf.

FRAU WHITEFIELD *aufgeschreckt:* Einen Vorwurf, weswegen?

OCTAVIUS *drückt ihr tröstend die Hand:* Wegen nichts. Ich habe ja gesagt, ich mache Ihnen keinen Vorwurf.

FRAU WHITEFIELD Aber ich habe nichts getan. Was ist los?

OCTAVIUS *traurig lächelnd:* Können Sie es nicht erraten? Sie haben wohl recht, wenn Sie Jack als Gatten für Ann mir vorziehen, aber ich liebe Ann, und es tut mir recht weh. *Er steht auf und geht von ihr weg auf die Mitte des Rasens.*

FRAU WHITEFIELD *folgt ihm hastig.*
Hat Ann gesagt, ich wollte, daß sie Jack heiratet?

OCTAVIUS Ja, das hat sie mir gesagt.

FRAU WHITEFIELD *in Gedanken:* Dann tut es mir sehr leid für dich, Tavy. Es ist nur ihre Art zu sagen, daß sie Jack heiraten will. Was ich will oder was ich sage, das kümmert sie wenig.

OCTAVIUS Aber sie würde es nicht sagen, wenn sie es nicht glaubte. Sie wollen doch nicht den Verdacht aussprechen, daß Ann – lügt?

FRAU WHITEFIELD Ach, laß nur, Tavy. Ich weiß nicht, was für einen jungen Mann besser ist: zuwenig zu wissen wie du, oder zuviel zu wissen wie Jack.
Tanner kommt zurück.

TANNER Also, den alten Malone bin ich los. Ich habe ihn bei der Mendoza AG eingeführt und die beiden Räuber allein gelassen, um die Sache unter sich auszumachen. Hallo, Tavy! Was hast du denn?

OCTAVIUS Ich sehe, ich muß mir das Gesicht waschen gehen. *Zu Frau Whitefield:* Sagen Sie ihm, was Sie für gut halten. *Zu Tanner:* Du darfst es von mir annehmen, Jack, Ann ist einverstanden.

TANNER *weiß nicht, was er aus Octavius' Benehmen schließen soll:* Womit einverstanden?

OCTAVIUS Mit Frau Whitefields Wünschen.
Er geht mit würdevoller Trauer auf die Villa zu.

TANNER *zu Frau Whitefield:* Das klingt sehr geheimnisvoll. Was wünschen Sie? Was immer es ist, es soll geschehen.

FRAU WHITEFIELD *mit kriecherischer Dankbarkeit:* Ich

danke dir, Jack.

Sie setzt sich. Tanner holt einen zweiten Stuhl vom Tisch, setzt sich neben sie, die Ellbogen auf den Knien und hört ihr aufmerksam zu.

Ich weiß nicht, warum die Kinder anderer Leute so nett zu mir sind und meine eigenen so wenig Rücksicht auf mich nehmen. Kein Wunder, daß es so scheint, als könnte ich Ann und Rhoda nicht so gern haben wie dich und Tavy und Violet. Es ist eine komische Welt. Diese Welt war einmal so redlich und einfach, aber heute scheint niemand mehr so zu denken und empfinden, wie er eigentlich sollte. Seit jener Rede, die Professor Tyndall in Belfast gehalten hat, ist nichts mehr recht.

TANNER Ja, das Leben ist komplizierter, als wir einmal dachten. Aber was kann ich für Sie tun?

FRAU WHITEFIELD Gerade das will ich dir sagen. Natürlich wirst du Ann heiraten, ob ich es nun wünsche oder nicht.

TANNER *fährt hoch:* Mir scheint, ich soll mit Ann verheiratet werden, ob ich selbst es wünsche oder nicht.

FRAU WHITEFIELD *friedlich:* Oh, höchstwahrscheinlich wird es so kommen; du weißt, wie sie ist, wenn sie sich etwas in den Kopf gesetzt hat. Aber gib nicht mir die Schuld, das ist alles, was ich verlange. Tavy hat gerade angedeutet, daß sie gesagt hat, ich dränge sie, dich zu heiraten; und dem armen Jungen bricht es das Herz; denn er ist selber in sie verliebt. Gott mag wissen, was er an ihr so Wunderbares findet, ich finde es nicht. Es hat keinen Sinn, daß man Tavy sagt, daß Ann den Leuten Dinge in den Kopf setzt, indem sie behauptet, ich wollte sie; dabei sind sie mir nie in den Kopf gekommen. Es bringt nur Tavy gegen mich auf. Aber du weißt es besser. Wenn du sie also heiratest, so gib nicht mir die Schuld.

TANNER *mit Nachdruck:* Ich habe nicht die mindeste Absicht, sie zu heiraten.

FRAU WHITEFIELD *listig:* Sie würde zu dir besser passen als zu Tavy. In dir würde sie ihren Meister finden, Jack. Ich wäre froh, wenn sie ihren Meister fände.

TANNER Kein Mann kann mit einer Frau fertig werden, außer mit einem Schürhaken und einem Paar genagelter Stiefel. Und nicht einmal dann mit Sicherheit. Und ich kann nicht mit einem Schürhaken auf sie losgehen. Ich wäre ein reiner Sklave.

FRAU WHITEFIELD Nein, sie hat Angst vor dir. Auf jeden Fall würdest du ihr die Wahrheit sagen. Sie wäre nicht imstande, der Wahrheit zu entkommen, wie das bei mir der Fall ist.

TANNER Würde ich Ann mit den Ausdrücken ihres eigenen moralischen Kodex die Wahrheit über sie selbst sagen, so würden alle mich brutal nennen. Zum Beispiel, Ann sagt Dinge, die nicht ganz wahr sind.

FRAU WHITEFIELD Ich bin froh, daß es jemanden gibt, der sie nicht für einen Engel hält.

TANNER Kurz und gut – um es so auszudrücken, wie es ein Ehemann aussprechen würde, den die Verzweiflung dazu treibt, den Mund aufzumachen –, sie ist eine Lügnerin. Und da sie Tavy bis zum Wahnsinn in sich verliebt gemacht hat, ohne die Absicht, ihn zu heiraten, ist sie kokett. Nach der Standarddefinition erregt eine kokette Frau Leidenschaften, ohne die Absicht, sie zu befriedigen. Und da sie ihre eigene Mutter nun dazu gebracht hat, mich auf dem Altar zu opfern, nur um die Genugtuung zu haben, daß ich sie ins Gesicht eine Lügnerin nenne, darf ich schließen, daß sie auch herrisch ist. Männer kann sie nicht so einschüchtern, wie sie Frauen einschüchtert, darum benutzt sie gewohnheitsmäßig und skrupellos ihren persönlichen Charme, um Männer dahin zu bringen, daß sie ihr geben, was sie will. Das macht sie fast zu etwas, für das ich keinen höflichen Ausdruck kenne.

FRAU WHITEFIELD *sanft widersprechend:* Nun, du kannst keine Vollkommenheit erwarten, Jack.

TANNER Das tue ich auch nicht. Aber was mich ärgert, Ann erwartet sie. Ich weiß genau, all dieses Gerede, daß sie eine

Lügnerin, herrisch und kokett usw. ist, ist ein forciertes moralisches Urteil, wie man es über jeden fällen könnte. Wir alle lügen, wir alle versuchen, die anderen zu beherrschen, soweit wir können, wir alle wollen Bewunderung erregen, ohne sie im geringsten zu verdienen, wir alle ziehen soviel Nutzen wie möglich aus unserer Macht, andere zu bezaubern. Wenn Ann das zugeben wollte, so würde ich nicht mit ihr streiten. Aber sie gibt es nicht zu. Wenn sie Kinder hätte, würde sie aus der Tatsache, daß sie lügen, Nutzen ziehen, indem sie sich das Vergnügen verschafft, sie zu ohrfeigen. Wenn eine andere Frau mir schöne Augen machte, würde Ann nicht zugeben, daß sie weiß, was Koketterie ist. Sie selbst wird tun, was ihr gefällt, aber darauf bestehen, daß alle anderen tun, was die Konvention vorschreibt. Kurz gesagt, ich kann alles ertragen, nur nicht ihre verdammte Heuchelei. Die macht mich fertig.

FRAU WHITEFIELD *entzückt, weil sie glaubt, ihre eigene Meinung so beredt ausgedrückt zu hören:* Oh, sie ist eine Heuchlerin. Ja, ja. Nicht wahr?

TANNER Und warum wünschen Sie dann, mich mit ihr zu verheiraten?

FRAU WHITEFIELD *weinerlich:* So ists recht! Du gibst natürlich mir die Schuld. Ich hab nie daran gedacht, bis Tavy mir sagte, sie sagte, ich hätte das vor. Aber du weißt, wie gern ich Tavy habe, er ist mir beinahe wie ein Sohn, und ich will nicht, daß man auf ihm herumtrampelt und ihn unglücklich macht.

TANNER Während es bei mir nichts ausmacht, vermute ich.

FRAU WHITEFIELD Oh, bei dir ist es etwas anderes; du bist imstande, dich zu verteidigen. Du würdest es ihr schon zeigen. Und schließlich, irgendeinen muß sie ja heiraten.

TANNER Aha, da spricht der Lebensinstinkt. Sie finden Ihre Tochter abscheulich, aber Sie haben das Gefühl, daß Sie sie verheiraten müssen.

FRAU WHITEFIELD *erhebt sich entsetzt:* Du willst doch nicht sagen, daß ich meine eigne Tochter verabscheue? Hältst du mich für so böse und unnatürlich, nur weil ich ihre Fehler sehe?

TANNER Sie lieben sie also?

FRAU WHITEFIELD Aber natürlich! Was für seltsame Fragen du stellen kannst, Jack. Wir können doch nicht anders, als unsere Blutsverwandten lieben.

TANNER Nun, vielleicht erspart es einem Unannehmlichkeiten, wenn man das behauptet. Ich meinerseits habe den Verdacht, daß die natürliche Basis der Blutsverwandtschaft ein natürlicher Widerwille ist. *Er steht auf.*

FRAU WHITEFIELD So etwas solltest du nicht sagen, Jack. Ich hoffe, du wirst Ann nicht erzählen, daß ich mit dir gesprochen habe. Ich wollte mich nur vor dir und Tavy rechtfertigen. Ich kann nicht stumm da sitzen und alles auf mich abladen lassen.

TANNER *höflich:* Genau.

FRAU WHITEFIELD *die nicht zufrieden ist:* Und jetzt habe ich alles nur schlimmer gemacht. Tavy ist böse mit mir, weil ich Ann nicht anbete. Und wenn man mir nun in den Kopf gesetzt hat, daß Ann dich heiraten sollte, dann kann ich nur sagen, es würde ihr recht geschehen.

TANNER Vielen Dank.

FRAU WHITEFIELD Nun sei aber nicht so dumm und verdreh das, was ich gesagt habe, zu etwas, was ich gar nicht sagen wollte. Man sollte mir Gerechtigkeit widerfahren lassen.

Ann kommt aus der Villa, von Violet gefolgt, die zu einer Autofahrt gekleidet ist.

ANN *tritt an die rechte Seite ihrer Mutter, mit gefährlicher Sanftheit:* Nun, liebste Mama, du scheinst ganz reizend mit Jack geplaudert zu haben. Man konnte dich überall hören.

FRAU WHITEFIELD *erschrocken:* Hast du gelauscht –

TANNER Keine Angst, Ann will nur – nun, wir haben gerade über diese ihre Gewohnheit gesprochen. Sie hat kein Wort gehört.

FRAU WHITEFIELD *entschlossen:* Es ist mir ganz gleich, ob sie etwas gehört hat. Ich habe ein Recht zu sagen, was mir beliebt.

VIOLET *tritt auf den Rasen und stellt sich zwischen Frau Whitefield und Tanner:* Ich bin gekommen, um mich zu verabschieden. Ich gehe auf Hochzeitsreise.

FRAU WHITEFIELD *weint:* Oh, sag das nicht, Violet. Und keine Hochzeitsfeier, kein Frühstück, keine Kleider, nichts!

VIOLET *streichelt sie:* Es ist ja nicht für lange.

FRAU WHITEFIELD Laß dich nicht mit nach Amerika nehmen. Versprich mir das.

VIOLET *sehr entschieden:* Ich denke nicht daran! Weinen Sie nicht, Liebe. Ich ziehe nur ins Hotel.

FRAU WHITEFIELD Aber dieses Kleid und das Gepäck – da wird einem doch klar – *Sie kann nicht weitersprechen, dann bricht es aus ihr heraus:* Oh, ich wünschte, du wärest meine Tochter, Violet!

VIOLET *tröstend:* Aber, aber, das bin ich doch. Ann wird noch eifersüchtig.

FRAU WHITEFIELD Ann macht sich überhaupt nichts aus mir.

ANN Pfui, Mutter! Nun komm, du darfst nicht mehr weinen, weißt du, Violet mag das gar nicht.

Frau Whitefield trocknet ihre Augen und fügt sich.

VIOLET Auf Wiedersehen, Jack.

TANNER Auf Wiedersehen, Violet.

VIOLET Je eher du auch heiratest, desto besser. Man wird dich viel weniger mißverstehen.

TANNER *unruhig:* Es kommt noch so weit, daß ich heute nachmittag schon heirate. Ihr alle scheint es euch in den Kopf gesetzt zu haben.

VIOLET Es könnte dir Schlimmeres passieren. *Legt den Arm um Frau Whitefield:* Fahren Sie doch mit mir ins Hotel. Die Fahrt wird Ihnen guttun. Kommen Sie mit herein und holen Sie sich einen Mantel. *Sie führt sie weg, auf die Villa zu.*

FRAU WHITEFIELD *während sie durch den Garten gehen:* Ich

weiß nicht, was ich anfangen werde, wenn du weg bist und nur noch Ann im Hause ist. Sie hat nur die Männer im Kopf. Ich kann wohl nicht erwarten, daß dein Mann sich mit einer alten Frau wie mir abgeben mag. Oh, du brauchst nichts zu sagen; Höflichkeit ist gut und schön, aber ich weiß, was die Leute denken.

Sie redet, bis sie und Violet außer Seh- und Hörweite sind. Ann, allein mit Tanner, beobachtet ihn und wartet. Er macht eine unentschlossene Bewegung auf das Tor zu, aber irgendein Magnetismus an ihr zieht ihn, dessen Widerstand gebrochen scheint, zu ihr.

ANN Violet hat ganz recht, du solltest heiraten.

TANNER *bricht aus:* Ann, ich will dich nicht heiraten. Hörst du. Ich will dich nicht heiraten, ich will nicht, will nicht, will nicht!

ANN *ganz ruhig:* Nun, niemand bat Euch darum, mein Herr. Das wäre also geklärt.

TANNER Es stimmt, niemand hat mich gebeten, aber alle tun so, als sei es eine abgemachte Sache. Es liegt in der Luft. Wenn wir uns treffen, gehen die anderen unter einem fadenscheinigen Vorwand weg und lassen uns allein. Ramsden macht keine finstere Miene mehr, wenn er mich sieht; sein Auge strahlt, als führte er dich mir schon in der Kirche zu. Tavy empfiehlt mich deiner Mutter und gibt mir seinen Segen. Straker behandelt dich ganz offen als deine zukünftige Arbeitgeberin; er hat es mir als erster gesagt.

ANN Hast du deshalb die Flucht ergriffen?

TANNER Ja, aber ich wurde von einem liebeskranken Räuber aufgehalten und wie ein Schulschwänzer eingefangen.

ANN Aber wenn du nicht heiraten willst, dann brauchst du es doch nicht. *Sie wendet sich von ihm ab und setzt sich ganz behaglich hin.*

TANNER *folgt ihr:* Gibt es irgendeinen Mann, der gehängt werden will? Und doch lassen sich Männer hängen, ohne um ihr Leben zu kämpfen, obgleich sie wenigstens dem Kaplan ein blaues Auge verpassen könnten. Wir tun den

Willen der Welt, nicht unseren eigenen. Ich habe das schreckliche Gefühl, daß ich mich werde verheiraten lassen, weil die Welt will, daß du einen Gatten haben sollst.

ANN Ich glaube, eines Tages werde ich auch einen haben.

TANNER Aber warum mich? Warum von allen Männern ausgerechnet mich? Für mich bedeutet die Ehe Abfall vom Glauben, Entweihung des Heiligtums meiner Seele, Verletzung meiner Männlichkeit, Verkauf meines Erstgeburtsrechtes, schmachvolles Ergeben, schmähliche Kapitulation, Annehmen der Niederlage. Ich werde zerfallen wie ein Ding, das seinen Zweck erfüllt hat und weggeworfen wird. Ich werde mich von einem Mann mit einer Zukunft in einen Mann mit einer Vergangenheit verwandeln; in den glänzenden Augen aller anderen Ehemänner werde ich die Erleichterung über die Ankunft eines neuen Gefangenen lesen, der ihre Schmach teilt. Die jungen Männer werden mich verachten wie einen, der Ausverkauf gehalten hat; für die Frauen werde ich, der ich immer ein Rätsel und eine Möglichkeit war, nur mehr das Eigentum einer anderen sein – und noch dazu eine angeschlagene Ware, bestenfalls ein Mann aus zweiter Hand.

ANN Nun, deine Frau kann ja eine Haube aufsetzen und sich selbst häßlich machen, um dir Gesellschaft zu leisten, so wie es meine Großmutter tat.

TANNER Damit sie um so unverschämter triumphieren kann, indem sie öffentlich den Köder wegwirft, nachdem die Falle hinter ihrem Opfer zugeschnappt ist.

ANN Was für einen Unterschied würde es schließlich auch machen? Schönheit ist auf den ersten Blick gut und schön, aber wer sieht sie noch, nachdem sie drei Tage im Haus gewesen ist? Als Papa unsere Bilder kaufte, kamen sie mir sehr schön vor; aber ich habe sie seit Jahren nicht mehr angesehen. Du machst dir aus meinem Aussehen gar nichts, du bist zu sehr daran gewöhnt. Ich könnte ebensogut ein Schirmständer sein.

TANNER Du lügst, du Vampir, du lügst!

ANN Schmeichler! Warum, Jack, versuchst du, mich zu faszinieren, wenn du mich nicht heiraten willst?

TANNER Die Lebenskraft. Ich bin in den Fängen der Lebenskraft.

ANN Ich verstehe überhaupt nichts. Das klingt für mich nach Lebensrettungsgesellschaft.

TANNER Warum heiratest du nicht Tavy? Er will doch. Kannst du denn nur zufrieden sein, wenn deine Beute sich wehrt?

ANN *wendet sich ihm zu, als wollte sie ihn in ein Geheimnis einweihen:* Tavy wird nie heiraten. Ist dir nicht aufgefallen, daß diese Art Männer nie heiratet?

TANNER Wie? Ein Mann, der die Frauen idealisiert? Der in der Natur überall eine romantische Szenerie für Liebesduette sieht? Tavy, der ritterliche, der treue, der zartfühlende und ehrliche Tavy soll nie heiraten? Aber er ist doch geboren, um vom ersten Paar blauer Augen, die ihm auf der Straße begegnen, verschlungen zu werden.

ANN Ja, ich weiß. Trotzdem, Jack, solche Männer leben immer mit gebrochenem Herzen in bequemen Junggesellenwohnungen, werden von ihren Wirtinnen umschwärmt und heiraten nie. Männer wie du heiraten immer.

TANNER *schlägt sich gegen die Stirn:* Wie schrecklich, wie fürchterlich wahr! Mein ganzes Leben lang hat mir diese Wahrheit ins Gesicht gestarrt, und ich habe sie nie gesehen.

ANN Oh, bei den Frauen ist es das gleiche. Die poetische Natur ist eine sehr schöne Natur, sehr liebenswert, harmlos und romantisch, möchte ich sagen, aber es ist die Natur einer alten Jungfer.

TANNER Unfruchtbar. Die Lebenskraft geht an ihr vorbei.

ANN Wenn es das ist, was du mit der Lebenskraft meinst, dann hast du recht.

TANNER Du machst dir nichts aus Tavy?

ANN *sieht sich vorsichtig um, ob Tavy auch nicht in Hörweite ist:* Nein.

TANNER Und aus mir machst du dir etwas?

ANN *steht ruhig auf und droht ihm mit dem Finger:* Aber Jack! Benimm dich!

TANNER Du abscheuliches, gewissenloses Weib, du Teufelin!

ANN Boa Constrictor! Elefant!

TANNER Heuchlerin!

ANN *weich:* Das muß ich um meines zukünftigen Gatten willen sein.

TANNER Um meinetwillen? *Verbessert sich verzweifelt:* Ich wollte sagen, um seinetwillen?

ANN *überhört die Berichtigung:* Ja, um deinetwillen. Es ist besser für dich, wenn du eine, wie du es nennst, Heuchlerin heiratest, Jack. Frauen, die nicht heucheln, gehen in vernünftigen Kleidern herum, werden beleidigt und verbrennen sich an jedem Feuer die Finger. Und dann werden ihre Männer auch aufgesaugt und leben in ständiger Angst vor weiteren Verbrennungen. Würdest du nicht lieber eine Frau haben, auf die du dich verlassen kannst?

TANNER Nein, tausendmal nein. Das Element des Revolutionärs ist heißes Wasser. Man reinigt Männer, wie man Milchkannen reinigt, indem man sie abbrüht.

ANN Kaltes Wasser hat auch seine Vorzüge. Es ist gesund.

TANNER *verzweifelt:* Oh, du bist witzig; im äußersten Moment stattet dich die Lebenskraft mit jeder notwendigen Eigenschaft aus. Aber auch ich kann ein Heuchler sein. Das Testament deines Vaters hat mich zu deinem Vormund bestimmt, nicht zu deinem Freier. Ich werde meiner Aufgabe treu sein.

ANN *in leisen Sirenentönen:* Bevor er sein Testament machte, fragte er mich, wen ich zum Vormund haben wollte. Ich habe dich gewählt!

TANNER Dann ist es also dein Testament! Die Falle war von Anfang an gestellt.

ANN *nimmt ihren ganzen Zauber zusammen:* Von Anfang an – von unserer Kindheit an – für uns beide gestellt – von der Lebenskraft.

TANNER Ich will dich nicht heiraten. Ich will dich nicht heiraten.

ANN Oh, doch, du willst, du willst!

TANNER Ich sage dir: nein, nein, nein!

ANN Ich sage dir: ja, ja, ja!

TANNER Nein.

ANN *schmeichelnd – flehend – beinahe erschöpft:* Ja. Sag ja, bevor es zu spät ist zu bereuen!

TANNER *wie von einem Echo aus der Vergangenheit getroffen:* Wann ist mir das schon einmal geschehen? Träumen wir beide?

ANN *verliert plötzlich den Mut – mit einer Qual, die sie nicht verbirgt:* Nein. Wir sind wach, und du hast nein gesagt, das ist alles.

TANNER *brutal:* Na, und?

ANN Ich habe einen Fehler begangen: du liebst mich nicht.

TANNER *nimmt sie in seine Arme:* Das stimmt nicht. Ich liebe dich. Die Lebenskraft hat mich verzaubert. Wenn ich dich in den Armen halte, halte ich die ganze Welt. Aber ich kämpfe um meine Freiheit, meine Ehre, mein Selbst, mein eines und unteilbares Selbst.

ANN Dein Glück wird all das wert sein.

TANNER Du würdest Freiheit, Ehre und dein Selbst gegen Glücklichsein tauschen?

ANN Für mich wird es nicht nur Glück bedeuten. Vielleicht den Tod.

TANNER *stöhnend:* Oh, diese Klaue hält fest und tut weh. Was in mir hast du nur gepackt? Gibt es denn ebenso ein Vaterherz, wie es ein Mutterherz gibt?

ANN Nimm dich in acht, Jack: wenn jemand kommt und uns so sieht, wirst du mich heiraten müssen.

TANNER Wenn wir beide jetzt am Rande eines Abgrunds ständen, würde ich dich festhalten und hinunterspringen.

ANN *immer mehr von der Anspannung ermattet, keuchend:* Jack, laß mich los. Ich bin zu kühn gewesen – es dauert länger, als ich dachte. Laß mich los, ich kann es nicht ertragen.

TANNER Ich auch nicht. Dann soll es uns umbringen.

ANN Ja, es ist mir gleich. Ich bin am Ende meiner Kräfte. Es ist mir gleich. Ich glaube, ich werde ohnmächtig.

In diesem Augenblick kommen Violet und Octavius mit Frau Whitefield von der Villa her. Frau Whitefield ist für eine Autofahrt eingemummt. Gleichzeitig kommen Malone und Ramsden, gefolgt von Mendoza und Straker durch das kleine Tor im Zaun. Tanner läßt errötend Ann los, die taumelnd die Hand an den Kopf hebt.

MALONE Passen Sie auf. Mit der Dame stimmt etwas nicht.

RAMSDEN Was soll das hier bedeuten?

VIOLET *kommt gelaufen und tritt zwischen Ann und Tanner:* Ist dir schlecht?

ANN *taumelnd, mit äußerster Anstrengung:* Ich habe Jack versprochen, ihn zu heiraten.

Sie wird ohnmächtig. Violet kniet neben ihr und reibt ihre Hand. Tanner läuft zur anderen Seite und versucht, ihren Kopf zu heben. Octavius will Violet helfen, weiß aber nicht, was er tun soll. Frau Whitefield eilt in die Villa zurück. Octavius, Malone und Ramsden kommen zu Ann gelaufen, scharen sich um sie und beugen sich nieder, um zu helfen. Straker stellt sich kühl Ann zu Füßen, Mendoza steht ihr zuhäupten, beide aufrecht und gefaßt.

STRAKER Also, meine Damen und Herren, was sie braucht, ist keine Menschenmenge um sich herum, sie braucht Luft – soviel wie möglich – bitte, die Herrschaften –

Malone und Ramsden lassen sich sanft von Ann weg und den Rasen hinauf in den Garten treiben, während Octavius, dem seine Nutzlosigkeit klargeworden ist, ihnen folgt. Straker macht, ehe er ihnen nachgeht, eine kurze Pause, um Tanner Anweisungen zu geben:

Heben Sie ihren Kopf nicht hoch, Herr Tanner, lassen Sie'n flach liegen, damit das Blut wieder hineinlaufen kann.

MENDOZA Er hat recht, Herr Tanner. Vertrauen Sie der Luft der Sierra. *Er zieht sich zartfühlend bis zur Treppe zurück.*

TANNER *erhebt sich:* Ich weiche Ihren überlegenen physiologischen Kenntnissen, Henry. *Er zieht sich in die Ecke des Rasens zurück, und Octavius kommt sofort zu ihm geeilt.*

OCTAVIUS *beiseite zu Tanner, ergreift dessen Hand:* Jack, sei sehr glücklich.

TANNER *beiseite zu Octavius:* Ich habe sie gar nicht gefragt. Das ist eine Falle.

Er geht über den Rasen auf den Garten zu. Octavius bleibt wie versteinert stehen.

MENDOZA *tritt auf Frau Whitefield zu, die mit einem Glas Kognak aus der Villa kommt:* Was ist das, Madame? *Er nimmt ihr das Glas aus der Hand.*

FRAU WHITEFIELD Ein bißchen Branntwein.

MENDOZA Das Schlimmste, das Sie ihr geben könnten. Erlauben Sie. *Er trinkt das Glas aus.* Vertrauen Sie auf die Luft der Sierra, Madame. *Einen Augenblick haben die Männer Ann vergessen und starren Mendoza an.*

ANN *legt den Arm um Violets Hals, flüstert ihr ins Ohr:* Violet, hat Jack etwas gesagt, als ich ohnmächtig wurde?

VIOLET Nein.

ANN Ah! *Mit einem Seufzer äußerster Erleichterung läßt sie sich wieder fallen.*

FRAU WHITEFIELD Oh, sie ist wieder ohnmächtig geworden.

Alle kommen herbeigestürzt, aber Mendoza hält sie mit einer warnenden Geste zurück.

ANN *auf dem Rücken liegend:* Nein, ich bin nicht ohnmächtig. Es geht mir ganz gut.

TANNER *geht plötzlich entschlossen auf sie zu, entreißt Violet Anns Hand und fühlt den Puls:* Also, ihr Puls hüpft nur so. Los! Steh auf. Was für ein Blödsinn. Steh sofort auf.

Er zieht sie ohne Umstände hoch.

ANN Ja, ich fühle mich wieder stark genug. Aber trotzdem, Jack, du hättest mich beinahe umgebracht.

MALONE Ein stürmischer Freier, wie? Das sind die besten, Fräulein Whitefield. Ich wünsche Herrn Tanner viel Glück, und ich hoffe, Sie beide häufig als Gäste in der Abtei zu sehen.

ANN Vielen Dank. *Sie geht an Malone vorbei auf Octavius zu:* Ricky Tavy, gratuliere mir. *Leise zu ihm:* Ich will dich zum letzten Mal weinen sehen.

OCTAVIUS *standhaft:* Keine Tränen mehr. Ich bin glücklich, weil du glücklich bist. Und ich glaube an dich, trotz allem.

RAMSDEN *tritt zwischen Malone und Tanner:* Sie sind ein glücklicher Mann, Jack. Ich beneide Sie.

MENDOZA *tritt zwischen Violet und Tanner:* Mein Herr, es gibt zwei Tragödien im Leben: Die eine ist, seinen Herzenswunsch unerfüllt zu sehen. Die andere ist, ihn erfüllt zu sehen. Mein Fall und der Ihre, mein Herr.

TANNER Mendoza, ich habe keine Herzenswünsche, Ramsden, es ist sehr leicht für Sie, mich einen glücklichen Mann zu nennen, Sie sind nur ein Zuschauer. Ich bin einer der Hauptakteure, und ich weiß es besser. Ann, hör auf, Tavy in Versuchung zu führen, und komm zu mir.

ANN *willfährig:* Du bist ja verrückt, Jack. *Sie nimmt seinen angebotenen Arm.*

TANNER *fährt fort:* Ich erkläre hiermit feierlich, daß ich *kein* glücklicher Mann bin, Ann *sieht* glücklich *aus*, aber sie triumphiert nur, hat nur ihr Ziel erreicht, hat nur gewonnen. Das ist kein Glück, sondern der Preis, um den die Starken ihr Glück verkaufen. Wir beide haben heute nachmittag folgendes getan: Wir haben dem Glück abgeschworen, der Ruhe abgeschworen, vor allem haben wir den romantischen Möglichkeiten einer unbekannten Zukunft abgeschworen, um die Sorgen eines Haushalts und einer Familie auf uns zu nehmen. Ich bitte darum, daß kein Mann die Gelegenheit ergreift, sich halb zu betrinken und blödsinnige Reden zu halten und auf meine Kosten grobe Scherze zu äußern. Wir haben vor, unser eigenes Haus nach unserem eigenen Geschmack einzurichten; und ich mache hiermit darauf aufmerksam, daß die sieben oder acht Reisewecker, die vier oder fünf Reisenecessaires, die

Bratenbestecke und Fischmesser, die Kopien von Patmores *Engel des Hauses* auf Saffianleder und alle anderen Gegenstände, mit denen Sie im Sinn haben, uns zu überhäufen, sofort verkauft werden, und daß der Erlös dazu verwendet wird, Frei-Exemplare von meinem *Handbuch eines Revolutionärs* in Umlauf zu setzen. Die Hochzeit wird drei Tage nach unserer Rückkehr nach England mit einer Sondererlaubnis auf dem Standesamt in Gegenwart meines Anwalts und seines Bürovorstehers stattfinden, und diese Herren werden, genau wie ihre Klienten, im gewöhnlichen Straßenanzug sein –

VIOLET *in tiefer Überzeugung:* Jack, du bist ein Unmensch.

ANN *betrachtet ihn mit zärtlichem Stolz und streichelt seinen Arm:* Laß sie nur, Lieber. Erzähle weiter.

TANNER Erzählen!!

Alle lachen.

Handbuch des Revolutionärs

Hand- und Taschenbuch des Revolutionärs

von John Tanner
M. d. K. r. N.
(Mitglied der Klasse reicher Nichtstuer)

»Niemand kann die gegenwärtige Lage der Masse des Volkes betrachten, ohne so etwas wie einen Umsturz zum Besseren zu wünschen.«
Sir Robert Giffen, Essays zum Finanzwesen, Bd. II., *p.* 393

Vorwort

Ein Revolutionär ist ein Mensch, der sich von der bestehenden Gesellschaftsordnung trennen und eine andere ausprobieren will. Die Verfassung von England ist revolutionär. Für einen russischen oder anglo-indischen Bürokraten ist das allgemeine Wahlrecht ebensosehr eine Revolution wie ein Referendum oder ein Volksentscheid, bei dem das Volk kämpft statt zu wählen. Die französische Revolution vertrieb eine Garnitur von Herrschern und ersetzte sie durch eine andere mit anderen Interessen und anderen Ansichten. Das gleiche machen allgemeine Wahlen den Menschen in England alle sieben Jahre möglich, wenn sie nur wollen. Daher ist die Revolution in England eine nationale Institution; und wenn ein Engländer für die Revolution eintritt, so bedarf das keiner Entschuldigung.

Jeder Mensch ist ein Revolutionär, wenn es um die Sache geht, die er versteht. Zum Beispiel ist jeder, der Meister in seinem Beruf geworden ist, in Sachen dieser Profession ein Skeptiker und infolgedessen ein Revolutionär.

Jeder echt religiöse Mensch ist Häretiker und darum Revolutionär.

Alle, die es im Leben zu etwas wirklich Besonderem bringen, beginnen als Revolutionäre. Die Besten unter ihnen werden mit wachsendem Alter immer revolutionärer, obwohl man von ihnen allgemein annimmt, daß sie konservativer werden, weil sie das Vertrauen in die herkömmlichen Methoden der Reform verlieren.

Jeder Mensch unter dreißig, der überhaupt etwas über die bestehende soziale Ordnung weiß und nicht Revolutionär ist, ist nur Mittelmaß.

UND DOCH

haben Revolutionen die Last der Tyrannei nie erleichtert: sie haben sie nur auf eine andere Schulter verlagert. *John Tanner*

I Über die richtige Fortpflanzung

Wenn es keinen Gott gäbe, sagte der Deist des achtzehnten Jahrhunderts, dann müßte man ihn erfinden. Nun war dieser Gott des achtzehnten Jahrhunderts aber ein Deus ex machina, der Gott, der denen half, die sich nicht selbst helfen konnten, der Gott der Faulen und Unfähigen. Das neunzehnte Jahrhundert entschied, daß es einen solchen Gott nicht gibt; und nun muß der Mensch die ganze Arbeit selbst in die Hand nehmen, um die er sich mit einem nutzlosen Gebet herumzudrücken pflegte. Er muß sich in der Tat in die politische Vorsehung verwandeln, die er sich vordem als Gott vorstellte; und eine solche Wandlung ist nicht nur möglich, sondern die einzige Art Wandel, die überhaupt real ist. Die bloße Umgestaltung von Institutionen, zum Beispiel von militärischer und priesterlicher Herrschaft zu kommerzieller und wissenschaftlicher Herrschaft, von kommerzieller Herrschaft zu proletarischer Demokratie, von Sklaverei zu Leibeigenschaft, von Leibeigenschaft zu Kapitalismus, von Monarchie zu Republik, von Polytheismus zu Monotheismus, von Monotheismus zu Atheismus, von Atheismus zu pantheistischem Humanismus, vom Analphabetismus aller zur Bildung für alle, von der Romantik zum Realismus, vom Realismus zum Mystizismus, von der Metaphysik zur Physik – das alles sind nur Änderungen von Dideldum zu Dideldei: plus ça change, plus c'est la même chose. Aber die Wandlungen vom

Holzapfel zur Goldparmäne, vom Wolf und Fuchs zum Haushund, vom Streitroß Heinrichs V. zum Brauereipferd und zum Rennpferd sind wirkliche Wandlungen; denn hier hat der Mensch Gott gespielt, hat die Natur seinen Zwecken untergeordnet und das Leben für einen bestimmten Zweck veredelt oder vulgarisiert. Und was man mit einem Wolf tun kann, kann man auch mit einem Menschen tun. Wenn solche Ungeheuer wie der Landstreicher und der Gentleman als bloße Nebenprodukte der individuellen Gier und Torheit des Menschen auftreten, was könnten wir da nicht noch alles als Hauptprodukt seiner universellen Sehnsucht erhoffen?

Diese Forderung ist nicht neu. Die Verzweiflung der Institutionen und das unerbittliche »Du mußt noch einmal geboren werden« mit der von Mrs. Poyser gestellten Bedingung »und anders geboren werden« erscheint in jeder Generation von neuem. Der Schrei nach dem Übermenschen hat nicht mit Nietzsche begonnen und wird nicht mit der Nietzsche-Verehrung enden. Aber der Schrei ist immer mit der gleichen Frage zum Schweigen gebracht worden: Was für eine Art Mensch soll dieser Übermensch sein? Man verlangt nicht nach einem Überapfel, sondern nach einem eßbaren Apfel, nicht nach einem Überpferd, sondern nach einem Pferd, das größere Lasten ziehen oder schneller laufen kann. Ebenso ist es sinnlos, nach einem Übermenschen zu verlangen; man muß eine genaue Beschreibung des Menschen liefern, den man haben möchte. Leider weiß man aber nicht, welche Art Mensch man sich wünscht. Vielleicht eine Art gut aussehenden, athletischen Philosophen mit einer hübschen, gesunden Frau als Gefährtin.

So vage dies auch sein mag, es ist ein großer Fortschritt gegenüber der populären Forderung nach dem vollkommenen Gentleman und der vollkommenen Dame. Und schließlich nimmt keine Nachfrage auf dem Weltmarkt die Form einer genauen technischen Beschreibung des gewünschten Artikels an. Erstklassiges Geflügel und erstklassige Kartoffeln werden produziert, um die Nachfrage der Hausfrauen zu befriedigen, die den eigentlichen Unterschied zwischen einem Hühnchen und einer Knolle gar nicht kennen. Sie werden Ihnen sagen, daß man die Qualität des Puddings beim Essen erkennt, und sie haben recht. Die Qualität des Übermenschen wird sich im Leben erweisen; und wie man ihn hervorbringt, werden wir durch die alte Methode von Experiment und Irrtum herausfinden, und nicht, indem wir darauf warten, daß jemand eine völlig überzeugende Beschreibung seiner einzelnen Bestandteile liefert.

Gewisse weitverbreitete und augenfällige Fehler kann man von Anfang an ausschließen. Zum Beispiel sind wir uns darin einig, daß wir einen überlegenen Verstand wünschen, aber wir brauchen nicht in die Fußballvereins-Torheit zu verfallen und diesen überlegenen Verstand als Produkt eines überlegenen Körpers erwarten. Wenn wir jedoch so weit zurückfallen, daß wir den Schluß ziehen, ein überragender Geist bestände darin, daß er sich von unseren ethischen Klassifikationen in Tugenden und Laster bluffen läßt, kurz, von der konventionellen Moral, so werden wir aus dem Fettnäpfchen des Fußballvereins in das Feuer der Sonntagsschule geraten. Wenn wir zwischen einer Rasse von Athleten und einer Rasse von »guten« Menschen wählen müssen, dann entscheiden wir uns besser für die Athleten; lieber Samson und Milo als Calvin und Robespierre. Aber beide Alternativen sind es nicht wert, daß man den gegenwärtigen Menschen gegen sie vertauscht; Samson ist ebensowenig ein Übermensch wie Calvin. Was sollen wir also tun?

II Privateigentum und Ehe

Wir wollen rasch die Hindernisse nehmen, die Privateigentum und Ehe bilden. Revolutionäre messen ihnen zuviel Bedeutung bei. Ohne Zweifel ist es leicht zu beweisen, daß das Privateigentum die Gesellschaft zerstören wird, wenn die Gesellschaft nicht das Privateigentum zerstört. Ohne Zweifel hat auch bis jetzt das Eigentum den Sieg davongetragen und alle Reiche zerstört. Aber das kam daher, daß der oberflächliche Einwand gegen das Eigentum (daß es den Reichtum der Gesellschaft und die gesellschaftliche Arbeitslast in einer grotesk ungleichen Weise verteile) die Existenz der Menschheit nicht bedrohte, sondern nur das individuelle Glück der einzelnen und letztendlich die Erhaltung der einen oder anderen unwichtigen politischen Form wie einer Nation, eines Weltreichs und dergleichen. Da nun Glück der Natur gleichgültig ist, da sie weder Flaggen noch Grenzen anerkennt, noch sich einen Deut darum kümmert, ob das von einer Gesellschaft angenommene ökonomische System feudal, kapitalistisch oder kollektivistisch ist, vorausgesetzt, daß es die Rasse am Leben erhält (Bienenkorb und Ameisenhaufen sind für sie ebenso annehmbar wie Utopia), werden die Beweise der Sozialisten, wenngleich unwiderlegbar, das Privateigentum niemals ernsthaft beeindrucken. Die Totenglocke dieser überschätzten Einrichtung wird nicht eher erklingen, als bis man spürt, daß sie mit lebenswichtigeren Dingen in Konflikt gerät als mit der bloßen persönlichen Ungleichheit in der industriellen Wirtschaft. Ein solcher Konflikt trat nicht auf, solange die Gesellschaft nicht über die nationalen Gemeinschaften hinausgewachsen war, die zu klein und einfach waren, als daß sie die begrenzte politische Fähigkeit des Menschen in gefährlicher Weise überbeansprucht hätten. Jetzt aber haben wir die Stufe der internationalen Organisation erreicht, und die politischen Fähigkeiten des Menschen und seine Großmut werden deutlich von Umfang und Vielfalt der ihm aufgezwungenen Probleme bewältigt. Und wenn er in diesem angstvollen Augenblick nach einem mächtigeren Geist Ausschau hält, der ihm helfen könnte, so stellt er fest, daß der Himmel leer ist. Er wird bald einsehen, daß die von ihm verworfene Formel, nach der der Mensch der Tempel des heiligen Geistes ist, genau der Wahrheit entspricht und daß dieser heilige Geist wesensmäßig die unbestimmteste Person der Dreieinigkeit und jetzt der einzige Überlebende, der ohnehin immer die wirkliche Einheit war, dem Menschen nur durch dessen eigenes Hirn und die eigene Hand helfen kann. Wenn der Übermensch also kommen soll, so muß er durch geplante und wohlüberlegte Aktion des Mannes von der Frau geboren werden. Das Überzeugtsein von dieser Wahrheit wird alles zermalmen, was sich ihr entgegenstellt. Sogar Privateigentum und Ehe, die für die kleinlichen Klagen des Arbeiters, daß er um den »Mehrwert« betrogen werde, und für das häusliche Elend der Sklaven des Eherings nur Hohngelächter übrig haben, werden, wenn sie sich dieser Idee, sobald sie zum vollbewußten lebenswichtigen Ziel der Menschheit geworden ist, in den Weg stellen, als leichteste der Hindernisse beiseitegelacht werden.

Daß sie ihr im Wege stehen werden, wird in dem Augenblick klar, da wir die Sinnlosigkeit einsehen, Menschen auf bestimmte Eigenschaften hin zu züchten, so wie wir Hähne zum Kämpfen, Windhunde auf Schnelligkeit oder Schafe wegen des Fleisches züchten. Was beim Menschen wirklich wichtig ist, ist der Teil von ihm, den wir noch nicht begreifen. Vieles daran ist uns nicht einmal bewußt, so wie uns im allgemeinen nicht bewußt ist, daß wir unseren Kreislauf mittels unserer Herzpumpe aufrechterhalten, obgleich wir sterben, wenn wir diese vernachlässigen. Wir sehen uns daher zu dem Schluß veranlaßt, daß wir, wenn wir erst einmal die Selektion so weit wie möglich vorangetrieben haben, indem wir von der Liste der zukünftigen Eltern alle die ausschließen, die uninteressant und nicht vielversprechend sind sowie diejenigen, welche einen Makel haben, der nicht durch Vorteile ausgeglichen ist, immer noch auf die Lenkung durch Phantasie und Zuneigung (alias Stimme der Natur) vertrauen müssen, sowohl bei den Züchtern wie bei den Eltern, um jene Überlegenheit an unbewußtem Ich, die das wahre Charakteristikum des Übermenschen sein wird, zu erhalten.

An diesem Punkt erkennen wir, wie wichtig es ist, der Zuneigung den weitestmöglichen Spielraum zu lassen. Die Menschheit in kleine Cliquen einzuteilen und die Wahl des Individuums effektiv auf seine eigene Clique zu beschränken, heißt, das Erscheinen des Übermenschen für ganze Zeitalter, wenn nicht für immer, hinauszuschieben. Nicht nur sollte jeder Mensch als künftiger Vater oder künftige Mutter behandelt und erzogen werden – es dürfte auch der natürlichen Gattenwahl kein Hindernis entgegenstehen, wie etwa die Ansicht, daß eine Gräfin sich nicht mit einem Kanalarbeiter und ein Herzog sich nicht mit einer Putzfrau verbinden dürfte. Gleichheit ist eine wesentliche Voraussetzung für das Erzeugen einer guten Nachkommenschaft, und Gleichheit ist, das wissen alle Nationalökonomen, unvereinbar mit Privateigentum.

Nebenbei bemerkt: Gleichheit ist eine wesentliche Voraussetzung auch für schlechte Nachkommenschaft; aber die Erzeugung schlechter Nachkommenschaft ist für die Reinigung der menschlichen Rasse unentbehrlich. Als in der Mitte des vorigen Jahrhunderts die Vererbungslehre von der Vorstellungskraft der Wissenschaftler Besitz ergriff, verkündeten ihre Anhänger, daß es ein Verbrechen wäre, einen Wahnsinnigen mit einer Wahnsinnigen, einen Schwindsüchtigen mit einer Schwindsüchtigen zu verheiraten. Aber sollen wir denn etwa unsere kranke Bevölkerung aufzubessern versuchen, indem wir unseren gesunden Bestand mit ihr infizieren? Deutlich genug ist die Anziehung, die Krankheit auf kranke Menschen ausübt, für die Rasse von Vorteil. Wenn zwei wirklich nicht gesunde Menschen heiraten, so werden sie höchstwahrscheinlich eine große Zahl von Kindern haben, die vor der Reife sterben, und das ist ein viel wünschenswerteres Ergebnis als die Tragödie einer Verbindung zwischen einem gesunden und einem ungesunden Menschen. Obgleich kostspieliger als die Sterilisation der Ungesunden, hat es den großen Vorteil, daß, falls unsere Vorstellungen von gesund und ungesund irrig sein sollten (was sie bis zu einem gewissen Grad gewiß sind), dieser Irrtum durch Erfahrung korrigiert wird, statt durch Ausweichen bestätigt zu werden.

Einer Sache muß trotz der Aufschreie der Romantiker entschlossen ins Auge gesehen werden. Es gibt keinen Beweis dafür, daß die besten Bürger kongenialen Ehen entspringen oder daß nichtgegensätzliche Elemente ein wichtiger Bestandteil dessen sind, was die Züchter Kreuzung nennen. Im Gegenteil, es ist mit ziemlicher Sicherheit anzunehmen, daß gute Resultate mit Eltern zu erzielen sind, die als Gefährten und Partner einer Ehe füreinander höchst ungeeignet wären, so daß das Experiment, sie zu paaren, bestimmt früher oder später fast ebensooft mit Absicht angestellt werden wird, wie es jetzt zufällig geschieht. Aber solche Paare zu kopulieren bedeutet ganz gewiß nicht, sie zu verheiraten. Bei der Zeugung können zwei sich ergänzende Personen gegenseitig ihre Fehler ausgleichen; in der häuslichen Partnerschaft einer Ehe bekommen sie diese empfindlich zu spüren und leiden unter ihnen. So könnte der Sohn eines robusten, fröhlichen, gut verdauenden britischen Landedelmanns mit dem Geschmack und dem Niveau seiner Klasse und einer klugen, phantasievollen, intellektuellen, hochkultivierten Jüdin seinen Eltern sehr überlegen sein, aber es ist nicht wahrscheinlich, daß die Jüdin den Landedelmann für einen interessanten Gefährten und seine Gewohnheiten, seine Freunde, sein Haus und seine Lebensart für angemessen hielte. Daher wird die Ehe, solange sie zur unerläßlichen Bedingung des Kinderzeugens gemacht wird, die Ankunft des Übermenschen ebenso erfolgreich hinauszögern wie das Privateigentum, und sie wird durch das Streben auf ihn zu ebenso wirksam verändert werden.

Die praktische Abschaffung von Privateigentum und Ehe, so wie sie jetzt bestehen, wird beinahe unbemerkt erfolgen. Für die Masse der Menschen würde die Abschaffung des Privateigentums, auf intelligente Weise vorgenommen, nichts anderes bedeuten als eine Vermehrung der ihnen zur persönlichen Verfügung stehenden Menge an Nahrung und Kleidung, eine Verbesserung von Wohnung und Komfort sowie eine freiere Verfügung über ihre Zeit und ihre persönlichen Lebensumstände. Sehr wenige Menschen machen heute einen Unterschied zwischen wirklich uneingeschränktem Eigentum und

Besitz, den sie unter so hochentwickelten öffentlichen Bedingungen genießen, daß das Einkommen daraus auf die gleiche Ebene gestellt ist wie das eines besitzlosen Geistlichen, Offiziers oder Beamten. Ein Grundbesitzer kann vielleicht immer noch Menschen von seinem Land vertreiben, ihre Behausungen zerstören und die Menschen durch Schafe oder Wild ersetzen; und im unkontrollierten Gewerbe kann der Privatunternehmer immer noch vom kontrollierten Gewerbe profitieren und Leben und Gesundheit des Volkes ebenso ungestraft opfern wie der Baumwollfabrikant aus Manchester zu Anfang des vorigen Jahrhunderts. Aber obgleich die Gewerbeordnung auf der einen und die Organisation der Gewerkschaften auf der anderen Seite innerhalb der Lebenszeit noch heute lebender Menschen den alten uneingeschränkten Besitz des Baumwollfabrikanten über seine Spinnerei und des Baumwollspinners über seine Arbeitskraft in die bloße Genehmigung verwandelt haben, unter strengen öffentlichen oder allgemeinen Bedingungen zu handeln oder zu arbeiten, die ihm im Interesse der Wohlfahrt aller ohne Rücksicht auf einzelne Härtefälle auferlegt worden sind, sprechen die Leute in Lancashire auch heute noch von ihrem »Eigentum«, so wie sie es immer verstanden haben: als von den Dingen, für deren Diebstahl jemand bestraft werden kann. Die völlige Abschaffung des Grundeigentums und die Verwandlung jeden Bürgers in einen bezahlten Funktionär im öffentlichen Dienst würden 99 Prozent der Bevölkerung nicht als größere Veränderung empfinden als die, die heute stattfindet, wenn der Sohn eines Reeders zur Marine geht. Denn ihre Uhren und Schirme und Hintergärten würden sie immer noch als ihr Eigentum bezeichnen.

Desgleichen wird die Ehe bestehenbleiben als Bezeichnung einer allgemeinen Sitte, auch wenn diese Sitte selbst sich längst geändert hat. So unterscheidet sich zum Beispiel die moderne englische Ehe durch die Scheidungsmöglichkeit und durch das Gesetz über das Eigentum verheirateter Frauen mehr von einer Ehe zu Beginn des neunzehnten Jahrhunderts, als die Ehe Byrons sich von der Ehe Shakespeares unterschied. Im Augenblick unterscheidet sich die Ehe in England nicht nur von der Ehe in Frankreich, sondern auch von der Ehe in Schottland. Eine Ehe unter den Scheidungsgesetzen von South Dakota würde man in Clapham schlicht Promiskuität nennen. Trotzdem stehen die Amerikaner, die gegenüber der Ehe alles andere als eine leichtfertige und zynische Haltung einnehmen, zu ihren Idealen mit einem Ernst, der in Clapham altmodisch wirken würde. Weder in Amerika noch in England würde man den Plan, die Ehe abzuschaffen, auch nur einen Augenblick tolerieren. Und doch besteht keine größere Gewißheit als die, daß in beiden Ländern die Veränderung des Ehevertrages fortschreiten wird, bis er weder lästiger noch unwiderruflicher ist als jedes gewöhnliche Handelsabkommen. Und selbst wenn man ihn abschaffte, würden die Menschen sich weiterhin als Ehemänner und Ehefrauen und ihre Gemeinschaft als Ehe bezeichnen, und den meisten wäre gar nicht bewußt, daß sie weniger verheiratet wären als Heinrich VIII. Denn obgleich ein Blick auf die Ehegesetze in den verschiedenen christlichen Ländern zeigt, daß die Ehe, juristisch betrachtet, von Grenze zu Grenze verschieden ist, unterscheidet sich das jeweilige Familienleben so wenig voneinander, daß die meisten Menschen ihre eigenen Ehegesetze für allgemeingültig halten. Infolgedessen macht das absolute Vertrauen der Öffentlichkeit in die Stabilität der Institution es auch auf diesem Gebiet, genau wie im Fall des Privatbesitzes, um so leichter, die Substanz zu ändern.

Indessen kann nicht geleugnet werden, daß eine der Veränderungen in der öffentlichen Meinung, die notwendig ist, wenn man den Übermenschen haben will, sehr überraschend ist. Sie ist nichts weniger als die Auflösung der gegenwärtig notwendigen Verbindung der Ehe mit dem Geschlechtsakt, den die meisten unverheirateten Menschen als das eigentlich Charakteristische der Ehe betrachten. Sie haben natürlich unrecht: Es käme der Wahrheit ebenso nahe, wenn man sagte, daß der

Geschlechtsakt das einzige rein Zufällige und Nebensächliche an der Ehe sei. Der Geschlechtsakt ist wesentlich nur für die Fortpflanzung der menschlichen Rasse, und in dem Augenblick, da dieses wichtigste Bedürfnis auf andere Weise als durch die Ehe erfüllt wird, wird es, vom Gesichtspunkt der schöpferischen Natur aus betrachtet, für die Ehe unwesentlich. Aber dadurch hört die Ehe nicht auf, so wirtschaftlich, praktisch und angenehm zu sein, daß der Übermensch die Ehefanatiker bestimmt dadurch bestechen könnte, daß er ihnen anbietet, die ganze alte unmenschliche Strenge und Unwiderruflichkeit der Ehe wiederherzustellen, die Scheidung abzuschaffen und die schreckliche Bindung zu bestätigen, die immer noch anständige Menschen an Trunkenbolde, Verbrecher und Verschwender fesselt. Die einzige Bedingung, die man ihm zugestehen müßte, wäre, daß der Geschlechtsakt völlig aus der Ehe herausgenommen würde. Denn selbst wenn Menschen eine häusliche Gemeinschaft unter keinen leichteren Bedingungen als diesen eingehen könnten, würden sie noch heiraten. Der Katholik, dem seine Kirche verbietet, sich der Scheidungsgesetze zu bedienen, heiratet ebenso leichtherzig wie die Presbyterianer von South Dakota, die den Partner mit einer Leichtigkeit wechseln können, die die Alte Welt schockiert; und würde die katholische Kirche es wagen, einen weiteren Schritt auf das Christentum zu zu tun und ihren Laien ebenso wie den Klerikern den Zölibat vorschreiben, so würden von völlig gehorsamen Söhnen und Töchtern der Kirche noch immer Ehen geschlossen werden, allein der häuslichen Gemeinschaft wegen. Man braucht diese Hypothesen nicht weiter zu verfolgen. Sie sind hier nur angedeutet, um dem Leser zu helfen, die Ehe in ihren beiden Funktionen zu erkennen: die Beziehungen der Geschlechter zu regulieren und eine Form von häuslicher Gemeinschaft zu bieten. Diese beiden Funktionen können aber durchaus voneinander getrennt werden; die häusliche Gemeinschaft ist die einzige von beiden, die für den Bestand der Ehe wesentlich ist, denn geschlechtliche Beziehungen ohne häusliche Gemeinschaft sind überhaupt keine Ehe, während häusliche Gemeinschaft ohne geschlechtliche Beziehung immer noch eine Ehe ist: in der Tat ist die häusliche Gemeinschaft die eigentliche Voraussetzung einer fruchtbaren Ehe für einen großen Teil ihrer Dauer und bei manchen Ehen sogar für ihre gesamte Dauer.

Wenn man also zugibt, daß Privateigentum und Ehe, indem sie die Gleichheit zerstören und so die sexuelle Auslese durch wesensfremde Bedingungen hemmen, der Entwicklung des Übermenschen feindlich sind, so ist leicht einzusehen, warum das einzige allgemein bekannte moderne Experiment bei der Züchtung der menschlichen Rasse in einer Gemeinschaft stattfand, die diese beiden Institutionen abschaffte.

III Das Experiment der Perfektionisten von Oneida Creek

Im Jahre 1848 wurde in Amerika, um einen Entschluß auszuführen, den eine Handvoll perfektionistischer Kommunisten gefaßt hatte: »daß wir uns ausschließlich der Errichtung des Reiches Gottes widmen wollen«, die Gemeinde Oneida gegründet. Obwohl die amerikanische Nation erklärte, daß so etwas in einem christlichen Land nicht geduldet werden könne, hielt sich die Gemeinde von Oneida länger als dreißig Jahre, und während dieser Zeit scheint sie gesündere Kinder hervorgebracht und weniger Übles getan und erduldet zu haben als irgendeine uns je bekannte Aktiengesellschaft. Es handelte sich jedoch um eine streng ausgewählte Gemeinschaft; denn ein echter Kommunist (grob definierbar als ein sehr stolzer Mensch, der beabsichtigt, den gemeinsamen Besitz zu bereichern statt von ihm zu zehren) ist einem gewöhnlichen Aktionär genauso überlegen wie ein Aktionär einem Seeräuber. Hinzu kam, daß die Perfektionisten mit fester Hand von ihrem Oberhaupt Noyes geführt wurden, einem jener Zufallsübermenschen, wie sie von Zeit zu Zeit trotz der

Behinderungen durch die stümperhaften Institutionen des Menschen angetroffen werden. Die Existenz von Noyes vereinfachte das Problem der Zuchtwahl für die Kommunisten, denn die Frage, welche Art Mensch hervorzubringen sie anstreben sollten, beantwortete sich sofort dahingehend, daß es offensichtlich wünschenswert wäre, einen weiteren Noyes hervorzubringen.

Aber ein von einer Handvoll Menschen durchgeführtes Experiment, Menschen, die nach dreißig Jahren Verschonung vom unbeabsichtigten Kindermord, der in den Häusern unwissender Eltern vor sich geht, nur dreihundert Köpfe zählten, konnte wenig bewirken außer zu beweisen, daß Kommunisten unter der Leitung eines Übermenschen, die sich »ausschließlich der Errichtung des Reiches Gottes widmeten« und sich ebensowenig um Eigentum oder Ehe kümmerten, wie ein Pfarrer in Camberwell sich um Hindukasten oder die Sati kümmert, etwas mehr aus ihrem Leben zu machen vermögen als gewöhnliche Menschen unter dem Joch dieser beiden Institutionen. Doch ihr eigener Übermensch gab zu, daß dieser offenbare Erfolg nur ein Teil des abnormen Phänomens seiner eigenen Existenz war; denn als er mit dem Alter das Ende seiner Kräfte erreicht hatte, lenkte und organisierte er selber den freiwilligen Rückfall der Kommunisten in die Ehe, den Kapitalismus und das gewöhnliche Privatleben und gestand so ein, daß die wirkliche soziale Lösung nicht in dem bestehen konnte, wozu ein zufälliger Übermensch eine ausgewählte Gemeinschaft zu überreden vermochte, sondern in dem, was eine ganze Gemeinschaft von Übermenschen dem eigenen Triebe folgend tun würde. Wenn Noyes nicht ein paar Dutzend Perfektionisten, sondern die ganzen Vereinigten Staaten hätte organisieren müssen, so würde Amerika ihn ebenso restlos geschlagen haben, wie England Cromwell geschlagen hat, Frankreich Napoleon und Rom Julius Caesar. Cromwell mußte durch bittere Erfahrung lernen, daß nicht einmal Gott ein Volk über sein eigenes Niveau erheben kann und daß, selbst wenn man eine Nation dazu bringt, alle ihre

Gelüste ihrem Gewissen zu opfern, das Ergebnis immer noch ganz und gar davon abhängen wird, welche Art von Gewissen die Nation hat. Napoleon scheint an seinem Ende die Menschheit als eine lästige Meute von Hunden betrachtet zu haben, die zu halten sich nur wegen des Vergnügens lohnte, mit ihnen auf die Jagd zu gehen. Caesars Fähigkeit, ohne Haß oder Ressentiment zu kämpfen, wurde durch die Entschlossenheit seiner Soldaten zunichte gemacht, ihre Feinde auf dem Schlachtfeld zu töten, statt sie gefangenzunehmen, in welchem Fall Caesar sie geschont hätte. Und seine überragende Stellung im Staate wurde durch kolossale Bestechungen der römischen Bürger erkauft. Was große Herrscher nicht vermögen, vermögen auch Gesetze und Religionen nicht. Der Mensch liest seine eigene Natur in jede Verordnung hinein. Wenn man ein übermenschliches Gesetz mit solcher List abfassen würde, daß der Mensch es nicht nach seinem eigenen Willen mißinterpretieren könnte, so würde er es als aufrührerische Blasphemie brandmarken oder es entweder als verrückt oder völlig unverständlich ignorieren. Parlamente und Synoden können mit ihren Gesetzen oder Glaubensbekenntnissen, je nachdem wie die Umstände das Gleichgewicht der Klassen und ihrer Interessen verändern, nach Belieben herumpfuschen; und als Ergebnis dieses Herumpfuschens kann gelegentlich die Illusion einer moralischen Weiterentwicklung entstehen, so zum Beispiel, wenn der Sieg der Kaufmanns- über die Kriegerkaste den Zweikampf durch sozialen Boykott und materiellen Schadensersatz ersetzt. In bestimmten Augenblicken kann es sogar einen erheblichen materiellen Fortschritt geben, so zum Beispiel, wenn die Eroberung der politischen Macht durch die Arbeiterklasse allein schon durch das einfache Wirken des Eigennutzes der neuen Herren eine bessere Verteilung des Reichtums hervorruft. Aber all das ist bloße Wiederanpassung und Reformation. Wenn nicht Herz und Geist der Menschen sich ändern, so wird noch der Größte es ebensowenig wagen, so zu regieren, als wären alle genauso groß wie er, wie ein Hirte es wagen würde, seine

Herde ihren Weg durch die Straßen suchen zu lassen und anzunehmen, sie fänden ihn ebensogut wie er. Ehe es nicht ein England gibt, in dem jeder Mann ein Cromwell, ein Frankreich, in dem jeder ein Napoleon, ein Rom, in dem jeder ein Caesar, ein Deutschland, in dem jeder ein Luther und zugleich ein Goethe ist, wird die Welt durch ihre Helden nicht mehr verbessert werden, als eine Villa in Brixton durch die Cheopspyramide verbessert wird. Die einzige uns mögliche wirkliche Veränderung ist das Hervorbringen solcher Nationen.

IV Der Widerstand des Menschen gegen seine eigene Verbesserung

Aber würde eine solche Veränderung toleriert werden, wenn der Mensch sich über sich selbst erheben müßte, um sie zu wünschen? Ja, und zwar deshalb, weil der Mensch sich über die Natur dieser Veränderung täuschen würde. Der Mensch ersehnt ja einen idealen Übermenschen mit aller Energie, die seine Ernährung ihm gibt, und er hat zu allen Zeiten den besten lebenden Ersatz für einen Übermenschen, den er finden konnte, verherrlicht: Der am wenigsten unfähige General wird als ein Alexander hingestellt; der König ist der erste Gentleman der Welt, der Papst ein Heiliger. Nie lebt der Mensch ohne eine ganze Galerie von menschlichen Idolen, die nichts weiter sind als falsche Übermenschen. Daß der wahre Übermensch mit seinen Übermenschfingern allen gegenwärtigen wertlosen Idealen des Menschen von Recht, Pflicht, Ehre, Gerechtigkeit, Religion und sogar Anstand ein Schnippchen schlagen, dafür aber moralische Verpflichtungen übernehmen wird, die der gegenwärtige Mensch gar nicht ertragen könnte, ist etwas, was der gegenwärtige Mensch nicht vorhersieht: er bemerkt nicht einmal, wenn unser zufälliger Übermensch es vor seinen Augen tut. Er tut es sogar jeden Tag selbst, ohne es zu wissen, und wird deshalb keinen Einwand gegen die Züchtung einer Rasse von, wie er es nennt, großen Männern oder Helden erheben, weil er sich wirkliche Übermenschen überhaupt nicht vorstellen kann, sondern sie wie sich selbst gerne mit grenzenlosem Verstand, grenzenlosem Mut und unbegrenzt viel Geld ausgestattet sieht.

Der lästigste Widerstand wird sich aus der allgemeinen Furcht der Menschheit ergeben, daß ein Eingriff in unsere Ehesitten einen Eingriff in unsere Freuden und unsere Gefühlsseligkeit bedeute. Diese Furcht, die sich hinter dem Anschein beleidigter Moral verbirgt, hat immer die Leute eingeschüchtert, die ihre wesentliche Schwäche nicht erkannt haben, aber sie wird nur für jene Degenerierten unüberwindbar sein, in denen der Fruchtbarkeitsinstinkt zu einem bloßen Verlangen nach Vergnügen geschrumpft ist. Die modernen Mittel, Vergnügen mit Unfruchtbarkeit zu verbinden, die jetzt allgemein bekannt und zugänglich sind, machen es jenen Menschen möglich, sich selbst aus der Rasse auszumerzen, ein Prozeß, der schon heftig im Gange ist; und das daraus folgende Überleben der bewußt Fruchtbaren bedeutet das Überleben der Anhänger des Übermenschen; denn was hier vorgeschlagen wird, ist nichts anderes als das Ersetzen der alten, unintelligenten, unvermeidlichen, fast unbewußten Fruchtbarkeit durch eine intelligent kontrollierte, bewußte Fruchtbarkeit und das Ausscheiden des nur Wollüstigen aus dem Prozeß der Entwicklung.

Die Rolle, die der Erotomane in der Evolution spielt, wird die gleiche sein, die der Freßsüchtige bereits spielt. Der Gierige, dessen stärkster Trieb seine Ernährung ist, wird sich immer mehr Mühe als seine Mitmenschen geben, sich Nahrung zu beschaffen. Wenn Nahrung so schwer zu beschaffen ist, daß nur große Anstrengung einen ausreichenden Vorrat sichern kann, entwickelt der Appetit des Gierigen dessen List und seinen Unternehmungsgeist bis zum äußersten, und er wird nicht nur der bestgenährte, sondern auch der tüchtigste Mensch der Gemeinschaft. Aber in einem günstigeren Klima oder dort, wo die gesellschaftliche Regelung der Nahrungsversorgung es einem Mensch leichtmacht, sich zu überfressen, bringt sich der Gierige durch Essen um seine Gesundheit und schließlich um seine Existenz. Alle anderen Sinnenmenschen gedeihen auf die gleiche Weise und kommen auf die gleiche Weise um; und darum bedeutet auf lange Sicht das Überleben der Tüchtigsten soviel wie das Überleben der Selbstbeherrschten, denn diese allein können sich den ständig wechselnden Bedingungen, die durch den industriellen Fortschritt entstehen, anpassen. Selbst wenn diese selektive Funktion nicht erfunden worden wäre, würde das Streben der menschlichen Rasse den Widerstand der indivuellen Instinkte zunichte machen. Nicht nur die Bienen und die Ameisen befriedigen ihre Fortpflanzungs- und ihre Elterninstinkte stellvertretend für andere; auch die Ehe selbst erlegt Millionen von unverheirateten Männern und Frauen mit Erfolg den Zölibat auf. Kurz gesagt, der individuelle Instinkt in dieser Sache ist, obgleich man ihn gedankenloserweise für überwältigend hält, im Endeffekt ohne Bedeutung.

V Die politische Notwendigkeit des Übermenschen

Die Notwendigkeit für das Kommen des Übermenschen ist in ihrer zwingendsten Form politischer Natur. In die proletarische Demokratie sind wir durch das Versagen aller anderen Systeme hineingetrieben worden; denn diese hingen von der Existenz gewisser als Despoten oder Oligarchen fungierenden Übermenschen ab; und diese Übermenschen tauchten nicht nur nicht immer im rechten Moment und in der wünschenswerten sozialen Position auf, sondern konnten, wenn sie auftraten, außer für kurze Zeit und durch moralisch sich selbst richtende Zwangsmaßnahmen, denen, die sie regierten, auch keine Übermenschlichkeit aufzwingen. So hat also, durch die bloße Macht der »menschlichen Natur«, die Regie-

rung durch Zustimmung der Regierten die alte Methode ersetzt, nach der man den Bürger regierte, wie man einen Internatsschüler regiert.
Nun müssen wir erst mal den Mann erleben, der, trotz einiger Erfahrung mit der proletarischen Demokratie, noch an ihre Fähigkeit glaubt, große politische Probleme lösen oder auch nur gewöhnliche Arbeit auf lokaler Ebene in vernünftiger und ökonomischer Weise leisten zu können. Nur in Despotien und Oligarchien konnte sich der radikale Glaube an das allgemeine Wahlrecht als ein politisches Allheilmittel entwikkeln. In dem Augenblick, wo er der praktischen Erprobung ausgesetzt ist, welkt er dahin, weil sich die Demokratie nicht über das Niveau des menschlichen Materials, aus dem die Wähler gemacht sind, erheben kann. Die Schweiz scheint im Vergleich mit Rußland gut dran zu sein, aber wenn Rußland so klein wäre wie die Schweiz und wenn seine sozialen Probleme auf die gleiche Weise durch unüberwindliche natürliche Grenzen vereinfacht wären und durch eine Bevölkerung, die durch die gleiche Vielfalt und Intimität internationaler Beziehungen geprägt wäre, so brauchte man zwischen beiden wohl kaum zu wählen. Auf alle Fälle sind Australien und Kanada in Wirklichkeit unter Protektorat stehende demokratische Republiken, und Frankreich und die Vereinigten Staaten, zugegebenermaßen unabhängige demokratische Republiken, weder gesund, reich noch weise; und sie wären schlimmer statt besser, wären nicht ihre populären Minister Meister in der Kunst, die Begeisterungen des Volkes zu überspielen und es in seiner Unwissenheit hinters Licht zu führen. Der Politiker, der einst lernen mußte, wie man Königen schmeichelt, muß jetzt lernen, wie man die Wählerschaft fasziniert, amüsiert, verlockt, betrügt, erschreckt oder auf andere Weise ihre Gunst gewinnt. Und obgleich es in entwikkelten modernen Staaten, wo der Handwerker gebildeter ist als der König, eines größeren Mannes bedarf, um ein erfolgreicher Demagoge zu sein, als es nötig war, um ein erfolgreicher Höfling zu sein, ist doch derjenige, der populäre Über-

zeugungen mit gewaltiger Energie vertritt, der Mann der Masse, während der schwankendere Skeptiker, der sich vorsichtig seinen Weg ins nächste Jahrtausend ertastet, keine Chance hat, wenn er nicht zufällig noch das besondere künstlerische Talent des Jahrmarktschreiers besitzt. Aber dann fängt er als Jahrmarktschreier die Stimmen, nicht als fortschrittlicher Politiker. Daraus geht hervor, daß der Demagoge, obgleich er (zu Unrecht) versichert, die Angelegenheiten im Interesse der Mehrheit der Wähler wieder in Ordnung zu bringen, doch die Mittelmäßigkeit bestärkt, die Intoleranz organisiert, das Auftreten von ungewöhnlichen Fähigkeiten verleumdet und das Zutagetreten von verdächtig gewöhnlichen Qualitäten glorifiziert. Mit kleinen Geschäften wird er gut fertig; durch große pfuscht er sich mit gewaltigen Worten hindurch. Wenn eine große politische Bewegung entsteht, so wird sie nicht bewußt geführt und organisiert. Das unbewußte Selbst der Menschheit bricht sich seinen Weg durch ein Problem, wie sich ein Elefant seinen Weg durch den Dschungel bricht, und was auch immer in diesem Prozeß geschieht, die Politiker halten Reden darüber, obgleich sie in der besten Absicht alles tun, um diesen Prozeß zu verhindern. Wenn schließlich, bevor noch die Demagogen und die Wählermassen gelernt haben, auch nur eine Landgemeinde ordentlich zu verwalten, geschweige denn Konstantinopel zu internationalisieren, der soziale Zusammenschluß an einen Punkt gelangt ist, wo internationale Organisation nötig wäre, dann geht das ganze politische Geschäft zu Bruch; und schon haben wir die Ruinen von Weltreichen, Neuseeländer, die auf einem geborstenen Bogen der London Bridge sitzen und so weiter.
Die Katastrophe wird sich bestimmt immer wiederholen, wenn wir nicht zu einer Demokratie von Übermenschen gelangen. Das Hervorbringen einer solchen Demokratie ist die einzige Veränderung, die genug Hoffnung bietet, um uns zu der Anstrengung bereitzumachen, die die Revolution verlangt.

VI Die Erklärung der Prüderie

Warum die Bienen ihre Mütter verwöhnen, während wir nur unsere Opernprimadonnen verwöhnen, ist eine Frage, über die nachzudenken sich lohnt. Unsere Vorstellung davon, wie man eine Mutter behandeln soll, ist nicht die, ihre Nahrungsmenge zu vergrößern, sondern sie zu verringern, indem wir der Mutter verbieten, einen Monat lang nach der Entbindung in der Fabrik zu arbeiten. Alles, was die Geburt zu einem Unglück für die Eltern und zu einer Gefahr für die Mutter machen kann, wird gewissenhaft getan. Als der große französische Schriftsteller Emile Zola, entsetzt über die Unfruchtbarkeit seines Volkes, ein beredtes und kraftvolles Buch schrieb, um das Ansehen der Elternschaft wiederherzustellen, nahm man in England sofort an, daß ein Buch dieses Charakters, und noch mit dem Titel »Fruchtbarkeit«, zu abscheulich sei, als daß es übersetzt werden könnte, und daß jeder Versuch, sich mit der Beziehung der Geschlechter außer von einem lüsternen oder gefühlvollen Standpunkt aus zu beschäftigen, strikt abgelehnt werden müßte. Wenn nun diese Annahme wirklich in der öffentlichen Meinung begründet wäre, so würde das eine Haltung der Abscheu und des Ekels gegenüber der Lebenskraft anzeigen, wie sie nur in einer kranken und im Sterben liegenden Gesellschaft entstehen könnte, in der Ibsens Hedda Gabler die typische Frau wäre. Aber diese Haltung hat keine lebendige Grundlage. Die Prüderie der Zeitungen ist, genau wie die Prüderie bei Tisch, ein bloßer Mangel an Erziehung und Ausdruck. Wir werden nicht gelehrt, anständig über diese Dinge zu denken; folglich haben wir dafür auch keine Sprache außer einer unanständigen. Daher müssen wir sie als ungeeignet für eine öffentliche Diskussion erklären; denn die einzigen Begriffe, mit denen wir diese Diskussion führen könnten, sind für den Gebrauch in der Öffentlichkeit nicht geeignet. Physiologen, denen ein technisches Vokabular zur Verfügung steht, sehen keine

Schwierigkeiten; und Meister der Sprache, die anständig denken, können gemeinverständliche Geschichten wie Zolas »Fruchtbarkeit« oder Tolstois »Auferstehung« schreiben, ohne den Lesern, die ebenfalls anständig denken, das geringste Ärgernis zu geben. Der gewöhnliche Journalist von heute, der über diese Dinge immer nur in Zoten geredet hat, kann hingegen nicht einmal einen einfachen Bericht über einen Scheidungsfall schreiben ohne eine bewußte Geschämigkeit oder eine versteckte Anzüglichkeit, die es unmöglich machen, den Artikel in Gesellschaft vorzulegen. All diese Zotigkeit und Prüderie (sie sind ein und dasselbe) bedeuten keineswegs, daß die Leute in diesen Dingen nicht anständig empfinden: im Gegenteil, es ist gerade die Tiefe und der Ernst unseres Gefühls, die seine Entheiligung durch schmutzige Sprache und rüden Humor unerträglich macht, so daß wir am Ende nicht ertragen können, daß davon überhaupt noch gesprochen wird, weil nur einer unter Tausenden davon reden kann, ohne unsere Selbstachtung, besonders die Selbstachtung der Frauen, zu verletzen. Und fügen Sie zu den Schrecken der üblichen Sprache den Schrecken der üblichen Armut hinzu. Bei Übervölkerung zerstört die Armut die Möglichkeit zur Sauberkeit; und bei fehlender Sauberkeit werden viele natürliche Funktionen des Lebens unangenehm und ekelhaft, so daß schließlich die Verbindung von Unreinlichkeit mit diesen natürlichen Funktionen so überwältigend wird, daß für zivilisierte Menschen (das heißt Menschen, die in den Labyrinthen von Slums, die wir Städte nennen, zusammengepfercht sind) die Hälfte ihrer körperlichen Funktionen zu einem schuldbeladenen Geheimnis wird, über das man nur im Fall der Not mit dem Arzt sprechen kann; und Hedda Gabler erschießt sich, weil Mutterschaft so wenig damenhaft ist. Kurz gesagt, die allgemeine Prüderie ist nur eine Folge der allgemeinen Verwahrlosung: die Gegenstände, die man unter Tabu stellt, bleiben trotz allem die interessantesten und ernstesten Gegenstände.

VII Fortschritt – eine Illusion

Unglücklicherweise werden die ernsthaften Leute durch die Illusion vom Fortschritt vom Weg der Evolution abgebracht. Jeder Sozialist kann uns leicht davon überzeugen, daß der Unterschied zwischen dem Menschen, wie er ist, und dem Menschen, wie er ohne weitere Evolution unter den Bedingungen eines Jahrtausends mit Nahrung, Umwelt und Erziehung werden könnte, riesengroß ist. Er kann beweisen, daß die Ungleichheit und die ungerechte Verteilung von Reichtum und Arbeitsbelastung durch ein unwissenschaftliches ökonomisches System entstanden sind und daß der Mensch, so unvollkommen er auch sein mag, ebensowenig beabsichtigt hat, eine so geordnete Unordnung zu schaffen, wie eine Motte beabsichtigt, sich zu verbrennen, wenn sie in die Kerzenflamme fliegt. Er kann beweisen, daß der Unterschied zwischen der Anmut und Kraft eines Akrobaten und dem gebeugten Rücken eines rheumatischen Landarbeiters ein Unterschied ist, der durch die Lebensbedingungen hervorgebracht worden ist, nicht durch die Natur. Er kann darlegen, daß viele der verabscheuungswürdigsten menschlichen Laster nicht angeboren, sondern bloße Reaktionen unserer Institutionen auf unsere Tugenden sind. Der Anarchist, der Fabier*, der Heilsarmist, der Vegetarier, der Arzt, der Rechtsanwalt, der Ethikprofessor, der Turner, der Soldat, der Sportler, der Erfinder, der Programme machende Politiker – sie alle haben ein Rezept, wie sie uns bessern können, und fast alle ihre Heilmittel sind physisch möglich und zielen auf Übel, die alle zugeben. Für sie bedeutet die Grenze des Fortschritts schlimmstenfalls die Vollendung aller vorgeschlagenen Reformen und das Gleichmachen aller Menschen auf der Ebene, die die am besten ernährten und geistig und körperlich am

* Mitglied der »Fabian Society« (Gesellschaft der Fabier), der Shaw angehörte; vgl. dazu Zeittafel im Anhang, p. 333 f.

besten ausgebildeten Menschen schon erreicht haben. Hier liegt also, so kommt es ihnen vor, ein ungeheures Feld für die Energie der Reformer. Hier sind viele edle Ziele, die auf vielen, den Berg der Schwierigkeit hinaufführenden Pfaden erreicht werden können, auf denen große Geister sich gern bewegen. Leider wird dieser Berg von dem Menschen, wie wir ihn kennen, nie erklommen werden. Man braucht nicht abzustreiten, daß wir, falls wir alle tapfer bis zum Ende der Pfade der Reformer fortschritten, die Welt erheblich verbessern würden. Aber auf dieses »falls« können wir nicht mehr hoffen als auf die genauso einleuchtende Versicherung, wir würden alle Lerchen fangen, wenn der Himmel herunterstürzte. Wir werden diese Pfade nicht begehen: weil wir nicht genügend Kraft haben. Wir sehnen uns nicht brennend genug nach dem Ziel, ja, in den meisten Fällen sehnen wir uns tatsächlich gar nicht danach. Fragen Sie irgendeinen Menschen, ob er nicht ein besserer Mensch sein möchte, so wird er zwar ganz fromm ja sagen. Fragen Sie ihn, ob er eine Million haben möchte: er wird sogar voller Überzeugung ja sagen. Aber der fromme Bürger, der gern ein besserer Mensch sein möchte, wird sich weiterhin so benehmen wie zuvor. Und der Landstreicher, der gern eine Million hätte, macht sich nicht mal die Mühe, zehn Shilling zu verdienen. Ganze Scharen von Männern und Frauen, die gern eine Million als Geschenk annähmen, leben und sterben, ohne jemals mehr als fünf Pfund auf einmal besessen zu haben; obgleich auch schon zerlumpte Bettler auf Matratzen gestorben sind, die mit Gold vollgestopft waren, das sie angehäuft hatten, weil sie es so sehr begehrten, daß es ihnen die Kraft gab, es zu erlangen und festzuhalten. Die Wirtschaftswissenschaftler, die entdeckten, daß die Nachfrage die Produktion bestimmt, mußten ihre Behauptung in »tatsächliche Nachfrage« abändern, und das erwies sich in der endgültigen Analyse als nichts anderes als die Produktion selbst. Genauso ist es in der Politik, in der Moral und in allen andern Bereichen: Was wirklich angeboten wird, ist das Maß für den tatsächlichen Bedarf; bloßer

Ehrgeiz und bloße Behauptungen bringen gar nichts hervor. Keine Gemeinschaft ist bis jetzt über die Anfangsphasen hinausgekommen, in denen Streitsucht und Fanatismus es ihnen ermöglicht, eine Nation zu gründen, und ihre Begehrlichkeit sie befähigt, eine auf Handel gegründete Zivilisation aufzubauen und weiterzuentwickeln. Aber selbst diese Stufen sind niemals durch Bürgergeist erreicht worden, sondern immer durch intolerante Willkür und brutale Gewalt. Nehmen Sie das Reformgesetz von 1832 als Beispiel eines Konflikts zwischen zwei Parteien von gebildeten Engländern, eine politische Maßnahme betreffend, die so offensichtlich notwendig und unvermeidlich war, wie es je eine politische Maßnahme gewesen ist oder wahrscheinlich sein wird. Das Gesetz kam nicht eher durch, als bis die Herren von Birmingham Anstalten machten, die Kehlen der Pfarrherren von St. James in geziemender militärischer Form durchzuschneiden. Das Gesetz wäre bis zum heutigen Tage nicht verabschiedet worden, wenn keine andere Macht dahinter gestanden hätte als die Logik und das öffentliche Gewissen der Utilitarier. Ein despotischer Herrscher mit dem Verstand der Königin Elisabeth hätte es besser gemacht als die Horde erwachsener Eton-Boys, die uns zu jener Zeit dank ihrer Privilegien regierten und uns, praktisch seit die ganze männliche Bevölkerung im Jahre 1884 das Wahlrecht erhielt, noch heute auf Wunsch der proletarischen Demokratie regieren.

Zum gegenwärtigen Zeitpunkt haben wir statt der Utilitarier die Gesellschaft der Fabier mit ihrer friedlichen, verfassungsmäßigen, moralischen, ökonomischen Politik des Sozialismus, die zu ihrer unblutigen und wohlwollenden Verwirklichung nichts nötig hat, als daß das englische Volk sie versteht und billigt. Aber warum spricht man gut von den Fabiern in Zirkeln, in denen vor dreißig Jahren das Wort Sozialist gleichbedeutend war mit Mörder und Brandstifter? Nicht weil die Engländer die geringste Absicht hätten, die Politik der Fabier kennenzulernen oder zu übernehmen, sondern weil sie glauben, daß die Fabier, indem sie das Element der

Einschüchterung aus der sozialistischen Agitation herausnehmen, der aufrührerischen Armut die Zähne gezogen haben und die bestehende Ordnung vor der einzigen Art von Angriff bewahren, die sie wirklich fürchtet. Wenn die Nation allerdings die Politik der Fabier akzeptierte, so würde diese mit der gleichen brutalen Gewalt durchgesetzt, wie es mit unserem gegenwärtigen System des Privateigentums geschieht. Es würde zum Gesetz werden, und diejenigen, die ihm Widerstand leisteten, würden mit Geldstrafen belegt, enteignet, von Polizisten auf den Kopf geschlagen, ins Gefängnis geworfen und, wenn alles nichts nützt, »exekutiert«, so wie es mit denen geschieht, die das bestehende Gesetz brechen. Aber da unsere besitzende Klasse keine Angst hat, daß diese Bekehrung stattfinden könnte, während sie gelegentliche Morde und Sprengstoffanschläge fürchtet und mit aller Gewalt die Tatsache zu verbergen versucht, daß es keine moralische Differenz gibt zwischen den Methoden, mit denen sie ihre Besitzrechte durchsetzt, und der Methode, mit der der Bombenleger seiner Konzeption der natürlichen Menschenrechte Nachdruck verleiht, klopft man der Gesellschaft der Fabier auf die Schulter, wie man der christlich-sozialen Union auf die Schulter klopft, während der Sozialist, der offen ausspricht, daß eine soziale Revolution nur so gemacht werden kann, wie alle Revolutionen gemacht worden sind, indem nämlich die Menschen, die sie wollen, die Menschen, die sie nicht wollen, töten, zwingen und einschüchtern, als ein Verführer des Volkes denunziert und zur Zwangsarbeit verurteilt wird, um ihm vorzuführen, wie ehrlich es seine Gegner mit ihrem Einwand gegen physische Gewalt meinen.

Sollen wir also die Methoden der Fabier ablehnen und zu denen der Barrikadenkämpfer zurückkehren oder die der Bombenleger und Mörder übernehmen? Weder noch, wir müssen im Gegenteil erkennen, daß beide von Grund auf unnütz sind. Für den Bombenleger scheint es leicht zu sagen: »Haben Sie nicht gerade zugegeben, daß man allein der physischen Gewalt weicht? Hat nicht Gladstone zugegeben, daß die Irische Kirche nicht durch den Geist des Liberalismus aufgelöst wurde, sondern wegen der Explosion, die das Clerkenwell-Gefängnis erschütterte?« Nun, wir brauchen nicht so töricht und ängstlich zu sein, das zu leugnen. Wir geben es ohne Einschränkung zu. Wir geben weiterhin zu, daß all dies in der Natur der Dinge liegt, daß auch der glühendste Sozialist, wenn er Eigentum besitzt, sich nicht anders verhalten kann als die konservativen Besitzenden, bis das Eigentum von der ganzen Nation zwangsweise abgeschafft sein wird; ja sogar, daß Abstimmungen und parlamentarische Streitigkeiten sich, trotz ihrer eitlen Zeremonie des Debattierens, von Schlachten nur in der Weise unterscheiden, wie sich das unblutige Ergeben einer zahlenmäßig unterlegenen Streitmacht von Waterloo und Trafalgar unterscheidet. Alle diese Eingeständnisse schenke ich den Feniern*, die bei gedankenlosen Iren in Amerika Geld sammeln, um die Dubliner Burg in die Luft zu jagen: dem Kriminalkommissar, der törichte junge Arbeiter überredet, beim nächsten Eisenhändler Bomben zu bestellen, und sie dann anzeigt, damit sie in Zwangsarbeit kommen; unseren Heeres- und Marinebefehlshabern, die nicht ans Predigen glauben, sondern an ein Ultimatum, das sich auf eine Menge Lyddit stützt; und ganz allgemein allen, die es angeht. Aber was nützt es eigentlich, die Methode des Rücksichtslosen und Blutrünstigen durch die des Vorsichtigen und Humanen zu ersetzen? Ist England besser dran, seit das Clerkenwell-Gefängnis in die Luft geflogen ist, oder Irland, seit seine Kirche nicht mehr etabliert ist? Gibt es den geringsten Grund anzunehmen, daß die Nation, die sich wie eine Schafherde von Charles und Laud und Strafford zwingen ließ, irgend etwas gewann, weil sie später, noch mehr Schafherde, zuließ, daß ein paar entschlossene Puritaner, durch die Meisterwerke der jüdischen revolutionären Literatur entflammt, den Dreien den Kopf abschlugen? Angenommen, der

* Anhänger der Sinn Féin-Bewegung, die die Loslösung Irlands durch Terror zu erreichen suchte; 1858 von ausgewanderten Iren in den USA gegründet.

Gunpowder Plot hätte seinerzeit Erfolg gehabt und eine Fawkes-Dynastie* wäre für lange Zeit auf den Thron gekommen – hätte das irgendeinen Unterschied im heutigen Zustand der Nation gemacht? In Frankreich wurde bis zur Grenze des menschlich Erträglichen von der Guillotine Gebrauch gemacht, sowohl von den Girondisten wie von den Jakobinern. Fouquier-Tinville folgte Marie Antoinette auf das Schafott; und Marie Antoinette hätte die Menge genauso ausdrücklich, wie Fouquier es tat, fragen können, ob das Brot billiger würde, wenn ihr Kopf gefallen sei. Und was ist aus all dem geworden? Das kaiserliche Frankreich der Familie Rougon-Macquart und das republikanische Frankreich des Panama-Skandals und der Dreyfus-Affäre. War dieser Unterschied die Guillotinierung all jener unglücklichen Damen und Herren wert, wie nutzlos und nichtsnutzig manche von ihnen auch gewesen sein mochten? Würde ein Mann, der seinen Verstand beisammen hat, wegen eines solchen Ergebnisses auch nur eine Maus auf die Guillotine schicken? Sehen wir uns das republikanische Amerika an. Amerika hat kein Star-Chamber** und keine feudalen Barone. Aber es hat Trusts, und es hat Millionäre, deren von elektrisch geladenen Drahtzäunen umgebene und von [polizeistaatlichen] Pinkerton-Anhängern mit Maschinenpistolen bewachte Fabriken selbst aus einem Reginald Front de Bœuf einen Radikalen gemacht hätten. Würden Washington oder Franklin einen Finger für die amerikanische Unabhängigkeit gerührt haben, hätten sie deren Wirklichkeit vorhergesehen?

Nein! Was Caesar, Cromwell und Napoleon, in deren mächtigen Händen alle physische Macht und alles moralische Prestige des Staates vereinigt waren, nicht vermochten, vermögen auch begeisterte Kriminelle und Wahnsinnige nicht. Sogar die Juden, die von Moses bis Marx und Lassalle alle

* Nach Guy Fawkes (1570–1606), einer der Hauptteilnehmer an der englischen Pulververschwörung, die 1605 das englische Parlament und Jakob I. in die Luft sprengen wollte.

** Allein dem König verantwortliches Willkürgericht.

Revolutionen inspiriert haben, mußten zugeben, daß der Hund doch schließlich zu seinem Erbrochenen zurückkehrt, und die Sau, die abgewaschen worden ist, sich wieder in ihrem Dreck suhlt, und wir sollten uns besser eingestehen, daß auch der Mensch zu seinen Götzen und Lüsten zurückkehren wird, trotz aller »Bewegungen« und Revolutionen, bis seine Natur sich geändert hat. Bis dahin sind seine früheren Erfolge im Aufbau kommerzieller Zivilisationen (und, lieber Himmel, was für Zivilisationen!) nur Vorspiele zu dem unvermeidlichen späteren Zustand, der uns jetzt bedroht, in welchem die Leidenschaften, die die Zivilisation aufbauten, verderblich werden statt produktiv, genauso wie die gleichen Eigenschaften, die den Löwen zum König der Wildnis machen, ihn in das sichere Verderben jagen, sobald er eine Stadt betritt. Nichts kann die Gesellschaft retten außer einem klaren Kopf und einem weitreichenden Zweck: Krieg und Wettstreit, die in der einen Epoche wirksame Mittel zur Auswahl und Entwicklung darstellen, werden in der nächsten zu verderblichen Werkzeugen der Degeneration. Bei der Züchtung von Tieren und Pflanzen fallen Arten, die sich durch viele Generationen hindurch durch Zuchtwahl gebildet haben, in einer oder zwei Generationen, wenn die Zuchtwahl aufhört, ganz plötzlich in die Wildform zurück. In der gleichen Weise verfällt auch eine Zivilisation, in der muntere Kampflust und Gier aufgehört haben, als Faktoren der Auslese zu dienen, und verderblich und zerstörerisch geworden sind, mit einer Plötzlichkeit, die es einem Beobachter ermöglichen würde, voller Bestürzung zuzusehen, wie die Vorwärtsschritte vieler Jahrhunderte in einer Generation rückwärts getan werden. Dies ist des öfteren geschehen, auch innerhalb unserer geschichtlichen Zeit, und in jedem Fall ist der Wendepunkt erreicht worden, lange bevor, nicht einmal auf dem Papier, der Durchschnitt der Massen den höchsten Punkt erreicht hatte, der den bestgenährten und gepflegten normalen Individuen erreichbar war.

Wir müssen darum ganz ehrlich die Vorstellung aufgeben,

daß der Mensch, so wie er existiert, zu wirklichem Fortschritt fähig sei. Es wird zwar immer die Illusion eines Fortschritts geben, denn wo wir uns eines Übels bewußt werden, heilen wir es; deshalb kommt es uns auch immer so vor, als machten wir Fortschritte, wobei wir vergessen, daß die meisten Übel, die wir bemerken, die schließlich akut gewordenen Folgen von lange nicht bemerkten Rückschritten sind; daß unsere halbherzigen Heilungsversuche selten den verlorenen Grund ganz wieder zurückgewinnen; und vor allem, daß nach den Gesetzen, nach denen wir degenerieren, das Gute in unseren Augen zum Übel geworden ist und im Namen des Fortschritts genauso ausgerottet wird, wie auf dem Weg, auf dem wir uns entwickeln, das Üble vernichtet und durch das Gute ersetzt wird. Das ist nun wirklich die Illusion der Illusionen, weil es uns die unausweichliche und schreckliche Gewißheit gibt, daß, wenn unser politischer Ruin kommen wird, er durch glühende Reformer bewirkt und von begeisterten Patrioten unterstützt werden wird, als eine Reihe von notwendigen Schritten auf unserem Weg unseres »Fortschritts«. Dann mag der Reformer, der Progressive, der Weltverbesserer mit seinen ewigen Wenn und Aber, aus denen nie etwas Greifbares wird, noch einmal über sich selbst nachdenken. Solange der Mensch bleibt, was er ist, kann es über den Punkt hinaus, der schon erreicht worden ist und von dem wir bei jedem Versuch, eine Kultur zu schaffen, kopfüber hinunterstürzen, keinen Fortschritt geben; und da selbst dieser Punkt nur ein Gipfel ist, an den geklammert sich ein paar Leute in schwindligem Schrecken über einem Abgrund von Schmutz gerade noch halten, sollte der bloße Fortschritt uns nicht länger bezaubern.

VIII Die Selbstgefälligkeit der Kultur

Schließlich ist die Fortschrittsillusion gar nicht so schwer zu durchschauen. Wir beginnen, indem wir die Satiren der Zeitgenossen unserer Väter lesen, und schließen daraus (gewöhnlich ganz törichterweise), daß die Mängel, die von ihnen angeprangert werden, der Vergangenheit angehören. Wir bemerken auch, daß Verbesserungen schreiender Übelstände oft dadurch erreicht werden, daß eine punktuelle Verschiebung der politischen Macht von den Unterdrückern auf die Unterdrückten stattfindet. Die Liberalen geben dem armen Mann das Stimmrecht in der Hoffnung, daß er es zugunsten seiner Befreier anwenden wird. Die Hoffnung erfüllt sich nicht, aber die lebenslange Haft für Menschen, die ihre Schulden nicht bezahlen können, wird abgeschafft; Arbeitsgesetze werden eingeführt, um die Ausbeutung zu lindern; Schulerziehung wird kostenlos und zur Pflicht; die sanitären Vorschriften werden vervielfacht; es werden behördliche Anstrengungen unternommen, die Masse mit anständigen Wohnungen zu versorgen; die Barfüßigen bekommen Schuhe; Lumpen werden selten, und Badezimmer und Klaviere, schicke Tweeds und gestärkte Kragen werden für eine Menge von Menschen erreichbar, die einst als »die Ungewaschenen« in Baumwollzeug und mit blauen Halstüchern die Judenharfe oder das Akkordeon spielten. Einige dieser Änderungen sind eine Verbesserung, andere ein Verlust. Einige sind überhaupt keine Veränderung. Alle aber sind lediglich Veränderungen, die man mit Geld bewirken kann. Und doch schaffen sie die Illusion eines stürmischen Fortschritts, und die lesende Klasse schließt daraus, daß die Mißstände der frühen viktorianischen Zeit, außer in den erheiternden Seiten der Dickensschen Romane, nicht mehr existieren. Aber sobald wir uns nach einer Reform umschauen, die durch Charakter und nicht durch Geld bewirkt worden wäre, durch Staatskunst und nicht durch Interessen oder Meuterei, werden wir enttäuscht. Zum Beispiel haben wir die Verwaltungsmißstände und die Unfähigkeit, die im Krimkrieg sichtbar wurden, für Zustände gehalten, die der Vergangenheit angehörten, bis uns der Burenkrieg zeigte, daß die Nation und das Kriegsministerium, genau wie die armen Bourbonen, die so hemmungslos einer ganz allgemein verbreiteten Eigenschaft wegen getadelt worden sind, nichts dazugelernt und nichts vergessen hatten. Wir hatten uns kaum von der nutzlosen Verwirrung durch diese Entdeckung erholt, als ruchbar wurde, daß es in der Offiziersmesse unseres besten Eliteregiments einen Prügel-Club gab, dessen Präsident der älteste Subalternoffizier war. Bei der Enthüllung kam einiger Ekel über die Details dieser Schuljungenorgien auf, aber keine Überraschung über das offenbare Fehlen jeder Konzeption von Mannesehre und Tugend, persönlichem Mut und Selbstachtung in den ersten Reihen unserer Ritterschaft. Wir hatten angenommen, daß im Staatsdienst das Schmeichlertum und die Vergötzung, die Charles I. dazu verführt hatten, die Puritanische Revolte des 17. Jahrhunderts zu unterschätzen, längst überwunden seien; aber sie brauchten nur günstige Umstände, um wieder aufzuleben, wobei verlorene Frömmigkeit durch zusätzliche Gemeinheit ersetzt wurde. Wir sind in dem Augenblick wieder in Dispute über die Transsubstantiation verfallen, wo die Entdeckung einer – wie eine Stammessitte – weitverbreiteten Theophagie uns die letzte Entschuldigung genommen hat, anzunehmen, daß sich unsere offiziellen religiösen Riten wesentlich von denen der Barbaren unterschieden. Die christliche Lehre von der Sinnlosigkeit der Strafe und der Verwerflichkeit der Rache hat, obwohl sie der Vernunft auf so einfache Weise einleuchtet, unter den Nationen keinen einzigen Anhänger gefunden; für die Massen bedeutet Christentum nichts anderes als eine sensationelle öffentliche Verurteilung, welche für andere Hinrichtungen als Entschuldigung herhält. In ihrem Namen nehmen wir einem Dieb zehn Jahre seines Lebens weg, Minute für Minute, durch das schleichende Elend und die Erniedrigung des modernen Strafvollzugs, und zwar mit ebenso gutem Gewissen, wie Laud und sein Star Chamber einem Bastwick und Burton die Ohren abschnitten. Wir haben neulich erst die Überreste des Mahdi ausgegraben und verstümmelt, wie wir vor zwei Jahrhunderten die Überreste Cromwells ausgegraben und verstümmelt haben. Wir haben die Enthauptung der chinesischen Anführer beim Boxeraufstand gefordert, wie jeder Tartar es getan hätte; und unsere Militär- und Marineeinsätze, bei denen gemordet, gebrandschatzt und Stämme und Dörfer vernichtet werden, wenn einer einem Engländer eins über den Kopf gezogen hat, sind ein so alltäglicher Teil unserer imperialen Routine, daß das letzte Dutzend dieser Unternehmungen nicht mal soviel Mitleid hervorgerufen hat, wie irgendeine Dame erwarten kann, die ein Verbrechen begangen hat. Daß ein Gericht zur Folter greift, um ein Geständnis zu erpressen, wird für ein Relikt aus einem finsteren Zeitalter gehalten; aber während ich diese Zeilen schreibe, hat ein englischer Richter einen Geldfälscher zu zwanzig Jahren Zwangsarbeit verurteilt, mit der offenen Erklärung, daß der Fälscher diese Strafe voll verbüßen müsse, wenn er nicht preisgäbe, wo er die gefälschten Noten versteckt hat. Dazu hört man keinen einzigen Kommentar, auch nicht zu einem Telegramm vom Kriegsschauplatz in Somaliland, in dem zugegeben wird, daß bestimmte Informationen von einem Kriegsgefangenen »unter Bestrafung« geliefert wurden. Selbst wenn diese Berichte falsch wären, ist doch die Tatsache, daß sie ohne Protest als natürlicher und richtiger Verlauf des öffentlichen Handelns hingenommen werden, ein Zeichen dafür, daß wir noch genauso bereit sind, zur Folter zu greifen, wie Bacon es war. Und was die Rachsucht betrifft, so hat ein Vorfall im Burenkrieg, wo die Verwandten und Freunde eines Gefangenen gezwungen wurden, bei seiner Hinrichtung zugegen zu sein, eine Niedertracht von Gesinnung und Charakter verraten, die uns kaum das Recht gibt, uns einem Edward III. bei der Eroberung von Calais überlegen zu fühlen. Und der demokratische amerikanische Offizier greift auf den Philippinen ebenso zur Folter wie der aristokratische Engländer in Südafrika. Die Vorfälle bei der Eroberung Afrikas durch die Weißen auf der Suche nach Elfenbein, Gold und Diamanten und Zeitvertreib haben bewiesen, daß der moderne Europäer noch das gleiche Raubtier ist, das früher unter Alexander, Antonius und Pizarro zur Eroberung neuer Welten auszog. Parlamente und Gemeinderäte sind noch genau wie zu der Zeit, als Cromwell sie unterdrückte und Dickens sie lächerlich machte. Der demokratische Politiker bleibt eben so, wie Plato ihn beschrieben hat; der Arzt ist noch genau der Scharlatan und wankelmütige wissenschaftliche Hanswurst, den Molière lächerlich gemacht hat; der Lehrer bleibt bestenfalls ein pedantischer Kinderbeaufsichtiger und schlimmstenfalls ein Prügelfanatiker; Entscheidungen werden von ehrlichen Männern mehr gefürchtet als Prozesse; der Philanthrop ist immer noch ein Parasit des Elends, wie der Arzt ein Parasit der Krankheit ist; die Wunder der priesterlichen Gewalt sind heute nicht weniger betrügerisch oder böse, weil sie jetzt wissenschaftliche Experimente genannt und von Professoren bewirkt werden; die Hexenkunst in der modernen Form von Patentmedizinen und prophylaktischen Impfungen wuchert üppig; der Grundbesitzer, der nicht mehr mächtig genug ist, die Fußangeln der Rhampsinitis* auszulegen, kommt noch besser mit Stacheldraht zurecht; der moderne Gentleman, der zu faul ist, sein Gesicht zum Zeichen seiner Tapferkeit mit Zinnober [als Kriegsbemalung] zu beschmieren, beschäftigt eine Wäscherin, die zum Zeichen seiner Sauberkeit ein Hemd mit Stärke beschmiert. Wir schütteln den Kopf über den Schmutz des Mittelalters und leben in Städten, die von Ruß geschwärzt und von schamlosem Tabakrauch verpestet sind; Weihwasser wird in seiner neuesten Form als desinfizierende Flüssigkeit wieder häufiger benützt, und das Vertrauen in seine Kraft ist größer

* Nach Rhampsinit, ägypt. König. Anspielung auf ein von Herodot überliefertes Märchen vom klugen Baumeister und seinen diebischen Söhnen.

denn je; die Gesundheitsbehörden führen Beweihräucherungen mit brennendem Schwefel durch (obgleich sie wissen, daß er ohne Wirkung ist), weil die Leute ebenso hingebungsvoll daran glauben, wie ein italienischer Bauer an die Verflüssigung des Blutes des heiligen Januarius glaubt; und das hemmungslose öffentliche Lügen hat riesige Ausmaße erreicht. In dieser Hinsicht gibt es keinen Unterschied zwischen dem Taschendieb auf der Polizeiwache und dem Minister auf dem Schatzamt, dem Redakteur in der Zeitungsredaktion, dem Großindustriellen, der für nichtrutschende Fahrradreifen wirbt, dem Geistlichen, der die neununddreißig Artikel [der Anglikanischen Kirche] unterschreibt, und dem Vivisektor, der seine Ritterehre dafür verbürgt, daß kein Tier, das im physiologischen Laboratorium operiert wird, nur den geringsten Schmerz verspürt. Die Heuchelei ist schlimmer denn je; denn wir quälen nicht nur scheinheilig, sondern auch überzeugt, im Namen der kurpfuscherischen Zauberkraft, an die wir glauben, und kalt und heuchlerisch im Namen des evangelischen Glaubens, über den unsere Regierenden insgeheim lächeln, wie die italienischen Patrizier des fünften Jahrhunderts über Jupiter und Venus gelächelt haben. Der Sport ist, was er immer war: eine mörderische Aufregung. Der Drang zu morden ist allgemein, und überall im Lande werden Museen eingerichtet, um kleine Kinder und ältere Herren dazu anzuregen, Sammlungen von Leichen anzulegen, die in Alkohol konserviert sind, Vogeleier zu rauben und sie aufzubewahren, wie die Indianer Skalpe sammelten. Züchtigung mit der Peitsche ist für einen Engländer ebenso natürlich wie für Salomon, der Rehoboam damit verdarb; nein, der Vergleich tut den Juden eigentlich Unrecht in Anbetracht der Tatsache, daß das mosaische Gesetz im Namen der Menschlichkeit mehr als vierzig Schläge verbot und daß im 18. und 19. Jahrhundert englische Soldaten noch mit tausend Rutenhieben bestraft wurden und heute noch so bestraft würden, hätte sich das Gleichgewicht der politischen Macht zwischen der Militärkaste und der bürgerlichen Klasse und dem Proletariat nicht verschoben. Trotz dieser Veränderung aber ist die Prügelstrafe noch immer ein fester Brauch an Internatsschulen, in Militärgefängnissen, auf Schulschiffen und in den »Zwergschulen«, die sich Familie nennen. Der geile Schrei des Flagellomanen nach mehr Prügelstrafe, der ebenso stetig ist wie der nach mehr Anmaßung, mehr Krieg und weniger Steuern, wird geduldet und sogar erhört, da wir, wenn schon keine moralischen Ziele mehr, doch Verstand genug haben, einzusehen, daß nur brutale Gewalt unseren selbstsüchtigen Willen anderen aufzwingen kann. Feigheit ist allgemein; Patriotismus, Bürgersinn, Elternpflicht, Disziplin, Religion, Moral sind nur beschönigende Namen für Einschüchterung; und Leichtgläubigkeit, Gier und Grausamkeit unterstützen die Feigheit noch. Wir schneiden einem Kalb die Kehle durch und hängen es an den Fersen auf, damit es sich zu Tode blutet und unser Kalbsschnitzel weiß wird; wir nageln Gänse mit den Füßen auf ein Brett und stopfen sie, weil die kranke Leber uns schmeckt; wir reißen Vögel in Stücke, um die Hüte unserer Frauen zu garnieren; wir verstümmeln Haustiere aus dem einzigen Grund, weil eine Mode, die instinktiv grausam ist, es so fordert; und wir stimmen den scheußlichsten Torturen zu, weil wir hoffen, daß dadurch irgendein magisches Heilmittel für unsere eigenen Krankheiten gefunden wird.

Beachten Sie bitte, daß dies nicht einmal die außergewöhnlichen unserer zugegebenen Laster sind, die von allen guten Menschen beklagt werden und um deren Vergebung sie beten. Hier ist kein Wort über die Ausschweifungen unserer Neros gesagt worden, von denen wir reichlich den üblichen Prozentsatz besitzen. Mit Ausnahme von ein paar Beispielen aus dem Militärleben, die ich hauptsächlich angeführt habe, um zu zeigen, daß die Erziehung und der Rang eines Gentleman, gestützt durch strengsten Ehrenkodex, durch Esprit de corps, Öffentlichkeit und Verantwortung, auch keine bessere Garantie für das Benehmen geben als die Leidenschaften des Pöbels, stammen die obengenannten banalen Vorkommnisse aus der täglichen Praxis unserer besten Bürger, die in unseren

Zeitungen und von unseren Kanzeln herunter heftig verteidigt werden. Gerade die Menschenfreunde, die solche Leute verabscheuen, werden von ihnen zum Mord getrieben: Der Dolch eines Brutus oder Revaillac ist in den Händen eines Caserio oder Luccheni immer noch am Werk; und in den Händen von Guiteau und Czolgosz ist ihnen die Pistole zu Hilfe gekommen. Unsere Heilmittel sind immer noch auf Erdulden oder Ermorden beschränkt, der Mörder wird immer noch legal gemordet nach dem Prinzip, daß zweimal Schwarz ein Weiß ergibt. Die einzige Neuerung liegt in unseren Methoden: Durch die Erfindung des Dynamits ist die überladene Muskete des Hamilton von Bothwellhaugh von der Bombe abgelöst worden; aber das Herz eines Ravachol brennt genauso wie das Herz Hamiltons. Jenen, die wissen, wie die Welt ist, wird schon der Gedanke daran unerträglich sein, auch wenn man die Beschränkung, die Armut den Armen und Feigheit den Reichen auferlegt, noch so hoch anschlägt.

Alles, was man zu unserer Entschuldigung sagen kann, ist, daß die Menschen bis zu einem gewissen Punkt leben und leben lassen müssen und dies auch tun. Sogar das Pferd mit seinem gestutzten Schwanz und dem Zaum im Maul findet seine Sklaverei durch die Tatsache gemildert, daß eine völlige Vernachlässigung seines Nahrungs- und Ruhebedürfnisses seinen Herrn vor die Notwendigkeit stellen würde, jeden zweiten Tag ein neues Pferd zu kaufen; denn ein Pferd kann man nicht zu Tode schinden und sich das nächste gratis holen, wie man es mit einem Arbeiter tun kann. Aber diese natürliche Einschränkung gedankenloser Selbstsucht wird ihrerseits eingeschränkt, teilweise durch unsere Kurzsichtigkeit, teilweise durch bewußte Berechnung, so daß wir neben dem Mann, der zu seinem eigenen Schaden das Leben seines Pferdes durch reinen Geiz verkürzt, die Pferdebahn-Gesellschaft* haben, die auf statistischem Weg entdeckt, daß, ob-

* Damals wurden Straßenbahnen noch von Pferden gezogen.

gleich ein Pferd vierundzwanzig bis vierzig Jahre alt werden kann, es dennoch wirtschaftlicher ist, das Tier in vier Jahren zu Tode zu schinden und dann durch ein neues Opfer zu ersetzen. Und die menschliche Sklaverei, die in unseren Tagen ihre höchste bekannte Stufe in Form des freien Arbeitsmarktes erreicht hat, ist auf die gleichen Grenzen personeller und kommerzieller Art gestoßen, sowohl was ihre Verschärfung, wie was ihre Linderung betrifft. Jetzt, da der freie Arbeitsmarkt einen Mangel an Arbeitskräften produziert hat, wie in Südafrika, haben die führende englische Zeitung und das führende englische Wochenblatt offen und bedenkenlos eine Rückkehr zur Zwangsarbeit gefordert, das heißt zu den Methoden, mittels derer, wie wir glauben, die Ägypter die Pyramiden gebaut haben. Wir wissen jetzt, daß der Kreuzzug gegen die Sklaverei im 19. Jahrhundert nur darum Erfolg gehabt hat, weil die Sklaverei weder die wirkungsvollste noch die inhumanste Methode der Ausbeutung der Arbeitskraft war; und die Welt tastet sich zur Zeit auf ein noch wirkungsvolleres System zu, welches die Freiheit des Arbeiters abschaffen soll, ohne dem Ausbeuter wieder die Verantwortung für ihn aufzubürden.

Und doch gibt es immer wieder Mäßigungen: Es gibt die Angst vor einem Aufstand, und es gibt die Wirkungen von Gutherzigkeit und Zuneigung. Ich wiederhole deshalb, daß hier keine Anklage gegen die Welt erhoben wird aufgrund der Untaten ihrer Verbrecher und Ungeheuer. Das Feuer von Smithfield und das der Inquisition wurde von ernsten frommen Menschen entzündet, die so freundlich und so gut waren, wie Freundlichkeit und Güte nur reichen. Und wenn in Amerika heute ein Neger in Petroleum getaucht und angezündet wird, so ist er noch kein guter Mensch, der von Raufbolden gelyncht wird: er ist ein Verbrecher, der von einer Schar ehrbarer, nächstenliebender, moralisch entrüsteter, hochgesinnter Bürger gelyncht wird, die, obwohl sie außerhalb des Gesetzes handeln, doch barmherziger sind als die amerikanischen Gesetzgeber und Richter, die noch gar nicht so lange her Menschen eine Zeitlang in Einzelhaft schickten, die nicht fünf Monate betrug, wie es bei uns der Brauch ist, sondern fünf Jahre und länger. Was unsere moralischen Ungeheuer tun, brauchen wir nicht auf eine Ebene mit dem Massaker der Bartholomäusnacht und anderen plötzlichen Ausbrüchen gesellschaftlicher Verwirrung zu stellen. Beurteilen wir uns nach den anerkannten und zugegebenen Praktiken unserer angesehensten Kreise; und wenn Sie die Tatsachen kennen und stark genug sind, ihnen ins Auge zu schauen, dann müssen Sie zugeben, daß die Welt, falls wir nicht durch ein höherentwickeltes Tier ersetzt werden – das heißt durch den Übermenschen –, eine Höhle voller gefährlicher Raubtiere bleiben wird, unter denen unsere wenigen zufälligen Übermenschen, unsere Shakespeares, Goethes, Shelleys und ihresgleichen, sich nur unter Gefahr bewegen können wie die Löwenbändiger; und der Ironie ihrer Situation und die Würde ihrer Überlegenheit muß sie entschädigen für die Schrecklichkeit der ersteren und die Isoliertheit der letzteren.

IX Das Urteil der Geschichte

Man könnte behaupten, daß, obwohl das wilde Tier im Menschen manchmal ausbricht und ihn zeitweise in der Erregung von Krieg und Verbrechen auf die Barbarei zurückwirft, sein normales Leben doch auf einer höheren Stufe steht als das seiner Vorväter. Diese Ansicht akzeptieren die Engländer gern, die immer streng zur Tugend neigen, solange es sie weder Geld noch Überlegung kostet. Zutiefst empfinden sie die Ungerechtigkeit von Ausländern, die diese bedingte Hochherzigkeit nicht zu schätzen wissen. Aber es gibt keinen Grund anzunehmen, unsere Vorfahren seien dieser Hochherzigkeit weniger fähig gewesen als wir. Wenn behauptet wird, daß es eine fortschreitende moralische Entwicklung gebe, die von Großvater zu Enkel sichtbar am Werk sei, so muß man, daraus schließend, entgegnen, daß tausend Jahre einer solchen Entwicklung enorme soziale Veränderungen hätten hervorbringen müssen und die historischen Beweise dafür überwältigend sein müßten. Aber nicht einmal Macauley, der zuversichtlichste Fortschrittsgläubige der Whigs, konnte irgendeinen Beweis dieser Art erbringen, der stichhaltig gewesen wäre. Vergleichen Sie einmal unser Verhalten und unsere Gesetzbücher mit denen, die in den alten, uns überlieferten Schriften und Klassikern als zeitgenössisch erwähnt werden, und Sie werden nicht den geringsten Grund für die Annahme finden, daß in der Geschichte auch nur der geringste moralische Fortschritt stattgefunden hat, trotz aller romantischen Versuche der Historiker, die Vergangenheit unter dieser Annahme zu rekonstruieren. Innerhalb der geschichtlichen Zeit sind Nationen, Familien und Einzelpersonen erblüht und verfallen, sie haben bereut und ihre Herzen verhärtet, sich unterworfen und protestiert, gehandelt und reagiert, zwischen natürlichen und künstlichen sanitären Anlagen geschwankt (das älteste Haus in der Welt, das neulich in Kreta ausgegraben worden ist, hat eine ganz moderne sanitäre Installation), tausend Veränderungen verkündet aufgrund verschiedener Einkommensberechnungen und unter verschiedenem Bevölkerungsdruck, und sie haben die ganze Zeit über fest daran geglaubt, daß sich die Menschheit in Sprüngen und großen Sätzen fortbewegt, weil sie immer so beschäftigt waren. Und nur durch eine Reihe von Zufällen sind ein paar Entdeckungen gemacht worden wie das Rad, das Gewölbe, die Sicherheitsnadel, das Schießpulver, der Magnet, die Voltasche Säule und so weiter: Dinge, welche, anders als das Evangelium und die philosophischen Schriften der Weisen, mit Gewinn von gewöhnlichen Menschen verstanden und verwendet werden können, so daß die Dampflokomotive möglich ist ohne eine Nation von Stevensons, wogegen ein nationales Christentum unmöglich ist ohne eine Nation von Christussen. Aber glaubt auch nur ein Mensch im Ernst, daß der Chauffeur, der ein Auto von Paris nach Berlin fährt, ein höherentwickelter Mensch ist als der Wagenlenker des Achill oder daß ein moderner Ministerpräsident aufgeklärter regiert als Caesar, nur weil er auf einem Dreirad fährt, seine Erlasse bei elektrischem Licht schreibt und seinem Börsenmakler durch das Telefon Anweisungen gibt?

Genug also mit diesem Gänsegeschnatter über den Fortschritt. Der Mensch, so wie er ist, wird und kann seinem Format mit all seinen Quacksalbereien politischer, wissenschaftlicher, pädagogischer, religiöser oder künstlerischer Art niemals auch nur einen Zollbreit hinzufügen. Was geschehen wird, wenn sich diese Überzeugung erst in den Köpfen der Menschen ausbreitet, deren gegenwärtiger Glaube an die Illusionen unser soziales System zementiert, können sich nur diejenigen vorstellen, die wissen, wie plötzlich eine Kultur, die seit langem aufgehört hat zu denken (oder mit dem alten Ausdruck: zu wachen und zu beten), in Stücke zerfallen kann, sobald der allgemeine Glaube an ihre Heucheleien und Lügen nicht mehr standhält vor ihren Mißerfolgen und Skandalen. Wenn religiöse und ethische Formeln so sehr veralten, daß kein Mensch mit Verstand mehr an sie glauben kann, dann haben sie auch den Punkt erreicht, wo kein Mensch von gutem Charakter sich zu ihnen bekennen wird; aber von dem Augenblick an bis zu dem, wo sie feierlich abgeschafft werden, stehen sie an der Schwelle jeden Berufes und jeden öffentlichen Amtes, um jeden fähigen Mann draußen zu halten, der kein Sophist und kein Lügner ist. Eine Nation, die ihre Kirchenvorstände alle drei Jahre revidiert, ihre Glaubensartikel aber nicht wenigstens alle drei Jahrhunderte, auch wenn die Artikel zugegebenermaßen als politischer Kompromiß begonnen haben und von einem Herrn Schau-nach-beiden-Seiten diktiert wurden, ist eine Nation, die erneuert werden muß.

Unsere einzige Hoffnung liegt also in der Evolution. Wir müssen den Menschen durch den Übermenschen ersetzen. Es ist schrecklich für einen Bürger, wenn er älter wird, zu beobachten, daß seine eigenen Zeitgenossen so genau von der jüngeren Generation reproduziert werden, daß seine Genossen von vor dreißig Jahren in jeder städtischen Menschenmenge ihr Abbild haben; er findet sich immer wieder versucht, einen jungen Mann, für den er nur ein ältlicher Fremdling ist, als alten Freund zu begrüßen. Wenn er sie beobachtet, so erstirbt jede Hoffnung auf Fortschritt in seiner Brust: er weiß, daß sie genau das tun werden, was ihre Väter getan haben, und daß die wenigen Stimmen, die sie immer noch, wie allezeit zuvor, ermahnen werden, etwas anderes zu tun und etwas Besseres zu sein, genausogut ihren Atem sparen könnten, um ihre Suppe zu kühlen (falls sie welche bekommen). Männer wie Ruskin und Carlyle werden für Hinz und Kunz predigen um des Predigens willen, genau wie der heilige Franziskus den Vögeln und der heilige Antonius den Fischen predigte. Aber Herr Hinz und Kunz bleiben genau wie die Vögel und die Fische unverändert; und Dichter, die Utopien planen und beweisen, daß zu ihrer Verwirklichung nichts anderes nötig sei, als daß der Mensch sie wolle, merken schließlich, wie Richard Wagner, daß man der Tatsache ins Auge schauen muß, daß der Mensch sie gar nicht wirklich will. Und er wird nie wollen, wenn er nicht ein Übermensch wird.

Und so kommen wir ans Ende des sozialistischen Traums von »der Sozialisierung der Produktionsmittel und des Handels«, ans Ende des positivistischen Traums von der moralischen Aufrüstung des Kapitalisten und ans Ende der Träume des Ethikprofessors, des Gesetzgebers, des Pädagogen, daß man einem Menschen Gebote und Gesetze und Lehren und Examensnoten beibringen könne, wie man einem Pferd das Zaumzeug anlegt, dem Richter den Hermelin, oder wie man dem Soldaten die Pfeifentöne beibringt und einem Schauspieler die Perücke aufsetzt und so tut, als hätte sich damit seine Natur geändert. Der einzige fundamentale und mögliche Sozialismus ist die Sozialisierung der Zucht und Erziehung des Menschen, mit anderen Worten: die Weiterentwicklung der

Evolution. Wir müssen die Yahoos, wie Swift sie nennt, eliminieren, sonst wird ihr Wahlrecht das Commonwealth zerstören.

X Die Methode

Was die Methode betrifft – gibt es da etwas anderes zu sagen als: Wo ein Wille ist, da ist auch ein Weg? Wenn dieser Wille nicht da sein sollte, sind wir verloren. In ihm aber liegt eine Möglichkeit für unser verrücktes kleines Weltreich, wenn nicht für das Universum; und da man an diese Möglichkeit nicht glauben kann, ohne gleichzeitig zu verzweifeln, müssen wir, während wir noch leben, von der Voraussetzung ausgehen, daß wir Kraft genug übrig haben, um nicht nur leben zu wollen, sondern besser leben zu wollen. Das kann bedeuten, daß wir ein Ministerium für Evolution einrichten müssen, dessen Chef im Kabinett sitzt, und eine Steuer erheben müssen, die die Kosten direkter staatlicher Experimente deckt und Prämien für Privatpersonen bereitstellt, damit diese sich um erfolgreiche Ergebnisse bemühen. Es kann aber auch eine private Gesellschaft sein oder eine Firma, die beauftragt ist, an der Verbesserung des menschlichen Grundstoffs zu arbeiten. Doch ist es im Augenblick viel wahrscheinlicher, daß solche Vorschläge glatt als unanständig und unmoralisch abgelehnt werden, wobei es trotzdem zu einem geheimen Vorstoß des menschlichen Willens in die abgelehnte Richtung kommen könnte, so daß sich alle möglichen Institutionen und Amtsträger unter irgendeinem Vorwand heimlich auf den Übermenschen zu tasten werden. Mr. Graham Wallas hat schon als Vorsitzender des Verwaltungsausschusses der Londoner Schulbehörde gewagt, darauf hinzuweisen, daß die übliche Praxis der Sterilisierung der Lehrerinnen, wie bequem sie auch vom Verwaltungsstandpunkt sein mag, vom nationalen Standpunkt der Aufzucht von Menschen kritisiert werden könnte; und das ist nur eins von den Beispielen der Art und Weise, wie der Drang zum Übermenschen hin, trotz all unserer Scheinheiligkeit, sich auswirken kann. Für den Anfang ist jedenfalls eines klar. Wenn eine Frau, durch sorgfältige Wahl des Vaters und indem sie sich selbst sorgfältig ernährt, einen Bürger mit scharfen Sinnen, gesunden Organen und einer guten Verdauung hervorbringen kann, so sollte ihr für diesen natürlichen Dienst eine angemessene Belohnung sicher sein, damit sie bereit ist, diesen Versuch zu unternehmen und zu wiederholen. Ob sie ihren Lebensunterhalt bei diesem Unterfangen selbst aufbringt oder ob sie von dem Vater oder durch einen weitblickenden Kapitalisten unterhalten wird oder durch eine neue Abteilung – sagen wir – der Dubliner königlichen Gesellschaft oder (wie im Augenblick) durch das Kriegsministerium, das sie im Auftrag der Streitkräfte unterstützt und einen bestimmten Soldaten berechtigt, sie zu heiraten, oder durch eine lokale Behörde, die kraft eines Lokalstatutes handelt, das vorschreibt, daß Frauen unter gewissen Umständen ein Jahr lang mit vollem Gehalt beurlaubt werden können, oder durch die Regierung – das alles ist unwichtig, vorausgesetzt, das Ergebnis ist zufriedenstellend.

Es ist eine traurige Tatsache, daß die große Mehrheit der Frauen und ihrer Männer unter den herrschenden Umständen nicht genug Nahrung, kein Kapital, keinen Kredit hat und weder wissenschaftliche noch kaufmännische Kenntnisse, weshalb sie, wenn der Staat für eine Geburt bezahlte, wie er jetzt für den Tod bezahlt, von Aktiengesellschaften der Dividende wegen genauso ausgebeutet würden wie jetzt von der gewöhnlichen Industrie. Selbst ein menschliches Gestüt in Form einer Aktiengesellschaft (man könnte es züchtig als neuzeitliches Findelhaus oder so etwas ausgeben) könnte unter richtiger Aufsicht und Führung sehr wohl bessere Resultate erzielen als unser gegenwärtiges Vertrauen auf Zufallsheiraten. Man könnte einwenden, daß man, wenn ein gewöhnlicher Hersteller Waren produziert, die an den Staat

verkauft werden sollen, und der Staat sie als nicht den Anforderungen entsprechend zurückweist, die zurückgewiesenen Waren entweder verschleudert oder andernfalls verschrottet, das heißt als Ausschuß behandelt; während man, wenn die Ware aus menschlichen Wesen bestände, nichts anderes tun könne, als sie laufenzulassen oder in das nächste Armenhaus zu schicken. Aber es ist der Privatwirtschaft nichts Neues, daß man den menschlichen Abfall auf den Markt für billige Arbeitskräfte oder ins Armenhaus schickt; und der Abfall der neuen Industrie würde wahrscheinlich von besserer Qualität sein als das Massenprodukt der normalen Armut. In unserem augenblicklichen blind dem Glück vertrauenden industriellen Durcheinander müßten alle menschlichen Produkte, ob erfolgreich oder nicht, auf den Arbeitsmarkt geworfen werden; die nicht erfolgreichen aber würden der Firma keine Prämie einbringen und für sie also einen völligen Verlust darstellen. Die praktische wirtschaftliche Schwierigkeit würde in der Ungewißheit und den Kosten an Zeit und Geld für die ersten Experimente bestehen. Während der experimentellen Phase würde sich rein kommerzielles Kapital nicht an ein so heldenhaftes Unternehmen wagen; und fairerweise könnte man die Entschlußkraft, die für einen so wichtigen neuen Anfang nötig wäre, auf keinen Fall von der Börse erwarten. Der Neubeginn muß daher von Staatsmännern in die Hand genommen werden, die Charakter genug haben, unserer Demokratie und Plutokratie zu sagen, daß Staatskunst nicht darin besteht, daß man ihren Torheiten schmeichelt oder ihre Vorstadtvorstellungen von Schicklichkeit auf vier Kontinente überträgt. Die Sache muß entweder vom Staat angepackt werden oder von einer Organisation, die stark genug ist, dem Staat Respekt einzuflößen.
Das Neue eines solchen Experiments liegt allerdings nur in seinem Umfang. In einem für alle einleuchtenden Fall, nämlich bei Mitgliedern königlicher Familien, wählt der Staat schon jetzt die Eltern nach rein politischen Gesichtspunkten aus; und im Adel ist, obgleich der Erbe eines Herzogtums vor

dem Gesetz die Freiheit hat, ein Milchmädchen zu heiraten, der gesellschaftliche Druck, seine Wahl auf politisch und gesellschaftlich passende Kandidatinnen zu beschränken, so stark, daß er in Wirklichkeit nicht mehr Freiheit hat, sein Milchmädchen zu heiraten, als Georg IV. die Freiheit hatte, eine Mrs. Fitzherbert zu heiraten; eine solche Heirat könnte nur zustande kommen als das Ergebnis außerordentlicher Charakterstärke seitens des Milchmädchens, das auf eine außerordentliche Schwäche seitens des Herzogs Einfluß nähme. Diejenigen, welche das ganze Konzept einer geplanten Menschenzüchtung absurd und skandalös finden, sollten sich fragen, warum Georg IV. sich seine eigene Frau nicht wählen durfte, während jeder Kesselflicker heiraten kann, wen er will. Einfach, weil es politisch nicht die geringste Rolle spielt, wen der Kesselflicker heiratet, während es sehr wohl eine Rolle spielt, wen der König heiratet. Die Art, in welcher sämtliche Überlegungen über die persönlichen Rechte des Königs, die Ansprüche seines Herzens, die Heiligkeit des Eheversprechens und die romantische Moral vor dieser politischen Notwendigkeit zerbröckelten, zeigt, wie geringfügig alle diese scheinbar unwiderstehlichen Vorurteile sind, wenn sie mit den Forderungen nach guten Eigenschaften bei unseren Herrschern in Konflikt geraten. Die gleiche Lehre wird uns im Fall des Soldaten erteilt, dessen Verheiratung, wenn sie überhaupt erlaubt wird, einer despotischen Kontrolle unterworfen wird, deren einziger Gesichtspunkt die militärische Effektivität ist.

Heute nun ist es nicht mehr der König, der regiert, sondern der Kesselflicker. Man braucht nicht länger dynastische Kriege zu führen; dynastische Verbindungen haben keinen Wert mehr. Heiraten in den königlichen Familien werden zunehmend weniger politisch, mehr volkstümlich, bürgerlich und romantisch. Wenn alle Könige in Europa morgen so frei wären wie König Cophetua, so würde niemand außer ihren Tanten und Kammerdienern sich auch nur einen Augenblick über die Folgen Sorgen machen. Dagegen ist das Gefühl für die Wichtigkeit der Heirat des Kesselflickers ständig im Wachsen begriffen. Wir haben die Gesundheit seiner Frau im Monat nach ihrer Entbindung zu einer öffentlichen Angelegenheit gemacht. Wir haben ihm die geistige Entwicklung seiner Kinder aus den Händen genommen und sie in die Hände unseres staatlichen Lehrers gelegt. Wir werden bald auch ihre körperliche Ernährung von ihm unabhängig machen. Aber es ist immer noch Lumpenpack, und das Land dem Lumpenpack auszuliefern ist nationaler Selbstmord, weil Lumpenpack weder selbst regieren kann noch irgendeinem anderen zu regieren erlauben wird außer dem, der das meiste Brot und die meisten Spiele verspricht. Es gibt keinen lebenden, politisch interessierten Menschen, der zwanzig Jahre praktische demokratische Erfahrung hinter sich hat und noch daran glaubt, daß die Wählerschaft politisch den Körperschaften, die sie wählt, adäquat ist. Die Abschaffung des Aristokraten hat den Übermenschen notwendig gemacht.

Engländer hassen Freiheit und Gleichheit zu sehr, um sie zu verstehen. Aber jeder Engländer liebt und ersehnt einen Stammbaum. Und darin hat er recht. König Demos muß wie alle Könige gezüchtet werden, und gegen ein »Muß« gibt es keine Argumente. Es ist für einen einzelnen Schriftsteller müßig, eine so große Angelegenheit noch weiter in einem Pamphlet zu behandeln. Der nächstnotwendige Schritt ist eine Konferenz über dieses Thema. Auf ihr werden sich Männer und Frauen zusammenfinden, die, da sie nicht mehr glauben, daß sie ewig leben, nach einer unsterblichen Tat suchen, in die sie das Beste von sich hineingeben können, bevor ihre Überreste in jenen ältesten aller Müllvertilger, den Krematoriumsofen, geworfen werden.

Maximen für Revolutionäre

Die goldene Regel

Tu andern nicht, wie du willst, daß sie dir tun. Ihr Geschmack könnte ein anderer sein als deiner.
Widersteh nie der Versuchung; prüfe alle Dinge: behalte das, was gut ist.
Liebe deinen Nachbarn nicht wie dich selbst. Wenn du mit dir einverstanden bist, ist es eine Unverschämtheit; wenn du nicht mit dir einverstanden bist, eine Beleidigung.
Die goldene Regel heißt: Es gibt keine goldenen Regeln.

Götzendienst

Regierungskunst besteht in der Organisation von Götzendienst.
Die Bürokratie besteht aus Funktionären, die Aristokratie aus Götzen, die Demokratie aus Götzenanbetern.
Der Pöbel kann die Bürokratie nicht verstehen, er kann nur die nationalen Götzen anbeten.
Der Wilde neigt sich vor Götzen aus Holz und Stein, der zivilisierte Mensch vor Götzen aus Fleisch und Blut.
Eine konstitutionelle Monarchie ist eine Einrichtung, in der sich die Unbewegtheit des hölzernen Götzenbildes mit der Glaubwürdigkeit eines solchen aus Fleisch und Blut vereinigt.
Wenn der hölzerne Götze die Gebete des Bauern nicht erhört, so schlägt dieser ihn; wenn der Götze aus Fleisch und Blut den zivilisierten Menschen nicht zufriedenstellt, so schlägt dieser ihm den Kof ab.
Derjenige, der einen König erschlägt, und der, der für ihn stirbt, sind gleichermaßen Götzenanbeter.

Königtum

Könige werden nicht geboren, sie werden durch künstliche Halluzinationen gemacht. Wenn dieser Prozeß in einem kritischen Alter durch mißliche Umstände unterbrochen wird, wie im Falle Karls II., wird der Betroffene geistig normal und gelangt nie mehr ganz zu seiner Majestät zurück.
Der Hof ist das Dienstbotenzimmer des Herrschers.
Vulgarität bei einem König schmeichelt der Mehrheit der Nation.
Durch den Thron begünstigtes Kriechertum ist der Preis, den wir dafür zahlen, daß der Thron politisch so bequem ist.

Demokratie

Wenn der kleinere Geist den größeren messen könnte, so wie ein Metermaß eine Pyramide messen kann, so könnte das allgemeine Wahlrecht ein endgültiger Zustand sein. So wie es jetzt ist, bleiben die politischen Probleme ungelöst.
Die Demokratie setzt die Wahl durch die unfähige Mehrheit an die Stelle der Ernennung durch wenige Korrupte.
Demokratische Republiken können auf nationale Götzen ebensowenig verzichten wie die Monarchien auf öffentliche Funktionäre. Die Regierung stellt nur ein Problem dar: die Entdeckung einer zuverlässigen Methode der Menscheneinschätzung.

Imperialismus

Die Übertreibung seiner Besonderheit als Inselbewohner macht den Briten zum Imperialisten.
Übertriebene Selbstbehauptung in der Kolonie macht einen Kolonisten zu einem Imperialisten.
Ein kolonialer Imperialist ist einer, der in der Kolonie Truppen aufstellt, eine Kolonialschwadron ausrüstet, nach einem Bundesparlament verlangt, das seine Beschlüsse an den

Thron schickt statt an die Kolonialbehörde, und der dann, wenn er auf diese Weise in einen unlösbaren Konflikt mit dem insularen britischen Imperialisten geraten ist, »sich aus dem Staub« und mit dem Empire Schluß macht.

Freiheit und Gleichheit

Wer politische Rechte mit persönlicher Freiheit und politische Gleichheit mit Ähnlichkeit der Menschen verwechselt, hat über beide nicht fünf Minuten lang nachgedacht.
Nichts kann bedingungslos bestehen, also kann auch nichts frei sein.
Politische Freiheit bedeutet Verantwortung. Darum fürchten die meisten Menschen sie.
Der Herzog fragt verächtlich, ob denn sein Wildhüter dem obersten Astronomen im Lande gleich sei; aber er besteht darauf, daß sie beide gleichermaßen gehängt werden, falls sie ihn umbringen.
Die Vorstellung, daß der Oberst ein besserer Mensch sein müsse als der gemeine Soldat, ist ebenso verrückt wie die Vorstellung, daß der Schlußstein stärker sein müsse als der Deckstein.
Wo die Gleichheit unbestritten ist, ist es auch die Unterordnung.
Gleichheit ist die Voraussetzung in jeder Abteilung der Organisation der Gesellschaft.
Das Verhältnis von Vorgesetztem zu Untergebenem schließt gute Manieren aus.

Erziehung

Wenn ein Mensch etwas, das er selbst nicht kennt, jemand anderen lehrt, der keine Begabung dazu besitzt, und der erstere dem letzteren dann ein Zeugnis der Befähigung ausstellt, dann hat der letztere die Erziehung zum Gentleman abgeschlossen.

Das Gehirn eines Dummkopfes verdaut Philosophie zu Torheit, Wissenschaft zu Aberglauben und Kunst zu Pedanterie. Das nennt man dann Universitätsbildung.
Die besterzogenen Kinder sind diejenigen, die ihre Eltern so gesehen haben, wie sie sind. Heuchelei ist nicht die erste Elternpflicht.
Der gemeinste Abtreiber ist der, der versucht, den Charakter eines Kindes zu formen.
In der Universität wird jede große Abhandlung verschoben, bis ihr Autor ein unparteiisches Urteil und vollständige Kenntnisse erworben hat. Wenn ein Pferd so lange auf seine Hufe warten könnte und im voraus für sie bezahlte, wären unsere Hufschmiede allesamt Ordinarien.
Wer kann, tut, wer nicht kann, lehrt.
Ein gelehrter Mann ist ein Müßiggänger, der seine Zeit mit Studieren totschlägt. Hüte dich vor seinem falschen Wissen; es ist gefährlicher als Unwissenheit.
Tätigkeit ist der einzige Weg zum Wissen.
Jeder Dummkopf glaubt, was seine Lehrer ihm sagen, und nennt seine Leichtgläubigkeit ebenso zuversichtlich Wissenschaft oder Moral, wie seine Väter sie göttliche Offenbarung genannt haben.
Kein Mensch, der seine Sprache vollkommen beherrscht, wird je eine andere meistern.
Kein Mensch kann ein reiner Spezialist sein, ohne im strengen Sinn ein Idiot zu sein.
Gib deinen Kindern weder moralische noch religiöse Unterweisungen, wenn du nicht ganz sicher bist, daß sie sie nicht allzu ernst nehmen. Es ist besser, die Mutter eines Henri Quatre und einer Nell Gwynne zu sein als die eines Robespierre und einer Königin Mary Tudor.

Ehe

Die Ehe ist darum beliebt, weil sie ein Maximum an Versuchung mit einem Maximum an Gelegenheit vereinigt.

Die Ehe ist der einzige Rechtsvertrag, der zwischen den Parteien alle Gesetze aufhebt, welche die besondere Beziehung, auf welche sich dieser Vertrag bezieht, sicherstellen.
Die wesentliche Funktion der Ehe ist das Fortleben der Menschheit, wie es im *Book of Common Prayer* steht.
Die zusätzliche Funktion der Ehe ist die Befriedigung des Liebesbedürfnisses der Menschheit.
Die künstliche Unfruchtbarkeit der Ehe macht es möglich, die zusätzliche Funktion zu erfüllen und gleichzeitig die wesentliche Funktion zu vernachlässigen.
Die revolutionärste Erfindung des neunzehnten Jahrhunderts ist die künstliche Unfruchtbarmachung der Ehe.
Jedes Ehesystem, das eine Mehrheit der Bevölkerung zum Zölibat verurteilt, wird mit Gewalt abgeschafft werden unter dem Vorwand, daß es ein moralischer Frevel sei.
Wenn die Vielweiberei wie bei den Mormonen unter modernen demokratischen Bedingungen ausprobiert wird, so wird sie durch den Aufstand der Masse der unterlegenen Männer, die durch sie zum Zölibat verurteilt werden, gestürzt; denn der mütterliche Instinkt veranlaßt die Frau dazu, den zehnten Teil an einem erstklassigen Mann dem ausschließlichen Besitz eines drittklassigen vorzuziehen. Die Vielmännerei ist unter diesen Bedingungen noch nicht erprobt worden.
Das Minimum an Zölibat in einer Nation (das man dadurch ermittelt, daß man die Zahl der Männer in der Gemeinschaft durch die Zahl der weiblichen Personen teilt und den Quotienten festsetzt als die Zahl von Ehefrauen und Ehemännern, die jeder Person erlaubt sind) wird in England (wo der Quotient 1 heißt) durch die Monogamie sichergestellt.
Der moderne sentimentale Terminus für das nationale Minimum an Zölibat ist Reinheit.
Die Ehe oder irgendeine andere Form der promiskuitiven, amoristischen Monogamie ist für große Staaten verderblich; denn es belegt die bewußte Aufzucht des Menschen als eines politischen Wesens mit einem Bann.

Alle Schurkerei ist in dem Satz zusammengefaßt: »Que Messieurs les Assassins commencent!«
Der Mann, der von der Prügelbank in Eton auf die Bank gelangt, von der aus er den Straßenräuber zur körperlichen Züchtigung verurteilt, ist das gleiche soziale Produkt wie der Straßenräuber, der von seinem Vater getreten und von seiner Mutter geohrfeigt worden ist, bis er stark genug wurde, die reichen Bürger, deren Geld er begehrt, zu würgen und zu berauben.
Eine Gefängnisstrafe ist irreversibel wie der Tod.
Die Verbrecher sterben nicht durch die Hand des Gesetzes. Sie sterben durch die Hand anderer Menschen.
Der Mörder Czolgosz machte den Präsidenten McKinley zum Helden, indem er ihn ermordete. Die Vereinigten Staaten von Amerika machten Czolgosz durch den gleichen Vorgang zu einem Helden.
Der Mord auf dem Schafott ist die schlimmste Form des Mordes, denn dort geschieht er mit Billigung der Gesellschaft.
Es ist die Tat, die lehrt, nicht der Name, den wir ihr geben.
Mord und Todesstrafe sind keine Gegensätze, die einander aufheben, sondern gleich und gleich, die ihresgleichen zeugen.
Das Verbrechen ist nur die Kleinhandelsabteilung dessen, was wir im Großhandel das Strafgesetz nennen.
Wenn ein Mensch einen Tiger umbringen will, nennt er das Sport; wenn der Tiger ihn umbringen will, nennt er das Wildheit. Der Unterschied zwischen Verbrechen und Justiz ist der gleiche.
Solange wir Gefängnisse haben, macht es keinen Unterschied, wer von uns die Zellen bewohnt.
Der ängstlichste Mensch in einem Gefängnis ist der Direktor.
Es ist nicht nötig, den geköpften Verbrecher zu ersetzen, es ist nötig, ein geköpftes gesellschaftliches System zu ersetzen.

Titel

Titel heben die Mittelmäßigen hervor, bringen die Überlegenen in Verlegenheit und werden von den Gemeinen entehrt.
Große Männer lehnen Titel ab, weil sie eifersüchtig auf sie sind.

Ehre

Es gibt keine vollkommen ehrenhaften Männer. Aber jeder wahre Mann hat einen Punkt in seinem Ehrenkodex, der ihm der wichtigste ist, und einige zweitrangige.
Man kann nicht an Ehre glauben, bevor man sie errungen hat. Du tust gut daran, dich selbst sauber und klar zu halten: du bist das Fenster, durch das du die Welt sehen mußt.
Dein Wort kann nie so gut sein wie dein Schuldschein, denn dein Gedächtnis kann nie so zuverlässig sein wie deine Ehre.

Privateigentum

Privateigentum, sagt Proudhon, ist Diebstahl. Das ist das einzig Wahre, das über diesen Gegenstand je gesagt worden ist.

Dienstboten

Wenn Dienstboten wie menschliche Wesen behandelt werden, lohnt es sich nicht, welche zu halten.
Die Beziehung von Herr und Diener ist nur für den Herrn von Vorteil, der keine Skrupel hat, seine Autorität zu mißbrauchen, und für den Diener, der keine Skrupel hat, das in ihn gesetzte Vertrauen zu mißbrauchen.
Der vollendete Diener fühlt, wenn sein Herr ihm menschlich

entgegenkommt, daß seine Existenz bedroht ist, und sucht sich schleunigst eine andere Stelle.
Herren und Diener sind beide Tyrannen, aber die Herren sind die abhängigeren von den beiden.
Ein Mann genießt das, was er benutzt, nicht das, was seine Diener benutzen.
Der Mensch ist das einzige Tier, das sich reich dünkt im Verhältnis zur Zahl und Gefräßigkeit seiner Parasiten.
Damen und Herren dürfen Freunde im Hundezwinger haben, aber nicht in der Küche.
Dadurch, daß Dienstboten aus ihren Herren verwöhnte Kinder machen, müssen sie sie einschüchtern, um mit ihnen leben zu können. In einem Sklavenstaat regiert der Sklave; in Mayfair regiert der Händler.

Wie man Kinder schlagen soll

Wenn du ein Kind schlägst, achte darauf, daß du es im Zorn schlägst, selbst auf die Gefahr hin, es fürs Leben zu verstümmeln. Ein kaltblütiger Schlag kann und soll nicht vergeben werden.
Wenn du Kinder aus Lust am Schlagen schlägst, so gib das offen zu, und spiel das Spiel nach den Regeln, so wie es der Fuchsjäger tut, dann wirst du verhältnismäßig wenig Schaden anrichten. Kein Fuchsjäger ist so blöde zu behaupten, er jage den Fuchs, um ihm das Hühnerstehlen auszutreiben; er behauptet auch nicht, daß der Tod des Fuchses ihn mehr schmerze als diesen. Denke daran, daß es sogar beim Prügeln von Kindern eine sportliche und eine tölpelhafte Art gibt.

Religion

Hüte dich vor dem Menschen, dessen Gott im Himmel ist.
Was ein Mensch glaubt, das läßt sich nicht aus seinem Glaubensbekenntnis feststellen, sondern aus den Voraussetzungen, nach denen er gewohnheitsmäßig handelt.

Tugenden und Laster

Keine besondere Tugend und kein besonderes Laster bei einem Menschen deutet auf eine andere besondere Tugend oder auf ein anderes besonderes Laster bei ihm hin, wie eng auch die Vorstellung sie assoziieren mag.

Tugend besteht nicht im Verzicht auf Laster, sondern darin, daß man die Laster nicht begehrt.

Selbstverleugnung ist keine Tugend, sie ist nur die Auswirkung der Klugheit auf die Schlechtigkeit.

Gehorsam täuscht Unterordnung vor, so wie Angst vor der Polizei Ehrlichkeit vortäuscht. Ungehorsam, die seltenste und mutigste der Tugenden, unterscheidet sich selten von Nachlässigkeit, dem trägsten und verbreitetsten Laster.

Laster ist Verschwendung von Leben. Armut, Gehorsam und Zölibat sind die kanonischen Laster.

Ökonomie ist die Kunst, das meiste aus dem Leben zu machen.

Die Liebe zur Ökonomie ist die Wurzel aller Tugend.

Fairplay

Die Liebe zum Fairplay ist die Tugend des Zuschauers, nicht die des Kämpfers.

Größe

Größe ist nur eine der Empfindungen der Kleinheit.

Im Himmel ist ein Engel nichts Besonderes.

Größe ist der weltliche Name für Göttlichkeit; beide meinen einfach das, was jenseits von uns ist.

Wenn ein großer Mann sich uns verständlich machen könnte, würden wir ihn hängen.

Wir geben zu, daß wir die Gottheit, die wir anbeteten, als sie sich sichtbar und verständlich machte, gekreuzigt haben.

Für einen Mathematiker ist die Elf nur eine von vielen Zah-

len; für den Buschmann, der nicht weiter zählen kann als seine zehn Finger, bedeutet sie eine unermeßliche Myriade.
Der Unterschied zwischen dem oberflächlichsten Routinier und dem tiefschürfendsten Denker erscheint dem letzteren unbedeutend, dem ersteren unendlich.
In einer dummen Nation wird ein Genie zum Gott, jeder betet ihn an, und keiner tut seinen Willen.

Schönheit und Glück, Kunst und Reichtum

Glück und Schönheit sind Nebenprodukte.
Das direkte Streben nach Glück und Schönheit ist Torheit.
Reichtum und Kunst sind falsche Mittel, um Glück und Schönheit hervorzubringen.
Derjenige, der sich ein ganzes Leben des Glücks mit einer schönen Frau wünscht, möchte sich am Geschmack des Weins erfreuen, indem er ständig seinen Mund damit gefüllt hält.
Wenn man eine heftige Freude verlängert, entsteht ein unerträglicher Schmerz.
Ein Mensch, der Zahnschmerzen hat, hält jeden für glücklich, dessen Zähne gesund sind. Der mit Armut Geschlagene macht den gleichen Fehler in bezug auf den Reichen.
Je mehr ein Mensch über das hinaus, was er braucht, besitzt, desto mehr wird er von Sorgen geplagt.
Die Tyrannei, die dir verbietet, mit Hacke und Schaufel eine Straße zu bauen, ist schlimmer als jene, die dich daran hindert, in einer zweispännigen Kutsche auf ihr entlangzuschaukeln.
In einer häßlichen und unglücklichen Welt kann auch der Reichste nur Häßlichkeit und Unglück kaufen.
In seinem Bestreben, der Häßlichkeit und dem Unglück zu entgehen, vergrößert der reiche Mann beides. Jeder neue Quadratmeter im Westend schafft einen neuen Hektar im Eastend.

Das neunzehnte Jahrhundert war das Zeitalter des Glaubens an die schönen Künste. Die Ergebnisse liegen uns vor.

Der vollkommene Gentleman

Die fatale Einschränkung, die der Gentleman macht, ist, daß er seiner Ehre alles opfert, nur nicht seine Vornehmheit.
Ein Gentleman unserer Tage ist jemand, der Geld genug hat, zu tun, was jeder Dummkopf tun würde, könnte er es sich leisten: das heißt konsumieren, ohne zu produzieren.
Die wahre Bezeichnung für moderne Vornehmheit ist Parasitentum. Keine Entwicklung physischer oder moralischer Tugenden kann die Sünde des Parasitentums wiedergutmachen.
Ein moderner Gentleman ist notwendigerweise der Feind seines Landes. Selbst im Kriege kämpft er nicht, um es zu verteidigen, sondern um zu verhindern, daß sein Vorrecht, es auszuplündern, auf einen Ausländer übergeht. Solche Kämpfer sind im gleichen Sinne Patrioten, wie zwei Hunde, die sich um einen Knochen zanken, Tierliebhaber sind.
Der nordamerikanische Indianer war der Typ des sportlichen, kriegerischen Gentleman. Der Athener zur Zeit des Perikles war der Typ eines intellektuell und künstlerisch gebildeten Gentleman. Beide waren politische Versager. Der moderne Gentleman, der weder die Zähigkeit des einen noch die Kultur des anderen besitzt, hat den Appetit von beiden zusammen. Er wird, wo sie versagt haben, nicht erfolgreich sein.
Wer auf Erziehung, Strafgesetz und Sport setzt, braucht nur noch Vermögen, um ein vollendeter moderner Gentleman zu sein.

Mäßigung

Mäßigung wird nie um ihrer selbst willen gepriesen.
Ein mäßig ehrenhafter Mann mit einer mäßig treuen Frau, die

beide mäßige Trinker sind und in einem mäßig gesunden Haus wohnen: das ist ein echtes Mittelklassepaar.

Das unbewußte Selbst

Das unbewußte Selbst ist der wahre Genius. In dem Augenblick, wo dein bewußtes Selbst sich einmischt, atmest du nicht mehr richtig.
Außer in den neun Monaten vor seinem ersten Atemzug regelt kein Mensch seine Belange so gut wie ein Baum.

Vernunft

Der vernünftige Mensch paßt sich der Welt an; der unvernünftige versucht hartnäckig, die Welt sich anzupassen. Darum hängt jeder Fortschritt vom unvernünftigen Menschen ab.
Der Mensch, der auf die Vernunft hört, ist verloren; die Vernunft macht sich alle zu Sklaven, die nicht stark genug sind, sie zu beherrschen.

Anständigkeit

Die Anständigkeit ist die Verschwörung der Unanständigkeit, zu schweigen.

Erfahrung

Die Menschen sind weise, nicht im Verhältnis zu ihren Erfahrungen, sondern im Verhältnis zu ihrer Fähigkeit, Erfahrungen zu machen. Wenn wir aus der Erfahrung lernen könnten, dann wären die Steine von London weiser als der weiseste seiner Bewohner.

Rache der Zeit

Diejenigen, die wir wilde Tiere nannten, bekamen ihre Rache, als Darwin bewies, daß sie unsere Vettern sind.
Die Diebe hatten ihre Rache, als Marx die Bourgeoisie des Diebstahls überführte.

Gute Vorsätze

Die Hölle ist mit guten Vorsätzen gepflastert, nicht mit schlechten.
Alle Menschen meinen es gut.

Natürliche Rechte

Der Gelehrte, wenn er beweist, daß kein Mensch irgendwelche natürlichen Rechte hat, zwingt sich, seine eigenen als selbstverständlich vorauszusetzen.
Das Recht zu leben wird mißachtet, wenn man nicht dauernd darauf besteht.

Faute de mieux

In meiner Kindheit murrte ich über die Beschreibung einer gewissen jungen Dame als »die hübsche Miß Soundso«. Meine Tante tadelte mich und sagte: »Denk immer daran, daß die am wenigsten häßliche Schwester die Familienschönheit ist.«
Kein Zeitalter und kein Zustand ist ohne seine Helden. Der am wenigsten unfähige General einer Nation ist ihr Caesar, der am wenigsten idiotische Staatsmann ihr Solon, der am wenigsten verrückte Denker ihr Sokrates, der am wenigsten banale Dichter ihr Shakespeare.

Nächstenliebe

Nächstenliebe ist die bösartigste Art von Lüsternheit.
Diejenigen, die der Armut und der Krankheit dienen, sind die Komplicen der beiden schlimmsten Verbrechen.
Wer Geld gibt, das er nicht verdient hat, geht großzügig mit der Arbeit anderer um.
Jede aufrichtig wohltätige Person haßt Almosengeben und Bettelei.

Ruhm

Das Leben macht alle Menschen gleich; der Tod enthüllt die Hervorragenden.

Disziplin

Gesetze gegen Meuterei brauchen nur die Offiziere, die ohne Autorität befehlen. Das göttliche Recht braucht keine Peitsche.

Die Frau im Heim

Das Haus ist das Gefängnis des Mädchens und das Zuchthaus der Frau.

Zivilisation

Zivilisation ist eine Krankheit, die dadurch entsteht, daß man Gesellschaften aus verfaultem Material aufbaut.
Diejenigen, die die moderne Zivilisation bewundern, setzen sie gewöhnlich mit der Dampfmaschine und dem elektrischen Telegraphen gleich.
Diejenigen, die die Dampfmaschine und den Telegraphen verstehen, verbringen ihr Leben damit, sie durch etwas Besseres zu ersetzen.

Die Phantasie kann sich keinen gemeineren Verbrecher vorstellen als den, der noch einmal ein London erbauen würde wie das gegenwärtige, und keinen größeren Wohltäter als den, der es zerstören würde.

Spiel

Die beliebteste Methode, den Reichtum zu verteilen, ist die Methode des Roulettetisches. Das Roulette macht sich für niemanden bezahlt außer für den Bankhalter. Trotzdem ist die Leidenschaft, Roulette zu spielen, sehr verbreitet, während eine Leidenschaft, die Bank zu halten, unbekannt ist. Das Wetten verspricht den Armen, was Eigentum den Reichen wirklich gibt. Darum wagen die Bischöfe nicht, es völlig zu verurteilen.

Die soziale Frage

Verschwende deine Zeit nicht auf soziale Fragen. Woran die Armen kranken, das ist die Armut, woran die Reichen kranken, das ist die Nutzlosigkeit.

Zufällige Aussprüche

Man sagt uns: als Jehova die Welt erschaffen hatte, sah er, daß sie gut war. Was würde er heute sagen?
Die Bekehrung eines Wilden zum Christentum bedeutet die Bekehrung des Christentums zur Barbarei.
Kein Mensch wagt von dem, was er denkt, so viel zu sagen, daß er sich selbst wie ein Extremist vorkommt.
Mens sana in corpore sano ist ein törichter Ausspruch. Der gesunde Leib ist ein Produkt des gesunden Geistes.
Dekadenz kann nur dann Anhänger finden, wenn sie die Maske des Fortschritts trägt.
In Augenblicken des Fortschritts siegt die Oberschicht, denn die Dinge gehen ihren Weg; in Augenblicken der Dekadenz

siegt die Basis aus dem gleichen Grund; darum ist die Welt nie ohne das Vergnügen des vorübergehenden Sieges.

Der Reformer, für den die Welt nicht gut genug ist, findet sich Schulter an Schulter mit dem, der für die Welt nicht gut genug ist.

Jeder Mensch über vierzig ist ein Schurke.

Die Jugend, der man alles verzeiht, verzeiht sich selbst nichts; dem Alter, das sich alles verzeiht, verzeiht man nichts.

Wenn wir zu singen lernen, daß die Briten niemals die Herren sein werden, machen wir der Sklaverei ein Ende.

Verwechsle deine Abneigung gegen die Niederlage nicht mit einer Abneigung gegen den Kampf, deine Abneigung, selbst Sklave zu sein, nicht mit einer Abneigung gegen die Sklaverei, deinen Unwillen darüber, daß du nicht so reich bist wie dein Nachbar, nicht mit einer Abneigung gegen die Armut. Der Feige, der Nörgler und der Neider teilen deine Abneigungen.

Sorge dafür, daß du bekommst, was du wünschst, sonst wirst du gezwungen sein, zu wünschen, was du bekommst. Wo keine frische Luft eindringen kann, da wird frische Luft für ungesund erklärt. Wo keine Religion ist, wird Heuchelei zum guten Geschmack. Wo es kein Wissen gibt, wird Unwissenheit zur Wissenschaft erklärt.

Wenn die Bösen gedeihen und die Tüchtigsten überleben, wird die Natur notgedrungen zum Gott der Schurken.

Wenn die Geschichte sich wiederholt und immer das Unerwartete geschieht, wie unfähig muß der Mensch dann sein, aus der Erfahrung zu lernen!

Mitleid ist das Verbundenheitsgefühl der Kranken.

Diejenigen, die das Böse verstehen, verzeihen es; diejenigen, die es ablehnen, zerstören es.

Erworbene Ansichten über das, was schicklich ist, sind stärker als natürliche Instinkte. Es ist leichter, für Klöster Novizen zu werben, als eine Araberin dazu zu bewegen, daß sie in der Öffentlichkeit ihren Mund entblößt, oder einen britischen Offizier, an einem Mainachmittag mit einer Golfmütze durch die Bond-Street zu spazieren.

Es ist gefährlich, aufrichtig zu sein, wenn man nicht gleichzeitig dumm ist.
Die Chinesen zähmen Vögel, indem sie deren Schwingen beschneiden, und Frauen, indem sie deren Füße verstümmeln. Ein Rock um die Fußgelenke tut den gleichen Dienst.
Politische Ökonomie und soziale Ökonomie sind amüsante Gesellschaftsspiele; der Stein der Weisen aber ist Lebensökonomie.
Wenn ein Häretiker das Martyrium umgehen möchte, spricht er von »wahrer und falscher Orthodoxie« und legt dar, daß seine Häresie die wahre Orthodoxie ist.
Hüte dich vor dem Mann, der deinen Schlag nicht erwidert: er vergibt dir nicht, noch erlaubt er dir, dir selbst zu vergeben.
Wenn du deinen Nächsten verletzt, so tu es nicht halb.
Sentimentalität ist der Irrtum zu glauben, daß in moralischen Konflikten Pardon gegeben oder angenommen werden könne.
Zwei verhungernde Menschen können nicht doppelt so hungrig sein wie einer; aber zwei Schurken können zehnmal so übel sein wie einer.
Mach dein Kreuz zu deiner Krücke, aber wenn du siehst, daß ein anderer es tut, so hüte dich vor ihm.

Sich selbst opfern

Sich selbst zu opfern macht uns fähig, andere zu opfern, ohne zu erröten.
Wenn du anfängst, dich denen, die du liebst, zu opfern, wirst du am Ende die, denen du dich geopfert hast, hassen.

Anhang

Editorische Notiz

Am 30. März 1905 kommentierte Bernard Shaw sein wenig später zur Uraufführung gelangendes neues Drama, das bereits seit zwei Jahren in Buchform erhältlich war, in der Theaterzeitschrift *Stage Society News* wie folgt:

»Diejenigen, die *Mensch und Übermensch* gelesen haben, wissen, daß es kein Theaterstück ist, sondern ein Buch, das unter anderem ein Theaterstück enthält; desgleichen, daß dieses Stück so lang ist, daß allein der dritte Akt eine substantielle Abendunterhaltung abgeben würde für die ›Philosophen im Parkett‹, an die es gerichtet ist. Eine vollständige Aufführung nähme nahezu acht Stunden in Anspruch.« Und er fährt fort mit dem beruhigenden Hinweis, sein Londoner Theaterpublikum einer solchen Marathon-Veranstaltung nicht aussetzen zu wollen; wobei ihm, dem leidenschaftlichen Anhänger Richard Wagners und Autor des 1898 erschienenen, vielbeachteten Kommentars zum *Ring des Nibelungen* unter dem Titel *The Perfect Wagnerite (Ein Wagner-Brevier)*, aber wohl eher die Theaterleitung einen Strich durch die Rechnung gemacht haben dürfte.

Das umfangreiche Ideen- oder Gedankendrama, dessen Niederschrift für das Szenario in die Zeit vom 2. Juli bis 8. Oktober 1901 fällt, mit einem Entwurf zur Höllendebatte zwischen Don Juan und dem Teufel jedoch schon auf das Jahr 1900 zurückgeht, wurde denn auch erstmals 1915 in Edinburgh vollständig aufgeführt und später immer wieder gekürzt. Erfolgreicher war die Buchausgabe, teils weil sich das Stück besser lesen als darstellen ließ, teils weil es, wie nahezu alle Dramen des Autors, ein heißes Eisen anpackte, mit dem man auf die Schnelle nicht so recht umzugehen wußte: die Idee des von Friedrich Nietzsche neu definierten »Übermenschen«, die für uns Heutige freilich noch ungleich problematischer geworden ist, als sie es damals schon war.

Neben der Philosophie Nietzsches hatte Shaw auch Anleihen bei dem norwegischen Dramatiker Henrik Ibsen gemacht (Shaws *Ibsen-Brevier* war schon 1891 erschienen), bei Arthur Schopenhauer, Leo Tolstoi, dem englischen Prediger und Schriftsteller des XVII. Jahrhunderts John Bunyan, dessen allegorische Dichtung *The Pilgrim's Progress (Die Pilgerreise)* Shaw von Jugend an begleitete, sowie bei den revolutionären Gedanken Richard Wagners und vielen anderen Autoren, nicht zuletzt bei dem französischen Philosophen Henri Bergson (1859–1941), dessen

Vorstellungen vom *Elan vital* und der schöpferischen Evolution in Shaws *Life force* bzw. seiner Überzeugung von der *Creative evolution* ihre Entsprechungen fanden. Wir haben es also mit einer soliden Verarbeitung und Bilanzierung zahlreicher philosophischer Strömungen zu tun, die, obwohl komödienhaft verwoben, im Grunde kaum als Komödie verstanden werden konnten.

Im Untertitel erklärt Shaw selbst, daß er sein Werk tatsächlich auch als eine Philosophie verstanden haben will, als Destillat seiner »spekulativen Intelligenz« (Joachim Kaiser) aus dem bewußten und noch unterbewußten Geisteszustand seiner Zeit, dem er, wie er später erklärte, fünfzig Jahre voraus zu sein glaubte. In einer Vorbemerkung zur Volksausgabe von *Mensch und Übermensch* fügte er am 22. März 1911 hinzu, daß er statt Philosophie auch Religion hätte sagen können: die Religion der postdarwinistischen Epoche sei nämlich die Evolution – und um nichts anderes ging es in seinem neuen Drama. Fast zwanzig Jahre nach Beendigung dieses Werkes wird er sein Weltbild von der Entwicklungsgeschichte der Menschheit aus biologischer wie geistiger Sicht noch einmal und noch sehr viel umfangreicher gestalten mit seinem »Pentateuch« *Zurück zu Methusalem*, der fünf Stücke umfaßt und an fünf aufeinanderfolgenden Abenden eine Geschichte der Evolution aufrollen sollte.

Auch der mit Shaw weniger vertraute Leser oder Theaterbesucher kann in *Mensch und Übermensch* ohne weiteres die Quintessenz sämtlicher Denkmodelle des Autors aufspüren, die er in seinen nachfolgenden Werken immer wieder aufgreifen und variieren, ja mitunter sogar nur kopieren wird. Insofern beginnt mit der »Komödie und der Philosophie« ein neuer, richtungweisender Abschnitt in seinem Schaffen.

Das Stück mit dem Originaltitel *Man and Superman* erschien samt dem Brief an den Kritiker Arthur Bingham Walkley, dem *Handbuch des Revolutionärs* und den dazugehörigen *Maximen* des neuen Don Juan John Tanner zunächst, wie erwähnt, als Buchausgabe im Verlag Constable, London, 1903 (für die *Collected Edition*, 1930, wurde es revidiert); eine Copyright-Lesung am Bijou Theatre, London, fand am 29. Juni 1903 statt. Die Erstaufführung durch die Stage Society erfolgte, unter Auslassung des dritten Aktes, am 21. Mai 1905 am Royal Court Theatre, London, mit Harley Granville-Barker als John Tanner und Lillah Mc Carthy als Ann Whitefield, und wurde nur ein einziges Mal (am 23. Mai 1905) wiederholt. Das Zwischenspiel im dritten Akt kam unter dem Titel »Don Juan in der Hölle« als Einakter erst im Jahre

1907 zu bescheidenen Ehren (acht Vorstellungen; Uraufführung 4. Juni 1907, ebenfalls am Royal Court Theatre).

Die erste deutsche Buchausgabe in der Übersetzung von Siegfried Trebitsch erschien 1907 bei S. Fischer, Berlin; das *Handbuch des Revolutionärs* trug in dieser Version die Überschrift *Katechismus des Umstürzlers*. Die deutsche Uraufführung von *Mensch und Übermensch* hatte bereits am 7. Dezember 1906 am Deutschen Theater in Berlin stattgefunden, wie in England ohne den dritten Akt.

Seine beginnende Resonanz in Deutschland – nach Trebitschs Besuch im Jahre 1902 – ängstlich verfolgend, war Shaw ironisch bemüht gewesen, seinen Übersetzer zu warnen, und hatte diesem in einem Brief am 7. Juli 1902 geschrieben: »Mein neuestes Stück ist ganz anders als *Candida*. Sie dürfen es nicht übersetzen, denn allein für die Vorrede [Brief an A.B. Walkley] würden Sie sechs Jahre Festungshaft bekommen.« Solche Bedenken waren jedoch überflüssig: *Mensch und Übermensch* blieb im deutschsprachigen Raum relativ wenig beachtet, es war viel zu »ausgestopft mit Geist« (Alfred Polgar), als daß man es für unmittelbar gefährlich hätte halten können. Erst im Rückblick erkannte man es als prophetisch und zählte es zu den bedeutendsten Werken des nachmaligen Nobelpreisträgers.

Tat sich die deutsche Kritik, sofern sie das Drama überhaupt beachtete, speziell mit der politischen Problematik des Umstürzlers schwer, den sie andererseits seiner unterhaltenden Qualitäten wegen dennoch zu schätzen geneigt war, so wurde in England vielmehr die mangelnde Leidenschaft des neuen Don Juan und die »blutlose« Liebesgeschichte beklagt. Der oben zitierte Schriftsteller und Kritiker Alfred Polgar, von 1915 bis 1933 in Berlin Rezensent der *Weltbühne* und des *Tagebuchs*, zeigte sich damals enttäuscht über die »Frechheit« Tanners, »die durch ihren Charme sich selber aufhebt« und den Eindruck erweckt, »als triebe hier einer den Sport des Umstürzens« – als ob Shaw nicht gerade in dieser mutwilligen Gratwanderung zwischen höherem Anspruch, Arroganz und realer Unbekümmertheit, ja Rücksichtslosigkeit das Charakteristische des jugendlichen Revolutionärs hätte demonstrieren wollen. Dem Vorwurf der englischen Kritiker kam Shaw rechtzeitig selbst zuvor, indem er seinen Brief an Arthur Bingham Walkley (1855–1926) in die Buchausgabe übernahm. Der Theaterrezensent des *Star* (von 1888 bis 1900; unter dem Pseudonym »Spectator«) und der *Times* (von 1900 bis 1926) hatte Shaw, wie wir aus diesem Brief erfahren, zur dramatischen Neugestaltung der Don Juan-Thematik angeregt und stand als Mitglied der »Fabian Society«, deren Mitbegründer Shaw war, mit dem Dramatiker in ständigem Kontakt, kannte also den Entwurf zu *Mensch und Übermensch*, noch ehe das Stück gedruckt wurde.

Geschickt macht Shaw aus der von Walkley beanstandeten Not eine Tugend, erklärt die übliche Vorstellung von Leidenschaftlichkeit und Erotik für »romantisch« (das in seinem Wortschatz vernichtendste Attribut) und fordert eine ehrlichere Auseinandersetzung mit der Beziehung zwischen Mann und Frau, die seiner Überzeugung nach viel zu wichtig ist, als daß sie ausschließlich persönlich sein dürfte: die vielbesungene Liebe, intimster und verklärtester Aspekt des menschlichen Lebens, ersetzt er durch den unerbittlichen Instinkt der Lebenskraft, die sich im Sinne der Evolution weiterentwickeln will. Es geht nicht um individuelles Glück, es geht um die Erfüllung des Zwecks, den das Leben selbst vollenden muß. Ebendeswegen geht John Tanner den für ihn bitteren Weg in die Ehe und wird damit gewissermaßen vom Revolutionär zum Evolutionär. Don Juan ist nicht zahm geworden, sondern Mittel einer ihn benutzenden Macht, des »göttlichen Elements, das allem Leben innewohnt« (Shaw). Damit entzieht er sich nicht nur der Verurteilung durch seine Gegner, sondern wird sogar zum Hoffnungsträger für den besseren Menschen; er selbst ist ja bei weitem noch nicht der »Übermensch«, für den er mitunter gehalten wurde: er ist nur Diener oder Medium.

Mozarts *Don Giovanni* und das berühmte Drama, das dem Spanier Tirso de Molina (1571–1648) zugeschrieben wird, lassen den Helden am Ende der Legende aus dem XVII. Jahrhundert in unausweichlicher Verdammnis enden. Shaw setzt das Drama, in Umkehrung der schaurigen Erwartungen und des Höllengerichts, fort, stellt Himmel und Hölle als »Zustand der Seele« (Shaw) und eben nicht als Lokalitäten dar und fordert, auch hier ein Schüler Nietzsches, um der Moral willen die Abschaffung der (geltenden) Moral. Jahrzehnte später hat Max Frisch in seiner Komödie *Don Juan oder die Liebe zur Geometrie*, wie der Literaturkritiker Joachim Kaiser anmerkt, »Shaws Ansatz dramatisch zu Ende gebracht, allerdings auf beinahe jede begründende ›Philosophie‹ verzichtet«.

Der Ansatz Bernard Shaws ist damit keineswegs überholt worden. Im Gegenteil. Kein Geringerer als Thomas Mann hat frühzeitig befunden, was sich heute als zutreffend erweist, daß nämlich *Mensch und Übermensch* ein Stück ist, »das teils durch seine Weisheit und Menschheitspädagogik, teils durch seine witzbeflügelte Poesie der Zeit widerstanden hat und noch lange widerstehen wird«.

Ursula Michels-Wenz

Zeittafel

Die Jahreszahlen bezeichnen, wo nicht anders vermerkt, immer die Entstehungszeit der jeweiligen Werke (nicht deren Publikation). Es sind nur die wichtigsten Titel aufgeführt. Die zahllosen politischen Schriften, Kritiken und allgemeinen Essays sowie die kleinen Stücke und die umfangreichen Briefwechsel mit namhaften Zeitgenossen können in diesem Rahmen aus Platzgründen nicht berücksichtigt werden.

1856 Am 26. Juli wird *George Bernard Shaw*, kurz G. B. S. genannt, als drittes Kind und einziger Sohn von George Carr Shaw und Lucinda Elizabeth Shaw geb. Gurly in Dublin geboren. (Der Autor verzichtet später auf den ersten Vornamen, wahrscheinlich aus Protest gegen den Vater.)

1871–1876 Fünfzehnjährig muß Shaw die Schule verlassen, um Geld zu verdienen, da die Familie verarmt und sich allmählich entfremdet. Arbeit im Büro eines Grundstücksmaklers, autodidaktische Weiterbildung. Die Mutter siedelt mit den beiden Töchtern um nach London.

1876 Shaw folgt seiner Mutter nach London, verdient seinen Lebensunterhalt mit Gelegenheitsarbeiten, u. a. als Klavierspieler und Journalist.

1879 Shaw erhält eine feste Anstellung bei der Edison Telephone Company; Besuch politischer Veranstaltungen, Eintritt in die »Zetetical Society« (eine freie Vereinigung mit Diskussionsabenden zu gesellschaftlichen, politischen und philosophischen Fragen), in der er sich als Vortragsredner übt. Der erste Roman *Immaturity* (deutsch: *Unreif*; früher u. d. T. *Junger Wein gärt*) entsteht. Mehrere Verlage lehnen eine Veröffentlichung ab. (1930 wird das Buch erstmals publiziert.)

1880–1883 Shaw schreibt vier Romane in seiner Freizeit: *The Irrational Knot* (deutsch: *Die törichte Heirat*), *Love among the Artists* (deutsch: *Künstlerliebe*), *Cashel Byron's Profession* (deutsch: *Cashel Byrons Beruf*) und *An Unsocial Socialist* (deutsch: *Der Amateursozialist*), die aber erst ab 1894 in den Zeitschriften *To-Day* und *Our corner* zum Abdruck gelangen.

1884 Shaw tritt der neu gegründeten sozialistischen »Fabian Society« (Gesellschaft der Fabier) bei, der er 27 Jahre lang als provokatorischer Wortführer angehören wird; Beginn der Freundschaft mit Beatrice und Sidney Webb, William Archer (der Shaw entscheidend fördert), Florence Farr, Annie Besant u. a. m.

1885 Tod des Vaters.

Bis 1894 zahlreiche Buchrezensionen, Kunst- und Musikkritiken; Mitarbeit an der namhaften *Pall Mall Gazette*; Arbeit an *Widower's Houses* (deutsch: *Die Häuser des Herrn Sartorius*), Shaws erstem Stück, das 1892 uraufgeführt wird. Unter dem Pseudonym Corno di Bassetto schreibt Shaw vielbeachtete Musikkritiken für *The Star* und *The World* und engagiert sich mit Vorlesungen und Vorträgen zu sozialen und volkswirtschaftlichen Themen.

1891 Ibsen-Brevier *The Quintessence of Ibsenism.*

1893 *The Philanderer* (deutsch: *Der Liebhaber*).

1894 *Mrs. Warrens Profession* (deutsch: *Frau Warrens Beruf*), *Arms and the Man* (deutsch: *Helden*) und *Candida.*

1895–1898 Arbeit als Theaterkritiker für *The Saturday Review* unter Frank Harris.

1895 *The Man of Destiny* (deutsch: *Der Mann des Schicksals*; früher u. d. T. *Der Schlachtenlenker*).

1895–1896 (mit Unterbrechung) *You Never Can Tell* (deutsch: *Man kann nie wissen*), das ab 1899 ein Publikumserfolg wird.

1896 Arbeit an *The Devil's Disciple* (deutsch: *Der Teufelsschüler*; früher u. d. T. *Ein Teufelskerl*). Das Stück wird

1897 in New York uraufgeführt und verschafft seinem Autor den ersten großen Durchbruch als Dramatiker mit internationaler Resonanz.

1897–1903 Stadtrat von St. Pancras/London.

1898 Heirat mit Charlotte Frances Payne-Townshend, die ebenfalls aus Irland stammt. Entstehung von *Caesar und Cleopatra* (deutsch: *Cäsar und Cleopatra*), *Captain Brassbound's Conversion* (deutsch: *Kapitän Brassbounds Bekehrung*) und des Wagner-Breviers *The Perfect Wagnerite*/Kommentar zum »Ring des Nibelungen«.

1901 Frankreich-Reise; Sommer in Dorset.

1901–1903 *Man and Superman* (deutsch: *Mensch und Übermensch*).

1902 Aufenthalt an der Küste von Norfolk.
Bekanntschaft mit seinem deutschsprachigen Übersetzer Siegfried Trebitsch, der Shaw binnen eines Jahres den Weg auf die Bühnen Deutschlands und Österreichs ebnen wird.

1903 Frühjahr: Italienreise; Sommer: Schottlandreise.

1904 *John Bull's Other Island* (deutsch: *John Bulls andere Insel*), *How He Lied To Her Husband* (deutsch: *Wie er ihren Mann belog*). Frühjahr: Italienreise; Sommer: Schottlandreise.

1905 Umzug nach Ayot St. Lawrence/Hertfordshire. In London behalten die Shaws eine Zweitwohnung, in der sie wöchentlich einige Tage verbringen. *Major Barbara.*

1906 *The Doctor's Dilemma* (deutsch: *Des Doktors Dilemma*; früher u. d. T. *Der Arzt am Scheideweg*).

1907–1908 *Getting married* (deutsch: *Heiraten*; auch u. d. T. *[W]Ehe*).

1909 *The Shewing-up of Blanco Posnet* (deutsch: *Blanco Posnets Erweckung*).
Misalliance (deutsch: *Mesallianz*; neuer Titel *Falsch verbunden*).

1910 *Funny's First Play* (deutsch: *Fannys erstes Stück*).

1912 *Androcles and the Lion* (deutsch: *Androklus und der Löwe*), *Pygmalion*; beide Stücke werden uraufgeführt in der deutschen Übersetzung, Berlin bzw. Wien 1913.
Overruled (deutsch: *Es hat nicht sollen sein*).

1913 Tod der Mutter.
Freundschaft mit der Schauspielerin Stella Patrick Campbell. Reisen nach Irland, Deutschland und Frankreich.
Great Catherine (deutsch: *Die große Katharina*).

1914 Shaw gilt in England als persona non grata, da er sich deutschfreundlich äußert; schreibt *Commonsense about the War* (deutsch: *Der gesunde Menschenverstand im Krieg*, 1919), eine umfangreiche Abhandlung, die ihn noch unbeliebter macht.

1916–1917 *Heartbreak House* (deutsch: *Haus Herzenstod*).

1918–1920 *Back to Methuselah* (deutsch: *Zurück zu Methusalem*). Fünf Stücke, zu spielen an fünf aufeinanderfolgenden Abenden.

1923 *Saint Joan* (deutsch: *Die heilige Johanna*).

1925 Nobelpreis für Literatur.

1926 Shaw erhält den Nobelpreis rückwirkend für 1925 verliehen; hatte zunächst die Annahme verweigert, willigt dann ein unter der Bedingung, daß er der offiziellen Feier nicht beiwohnen muß und das Geld zur Förderung des schwedischen und englischen Literatur- und Kunstaustausches verwendet wird.

1928 *The Intelligent Woman's Guide to Socialism and Capitalism* (deutsch: *Wegweiser für die intelligente Frau zum Sozialismus und Kapitalismus*).
The Apple Cart (deutsch: *Der Kaiser von Amerika*); das Stück wird

1929 in Warschau (14. Juli) uraufgeführt.

1931 *Too True to be Good* (deutsch: *Zu wahr, um schön zu sein*). Rußlandreise.

1932 Reise nach Südafrika.

The Adventures of the Black Girl in Her Search For God (deutsch: *Die Abenteuer des schwarzen Mädchens auf der Suche nach Gott*; früher u. d. T. *Ein Negermädchen sucht Gott*).

1933 USA-Reise.

Village Wooing (deutsch: *Ländliche Werbung*.)

On the Rocks (deutsch: *Festgefahren*).

1934 Weltreise.

The Simpleton of the Unexpected Isles (deutsch: *Die Insel der Überraschungen*).

The Millionairess (deutsch: *Die Millionärin*).

1936 *Geneva* (deutsch: *Genf*); Revision des Stückes 1939.

1936–1937 *Buoyant Billions* (deutsch: *Zu viel Geld*); das Stück bleibt vorerst Fragment.

1938 Shaw erkrankt an perniziöser Anämie.

1938–1939 *In Good King Charles's Golden Days* (deutsch: *Die goldenen Tage des guten König Karl*; früher u. d. T. *Der gute König Karl*).

Aufzeichnung autobiographischer Miszellen u. d. T. *Shaw Gives Himself Away*.

1943 *Everybody's Political What's What* (deutsch: *Politik für Jedermann*).

Tod Charlotte Shaws (12. September).

1947 *Buoyant Billions* (deutsch: *Zu viel Geld*) beendet; das Stück wird

1948 in Zürich uraufgeführt.

Farfetched Fables (deutsch: *Phantastische Fabeln*).

1949 *Sixteen Self-Sketches* (deutsch: *Sechzehn selbstbiographische Skizzen*); Revision der Texte von 1939 u. d. T. *Shaw Gives Himself Away*.

1950 Arbeit an *Why She Would Not*, einer Kurzkomödie, die unvollendet bleibt.

2. November: Bernard Shaw stirbt in seinem Haus in Ayot St. Lawrence an den Folgen eines Sturzes, den er sich Anfang Herbst bei Gartenarbeiten zugezogen hatte.